LES AMBITIEUSES

Stephanie Clifford

LES AMBITIEUSES

Roman

Traduit de l'anglais (États-Unis)
par Sophie Pertus

Titre original : *Everybody Rise*
L'édition originale a été publiée par St Martin's Press,
New York.

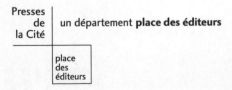
Presses de la Cité | un département **place des éditeurs**

place des éditeurs

À mes parents, que je remercie

PREMIÈRE PARTIE

1
Sheffield – Enfield

— Tes perles sont bien usées. On dirait des molaires, lança Barbara Beegan à sa fille en tâtant de son couteau une tranche de pâté qui avait fondu au soleil comme une plaquette de beurre. Tu ne les enlèves jamais ?

Dans un sursaut, Evelyn porta la main droite à l'une de ses boucles d'oreilles et la fit rouler entre ses doigts. Le bijou était bosselé, en effet. Elle s'était offert ces perles pour son diplôme de fin d'études. Au fil des ans et sans qu'elle s'en aperçoive, les douches, les baignades et les parties de tennis avaient sans doute altéré leur perfection.

— C'est toi qui as voulu que je les mette aujourd'hui, répondit-elle.

— Ce que je voulais, c'était que tu t'habilles comme pour *assister* à un tournoi de lacrosse ; pas pour y participer ! Tu pourrais au moins astiquer tes perles, de temps en temps. Les gens doivent penser que tu n'es pas fichue de prendre soin de tes affaires. Et puis tiens, je suis certaine que ce pâté est bourré de salmonelle. Tu irais me chercher autre chose ?

Evelyn se faufila le long de la Mercedes beige de 1985, achetée d'occasion par sa mère lors de son entrée au lycée privé de Sheffield : Barbara Beegan s'était vite rendu compte que, dans ce milieu de la grande bourgeoisie respectable, on ne circulait pas en BM flambant neuve. La Mercedes était garée à quelques centimètres d'une Volvo d'âge vénérable

– rares étaient les modèles d'après 1996 aux abords du stade – et Evelyn ne put qu'entrouvrir la portière pour glisser la main dans le panier de pique-nique posé sur la banquette arrière. Elle tâtonna. Des morceaux de fromage tièdes dans du film étirable... du vin tiède... une barquette de fromage à tartiner plus très frais ? Elle se décida finalement pour la tapenade, l'option la plus sûre d'un point de vue intoxication alimentaire. Comme si le public approuvait son choix, une clameur s'éleva du terrain n° 1, à quelques centaines de mètres. C'était le traditionnel match de lacrosse entre Sheffield et Enfield, qui inaugurait la fête annuelle de son ancien lycée.

En repoussant ses cheveux en arrière d'un mouvement de tête, Evelyn traversa le terrain n° 2 de Sheffield Academy, transformé en parking pour la circonstance, et rejoignit l'une des tables installées en bordure. Certaines étaient ornées de bannières SHEFFIELD – ENFIELD PRINTEMPS 2006, offertes par l'association des anciens élèves à tous ceux qui versaient à l'école plus de dix mille dollars par an. Sur les tréteaux, des fromages triple crème fondaient au soleil de mai et des bouteilles de vin blanc et de San Pellegrino suaient à grosses gouttes. Evelyn aperçut des anciens élèves passablement millésimés qui se baladaient en sweat-shirt aux couleurs de leur université malgré la saison. Elle prit note de cette extravagance : cela intéresserait ses patrons chez People Like Us.

Elle se dirigeait vers le vestiaire quand un « flic-floc » attira son attention. Charlotte déboulait vers elle, brandissant triomphalement deux paquets de crackers d'une main et un gobelet en plastique de l'autre. Les semelles de ses bottes en caoutchouc laissaient dans la boue des empreintes étonnamment grandes pour une personne si petite et menue qu'elle s'habillait souvent chez Gap Kid. Ses cheveux étaient rassemblés en queue-de-cheval, mais l'humidité avait formé autour de son pâle visage un halo de frisottis bruns.

— Victoire ! s'exclama-t-elle en fonçant sur Evelyn. Babs m'aurait tuée si je n'en avais pas trouvé.

— Elle ne t'a quand même pas envoyée chercher des crackers ! Je lui avais pourtant demandé... Pardon, Cha.

— T'inquiète. Dégoter des crackers, c'est faisable. Tu imagines, si elle m'avait demandé de te trouver un mari ?

Charlotte tira la langue et Evelyn lui donna un coup de pied dans les tibias, qui fut amorti par le caoutchouc de ses bottes.

— Tiens, dit Charlotte en lui tendant le gobelet. C'est du cidre.

— En mai ?

— En mai ? la singea-t-elle avec un accent très british. Quoi ? Ça fait cinq minutes que tu travailles chez People Like Us et tu t'y perds déjà dans les mœurs de la plèbe ?

— J'y suis depuis trois semaines, Cha, et mon plan pour enrôler l'élite de la nation est déjà en action.

Evelyn engloba d'un geste les spectateurs.

— Aujourd'hui, c'est un peu la journée des inscriptions sur People Like Us, ajouta-t-elle, même si les gens ne sont pas encore au courant.

— Ah, Charlotte ! Vous avez trouvé des crackers.

Barbara Beegan avait ressurgi, son ombre se projetant sur les deux jeunes femmes. Ses orteils soignés étaient sanglés dans des sandales plates prolongeant un pantalon plissé bleu pastel qui boudinait à peine ses cuisses solides. Un chemisier en oxford d'un blanc immaculé complétait sa tenue, couronnée par une chevelure jaune crantée et de grosses lunettes noires. Dans sa jeunesse, après un régime à base de pommes vertes, Barbara Beegan avait été mince. Aujourd'hui, c'était le genre de femme à cacher son embonpoint sous des vêtements très bien coupés. Elle sentait le cuir. C'était son parfum de toujours. Elle examina les boîtes de biscuits en fronçant les sourcils.

— Oh, goût poivre. Dommage...

Charlotte se tourna vers Evelyn en imitant *Le Cri* de Munch.

— C'est tout ce que j'ai pu trouver, madame.

— Eh bien, il faudra s'en contenter, soupira Barbara en jetant un coup d'œil par-dessus la tête de Charlotte.

— Tu pourrais dire merci, maman, intervint Evelyn.

— Oui, merci, lâcha-t-elle sans conviction avant de disposer les crackers en arc de cercle.

— À votre service, conclut Charlotte avec une courbette. Tiens, voilà M. Marshon, notre ancien prof d'histoire ! Tu crois qu'il m'en veut encore d'avoir rejoué la défenestration de Prague avec sa boule à neige ? Je vais lui dire bonjour. À tout de suite !

Evelyn en profita pour s'éclipser elle aussi. Mis à mal par les pneus et les innombrables paires de Tretorn, le gazon du terrain n° 2 était devenu boueux et inégal. Charlotte avait été bien inspirée de mettre des bottes. Evelyn entama la traversée jusqu'au bâtiment du complexe sportif. Au passage, elle observa d'un œil amusé une ancienne élève s'efforçant de retenir un petit enfant tout en essuyant un labrador qui semblait s'être accordé une baignade dans l'Ammonoosuc. Mais, quand la jeune maman leva la tête dans sa direction, Evelyn s'empressa de détourner le regard en toussotant.

Depuis son diplôme de fin d'études, huit ans auparavant, elle avait réduit au minimum ses retours à Sheffield. S'extasier sur les jobs, les enfants et les maris en or de ses anciennes camarades de classe tandis qu'elle végétait dans le marketing des manuels scolaires, très peu pour elle, merci. Sa mère, en revanche – sa mère qui n'avait même pas fait ses études à Sheffield ! –, n'aurait pour rien au monde manqué une réunion. Chaque année elle tannait Evelyn pour qu'elle assiste au match de lacrosse, et chaque année Evelyn refusait – ce qui, fatalement, lançait Barbara sur son sermon habituel : Evelyn croyait qu'elle rajeunissait, peut-être ? Il était temps qu'elle se mette en quête d'un mari, et elle était bien bête de faire une croix sur les beaux partis qui pullulaient parmi les anciens élèves de Sheffield !

Mais cette année, c'était différent. Après son licenciement par l'éditeur de livres scolaires, elle avait réussi à se faire engager chez People Like Us, un réseau social destiné à l'élite de l'élite. Charlotte, qui avait le génie des affaires, prévoyait l'explosion des réseaux sociaux. Donc si Evelyn perçait chez People Like Us, sa carrière était lancée. À elle le job de ses rêves ! Lors de son entretien d'embauche, Evelyn avait glissé quelques références à Sheffield et, recyclant ses souvenirs des romans de Mark Twain, datant de la terminale, de discrètes allusions à Newport, fief de l'écrivain national. Lorsque le co-DG lui avait demandé comment elle comptait accéder aux membres cibles, elle avait bluffé et évoqué deux galas de bienfaisance de l'Upper East Side en laissant entendre qu'elle y avait assisté. Les détails inventés au sujet des réceptions, de la décoration florale à la composition des cocktails, étaient sortis de sa bouche avec une facilité déconcertante. Troublée par ses propres mensonges, elle s'était persuadée que tout le monde enjolivait la réalité pour signer un contrat de travail. Moyennant quarante-six mille dollars et un paquet de stock-options – Charlotte lui avait assuré que c'était ce qui se faisait aujourd'hui –, Evelyn était donc devenue responsable des adhésions chez People Like Us. Son rôle consistait à pousser le gratin à se créer un profil sur le site. Trois semaines après son embauche, il lui fallait absolument des recrues. Voilà pourquoi elle avait enfin accepté d'assister à la fête de Sheffield.

Des cris d'encouragement lui parvenaient par bribes depuis le terrain n° 1, où le match en était à son troisième quart-temps. L'hymne à la gloire du griffon, mascotte de l'école, n'avait pas changé depuis l'époque où elle étudiait à Sheffield. En l'entendant, un homme voûté aux yeux bleu délavé agita vaillamment son petit drapeau, comme s'il s'attendait à voir débarquer du terrain les troupes qui allaient le libérer.

Evelyn pénétra dans les vestiaires et se dirigea vers les toilettes des filles ; le bâtiment en pierre retenait la fraîcheur et l'isola du bruit. Le lavabo en béton, rempli de gobelets en plastique, exhalait une odeur de bière (les jeunes promotions, sans doute ; elle n'avait pas vu de bière entre les mains des plus anciens). Sous les tubes au néon, elle sortit de son sac un petit chiffon à lunettes et s'approcha si près du miroir qu'elle pouvait voir la fine pellicule de sébum qui se formait sur son nez. Elle essuya l'une de ses perles pour lui redonner un éclat digne de Vermeer. Elle avait eu beau s'examiner sous toutes les coutures comme à chaque fois qu'elle avait rendez-vous avec sa mère, elle avait laissé passer ce détail.

Une fois – une seule –, quand elle avait douze ans, un associé de son père lui avait prédit qu'elle deviendrait un jour une femme fatale. Sa prophétie ne s'était pas encore réalisée. À vingt-six ans, elle avait l'impression que ses traits étaient encore à l'état de brouillon. Sauf qu'il était sans doute trop tard pour que cela change. Ses cheveux d'un brun terne lui tombaient sous les épaules. Elle trouvait son visage trop long, son nez trop pointu, ses yeux bleus trop petits. La seule partie de son corps qu'elle jugeait vraiment spectaculaire, c'était son index. Elle avait tenu bon quand sa mère lui avait *suggéré* – le mot était faible – de se faire des mèches ou d'aller chez Nordstrom pour une séance de maquillage.

« Tu donnes l'image de quelqu'un qui se néglige », aimait à marteler Barbara.

Au moins, ce week-end, elles avaient conclu une trêve. Avoir été admise dans cette école était aux yeux de sa mère l'une des rares choses à mettre au crédit d'Evelyn – même si elle n'avait pas réussi à en récolter les fruits. Evelyn avait pourtant bien commencé, en se liant avec

Preston Hacking, un riche jeune homme rattaché aux Winthrop par sa mère (« Une vieille famille de Boston, des gens très bien »). Mais si elle était restée très proche de Preston, cette idiote n'était pas parvenue à faire évoluer l'amitié vers une fin plus utile. Et puis il y avait Charlotte Macmillan, l'autre meilleure amie qu'Evelyn s'était faite à Sheffield, la fille d'un cadre de chez Procter & Gamble, que Barbara avait surnommée « la fille aux couettes », en raison de la façon dont elle était coiffée quand elle avait fait sa connaissance.

Evelyn essuya son autre boucle d'oreille. Elle fit tourner la perle, la frotta, la refit tourner et la frotta encore et encore. Sa mère ne pourrait plus trouver à redire sur ce chapitre.

Des pas s'approchaient. Elle recula vivement et ouvrit le robinet pour se donner une contenance. Des anciennes déboulèrent, les joues ornées de S bordeaux.

— Beau match, lança-t-elle joyeusement en tirant une serviette en papier du distributeur avant de sortir.

Elle regagna son poste à la table derrière la voiture de sa mère et se mit en devoir de tartiner de tapenade les fameux crackers au poivre.

— Ça alors ! Ma pipelette toute gaite…

Elle reconnut aussitôt la voix un peu aiguë et nasillarde de Preston Hacking, ainsi que ses chaussures bateau usées. Evelyn sortit de sa réserve. Dans un hurlement de joie, elle se jeta dans les bras du garçon, qui la souleva de terre et la reposa instantanément, exténué par l'effort.

Il n'avait pas changé depuis leurs années de lycée. Grand et mince, les cheveux blonds épais et ondulés, le demi-sourire ironique et les traits fins surmontés d'une immuable paire de lunettes rouge, il avait tout du garçon de bonne famille qui ne s'était jamais battu, mais poliment soumis au bizutage d'entrée à l'école. Evelyn avait entendu raconter comment, scotché à la statue d'un des fondateurs de

Sheffield pendant plusieurs heures, il avait tiré de sa veste en tweed un cigare cubain pour l'offrir à son persécuteur dès que ce dernier avait enfin daigné le libérer.

— Pres ! J'ai cru que tu allais me laisser en plan avec le troisième âge. Qu'est-ce qui t'a retenu aussi longtemps ?

Le vieux pull aux couleurs de Sheffield qu'il portait sur le bras semblait bien rêche. C'était celui de son grand-père ou de son arrière-grand-père, Evelyn ne se souvenait plus.

— Une énorme gueule de bois – que j'ai toujours, d'ailleurs. Je ne me sentais pas en état d'affronter les hourras et l'esprit d'école des gens comme toi. Cette foutue barre dans le crâne ! Qu'est-ce qu'ils ont bien pu mettre dans les martinis, hier soir ?

— Du Rohypnol, peut-être… ?

— Si seulement… Je pense plutôt que c'est le gin dégueulasse qu'on nous sert à ces beuveries. Je savais bien que j'aurais dû venir avec une bouteille de la ville. Règle numéro 1 : ne jamais se fier aux barmen du fin fond du New Hampshire. Tu me ferais un bloody ?

Dans un verre de cristal apporté par sa mère du Maryland, Evelyn mélangea deux tiers de jus de tomate avec un tiers de vodka extraite d'une flasque gainée de cuir. Elle se demanda d'où sa mère tenait cet attirail, apparu subitement quand la famille avait quitté la maison style ranch dans une banlieue aisée pour la demeure à la splendeur un peu décatie du centre de Bibville. Evelyn était alors en primaire. Avec le déménagement étaient venus les grands airs et la cristallerie, songea-t-elle en regardant la vodka couler.

— Je crois que ma mère a pensé au sel de céleri, mais je ne sais pas où elle est passée. Et puis les glaçons ont fondu…

— Raifort. Pop-corn. Plus de vodka. Encore. Encore. Encore. Voilà. Si je n'avale pas un verre très vite, je risque d'être obligé de régurgiter sur ce joli pique-nique.

Il but une longue gorgée de son bloody mary.

— Maintenant que tu t'es hydraté, que dirais-tu de te rendre utile ? Malgré tous nos efforts, Babs et moi avons été incapables de déplier ces chaises.

— C'est vrai que tu n'as jamais été très portée sur le travail manuel. D'ailleurs, j'ai toujours rêvé d'être ton homme à tout faire.

Preston posa son verre en équilibre sur le pare-chocs et s'accroupissait pour tripoter la charnière d'un des sièges récalcitrants lorsque Barbara Beegan réapparut. Le jeune homme sauta sur ses pieds.

— Chère madame, quel plaisir !

— Preston, quelle joie ! Evie m'a dit que vous étiez à la soirée des jeunes hier ; je suis ravie de vous voir aujourd'hui.

— Jeunes ? Votre fille vous a-t-elle informée que nous faisions désormais partie du groupe d'âge moyen ? Quand on est sorti depuis plus de cinq ans, c'est le début de la fin.

Evelyn lui assena un coup de coude dans les côtes – comme par accident, au cas où sa mère regarderait –, mais le mal était fait.

— Elle a presque trente ans. Pas étonnant, fit Barbara.

— Vingt-six, maman.

Pourtant, en côtoyant les élèves actuels, elle avait compris qu'à leurs yeux elle appartenait à la marée indistincte des anciens qui traînaient dans les dortoirs pendant le match en évoquant la couleur de la moquette à leur époque.

— Presque vingt-sept, dit Barbara en se tournant pour toiser sa fille.

— Presque vingt-cinq.

D'un coup de talon, Preston installa une chaise, puis l'autre.

— Voilà, et voilà. Toutes les deux, on dirait que vous avez bu à la fontaine de jouvence. Votre fille m'exploite, comme d'habitude. M. Beegan est là aussi ?

Evelyn lui rendit son verre.

— En remerciement de tes bons et loyaux services. Non, papa travaille ce week-end.

— Ah. Eh bien, je suis certain qu'il regrette de manquer la fête.

Comme personne ne répondait, Preston prit un cracker.

— J'ai lu dans le *Journal* un papier sur une affaire dont il s'est occupé. Un procès contre un laboratoire pharmaceutique, je crois, en...

— Comme toujours, l'interrompit Barbara avec entrain. Cela fait une éternité que je ne vous avais pas vu. Vous étiez à Londres, si je ne m'abuse... ?

— Je viens de rentrer à New York.

— Formidable. N'est-ce pas, Evie, que c'est formidable ? Je me tue à lui répéter qu'il ne faut pas perdre de vue ses vieux amis. Et les vôtres, comment vont-ils ? Ce Nick, tellement sympathique ? Et votre frère ? – quel garçon séduisant ! Sont-ils toujours célibataires ?

Evelyn tendit à sa mère un cracker tartiné de fromage frais.

— C'est bon, maman. On a compris que tu passais en revue les connaissances de Preston pour essayer de pêcher un beau parti dans le lot.

— Je fais la conversation, Evelyn. Ma fille est si susceptible, parfois. Alors, Preston, parlez-moi de vous. Vous sortez avec quelqu'un, sûrement.

— « Jamais le cours d'un amour sincère ne fut paisible »[1], madame.

— Bien sûr, vous avez tout le temps de vous fixer.

Evelyn leva les yeux au ciel et enfourna un cracker. Preston assurait à Barbara que la vie était belle à New York et que sa carrière d'investisseur indépendant marchait comme sur des roulettes (même si Evelyn n'avait jamais parfaitement

---

1. Extrait du *Songe d'une nuit d'été*, de William Shakespeare. (*Toutes les notes sont de la traductrice.*)

saisi ce que faisait Preston ni dans quoi il investissait). Il affirma ensuite qu'Evelyn s'en tirait admirablement dans la grande ville, un mensonge auquel elle fut sensible, et Barbara remonta ses lunettes sur le sommet de son crâne. Ses yeux bleu albinos brillèrent comme si c'était à elle que le compliment s'adressait. L'échange terminé, ils se séparèrent en douceur, comme à la fin d'un menuet. Barbara conclut en annonçant qu'elle allait leur garder des places dans le stade, puis s'éloigna.

Trois rangées de voitures plus loin, une voix de stentor retentit – un « Ha-CKING » sur deux octaves, suivi d'un « Beegs ! ».

— Oh, mon Dieu, souffla Preston à Evelyn.

Phil Giamatti, un gamin de la campagne du New Hampshire qui avait fait une overdose de caféine pendant leur première année, avançait bruyamment vers eux. À un œil inexercé, Phil pouvait paraître plus chic encore que Preston. Evelyn passa son allure au crible. Sa chemise à carreaux mauve semblait sortir tout droit de chez Thomas Pink. Pantalon : Nantucket Reds. Mocassins : Gucci. Evelyn se remémora son arrivée à l'école en jean et chemise de batiste trop grands. Maintenant, il étalait un luxe tapageur et s'aspergeait copieusement d'une eau de toilette dont le flacon devait lui aussi être gainé de cuir noir.

— Ça roule, mes poules ?

Il attrapa Evelyn avec ses grosses pattes et plaqua ses lèvres mouillées sur sa joue.

— Ça fait du bien de sortir de Manhattan, pas vrai ? ajouta-t-il.

— Ça fait toujours du bien de se retrouver à Sheffield, répondit Evelyn d'un ton neutre.

Elle n'aimait déjà pas Phil au lycée, à l'époque où il passait son temps à lorgner la copie de Charlotte pendant les contrôles ; il lui plaisait encore moins riche.

— Comme tu dis. Et de quitter le boulot, aussi. La banque, en ce moment, c'est la folie.

— Il paraît.

— Tu vois, à un poste comme le mien, c'est non-stop. Genre : on est sur le pont à 5 heures du mat', et on quitte le boulot à 1 heure du mat'. On bosse comme des psychopathes, quoi, mais on s'éclate aussi. Les belles meufs et les teufs, ça y va.

— « Les belles meufs et les teufs », ce n'est pas trop mon truc, répliqua Preston avec morgue.

— C'est les meufs qui ne sont pas ton truc, Hacking ?

Evelyn sentit ses oreilles prendre feu. Pourvu que Phil n'aille pas plus loin.

— Le truc de Pres..., commença-t-elle.

Phil insista :

— Des beaux mecs et des teufs ? Tu préfères ?

Evelyn n'eut pas besoin de regarder son ami pour savoir qu'il était écarlate.

— Preston *est* un beau mec, Phil, aboya-t-elle, glaciale.

En matière de repartie, on faisait mieux, mais c'était tout ce qu'elle avait trouvé.

— Bonne chance avec le boulot, ajouta-t-elle.

— Eh ! Je rigolais, dit Phil alors qu'ils s'éloignaient. Eh ! Hacking ? Beegs ?

Evelyn revint à la table de pique-nique et révisa la disposition des petits couteaux pour laisser à Preston le temps de se ressaisir. Au bout d'un moment, il déglutit si fort qu'elle l'entendit.

— Je ne vois pas de quoi il parle, lâcha-t-il enfin.

— Moi non plus, répondit-elle d'un ton égal.

Puis elle lui resservit à boire et fit diversion :

— Alors, si tu avais le choix entre...

Il saisit la balle au bond, ravi de reprendre leur passe-temps favori.

— Ooooh, quoi ?

— Si tu avais le choix entre : te retrouver assis à côté de Phil Giamatti à chaque dîner où tu irais pour le restant de tes jours ou avoir une piscine hors-sol dans ton jardin, tu prendrais quoi ?

— Je te trouve bien élitiste, ma chère. Quel est le nom du site pour lequel tu travailles, déjà ? Pas De Ça Chez Nous, Cher Ami ?

— Très drôle. Tu sais que je vais t'inscrire.

— Certainement pas ! Je fuis la technologie.

— Il va falloir t'y mettre. Tu fais partie d'une bonne famille, tu portes un nom connu et respectable, tu as sans doute des oncles alcooliques qui te légueront une grosse fortune : exactement ce qu'ils recherchent. Ne t'en fais pas. Je t'aiderai à créer un profil craquant.

— Sinon, la réponse à ta question, c'est une piscine hors-sol. Je tiens bien trop à mes dîners pour les partager avec des types comme Phil.

— Je suis d'accord.

— De quoi on parle ? demanda Charlotte qui était arrivée en sautillant et leur avait passé un bras autour de la taille à chacun.

— Phil Giamatti.

— Tu ne cherches pas à le recruter pour PLU, au moins ?

— *Daahling !* répondit Evelyn en se pinçant le nez. Il n'a absolument pas le calibre PLU.

— Dahling, jamais je n'aurais osé, fit Charlotte avec son accent anglais. Je crois que plus les inscrits sont bien nés, plus la prime d'Evie augmente.

— Bah, si c'est People Like Us qui la fait revenir à Sheffield, je vais bien être obligé d'accepter, dit Preston. C'est si bon de se retrouver ici.

— Évidemment, on n'est pas capables de s'organiser pour se voir à New York ! répliqua Charlotte. C'est le principe même de New York, non ?

23

Evelyn revissa le bouchon de la flasque. Ah, être jeune à New York, soupiraient, envieux, les gens de Bibville en apprenant où elle habitait. Evelyn s'efforçait de s'y plaire. Elle y parvenait, parfois, quand elle portait des talons et du parfum et qu'elle hélait un taxi sur Park Avenue par une fraîche soirée d'automne, quand la fontaine du Lincoln Center dansait dans les lumières de la nuit, ou quand, assise au deuxième balcon, elle sentait son esprit se figer en écoutant Alfred Molina chanter « Sunrise, Sunset ». Cette ville bourdonnait comme jamais Bibville n'avait bourdonné. Si c'était difficile de trouver un taxi, c'était parce que tout le monde était toujours en train d'aller quelque part. C'était follement tonifiant. Jusqu'au jour où ça devenait simplement irritant.

Elle avait appris à vivre à New York. Appris qu'il ne fallait jamais prendre un plat chaud chez les traiteurs coréens ni acheter de chaussures dans les boutiques sans marque qui fleurissaient derrière les devantures vitrées de Midtown. Appris qu'il y avait plus de place dans le métro au milieu de la rame qu'aux extrémités et que les fleurs vendues dans les épiceries portoricaines provenaient souvent d'un enterrement. Et pourtant, elle était loin de mener une vraie vie de New-Yorkaise. En dépit de ses beaux projets, elle passait presque tout son temps à se traîner du bureau à chez elle et de chez elle au bureau sans faire avancer son existence d'un iota. Il y avait trop de monde, trop de bruit, trop de saleté. Il faisait tantôt trop chaud, tantôt trop froid. La moindre course demandait un temps et une énergie considérables. Elle rentrait chez elle toujours en nage.

Maintenant que Charlotte et Preston étaient de retour à New York, elle s'attendait à ce qu'ils redeviennent inséparables, luttant chacun de leur côté pour construire leurs carrières professionnelle et amoureuse dans leurs minuscules appartements et se retrouvant le dimanche pour se remonter le moral et boire du vin sur le toit de leurs immeubles. Seulement, pendant l'année où Charlotte avait trimé chez Goldman Sachs, Evelyn ne la voyait en moyenne qu'une fois tous les quinze jours, et pour l'entendre se lamenter sur sa charge de travail. Puis Charlotte était partie faire un troisième cycle à la Harvard Business School. Depuis son retour, elle travaillait chez Graystone, un fonds d'investissement où la pression était telle qu'elle était prise presque tous les soirs et les week-ends. Quant à Preston, depuis son retour de Londres, il passait son temps avec sa clique BCBG. Evelyn était restée en contact avec ses quelques amies de Davidson College installées à New York, mais leurs existences commençaient à prendre des directions radicalement opposées. L'une, comédienne, venait d'emménager à Bushwick ; pour lui rendre visite, Evelyn aurait dû prendre trois métros et sans doute s'armer d'un couteau à cran d'arrêt. Une autre s'était fiancée et allait s'installer à Long Island.

Les quatre années depuis la fin de ses études à Davidson s'étaient écoulées à la fois trop lentement et trop vite. Evelyn avait franchi le cap des vingt-cinq ans sans avoir la vie qu'elle espérait. Soit les filles de son âge se consacraient à faire décoller leur brillante carrière, soit elles vivaient une relation sérieuse qui n'allait pas tarder à se traduire par une bague et des fiançailles officielles. Sa mère lui avait déjà proposé de lui payer une congélation d'ovocytes et elle n'avait même pas refusé sur-le-champ. Ce n'est pas qu'elle rêvait d'avoir un mari et des enfants. Mais qu'il serait bon de trouver enfin sa place, que les gens la jugent digne d'intérêt et lui parlent vraiment au lieu de lui poser quelques questions distraites avant de l'oublier aussi vite... (Murray Hill, c'est ça ? Non, l'Upper East Side. Ah, et Bucknell ? Non, Davidson.)

People Like Us allait peut-être lui offrir sa chance, même si ses parents restaient sceptiques. Son père était contre le principe : selon lui, les rupins n'avaient pas besoin d'un moyen supplémentaire de se démarquer du reste de la société. Et lorsque Evelyn avait appris la nouvelle à sa mère, celle-ci avait répondu : « Si je comprends bien, au lieu de faire l'effort de t'intégrer parmi les gens bien de New York, tu vas leur servir de concierge ? Est-ce pour cela que nous t'avons envoyée à Sheffield ? »

D'accord, elle avait longtemps été intimidée par ceux qu'elle devait aujourd'hui recruter. Quelques minutes plus tôt, elle était partie en reconnaissance et en avait observé quelques-uns. Auraient-ils un jour ce qu'ils méritaient – bedaine de buveur pour les hommes, air hagard pour les femmes ? Cela prouverait que sa mère avait mal jugé l'attrait de ce milieu. Pourtant, les filles étaient superbes, détendues, libres, avec ce léger bronzage de plage privée et les bracelets en émail Hermès qui cliquetaient à leurs poignets. Et les garçons – banquiers, avocats, futurs hommes politiques – étaient beaux et pleins d'assurance. En écoutant discrètement les conversations, elle les avait entendus se repaître d'une entorse à l'étiquette commise dans un club privé de San Francisco. Luttant contre le réflexe qu'elle avait de s'éloigner de ce genre de conversation pour éviter de se sentir une moins que rien, elle s'était forcée à adresser la parole à quelques personnes qu'elle connaissait grâce à Preston et était même parvenue à en enrôler certaines dans l'aventure de PLU. Elle était déterminée à réussir, pour prouver à ses parents et à tous ceux qui ne la remarquaient pas qu'elle était quelqu'un. La grande ville croyait qu'elle n'y arriverait pas ? Eh bien, la grande ville se trompait.

Preston s'étant fait coincer par un ami de son père, Evelyn et Charlotte se dirigèrent vers le stade. Un autre chant retentit et les pom-pom girls se lancèrent dans leur chorégraphie :

Quand on s'bat – on s'bat – à coup de fi-
Gures de rhéto – rique par – ce que Shef – field
Est l'é – cole des roman – tiques et des écri – vains
Des po – ètes et des litté – raires
Si on perd – le match de la – crosse –, on pré – fère
Défier l'autre é – quipe sur le ter – rain
Des qua – trains
Des alexan – drins
Notr – e fort
C'est la méta – phore
L'oxy – more
Et le style !

Vers la fin, les supporters de Sheffield perdirent le rythme, mais parvinrent tout de même à hurler « style » à l'unisson, comme si c'était vis-à-vis de l'autre équipe l'insulte suprême.

Barbara, qui occupait la moitié d'une rangée avec une immense couverture de stade, fit signe à Charlotte et Evelyn. Sheffield avait la balle. Les spectateurs se remirent à crier au moment où Evelyn se faufilait entre les rangs.

— Ta boucle d'oreille a l'air sale, déclara Barbara.

— Maman, si tu ne me lâches pas avec mes boucles d'oreilles, je vais les jeter dans le public.

Charlotte s'étrangla de rire.

Barbara se réinstalla sur la couverture et la foule entonna un arpège descendant quand Enfield reprit la balle :

Tout va bien, tout va bien, vous les aurez un jour, c'est certain.

2
Prochain arrêt, Lake James

Evelyn contempla son lit jonché de robes, de gilets, de jeans, de bottes, de sandales et de vêtements de sport de chez Patagonia. Pas facile de voyager léger pour un week-end dans les Adirondacks.

Son portable sonna.

— Bonjour, maman.

— Est-ce que tu prends la Lilly ?

— Franchement, maman. Tu m'appelles pour savoir ce que je vais mettre dans ma valise ? Je suis déjà allée chez Preston, tu te souviens ?

— On ne regrette jamais d'avoir emporté une robe Lilly Pulitzer en week-end l'été, affirma Barbara.

Evelyn se rendait dans la maison de vacances de Preston à Lake James, dans les Adirondacks, pour le Memorial Day. Son objectif ? Recruter de nouveaux membres pour People Like Us. Car en entrant chez PLU, elle avait vite compris que les co-DG, Arun et Jin-ho, ne lui seraient d'aucun secours et qu'il allait falloir qu'elle se débrouille par elle-même. En cela comme pour le reste, People Like Us était une vraie start-up : bureaux en attente de rénovation dans Chelsea, tables pliantes en guise de postes de travail, IBM de récup…

L'idée du site avait germé dans l'esprit d'un septuagénaire suisse, un Habsbourg, qui souhaitait retrouver des

28

gens comme lui quand il se rendait à Dubaï ou aux Maldives. Le financement aussi venait de lui. Il laissait carte blanche à Arun et Jin-ho, tous deux diplômés de l'école de commerce de Stanford, lesquels semblaient à leur tour s'en remettre entièrement à Evelyn pour la stratégie de recrutement.

Avant toute chose, il fallait qu'elle sache qui était qui. Elle avait donc commencé par potasser le site New York Appointment Book et les pages mondaines du *Times* pour imaginer quel genre de proies People Like Us pouvait convoiter. Sa conclusion était sans appel : elle devait attaquer par le haut du panier. Le buzz était garanti et le site aurait l'air ultra-select.

En tête de sa liste, Evelyn avait placé Camilla Rutherford. Elle ne l'avait vue en personne qu'une fois, un soir, au bar du Picholine, alors qu'elle buvait un verre – hors de prix – en attendant le début de *Barbara Cook's Broadway !* au Vivian Beaumont. Le maître d'hôtel avait passé vingt bonnes minutes au téléphone à expliquer à quelqu'un en temps réel comment venir de Chelsea, puis Camilla était apparue, et l'homme s'était confondu en excuses pour le manque de clarté de ses indications. Evelyn ne comprenait pas bien de quoi il voulait se faire pardonner : ses explications lui avaient paru limpides. Mais c'était avant qu'elle ne se retourne pour observer Camilla. Face à tant d'assurance et de classe, elle s'était sentie fripée, le cheveu gras, le vernis des orteils écaillé.

Babs savait fort bien qui était Camilla et poussait déjà Evelyn à s'en faire une amie à l'époque de Sheffield. Evelyn avait entendu parler d'elle à l'école, bien sûr. Camilla-de-St-Paul était un sujet de conversation récurrent à chaque fois que la bande new-yorkaise de Preston revenait de vacances. Aujourd'hui, elle était responsable adjointe des événements spéciaux chez *Vogue*, un poste réservé aux femmes si belles et si chics que leur présence suffisait à rendre les fêtes glamour. Sur Appointment Book, le seul site people réellement lu par les people, Camilla se détachait comme le vrai centre du Jeune New York. On la voyait, dans une robe à volants gris nuage, se prélassant sur un banc du Met à l'occasion de la soirée pour l'aile égyptienne ; à l'Assemblée des jeunes collecteurs de fonds pour le Guggenheim, dans un corsage de soie et une jupe zigzag noirs, une flûte de champagne à la main ; dans un ensemble style flamenco qu'Evelyn n'aurait jamais osé porter, lors de « Pour qui sonne le glam », une opération caritative sur le thème de la guerre d'Espagne destinée à récolter des fonds pour la Bibliothèque publique de New York... Comprendre qu'il lui fallait absolument l'adhésion de Camilla était facile. La difficulté, ce serait de l'obtenir.

C'est alors qu'Evelyn s'était rappelé que Camilla possédait un *camp* à Lake James, là où Preston passait ses étés. Ça avait fait tilt : pour attirer les gens, il fallait aller les chercher sur leur territoire. Pas dans les rues de New York où n'importe quel bonimenteur, n'importe quel ambassadeur des énergies vertes armé d'une pétition pouvait les accoster, mais dans leur résidence d'été, le saint des saints, là où la seule présence d'Evelyn prouverait qu'elle venait du même monde. Elle avait donc envoyé un e-mail à Preston pour savoir s'il passait le week-end du Memorial Day à Shuh-shuh-gah, son *camp* de Lake James, et il lui avait répondu, en français, « Comme d'habitude », puis « oui », toujours en français, lorsqu'elle lui avait demandé si elle pouvait s'incruster. Avec les vieux amis, tout était merveilleusement simple.

En début de semaine, elle avait fait une présentation de stratégie d'adhésion pour exposer son plan. Elle avait notamment montré à Arun et Jin-ho des photos de la soirée « Pour qui sonne le glam ».

« Voilà comment ces gens communiquent, avait-elle expliqué. Pourquoi sont-ils venus à cette soirée ? Pour la bibliothèque – mais encore ? Parce que leurs amis le leur ont demandé. "Prends une table." "Fais un don, conséquent, de préférence." C'est ainsi que fonctionne ce monde. Il tourne autour de quelques personnages influents qui fixent les tendances. Ce sont eux qui désignent les fêtes auxquelles il faut se rendre, les lieux où il faut partir en vacances. Et sur quel site il faut s'inscrire. Viser la quantité plutôt que la qualité est le plus sûr moyen de perdre toute crédibilité aux yeux de ce milieu. Donc : nous allons jouer selon leurs règles. Recrutement individuel. Présentations individuelles. Exactement comme pour l'organisation d'une soirée caritative : "Vente discrète, en toute intimité." »

Elle avait fait faire de jolies cartes de visite People Like Us et les avait confiées aux membres de l'équipe qui allaient passer le Memorial Day à Nantucket, à Martha's Vineyard, dans les Hamptons ou à Aspen. Arun et Jin-ho étaient impressionnés.

Barbara continuait à jacasser. Evelyn alla à la fenêtre et passa le doigt sur la couche de poussière qui s'était accumulée depuis la veille.

— Cela faisait une éternité que je n'avais pas vu Preston, constata Barbara. Qu'est-ce qui s'est passé, entre vous deux ?

— Rien du tout. Il était à Londres. On s'est à peine vus pendant trois ans.

— Et son frère ? Il était charmant. Sheffield forme vraiment des jeunes gens accomplis.

— Bing a fait ses études de médecine dans les îles Vierges parce qu'il n'était admis nulle part aux États-Unis. Et il a un enfant de huit ans.

— Bon. N'élimine pas systématiquement les divorcés. Ils sont d'autant plus heureux d'avoir à leur bras une femme jeune et jolie.

— Maman, si tu continues, je vais raccrocher.

Le combiné calé entre l'épaule et l'oreille, Evelyn commença à jeter ses affaires dans son sac. C'était bientôt l'heure de son train.

— Je me suis toujours dit que Preston et toi finiriez par vous marier, enchaîna Barbara. Il est si bien élevé, et il joue si bien au tennis… Avec un mari comme lui, Evelyn, la vie ne peut être que facile. Quel plaisir de sortir et de recevoir avec un compagnon si sociable, si drôle. Preston est toujours la reine du bal. Enfin, le roi du bal, plutôt.

Evelyn plia un gros pull. Elle aussi avait songé à l'équation toute simple d'un mariage avec Preston. Ils traceraient leur vie comme un huit perpétuel, vaquant à leurs occupations pendant la journée, se retrouvant le soir pour sortir, se séparant à nouveau ensuite, sans doute pour rejoindre leurs amants respectifs. Les films qu'elle se faisait sur sa vie avec Preston étaient toujours en noir et blanc, avec de petits verres à cocktail ronds et de longs fume-cigarettes. Ce qu'elle ne parvenait pas à se représenter, en revanche, c'était une soirée à la maison, en tête à tête. Sans même en arriver aux détails pratiques pour éviter de coucher ensemble, l'effroyable intimité de sa brosse à dents humide la faisait frémir.

— Quels sont tes projets pour l'été, Evelyn ?

— Lake James, pour le moment.

Elle savait que sa mère l'interrogeait sur la suite de la saison. Quelques collègues de son ancien job, au service marketing de l'éditeur de manuels scolaires, avaient pris une location ensemble sur la côte. Evelyn avait les moyens de se joindre à eux, mais elle n'avait rien à partager avec cette bande de ploucs. D'un autre côté, quelle déprime de rester à New York tout l'été ! L'année précédente, elle avait passé tous ses week-ends à boire de la Sam Adams Summer Ale par une chaleur accablante, avec pour seule compagnie le défilé de la fête dominicaine.

— Ça, c'est pour ton boulot de vente de sites Internet. Tu ne pourras pas compter sur l'hospitalité de la mère de Preston tous les week-ends. Une femme seule est un poids pour une maîtresse de maison, tu sais : il est toujours difficile de trouver un célibataire pour lui servir de cavalier à dîner.

— Maman. Je vais déjà à Lake James. Savoure ta victoire, d'accord ? Et, pour la quatorzième fois, je ne *vends* pas des sites Internet.

— Tu as pris la Lilly ?

Evelyn secoua la tête.

— Au revoir, maman.

Elle coupa la communication et fourra la robe Lilly Pulitzer dans son sac, qu'elle traîna jusqu'à l'ascenseur grinçant puis dans le hall de l'immeuble. Elle habitait l'Upper East Side, dans un appartement au-dessus de ses moyens bien que situé du côté « inquiétant » du quartier, comme disait sa mère. Lorsque Evelyn avait signé, elle ignorait encore qu'à Manhattan on changeait parfois radicalement de standing au milieu d'un pâté de maisons. Elle s'était ainsi retrouvée locataire d'un immeuble baptisé le Petit Trianon, dans la 74ᵉ Rue, du mauvais côté de la Troisième Avenue. Lorsque Barbara lui écrivait, elle adressait toujours ses lettres à « Evelyn Topfer Beegan, Le Petit Trianon », comme s'il s'agissait d'une propriété à la campagne.

Elle passa devant les plantes vert fluo qui se disputaient le peu de soleil filtrant dans le hall. La gagnante, ces temps-ci, était un aloe vera dont les tentacules géants se traînaient sur le carrelage, découragés. Il y a quelque temps, l'aloès s'était multiplié et l'homme à tout faire avait replanté les bébés dans de petits godets marqués : À ADOPTER – BONNES MAISONS UNIQUEMENT. Lorsque Evelyn était rentrée de l'épicerie portoricaine ce matin-là, un sans-abri leur avait déjà pissé dessus, laissant autour des pots une flaque sombre et puante.

Quand Evelyn descendit du train à la gare de Lake James sept heures plus tard, le ciel voilé de gros nuages gris faisait craindre de la neige. En mai, alors que le reste de l'État de New York accueillait l'été, les Adirondacks se raccrochaient de toutes leurs forces à l'hiver. L'hiver, c'était leur saison. Pas question de le laisser filer si facilement. Evelyn frissonna. Le train s'éloignait en sifflant. La gare était au bord de la route, Evelyn le savait. Pourtant, elle n'entendait même pas le moteur des voitures.

Ce week-end, Preston avait invité toute une bande. Il y avait d'abord Nick Geary, le meilleur ami de Preston depuis le collège, qui avait pour sa part fréquenté Enfield et Dartmouth. Il s'occupait des produits de grande consommation pour la banque Morgan Stanley, et Charlotte, qui travaillait pour une entreprise de capital-investissement, avait constamment affaire à lui dans son boulot. Nick avait invité un de ses collègues, que Charlotte connaissait donc aussi. Cette dernière, harcelée par Evelyn, avait finalement accepté au dernier moment d'être de la partie. Bing, la petite amie de Bing et l'enfant de Bing seraient là également. Evelyn espérait parvenir à convaincre certains des invités de s'inscrire sur le site et comptait sur les fêtes de Lake James pour lui attirer d'autres recrues.

Lake James était superbe. Même la gare, toute simple, composée d'un petit bâtiment bleu et d'un quai bétonné entouré d'arbres verts. Un vent vif se leva et retomba tout aussi soudainement, faisant taire le bruissement des feuilles, qui imitait la pluie. Evelyn, qui s'était habillée été plutôt que montagne, resserra son cardigan de coton. Elle aperçut à l'autre bout du quai un homme grand aux cheveux noirs, en costume sombre. Il devait avoir son âge, mais ses épaules voûtées lui donnaient l'air bien plus vieux. Il fixait les arbres d'un air égaré.

Ils arrivèrent en même temps devant la sortie. Malgré une certaine gaucherie, il réussit à ouvrir la porte à Evelyn. Avec son mètre quatre-vingt-dix, ses traits marqués et ses petits yeux marron, il lui rappelait un certain basketteur croate dont elle avait appris l'existence quand elle avait été forcée de regarder un match Lakers – Knicks. Elle le précéda dans la salle d'attente et en profita pour l'examiner plus attentivement. Faisait-il partie des habitués de Lake James sur lesquels elle avait fait des recherches ? Sans doute s'attarda-t-elle trop sur son costume.

— Je suis venu directement du bureau, bafouilla-t-il en tirant sur sa cravate.

— Je m'en doutais, répondit Evelyn avec un sourire. Ou alors, Lake James est devenu un centre d'affaires très important.

Il esquissa un demi-sourire qui ne parvint pas à effacer la nervosité de son expression.

— Bon… alors, vous devez être Evelyn ? Nick m'a dit que nous prenions le même train.

C'était donc l'ami de Nick. Tout ce qu'elle savait de lui, par Preston, c'était qu'il travaillait aussi chez Morgan Stanley. Cependant, elle ne lui trouvait pas le genre habituel des copains de Nick. Un peu brut de décoffrage, il avait l'air plutôt sympathique.

— Evelyn Beegan. Vous allez chez Preston ?

Il rougit.

— Oui. Il ne vous a pas… euh… prévenue ? Que nous prenions le même train ? Pardon. Je travaille avec Nick. Il a pensé que ce serait sympa que je vienne. Ici.

— Bien sûr, il a eu raison ! Pardon, je n'ai pas saisi ton nom.

Comparativement à lui, elle se sentait très à l'aise.

— Oh. Oh, pardon. Scot. Scot Tannauer.

Il lui tendit la main et la retira aussi vite en la secouant comme s'il souffrait d'un syndrome du canal carpien. Elle ne parvenait pas à déterminer s'il était attiré par elle ou terrifié par le genre humain. Il jeta un regard autour de lui.

— C'est la première fois que je viens dans les Adirondacks. Mais je me suis documenté.

— Je ne savais même pas qu'il y avait de la documentation sur le sujet.

— Oh, si. Si. Plein. L'histoire des montagnes, des grands *camps*, des Vanderbilt et des premières familles à être venues ici.

— Déjà des banquiers, à l'époque, dit-elle avec un petit rire.

— Ah… oui… j'ai compris la blague, fit-il en considérant son costume.

— Non, non. Je ne voulais pas…

— Pardon. Seulement. Non. Je…

— Donc, tu disais ? Les grands *camps* ?

— D'un point de vue architectural, c'est vraiment quelque chose. Un style très intéressant qui a été reproduit dans certains *lodges* de parcs nationaux, mais nulle part ailleurs, véritablement.

Evelyn s'apprêtait à lui poser des questions sur ces fameux architectes quand la porte de la gare s'ouvrit. Nick Geary fit son entrée, en short de tennis et polo blancs. Ses cheveux bruns flottaient toujours à la perfection. Il avait toujours les yeux bleu foncé, une peau parfaite et des lèvres d'un rouge sombre à faire pâlir d'envie toutes les demoiselles. Son seul défaut, c'était ses narines, larges et frémissantes ; elles avaient dû voir plus que leur part de cocaïne, songea Evelyn tandis qu'il se penchait pour l'embrasser sur la joue.

— Evelyn ! Ça fait des siècles. Ça marche toujours, le chant ? demanda-t-il, moins distant qu'elle ne s'y attendait. Monsieur, ajouta-t-il à l'adresse de Scot. Je remplace votre chauffeur, aujourd'hui. En voiture. Evelyn, tu avais vraiment besoin de tous ces bagages, pour un week-end de trois jours ? Seigneur.

— Le chant ? demanda Scot.

— J'étais à fond dans les comédies musicales, quand j'ai connu Nick. Je n'en reviens pas qu'il s'en souvienne.

Scot émit un son qui tenait du hennissement.

3
Shuh-shuh-gah

Les magasins de Lake James, jamais plus de un étage, s'entassaient dans le centre-ville, dans un périmètre de moins de deux kilomètres sur cinq. Rien n'avait changé depuis l'unique visite d'Evelyn ici, l'été qui avait suivi la fin des études de Preston à Sheffield. Par chance, aucun Walmart n'était venu gommer la spécificité du village, même pas une chaîne de drugstores, tous relégués à la périphérie. Sur les devantures, on lisait des noms comme Just Bead It, Custard Mustard & Ale ou Steak Loft.

En baissant la vitre, elle reconnut même la senteur particulière de l'air, composée de feuilles humides, de feu de bois et de gazon boueux. Elle avait préféré s'asseoir à l'arrière pour laisser Nick faire la conversation avec Scot et regarder tranquillement défiler les arbres vert tendre. Il n'y avait pas d'autre bruit que le pépiement des oiseaux et le grondement de la vieille jeep des Hacking.

Alors qu'on était fin mai, les gros pulls irlandais, les bottes en caoutchouc et les chaussures de marche régnaient encore sur les étalages du Sweater Haus, du Gap et du Bass. L'ardoise du Lakeview Inn promettait de la soupe aux pois et des sandwichs au fromage fondu, ainsi qu'un temps nuageux et une température de douze degrés.

Evelyn contempla James Pond en se rappelant la première fois qu'elle l'avait vu. Dire qu'on parlait tant de Lake James, avait-elle songé à l'époque, alors que ce n'était qu'une station de vacances ringarde pour les classes moyennes, avec un lac minuscule et des ours en bois toutes les trois vitrines. Puis elle avait suivi les indications de Preston – celles-là même que Nick était en train de suivre à présent – et s'était retrouvée face à un panneau portant la mention MT JOBE ROAD – VOIE PRIVÉE. C'est alors qu'elle avait compris son erreur. En avançant sur le chemin qui finissait par se perdre dans les bois, on apercevait à gauche un lac immense, et les arbres destinés à les cacher laissaient imaginer des propriétés féeriques.

— Oh, fit Scot en découvrant le spectacle qui avait émerveillé Evelyn quelques années plus tôt. Il y a un autre lac ? Je croyais que Lake James était celui que nous avions vu en ville.

— Celui-là, c'était le bassin, expliqua Evelyn. James Pond. Tous les touristes pensent qu'il s'agit de Lake James. Ils font une sortie en pédalo et rentrent chez eux tout dépités, en se demandant pourquoi on fait tant d'histoires pour cette mare aux canards. Mais le vrai lac, Lake James, est gigantesque ! Il fait au moins dix fois la taille du bassin. Seulement, on ne le voit pas depuis le village...

— Pourquoi ?

— À cause des voies privées, mon vieux, répondit Nick en passant en trombe devant Mt Jobe. Essaie de suivre, un peu.

— J'aurais cru que les résidents s'y opposeraient, s'étonna Scot.

— Les résidents habitent tous les voies privées, s'esclaffa Evelyn. Ce sont eux qui empêchent les autres d'entrer.

— En voilà des idées communistes, Evelyn ! lança Nick.

Sur Mt Jobe Road, chaque maison était marquée d'un modeste panneau de bois dont la typo légèrement déjantée indiquait le nom des lieux, mélange d'hommage et de jeu de mots.

Les parents de Preston avaient acheté leur *camp*, Shuh-shuh-gah, dans les années 1980, après que Jean Hacking s'était brouillée avec ses sœurs et avait décidé de ne plus aller à Osterville. Mme Hacking s'insérait parfaitement dans cette petite société, avec ses serre-tête, ses polaires et ses pantalons froissés, sa cave garnie de bons vins rouges, ses racines patriciennes de la côte Est, son esprit de compétition dans les sports de plein air comme la voile et l'aviron, et sa prononciation à l'anglaise du mot « ouragan ».

Même si les Hacking n'étaient là que depuis trois décennies, un flot d'arrivées plus récentes les faisait passer pour la vieille garde de Lake James. De l'autre côté de la route, à flanc de colline, des gens de Los Angeles, de Floride ou de Caroline du Sud avaient acquis des terrains sans accès à l'eau rien que pour avoir le privilège de dire qu'ils possédaient un *camp* dans les Adirondacks. Ils avaient installé des allées gravillonnées et des statues d'ours et d'aigles en granit et n'arrêtaient pas de se battre avec la commission d'urbanisme locale pour faire poser des antennes paraboliques.

Nick vira dans un crissement de pneus et franchit sans ralentir un petit pont en bois. La voiture bondit. Evelyn vit avec une certaine inquiétude la tête brune de Scot se rapprocher dangereusement du plafond. Fausse alerte.

À la sortie du dernier virage, au bas de la colline, elle aperçut l'accueillant abri à bateaux en bois brun de Shuh-shuh-gah, percé de fenêtres peintes en vert. La maison des Hacking faisait partie de l'un des grands *camps* des Adirondacks, un de ceux qui avaient été fondés à la fin des années 1800 par des barons du chemin de fer, de la banque ou de l'exploitation forestière. À l'origine, c'était un *camp* de chasse avec des tentes séparées pour faire la cuisine, dormir et boire. Lorsque les dames de la bonne société avaient commencé à rejoindre leur mari dans les Adirondacks, renonçant aux escapades démodées à Saratoga Springs ou Cape May, les structures en toile avaient fait place à des constructions en bois, tout en conservant un aspect rustique, inachevé, de façon à donner aux visiteurs la sensation qu'ils vivaient toujours en pleine nature.

Rares étaient les *camps* qui étaient restés d'une seule pièce, et celui des Hacking n'en faisait pas partie. La maison principale avait été aménagée dans une ancienne écurie et le magnifique abri à bateaux comportait deux docks couverts et un découvert ainsi que des chambres à coucher à l'étage. Les autres parties du *camp* d'origine étaient désormais séparées de celle des Hacking par des boqueteaux.

Lors de sa première visite, Evelyn était arrivée sous la pluie – de la neige fondue – et s'était réfugiée sous le porche de l'abri à bateaux avant de rejoindre la fête de fin d'études de Preston. Les pins élancés au tronc dénudé sur vingt mètres et surmonté d'une grosse tache verte ressemblaient à ceux des peintures sur soie japonaises. Le ciel était si gris qu'elle ne distinguait que quelques lumières aux fenêtres des maisons de l'autre côté du lac. Seul lui parvenait le bruit de la pluie qui martelait la balustrade de bois et le dock sous ses pieds. Pendant un moment, elle avait eu l'impression que tout était calme.

Puis elle s'était rendue à la fête. Le frère aîné de Preston, Bing, était là avec une bande de copains. Ils étaient saouls et se disputaient pour des histoires de rugby. Les filles étaient jolies, méchantes et faisaient des plaisanteries qu'Evelyn ne comprenait pas. Nick Geary, qu'elle avait pourtant rencontré à plusieurs reprises, s'obstinait à l'appeler Sarah. La mère de Preston avait enrôlé Evelyn d'autorité pour l'aider à organiser une régate, puis l'avait réprimandée publiquement pour avoir mal amarré un bateau. Ensuite, les dîners au bord du lac s'étaient succédé. Evelyn était la nulle de service. Tout le monde portait une ceinture avec des baleines brodées. Tout le monde, sauf elle.

Cette fois, elle avait sa ceinture avec des baleines – un cadeau d'anniversaire de Babs qu'elle n'avait jamais porté – et elle était prête. À gauche, au bout d'un chemin empierré, elle apercevait le coin de la maison principale. Elle ouvrit la portière, sauta de voiture, tira son sac de la banquette arrière et se dirigea vers le large escalier de pierre qui menait à la porte de la cuisine.

Hamilton, le deerhound des Hacking, qui – comme Alexander avant lui – fuguait souvent pour une baignade illicite et qu'il fallait aller rechercher chez les voisins, poussa la porte moustiquaire pour donner à Evelyn un coup de truffe de bienvenue. Elle suivit le chien à l'intérieur, où elle trouva Preston assis sur un tabouret devant l'îlot central de la cuisine, en train d'examiner une grappe de raisin à la lumière de la lampe.

— Ah, bien le bonjour, Evelyn Beegan, dit-il en se levant.

Il portait une très vieille chemise rose, un pantalon kaki foncé et des pantoufles de velours brodées d'un monogramme avec un énorme trou de mite au niveau du petit orteil gauche. Il agita la grappe sous le nez d'Evelyn.

— Tu veux du raisin ?

— Non, merci. Ça va.

Elle s'assit sur un tabouret. Il n'y avait pas de vaisselle, propre ou sale, dans la cuisine. Rien que cette coupe de fruits qui semblait attendre une séance photo.

— Où sont tes compagnons de voyage ? Et qu'est-ce qui s'est passé avec tes cheveux ? demanda Preston.

— Ils arrivent, je crois. Et je les ai fait lisser. Merci de m'avoir permis de m'incruster. Le recrutement pour People Like Us continue.

— Et le feuilleton continue ici aussi ce week-end, dit Preston en se jetant un grain de raisin dans la bouche d'un air amusé. Tu te souviens de Bing ?

— Bien sûr.

— Il a divorcé.

— C'est ce que tu m'as dit. Je suis désolée.

42

— Pas la peine. Ça vaut mieux pour tout le monde. Mais il a pris la décision assez malavisée d'amener sa petite amie pour le week-end. Elle travaille dans...

Preston s'interrompit et mâcha posément son raisin avant de révéler :

— ... une agence de pub. En ce moment, elle fait la réclame des tomates en boîte. Je ne sais plus trop où elle est allée. DePaul ? DePauw ? Une fac de troisième ordre, en tout cas.

— Il y a une super équipe de foot, à DePaul, non ?

Preston la toisa.

— De *foot* ? Evelyn.

— C'est un sport.

— À peine. Allez, prends du raisin. Il est très bon, même s'il a des pépins. Fais attention. Elle se fait appeler Chrissie.

— Est-ce parce que c'est son prénom ?

Preston sourit.

— Peut-être. Peut-être. Chrissie est là pour les trois jours, et je ne peux pas dire que tout baigne dans l'huile.

— Ils sortent ensemble depuis combien de temps ?

Preston réfléchit.

— Trois mois. Quatre. Mais elle n'est pas de toute première jeunesse. Manifestement, il lui tarde de se reproduire. Du coup, elle fait étalage de ses qualités maternelles en s'occupant de Pip – tu te souviens de ma nièce ? Elles vont même faire équipe pour la Fruit Stripe dimanche. Pip n'est pas ravie ravie.

— La Fruit Stripe ? La régate ? C'est ce week-end ? Je ne suis pas obligée de participer, si ?

— Il y a toujours un risque. Si ma mère veut t'enrôler, tu sais que tu ne pourras pas refuser.

— Pres, la dernière fois que je suis venue, ta mère a failli m'expulser parce que j'avais mal fait un nœud.

— Tu viens de l'Eastern Shore du Maryland. Tu es censée savoir ce genre de choses.

43

— Oui, c'est ce que dit ma mère. Mais j'ai réussi à échapper à tous les stages de voile qu'elle a voulu me faire faire. Et Chrissie, elle fait de la voile ?

— Bon. La Fruit Stripe change tous les ans. La fondatrice choisit à chaque fois le type de course. Voile, aviron, kayak, canoë. Toujours du bateau, bien sûr. Il paraît que Chrissie est très bonne en kayak – elle vient de la côte Ouest – et ma mère a cru que ce serait un atout cette année. Sauf que c'est la voile qui a été choisie à nouveau, et pas le kayak. Donc, voilà.

— Une performance médiocre en sport nautique, ça ne va pas très bien passer auprès de ta mère.

— Non. De Bing non plus. Ce pourrait même être une cause de rupture. C'est peut-être le but, d'ailleurs. En tout cas, il va y avoir du spectacle, je pense.

Hamilton écrasa son museau contre la cuisse de Preston tandis que Nick et Scot entraient.

— Ça fait plaisir de te revoir, mon vieux, dit Preston à Scot d'un ton soudain plein de courtoisie virile.

Une porte claqua à l'autre bout de la maison et Mme Hacking déboula dans la cuisine, une liasse de papiers à la main, ses cheveux gris bouclés retenus par des pinces au-dessus des oreilles. Evelyn ne l'avait jamais vue autrement que dans des vêtements pratiques et adaptés à tous les temps, dans lesquels elle pouvait aussi bien réparer un bateau à moteur qu'assister à une réunion du comité ou promener Hamilton autour du lac. Aujourd'hui, dans son pull norvégien et son pantacourt kaki, elle ne dérogeait pas à la règle.

— Bonjour, tout le monde ! Hamilton, assis. Evelyn, bonjour. Cette année, la Fruit Stripe se court à nouveau à la voile, donc vous n'allez pas aider à amarrer les bateaux. Vous devez être Scot. Bienvenue. Nick, merci pour la conduite. Je pars à la réunion pour la Fruit Stripe ; ensuite, il faut que je passe à la bibliothèque municipale avant la fermeture. Preston, tu veux bien appeler la bibliothécaire pour qu'elle m'attende jusqu'à 18 h 15 ? Apéritif à 18 h 30, dîner à 20 heures.

À Boston, où les parents de Preston vivaient presque toute l'année, Mme Hacking s'était inscrite à un club d'aviron vétérans très axé sur la compétition et s'était mise à faire de la musculation. Jardinière accomplie, elle suivait également depuis peu des cours de paysagisme. Sa mémoire était intacte, comme le prouvait son souvenir très précis de la prestation d'Evelyn des années plus tôt. Maîtresse de maison formidable, elle était de ceux qui avaient collecté le plus de fonds en faveur de Romney lors de sa candidature au poste de gouverneur. Il y avait une seule chose que Mme Hacking ne faisait pas : la vaisselle.

Le téléphone sonna. Elle décrocha et se mit à discuter du nombre de plats de crudités qu'il faudrait pour la Fruit Stripe. Evelyn jeta un coup d'œil dans le salon. M. Hacking était assis au coin du feu, un gros livre relié entre les mains, et Bing, bonhomme et empâté, racontait une histoire du Porcellian Club que personne ne semblait écouter.

Devant la fenêtre qui donnait sur le lac si calme qu'il en paraissait gelé, une jeune femme à l'air anxieux et aux cheveux roux retenus en une mince queue-de-cheval faisait les cent pas en parlant à Pip, huit ans, qui s'était pelotonnée dans un fauteuil, les yeux fermés.

— Tu crois qu'il faut que je m'entraîne ? J'ai peur qu'il pleuve. La météo prévoyait de la pluie un peu plus tôt et elle n'est pas tombée. Il faudrait que je sorte un bateau, mais on dirait que c'est imminent, non ? Tu ne trouves pas ?

Chrissie, devina Evelyn sans avoir besoin d'interroger Preston.

Elle se retourna vers Mme Hacking, qui écoutait son interlocuteur, un doigt levé.

— Margot, dit-elle, il y a trente-trois bateaux inscrits cette année. Cela fait aux moins soixante-six personnes à nourrir… d'accord, d'accord. Très bien.

Elle raccrocha et tapa dans ses mains pour attirer l'attention du groupe.

— Alors, voyons… Evelyn, vous êtes au premier, dans le bureau. Charlotte, juste à côté. Nick et Scot, désolée, mais il faudra vous contenter de la chambre de service, à l'arrière, ce week-end. La maison est pleine comme un œuf.

— Madame, dit Evelyn, qui devait réparer son erreur d'amarrage si elle voulait être présentée à des adhérents potentiels de PLU ce week-end, je prendrais très volontiers la chambre de bonne. Elle est tout à fait charmante. Et si c'est la première fois que Scot vient, il faut qu'il profite de la vue. Charlotte et moi pouvons partager la chambre de service. Vraiment.

— Entendu. Je dois dire que personne d'autre ne s'est porté volontaire.

Mme Hacking sembla réviser son jugement sur Evelyn et posa un regard appuyé sur Chrissie avant d'ajouter :

— Très bien. Merci.

Au moment où Evelyn quittait la cuisine pour gagner sa chambre elle entendit Mme Hacking dire :

— Chrissie, au lieu de vous demander si vous allez naviguer ou non, vous feriez mieux d'embarquer. Vous ne croyez pas ?

La petite chambre aux murs blanchis à la chaux était presque entièrement occupée par deux lits jumeaux. Le gros sac de cuir posé par terre devait être celui de Nick. Elle entendit son pas lourd derrière elle.

— Eh, fit-il. Merci. Ça aurait été gai, de dormir avec Scot.

— Devoir d'invité, Nick, répondit Evelyn avec un geste vague de la main.

Il ramassa son bagage en grognant et sortit.

La nuit allait bientôt tomber. Les oiseaux sifflaient et croassaient à qui mieux mieux. Charlotte ricanait en regardant Evelyn enfiler un pantalon blanc et un pull bleu marine à torsades. Lorsqu'elle y ajouta un rang de perles, Charlotte se renversa carrément sur son lit, hilare.

— Oh non ! Arrête !

— Je me trouve très bien, répliqua Evelyn en montrant les dents devant le miroir tandis qu'elle ajustait son ras-du-cou.

Charlotte battit des pieds. Ils étaient sales, parce qu'elle avait passé l'après-midi à poursuivre Hamilton sur la pelouse, le deerhound et elle sautant à l'eau à tour de rôle pour éviter de se faire attraper. Entendant leurs cris, Mme Hacking lui avait demandé de ne pas trop exciter le chien, ce à quoi Charlotte avait répondu en levant le pouce, avant de se remettre à pourchasser Hamilton. Charlotte avait – et avait toujours eu – suffisamment d'argent pour ne pas avoir à se soucier de sa conduite. Son père était l'un des principaux responsables du marketing chez Procter & Gamble, spécialisé dans les marchés mondiaux. Toute petite, Charlotte avait quitté Cincinnati pour vivre à Hong Kong, en Russie, au Chili et ailleurs. Elle parlait couramment le cantonais, l'arabe, le français et l'espagnol, bien le russe et le turc et se débrouillait dans une dizaine d'autres langues – dans lesquelles elle s'obstinait à passer sa commande lorsqu'elle traînait Evelyn dans un restaurant exotique. Cependant, même si elle avait été élevée dans le milieu des expats riches, avait fréquenté les lycées internationaux les plus huppés et roulait sur l'or, Charlotte ne considérait pas que seul l'argent rendait les gens intéressants.

Son père, qui n'avait fait que la Harvard Business School, était extrêmement fier de sa fille, la première des trois enfants Macmillan à être doublement diplômée de Harvard. Elle se plaisait dans les milieux essentiellement masculins, qu'il s'agisse de jouer à se bagarrer avec ses frères, de sauter dans des jets avec des nababs, de parier des sommes colossales aux courses de chevaux avec son père ou d'être

47

la seule femme sur une grosse acquisition chez Graystone : elle aimait le pouvoir que cela lui conférait. Elle devait gagner entre deux cent et quatre cent mille dollars par an, estimait Evelyn, ce qui ne l'empêchait pas d'habiter un rez-de-chaussée de Midtown parce que c'était à cinq minutes à pied de son bureau, de se meubler chez Ikea et de s'habiller principalement chez Gap.

Jamais elle n'avait passé aussi longtemps quelque part qu'à Sheffield, où elle était restée quatre ans, ce qui faisait de Preston et Evelyn ses meilleurs amis par défaut. Et comme elle manquait de temps pour se construire une vie sociale, elle finissait généralement par les suivre. Quand ils se rendaient dans des endroits comme Lake James, cela lui convenait parfaitement. Elle avait passé sa jeunesse parmi les nantis issus de cultures qui n'étaient pas la sienne et s'y trouvait toujours aussi à l'aise.

— J'ai oublié de te raconter…, fit Evelyn, qui se battait avec le fermoir de son collier. Phil Giamatti, le jour du match Sheffield – Enfield, tu te souviens ? Il a pratiquement insinué que Preston était gay, devant lui.

— C'est vrai ? S'il avait vu Pres enfoncer la langue dans la gorge de cette fille chez Dorian, la fois où on avait passé tout le samedi au Boathouse…

— C'était il y a deux ans.

— Et alors ?

— Alors, à ma connaissance, depuis, il n'a embrassé personne. Même s'il était gay, je ne suis pas sûre qu'il le dirait, vu les idées très arrêtées de sa famille sur ce qu'il devrait être – ou, plutôt, celles qu'il imagine qu'a sa famille. Ce qu'il y a…

Elle s'interrompit en voyant que Charlotte se tripotait les pieds. Cette dernière non plus n'était sortie avec personne depuis deux ans. Evelyn se sentit bête et rougit, quand lui revint en mémoire l'incident devenu tabou entre Preston et Charlotte. À la fac, ils s'étaient retrouvés tous les trois un week-end à New York et avaient fini dans le hall du Royalton après avoir bu toute la soirée. En revenant des toilettes, Evelyn avait vu Charlotte attirer à elle le visage de Preston et lui planter un baiser sonore sur la bouche. Evelyn s'était figée lorsque Charlotte s'était appuyée contre lui pour en réclamer davantage. Mais Preston s'était reculé et, non sans gentillesse, lui avait tapoté la tête avant de lui proposer un verre d'eau. Le temps qu'Evelyn encaisse le choc et les rejoigne, ils étaient installés dans les grands fauteuils blancs du Royalton et se demandaient où Preston pourrait trouver des cigares. Ni Charlotte ni Preston n'en avaient jamais parlé. Preston était si secret que cela n'avait rien d'étonnant. En revanche, le fait que Charlotte ne l'évoque pas poussait Evelyn à s'interroger sur l'importance, pour elle, de ce baiser.

— Bref. De toute façon, je ne suis pas sûre que l'avis de Phil Giamatti sur la question nous intéresse. Bonjour la police des mœurs, conclut Evelyn.

— Attends, tu vas finir par le casser.

Charlotte se leva pour fermer le collier d'Evelyn avant d'ajouter :

— Je crois que, sortir avec quelqu'un, ce n'est pas le truc de Preston.

— Exact, dit Evelyn. Exact.

— Tu veux mon avis sur le problème de Preston ? demanda Charlotte. Je crois que c'est qu'il n'a pas de vrai boulot.

— Merci pour le fermoir, Cha, fit Evelyn en redressant légèrement le collier. Mais Pres ne gère pas la fortune familiale ?

— Investisseur indépendant ? J'adore Preston, mais c'est l'équivalent moderne de flâneur ou salonnard. Un passe-temps de jeunes rentiers.

— Il est tellement intelligent, pourtant...

— Oui, c'est vrai. Il est super intelligent. Sauf que, comme il n'est pas obligé de travailler, il ne fait rien de cette intelligence.

— Ah, le fléau de l'argent !

— Oui. La vie est dure. Donc c'est quoi le programme : gin tonics sous le porche de l'abri à bateaux ?

Charlotte enfila ses tongs en riant et précéda Evelyn en sautillant sur le petit chemin qui descendait vers le lac. Le soleil était enfin apparu, juste à temps pour l'heure dorée. Perché à la cime des montagnes sur l'autre rive, il éclairait tout et tout le monde d'un rose hollywoodien. Derrière un bar en bois dressé dans un coin du porche, Preston faisait office de barman. Chrissie avait fait l'erreur de se décider trop tard à sortir en bateau. Elle allait donc manquer l'apéritif, et Mme Hacking serait encore plus en colère contre elle. Les autres entraient dans leur rôle. Preston, l'hôte attentif ; Nick, l'ami caustique ; Charlotte, la célibataire endurcie ; Bing, l'éternel étudiant fêtard qui prenait de la bedaine ; M. Hacking, l'intellectuel discret ; Chrissie, le bouc émissaire. Et Evelyn, l'invitée modèle.

— Pas trop lourdingue, Ev, le voyage en train avec Scot ?

— C'est comme ça que tu parles de tes amis ?

— En fait, intervint Charlotte, Nick voudrait être à la place de Scot. Pres, tu ne veux pas donner un petit quelque chose à Evie ?

— Hillary, tu débloques.

Evelyn avait oublié le surnom que Nick donnait à Charlotte. Hillary. Comme Hillary Clinton.

— On verra bien. Scot a la cote chez Morgan Stanley, Ev. C'est un protégé de David Greenbaum. Du coup, Nick s'est dit qu'il allait le convier à une petite partie de campagne ce week-end.

Charlotte conclut par des bruits de baisers appuyés.

— Qui est David Greenbaum ? s'enquit Evelyn.

— Le boss du département médias, où Nick fait des pieds et des mains pour entrer. Sans doute le prochain président de Morgan Stanley, et un jour peut-être notre futur ministre des Finances.

— Les médias t'intéressent ? demanda Evelyn à Nick.

— Le pouvoir m'intéresse.

Elle se tourna vers Charlotte en levant les yeux au ciel. Voilà pourquoi elle évitait Nick autant que possible.

— Le pauvre vieux, il débarque de l'Arizona, ou un truc du genre. Il n'a jamais dû voir un lac. Je me suis dit que ce serait sympa pour lui. Opération « Pas d'enfants sans vacances ».

— Bien sûr. Comme si un directeur de branche de chez Morgan Stanley ne pouvait pas s'offrir de vacances ! marmonna Charlotte.

— Personne ne t'a demandé ton avis, Hill. Dis donc, Evelyn, tu t'étais retirée du monde ? Quoi de neuf ?

En général, elle détestait cette question, à laquelle elle n'avait jamais rien de captivant à répondre. Elle voyait d'ici sa tête si elle lui faisait part de son hésitation entre les tons « sable » et « neige » pour son canapé Crate and Barrel. Sauf que, pour une fois, elle était prête.

— Je viens de changer de boulot.

— Ah bon ? Dommage : j'allais te souffler une idée pour un bouquin. Tu veux savoir laquelle ? Expliquer pourquoi l'économiste Ben Bernanke est un bouffon.

Dans son ancien job, elle étudiait les tendances et réalisait des présentations pour les clients. Dieu sait combien de fois elle l'avait expliqué à Nick. Pourtant, il s'obstinait à lui faire part de projets éditoriaux ineptes.

— Le site est sympa, dit-elle. On est encore en mode furtif, alors je n'ai pas le droit de trop en dire.

Elle avait entendu Arun employer cette expression, « en mode furtif », et l'avait trouvée absurde. Sauf que, comme elle s'y attendait, Nick mordit à l'hameçon.

— En mode furtif ? répéta-t-il. Raconte.

— Je dois rester discrète – notre commanditaire est quelqu'un de très en vue –, mais imagine un Facebook pour le top de l'élite. La sélection des membres est assez stricte, mais… oh ! excuse-moi une seconde.

Elle s'éloigna pour ferrer Nick. L'idée, c'était qu'il meure d'envie d'en savoir davantage. Charlotte s'était installée au bar et se haussait sur la pointe des pieds pour parler à Preston. Evelyn se joignit à eux.

— Une bière ? proposa Preston. Nous avons de l'Ubu, mais je te préviens qu'elle titre autant de degrés qu'un alcool fort.

— Un gin tonic, répondit Evelyn.

— Un gin tonic ? s'étonna-t-il.

— Oui.

Elle ignora également le regard interrogateur de Charlotte. Puis il y eut un grand fracas. Scot avait trébuché et s'était rattrapé à la porte moustiquaire. Il s'y cramponnait toujours, écarlate.

— Qui est-ce ? demanda Evelyn à Charlotte à voix basse, tandis que Preston tranchait le citron vert et que les autres faisaient, gentiment, comme s'ils n'avaient rien vu.

— Scot ? Je ne le connais pas très bien, mais il est très brillant. Graystone n'hésiterait pas une seconde à l'engager. Études dans une fac banale, puis Harvard Business School un peu avant moi. C'est là qu'un prof l'a présenté à Greenbaum. J'ai oublié les détails, mais Greenbaum l'a recruté et n'a pas traîné pour le nommer directeur de branche. Célibataire, de toute évidence. Particulièrement fort en analyse de transactions, paraît-il. Nick ne peut pas le supporter – cela dit, comme Scot est un échelon au-dessus de lui maintenant, il est assez malin pour se le mettre dans la poche. Flagrant délit de lèche.

— Hm… Pres, tu veux bien me faire deux gin tonics ? demanda Evelyn en se plaçant dans un rayon de soleil, d'un air qui se voulait parfaitement serein.

Charlotte s'étrangla de rire devant son sourire béat.

— Euh… qu'est-ce que c'est que cette tête de possédée ?

— Pas possédée, ma chère Charlotte. En mode recrutement.

Dans un deuxième temps, PLU aurait besoin d'attirer les jeunes qui montent. Autant commencer à poser des jalons maintenant. Evelyn s'approcha de Scot et lui proposa un gin tonic.

— Ce long voyage a dû te donner soif, dit-elle.

— Oh. Ah. Euh… merci. Merci beaucoup, bafouilla-t-il.

Il referma maladroitement ses grands doigts sur le verre et le fit un peu déborder sur la main d'Evelyn. Elle se retint de s'essuyer pour ne pas le mettre encore plus mal à l'aise.

— Je suis en retard parce que j'ai pris les biscuits de Hamilton pour des cookies et que j'en ai mangé, lâcha-t-il.

Evelyn lui adressa un sourire compréhensif, comme si cela arrivait à tout le monde.

La grande table était ornée de candélabres en bois de cerf et les sets représentaient des scènes de chasse. Les sièges en osier étaient inconfortables. En dînant, Evelyn s'exerça. Dans les vieilles familles, les repas étaient des parcours d'obstacles. Si elle voulait décrocher des adhésions pour PLU d'ici la fin du week-end, il fallait qu'elle réussisse un sans-faute. Elle avait presque tout retenu des bonnes manières que sa mère lui avait inculquées à leur arrivée à Sag Neck. Elle bavarda sur le ton du flirt avec les très vieux messieurs entre lesquels elle était assise et la façon de remplir sa cuiller par le bord extérieur lui revint spontanément.

N'empêche qu'elle avait toujours l'impression d'être une intruse. Elle craignait sans cesse de ne pas utiliser les bons couverts, de tendre le bras trop loin pour prendre le sel ou de commettre un impair dont elle n'aurait même pas conscience. Comme Scot, à l'autre bout de la table, qui se plantait lamentablement. À force de dîners HBS et autres repas d'affaires, il aurait dû, pourtant, s'imprégner des usages du milieu. En le regardant faire, Evelyn s'aperçut qu'il ne soupçonnait même pas ce qu'il ignorait. Il prit sa fourchette et entama son entrée avant tout le monde, incitant Mme Hacking à annoncer tout haut, quelques instants plus tard : « J'ai pris ma fourchette. » Il beurra son pain. Il passa le sel sans le poivre. Faute de savoir que faire de son couteau à poisson, il le laissa à côté de son assiette.

Le jeu, songea-t-elle en observant les autres qui séparaient la chair de la sole de l'arête centrale, consistait à se prouver les uns aux autres que l'on connaissait le code, que l'on avait passé son enfance dans les mêmes grandes maisons de campagne à manier le couteau à poisson soir après soir. Ce n'était pas vrai, bien sûr. Personne ne vivait plus comme cela depuis longtemps. Toutefois, faute d'une véritable aristocratie en Amérique, ceux qui se revendiquaient de la haute en étaient réduits à se créer des systèmes d'exclusivité et des codes de conduite. Elle se demanda si elle faisait illusion, alors qu'elle détachait une fine bouchée de chair et se tournait vers M. Desrochers pour lui demander quels changements l'extraction du minerai de fer avait subis au cours de la dernière décennie.

Au dessert, Scot se servit de sa cuiller pour manger du gâteau au chocolat et versa du lait dans son expresso, ce qui fit toussoter M. Van Borgh, le voisin de gauche d'Evelyn.

Cependant, Scot, qui avait bien révisé sa leçon avant de venir, ne tarda pas à rentrer dans les bonnes grâces – de M. Hacking, du moins.

— Shuh-shuh-gah est l'un des grands *camps* ?

— Il l'a été, autrefois, répondit Mme Hacking, avant d'être divisé et vendu en lots quand les Leveling ont eu besoin d'argent.

— Nous verrons l'un des grands *camps* demain, promit M. Hacking.

Encore plus mince que Preston, qui lui ressemblait beaucoup, il passait le moins de temps possible dehors, si ce n'était pour jouer au golf. Il prenait de minuscules bouchées de gâteau qu'il mâchait si doucement, si longuement, qu'Evelyn craignait de devoir rester à table des heures encore.

— *Camp* Sachem, précisa-t-il. C'est là qu'a lieu le dîner de la Fruit Stripe.

— J'ai lu des choses sur ce *camp* ! fit Scot tout excité. Il a appartenu aux Rockefeller, n'est-ce pas ?

— Vous seriez gentil de ne pas vous balancer sur votre chaise, dit Mme Hacking à son mari qui s'empressa de se redresser.

— Non, vous pensez à Wonundra. Sachem a appartenu, entre autres, à la famille Stokes – la branche des négociants. L'une des filles a hérité du tout et a épousé un Henning, qui, bien sûr...

— La fortune Beech-Nut ! s'écria Scot qui ne pouvait plus contenir sa joie.

Déconfit de s'être fait voler sa chute, M. Hacking se contenta d'un hochement de tête austère.

— Très grande fortune, en effet, que la fortune Beech-Nut, déclara M. Van Borgh dans un postillon duquel Evelyn fit son possible pour protéger son gâteau. Construction du canal Érié sur presque toute sa longueur. Et les filles Henning ont toujours fait de beaux mariages. Vanderbilt par-ci, Hunt par-là. Pas bête, je trouve, de limiter la descendance. Tout reste dans la famille.

— Comment cela ?

— Primogéniture. Les Henning s'en sont tenus à un enfant par génération. Une des raisons pour lesquelles le *camp* n'a jamais été découpé entre des frères et sœurs en désaccord. Héritage direct. Pas d'histoires. Sachem *über alles*. Parfait.

— Attendez, intervint Charlotte, ils ont volontairement limité le nombre de leurs enfants pour garder le *camp* d'un seul tenant ?

— Oui. Assez bien vu. Sauf que Souse, qui possède actuellement le *camp*, ne s'est pas conformée à cette tradition. Heureusement qu'elle a eu deux filles, et pas deux garçons. Moins de problèmes. Vous faites de la voile, mon petit ?

Charlotte parut un instant déstabilisée par ce brusque changement de sujet.

— Pas vraiment. Enfin, j'ai appris, mais…

— La Fruit Stripe aussi est une tradition Henning. C'est Souse qui s'en occupe. Vous devriez participer, dimanche.

— Fruit Stripe ? Comme le chewing-gum ? s'enquit Charlotte.

— Un chewing-gum du groupe Beech-Nut, expliqua M. Hacking. La société a offert une dotation à la course il y a des années, lorsque Souse a dit que, si elle refusait de la financer, elle briguerait un siège au conseil d'administration.

Un déclic se fit dans la tête d'Evelyn qui se tourna vers M. Van Borgh.

— Beech-Nut… Y aurait-il un lien avec Camille Rutherford ?

— Oui, oui, répondit-il en respirant bruyamment. C'est la fille aînée. La seconde s'appelle Phoebe.

Evelyn se passa la langue sur les lèvres. Elle ressentait soudain une excitation qui la surprenait elle-même. Camilla était sa cible numéro un du week-end et voilà que, pratiquement sans effort, elle allait avoir une occasion de la rencontrer. Si elle parvenait à décrocher son adhésion, Arun et Jin-ho sauraient qu'ils avaient bien fait de l'engager.

— Donc, la Fruit Stripe, c'est leur truc, aux Rutherford ?

— Oui. Souse s'en occupe depuis toujours, et elle choisit chaque année le type de course. Les participants doivent avoir un abri à bateaux rempli de toutes sortes

d'embarcations : une fois, elle a opté pour le canoë traditionnel des guides des Adirondacks ; quelques *camps* seulement en avaient chez eux et ont pu participer. À vrai dire,
elle change même de date tous les étés. Quand c'est en mai,
comme cette année, c'est affreux pour les coureurs : il fait
si froid ! Je préfère nettement que la Fruit Stripe ait lieu
en août, conclut M. Van Borgh.

— Je vous comprends, assura Evelyn.

Quel drôle de monde, songea-t-elle. Pas étonnant que
ses habitants changent jusqu'au règlement de leur course…

4

Camp Sachem

Samedi matin, Evelyn se leva à 8 heures. Personne n'était encore debout – ou alors les plus matinales étaient déjà sorties s'activer. Charlotte faisait son jogging et Mme Hacking avait laissé un mot – « Servez-vous ! » – sur la table de la cuisine à côté d'un compotier garni de fruits, d'un thermos de café et d'un beau pain aux noix. Evelyn en grignota un morceau tout en feuilletant le *Journal* qui traînait là, afin de briller dans la conversation le soir venu. Elle ignorait de quoi Camilla et ses semblables aimaient parler. Elle parcourut un article sur les défaillances du marché de l'immobilier et les résidences privés des banlieues aisées qui se trouvaient désormais menacées, notamment dans l'Arizona et en Californie. Puis elle apprit que les foyers aux revenus moyens avaient raison d'opter pour des crédits à taux révisable. Enfin, grâce à la rubrique « Bourse », plus rien des stratégies marketing de Walmart, fondées sur une sélection de laits moins bon marché, des rayons mieux rangés et des vêtements de créateurs, ne lui fut étranger. Elle mémorisa les principaux éléments de chaque article en se les répétant à voix haute, comme lorsqu'elle apprenait par cœur les vers de Marlowe au lycée, puis replia soigneusement le journal de façon qu'il ait l'air intact et le replaça où elle l'avait trouvé.

À l'heure du départ pour la réception à *Camp* Sachem, après une partie de golf si lente qu'elle s'était étirée sur presque toute la journée, Evelyn était affamée. Elle n'arrivait pas à savoir s'il s'agissait d'un cocktail ou d'un dîner. À Lake James, les invitations étaient aussi floues dans leur désignation que dans leur déroulement. « Prendre un verre » pouvait aussi bien signifier un verre de vin qu'un dîner d'apparat de cinq heures avec force toasts et anecdotes de pensionnat. C'était à se demander si les maîtresses de maison ne se décidaient pas au dernier moment, attendant d'avoir testé les hôtes de leurs voisins pour leur offrir la montée en grade d'un vrai repas.

Charlotte, qui avait trouvé le temps de piquer une tête après le golf, avait filé sous la douche, abandonnant par terre ses vêtements humides de transpiration et son maillot de bain trempé. Evelyn les poussa du bout du pied sous le lit de leur propriétaire et se regarda une dernière fois dans le miroir. Elle ôta son serre-tête et, saisie d'une impulsion soudaine, enfila sa robe Lilly Pulitzer vert-jaune.

Dans la buanderie, en face de leur chambre, elle entendit Mme Hacking vider le sèche-linge. Elle traversa le couloir et frappa à la porte pour s'annoncer.

— Ah, Evelyn ! fit Mme Hacking, les bras chargés de draps. Nous sommes sur le départ. Je suis en retard.

Avec son blazer croisé à boutons dorés et son pantalon blanc, elle avait une rassurante allure de capitaine.

— Que puis-je faire ? demanda Evelyn. Voulez-vous que je porte ces draps quelque part ?

La journée avait déjà coûté cher. Il fallait bien que quelqu'un paie les dîners, les sorties et les verres, et Evelyn craignait qu'il ne devienne évident que ce n'était jamais elle. Preston avait réglé les green fees, Cha la location du matériel de golf, Scot le déjeuner au club et Nick une tournée. Chrissie était dispensée, puisque c'était la petite amie de Bing. La bouteille de Veuve Clicquot qu'Evelyn avait achetée pour la coquette somme de quatre-vingt-dix dollars lui avait paru finalement pitoyable quand elle en avait découvert deux caisses dans la cave des Hacking. Elle prit un drap et le plia sans laisser le temps à son hôtesse de protester. Si elle ne pouvait pas participer financièrement, elle pouvait au moins se rendre utile. Se dévouer pour la moins bonne chambre. Faire la vaisselle. Aider à plier le linge.

Une fois qu'elle eut accompli cette tâche, Evelyn fit ce que Mme Hacking lui demandait : elle disposa une boîte de flûtes au parmesan sur un plateau et les porta à l'embarcadère. Quelques mètres devant elle, Nick et Preston, pieds nus dans leurs mocassins, et Scot, qui avait tout l'air de porter des sandales, descendaient vers l'eau par un petit escalier creusé dans la pierre. Une fois le groupe réuni sur l'embarcadère dans une forte odeur d'essence, M. Hacking se mit à son tour à exécuter les ordres de la maîtresse de maison. Il poussa le Chris-Craft pour l'éloigner du ponton et sauta à bord. Bing était déjà parti avec des amis et Pip avait insisté pour rester à la maison – une décision qu'elle avait paru regretter dès que Chrissie s'était proposée pour jouer les baby-sitters et faire une partie de Scrabble avec elle.

Scot s'assit au fond du bateau, les jambes calées contre le capot moteur devant lui, et Charlotte se posa en équilibre sur le plat-bord. Tandis que Mme Hacking sortait en marche arrière de l'abri à bateaux, M. Hacking servit du vin dans des gobelets en plastique. Evelyn se percha à côté de Charlotte.

— Eh, Cha ! s'exclama-t-elle, tu sais que je gère carrément ?

— Pour PLU, tu veux dire ? Quoi, tu as inscrit Mme Hacking ?

— Non, mais le *camp* où nous allons… tu sais, Sachem ? C'est celui de Camilla Rutherford, qui est ma *target* numéro un pour PLU.

— Han ! Elle passe l'été à Lake James, mais c'est top, ça ! C'est qui ?

— Camilla ? Alors… par où commencer ? Son parcours est un peu compliqué. Elle est allée à St Paul…

— Évidemment, dit Charlotte en croquant dans un biscuit au fromage.

Question école, il n'y avait pas plus chic. Charlotte avait été fascinée, à Sheffield, de découvrir lors d'une compétition de natation que toutes les filles de l'équipe de St Paul se séchaient avec une serviette de bain monogrammée.

— Ta préférée. Puis Trinity à la fac, mais ses parents ont divorcé quand elle était en dernière année. Tu as dû en entendre parler : l'affaire n'a pratiquement pas décroché de *Page Six*[1]. Sa mère, c'est Susan – Souse –, et son père, Fritz Rutherford.

— Attends, attends, pardon. Rutherford, comme Rutherford Rutherford ? Elle détient des parts de fondateur de J.P. Morgan, genre ?

— Chuuut, fit Evelyn avec un signe de tête en direction des Hacking. Mais oui, en gros, c'est ça.

— Et elle n'a même pas réussi à obtenir son diplôme à Camp-Trin-Trin ?

— Elle a fini par l'avoir à Hawaii, en Équateur ou Dieu sait où, chuchota-t-elle. Elle s'est tirée après le divorce de ses parents. Je me suis renseignée : il semblerait que ce soit en rapport avec le refus de Fritz de subventionner le Guggenheim.

— Je ne t'entends pas. C'était quoi, la cause du divorce ? Charlotte semblait faire exprès de hausser le ton.

— Le refus de Fritz de subventionner le Guggenheim, répéta Evelyn entre ses dents en jetant un coup d'œil pardessus son épaule.

---

1. La « Page Six » était la page potins du *New York Post,* devenue par la suite édition à part, *Page Six Magazine*, distribuée avec le journal.

— On imagine qu'on a des problèmes, mais on a de la chance de ne pas avoir un mari qui refuse de subventionner le Guggenheim.

— Moins fort, Charlotte. Elle organise des événements pour *Vogue*. Je crois que même les patrons de PLU seraient impressionnés si je la chopais.

— Je ne sais pas trop quoi dire, Beegan, mais ton cran me plaît bien.

Mme Hacking ralentit le bateau. On approchait de Sachem, qui se trouvait sur une île privée au milieu du lac. Scot et Charlotte se mirent à bombarder M. Hacking de questions sur la façon dont on se ravitaillait sur une île privée, mais le vent emporta leurs voix et le pavillon américain mouillé d'embruns claqua sur la tête d'Evelyn.

Lorsque Mme Hacking rétrograda encore et qu'un dernier hoquet amena le bateau jusqu'au ponton, Preston sauta à terre et, en quelques nœuds rapides, amarra le Chris-Craft. Avec son simple toit en V au-dessus d'une plateforme dotée de quelques bancs et son long ponton étroit accueillant toutes sortes d'embarcations à moteur et à rames, l'embarcadère était moins élégant qu'Evelyn ne s'y attendait.

Elle ouvrit la marche. En s'efforçant d'avoir l'air de savoir où elle allait, elle s'engagea sur un chemin qui menait à une cabane en rondins semblable à un jouet géant. Preston la héla :

— Pas par là, Ev !

— Ce n'est pas la maison ?

— Non, c'est le tipi.

— Ça, un tipi ?

M. Hacking, qui avait dépassé Evelyn sur le chemin et examinait la cabane comme s'il s'agissait d'un rapace rare, intervint :

— On l'appelle le Typee. Comme dans le roman de Melville[1]. C'est là que les hommes faisaient la noce. Assez

_____

1. Paru en français sous le titre *Taïpi*.

loin de la maison principale pour qu'ils puissent boire et fumer le cigare en toute discrétion, sans importuner ces dames. D'après la légende, toute la colline en contrebas est couverte de débris de verre. Les hommes lançaient les bouteilles par-dessus la balustrade et les tiraient au fusil.

— Tiens donc.

Evelyn se retourna vers l'embarcadère, mais ne vit pas d'autre chemin. En haut, en revanche, à trois cents mètres de la première, elle aperçut une seconde bâtisse, rouge, imposante, qui surplombait le terrain.

— C'est celle-ci, alors, la maison principale ?

— Raté, répondit M. Hacking, qui commençait à avoir l'air content de son élève. Mais c'était bien tenté. Ça, c'est le chalet. Les Henning étaient de grands rivaux des Bluestadt, ceux qui ont fait fortune dans le barbelé, or ces derniers possèdent une propriété tout à fait semblable à celle-ci sur l'East Lake. De chez les Bluestadt, on apercevait le sommet de la colline de Sachem, où se trouvaient à l'époque les logements des domestiques – au point le plus éloigné du rivage, bien entendu. Furieux que les Bluestadt aient une vue de chez eux sur le bâtiment réservé au personnel, les Henning lui ont adjoint une façade de chalet. Rien que pour faire belle figure auprès des invités des Bluestadt !

Dans l'intervalle, Charlotte les avait rattrapés.

— Mon Dieu, ce que ces gens étaient vaniteux..., soupira-t-elle. Le village Potemkine. Le chalet Potemkine, en tout cas.

— Eh oui, fit M. Hacking, ravi.

— Alors, demanda Charlotte, la maison principale ?

— Nous sommes arrivés par l'abri à bateaux de service. On s'y gare plus facilement quand il y a une fête. Il y a un petit chemin qui mène à la grande maison, mais il est bien caché.

— Oui, il ne faudrait pas que le personnel puisse trouver les maîtres de maison, ironisa Charlotte.

Le reste du groupe était maintenant loin devant. À la sortie d'un petit bois, la piste se perdait dans une clairière bordée d'hostas, qui aurait parfaitement convenu à un camp de scouts ultra-chic.

Au bord de l'eau se dressait une énorme construction en bois sur deux ou trois étages, dans le style typique des *camps* des Adirondacks : bâti à partir de rondins bruts dont l'écorce pelait, l'édifice avait une allure de *lodge*. De l'autre côté d'une pelouse vert vif semée de piquets de croquet se dressait un autre bâtiment assez semblable, quoique plus petit, plus carré et flanqué d'une rotonde qui donnait sur l'eau. Derrière ces deux chefs-d'œuvre de charpente, Evelyn aperçut un tennis et d'autres constructions – six, au total. La monumentale porte d'entrée rouge au milieu du *lodge* était ouverte. Des personnes allaient et venaient, certaines descendaient en courant vers l'eau. Il y avait là des enfants et des adultes, qui riaient, bavardaient, se mouvaient avec aisance. Evelyn resta un moment immobile. L'herbe du bord du chemin lui chatouillait les pieds entre les lanières de ses sandales. Elle avait eu tort de mettre cette robe – autant que sa mère de lui conseiller de l'emporter. On était loin du style tennis-club de Vineyard. Dans les Adirondacks, c'était le côté pratique qui prévalait. Elle vit passer une femme en pull marin. Une autre en jupe-culotte. Dans l'ensemble, les dames avaient un look aussi « campagne » que les maisons, dans des vêtements que la terre et l'eau ne pourraient que bonifier. Que cela lui serve de leçon : la prochaine fois, elle écouterait son instinct !

M. Hacking et Scot s'étaient arrêtés, eux aussi, mais pour une autre raison.

— On se croirait presque en Suisse, fit le second à mi-voix tandis qu'ils étudiaient la maison principale.

— En effet, répondit le premier. À l'époque, tout ce que les Américains connaissaient de la vie au grand air, c'était ce que construisaient les Suisses. Des poutres aux petits toits pointus, on reconnaît bien cette influence. On la retrouve dans notre *camp*, d'ailleurs. Notez ces éléments rustiques.

Evelyn examina la balustrade du porche faite de branches arrangées en croisillons tout en respectant leurs courbures naturelles, les billots évidés qui faisaient office de jardinières de part et d'autre des portes, les rondins bruts qui avaient servi à la construction des bâtiments.

— Laisser entrer la nature, constata Scot.

— Précisément. Souvenez-vous que c'était alors une idée neuve. Tandis que les Astor, les Belmont et les Vanderbilt bâtissaient des maisons de style européen à Newport, ces pavillons de chasse promettaient tout autre chose. À l'intérieur, vous allez découvrir un véritable tour de force architectural, avec des troncs entiers d'épicéas en guise de poutres maîtresses pour soutenir le plafond de la pièce principale. Et admirez-moi cet extérieur en cèdre blanc. Il a beau être vieux de plus de cent ans, il présente encore très bien. C'est vraiment un travail d'une qualité exceptionnelle.

M. Hacking expliqua encore que la maison des Rutherford avait été construite en 1880, qu'elle avait brûlé deux fois comme toutes les maisons dignes d'intérêt autour du lac, et que cette version datait de 1909.

— Ouah ! s'exclama Scot. Et le terrain de croquet ?

— C'est encore une autre histoire. Ça doit remonter à… voyons… l'arrière-grand-mère, il me semble – Frances Henning, la principale héritière de la fortune Beech-Nut. Ce fut la doyenne du lieu jusqu'à sa mort en 1950. Je ne sais plus si c'était 1950 ou 1951. Elle tenait à ce que ses hôtes arrivent en traîneau l'hiver, même quand ceux des autres îles privées traversaient déjà le lac gelé en voiture. Et elle s'intéressait très sérieusement au croquet, comme vous voyez. Ce terrain est épouvantable, mais elle en savait les moindres bosses, les moindres déclivités, et battait aisément quiconque se risquait à jouer contre elle.

Evelyn voyait tout cela comme si elle y était : les parties de croquet, les traîneaux et leurs passagers emmitouflés dans des fourrures, cette époque où chacun comprenait sa place. Un éclat de rire strident attira son attention sur une fille très grande qui sortait de l'eau en bondissant, un maillet de croquet à la main. Le fantôme de Frances Henning avait-il décidé d'assister à la fête ? Mais tandis que la fille se rapprochait, Nick alla à sa rencontre et l'embrassa sur la joue. Evelyn se rendit compte qu'elle connaissait ces longs cheveux aux reflets caramel et cette voix grave, chaude, gorgée de soleil.

— Camilla, dit-elle tout bas en regardant la fille s'affaler dans un fauteuil Adirondack rouge au bord du terrain de croquet.

— Il faut qu'on jette un coup d'œil à la maison, déclara Charlotte en se dirigeant vers la porte. C'est pratiquement un monument historique.

Evelyn ne quittait pas des yeux la pelouse baignée d'une étrange lumière argentée et comme immobile. Il flottait dans l'air un parfum riche et humide de cannelle, de terre, de feuilles. À présent, Camilla jouait au croquet avec Nick.

— Ils se connaissent ? demanda Evelyn.

— Qui ? Nick ? Ah, merde, c'est elle ta nana ?

— Camilla, oui. Tu sais comment Nick la connaît ?

— Ev, je sais à peine qui est cette fille. Alors comment veux-tu que je sache comment Nick la connaît ? J'ai envie d'aller voir l'intérieur de la maison. M. Hacking dit que c'est magnifique.

— Super, fit Evelyn en regardant Camilla s'appuyer sur son maillet.

Camilla était jolie ; pourtant, ce n'était pas sa beauté qui la distinguait. Elle avait un corps tonique et longiligne, et se mouvait avec élégance, mais ce n'était pas non plus sa grâce qui faisait la différence. Non, ce qui frappait le plus chez elle, c'était sa suprême aisance. Elle n'avait pas besoin d'y réfléchir à deux fois pour savoir quoi mettre ou quoi dire, elle.

Evelyn entendit derrière elle le bruit familier des glaçons s'entrechoquant dans un verre. Preston observait la partie de croquet d'un œil amusé.

— Charmante idylle, non ? fit-il.

— Nick, tu veux dire ?

— Oui. Et Mademoiselle[1] Rutherford.

— Ils ne…

— Mais si, ils font crac-crac, etc.

— Nick et Camilla Rutherford ? C'est vrai ? Comment ils se sont rencontrés ?

— À une soirée de bienfaisance. Pour les reins, je crois. Ou alors pour le foie. Enfin, l'organe du moment pour lequel toutes ces filles se mobilisent.

— Le foie est un organe ?

— Est-ce que j'ai l'air d'un professeur d'anatomie ?

— Mais ils couchent ensemble ou ils ont une vraie relation ?

— Grands dieux, très chère, qu'est-ce que tu veux que j'en sache ? Tu crois qu'il faut que je leur explique comment on fait les bébés ?

Evelyn chipa une gorgée du verre de Preston, soulevant force protestations de la part de l'intéressé. Puis elle le suivit jusqu'à la maison, sans cesser de se retourner pour épier Camilla.

À l'intérieur, elle comprit ce qui avait inspiré le décor du *camp* des Hacking. La pièce centrale de Sachem méritait amplement le nom de « grande pièce à vivre », repris abusivement par le marketing immobilier pour désigner les minuscules salons/salles à manger des appartements citadins. Il y flottait un parfum de livres et de fumée de tourbe. De larges fenêtres horizontales donnaient sur le lac. La

---

1. En français dans le texte.

disposition des épaisses couvertures et des coussins navajos semblait naturelle, pas du tout comme si ce décor avait été savamment mis en place avant la réception.

Un lustre en bois de cerf était accroché au plafond et une énorme cheminée faite de larges pierres plates dominait un côté de la pièce. M. Hacking était accroupi devant.

— Magnifique, non ? On voit beaucoup de cheminées de ce genre, mais le travail de maçonnerie est rarement aussi bien fait. Saurez-vous deviner pourquoi ? interrogea-t-il.

Evelyn comptait sur Scot, le premier de la classe, mais M. Hacking fut plus rapide.

— Le mortier ! expliqua-t-il. Il est très mince. C'est la preuve d'un travail de qualité. Dans la plupart des cas, il fait un centimètre d'épaisseur, voire davantage…

Charlotte brûlait de découvrir la salle à manger, qui se trouvait dans un bâtiment séparé. Elle s'y précipita, talonnée par Scot et M. Hacking. Evelyn resta à étudier la pièce remplie de monde. Elle saisissait des bribes de conversations. Une femme confia qu'elle ne touchait jamais aux navets. Une autre qu'elle détestait Portland. Cette fameuse aisance n'était donc pas l'apanage de Camilla. Elle était cernée par des gens sûrs d'eux. Des gens qui savaient quoi faire, quoi boire, de quoi parler. Ce qu'ils aimaient et ce qu'ils n'aimaient pas (Portland et les navets ne constituaient sans doute que le début d'une longue liste). Evelyn pressentait d'ailleurs que bien des détails lui échappaient – l'alcoolisme d'untel, les liaisons de tel autre. Seulement, les membres de ce milieu étaient protégés par des règles tacites qui limitaient les accrocs. Evelyn repensa à ses lectures du matin. Qu'est-ce qui lui avait pris de s'intéresser aux prêts à taux révisable ? Ces gens-là s'en balançaient, des prêts à taux révisable ! Elle n'avait pas la moindre idée de ce qu'elle allait bien pouvoir leur raconter, et elle craignait fort de devoir rentrer bredouille chez PLU. Si elle n'était pas fichue de faire la conversation avec elles, comment allait-elle pouvoir amadouer ses proies ? C'était comme si une grosse flèche au néon était pointée sur elle avec l'inscription clignotante PARIA – PARIA – PARIA.

Elle sursauta en sentant une main chaude sur son coude. En tournant la tête, elle découvrit la femme qu'elle observait tout à l'heure – celle qui n'aimait pas les navets –, une brune avec un collier de perles. Evelyn avait le vague sentiment de la reconnaître, comme souvent les femmes de ce milieu. L'avait-elle vue dans un vieux numéro de *Town & Country* chez sa mère ? Ou bien n'était-ce que le sosie de l'arbitre du dernier match auquel elle avait assisté dans un club VIP ?

— Je trouve toujours le début des soirées mortel, lui glissa la femme. C'est mieux quand tout le monde est un peu éméché.

Evelyn saisit avec reconnaissance la perche qui lui était tendue.

— Tout à fait d'accord avec vous, répondit-elle. Même s'il me semble difficile de trouver ici quelqu'un qui ne le soit pas déjà.

La femme laissa échapper un rire grave et généreux.

— Margaret Faber, se présenta-t-elle en tendant la main.

— Evelyn.

— Ravie de faire votre connaissance, Evelyn. Comment connaissez-vous les Rutherford ?

— Je passe le week-end chez les Hacking, à West Lake. J'étais à Sheffield avec leur fils Preston, expliqua-t-elle en guettant attentivement la réaction de Margaret.

Celle-ci esquissa un sourire.

— Sheffield, dit-elle. Quelle merveilleuse école.

« Sésame, ouvre-toi… », songea Evelyn avant d'enchaîner :

— Au *camp*, tout le monde est tout excité par la Fruit Stripe. Mme Hacking tient à ce que nous fassions une bonne prestation.

— Connaissant Jean Hacking, je vous confirme que le *camp* a intérêt à briller. Vous participez ?

— Ah non. Je suis simple spectatrice.

— Vous savez quoi ? Je crois que je vais m'en tenir à cela, moi aussi. J'ai passé l'âge de me faire tremper !

La gentillesse de Margaret avait remonté le moral d'Evelyn. Tout compte fait, elle allait peut-être y arriver. Apercevant à l'autre bout de la pièce M. Van Borgh qui toussait dans une serviette, elle s'excusa pour aller le saluer et le persuada de sortir faire quelques pas avec elle ; ainsi, Camilla la verrait avec un ancien de Lake James. Alors que le vieux monsieur, une certaine Maisie et un certain Wim s'efforçaient de déterminer le meilleur traitement contre le tartre chez les teckels, Evelyn se tourna vers la partie de croquet, que Nick et Camilla étaient justement en train de quitter. Elle se planta sur leur chemin, devant un buffet de fromages, en ayant soin de tourner le dos à Camilla pour ne pas avoir l'air de s'incruster. Elle s'arrangea pour tendre la main vers le couteau en même temps que Nick.

— Oh, pardon ! fit-elle en levant les yeux. Tiens ! Nick ! Excuse-moi, je ne voulais pas m'approprier le fromage.

— Pas de souci, Evelyn. Vas-y, prends ton roquefort.

— Merci.

Elle déposa un morceau de fromage sur un bout de pain. Ensuite, seulement, elle laissa son regard se porter sur Camilla.

— Oh ! Bonjour.

Se tournant vers Nick, Evelyn attendit avec un air insistant qu'il les présente.

— Vous vous connaissez ? dit-il. Camilla Rutherford, Evelyn Beegan.

Comme sa mère le lui avait appris, Evelyn veilla à ce que Camilla, dont la position sociale était plus élevée que la sienne, lui tende la main la première.

— Merci infiniment de nous accueillir, lui dit-elle. Nous passons le week-end chez les Hacking – vous connaissez Preston, je suppose. C'est un plaisir de faire officiellement votre connaissance.

— Enchantée, répondit Camilla.

Elle portait un bracelet en or dont les breloques semblables à de minuscules gaufres tintèrent quand elle saisit un verre de Dark N' Stormy.

— J'adore votre bracelet ! s'écria Evelyn pour entretenir la conversation avant que Camilla passe à autre chose. Que représentent ces *charms* ?

— Oh, des championnats du Racquet Club qu'a remportés mon grand-père. Ce bracelet appartenait à ma grand-mère.

— Extraordinaire, lâcha Evelyn.

Le Racquet Club... De tout temps réservé aux hommes, élitiste au possible, tellement traditionnel qu'il autorisait ses membres à se baigner nus. Les initiés savaient parfaitement de quoi il s'agissait et pourquoi le bracelet de Camilla avait plus de valeur que s'il était fait de rubis et de diamants. D'un mouvement de poignet, elle le fit tinter.

— Mon grand-père était passionné de courte paume.

C'était sorti tout seul, et elle aurait été bien incapable de l'expliquer. Elle ignorait pratiquement tout de la courte paume. Tout ce qu'elle savait, c'était que les règles en étaient obscures et qu'il n'y avait pas plus BCBG.

— C'est vrai ? Où jouait-il ?

— Oh, à Baltimore, avant l'urbanisation.

À la vérité, son grand-père était comptable, n'avait pas fait d'études supérieures et avait abandonné femme et enfant quand la mère d'Evelyn était petite. Il ne devait même pas savoir jouer au tennis classique. Pourvu que Camilla ne lui demande pas de détails ! Par chance, mise en train, cette dernière semblait surtout avoir envie de lui faire part de sa propre relation au monde secret de la courte paume.

Lorsque Nick glissa son couplet sur le cœur en liège des balles de courte paume, Evelyn en profita pour jeter un coup d'œil autour du lac et passer en revue les autres *camps*. Quand elle fut prête, elle désigna le verre de Camilla d'un mouvement du menton.

— Mon cher Nick, il me semble que Camilla n'a plus rien à boire, lança-t-elle.

— Ah, oui. Bien sûr. Je reviens tout de suite, dit-il en se dirigeant vers le bar.

— C'est fou, cette histoire à propos de *Camp* Piemacum, non ? fit Evelyn en se rapprochant de Camilla.

Elle avait sorti au hasard un nom de *camp* entendu sur le bateau pendant le trajet.

Camilla plissa les yeux.

— Quelle histoire à propos de Piemacum ?

— Les propriétaires sont ici ?

— Les Pratt ? Non, ils sont dans le Maine pour le mariage de leur fille.

— Ah.

Cela allait lui faciliter les choses.

— J'ai entendu dire que le patron de NBC – ou d'ABC ? je ne sais plus – avait fait une offre spontanée pour le *camp*, à condition de pouvoir construire une villa italienne sur le terrain.

— C'est vrai ?

Camilla se servit à son tour une part de roquefort sans quitter Evelyn des yeux.

— Ils ne sont pas soumis à une servitude environnementale ? ajouta-t-elle. Je croyais que cela limitait leurs libertés.

— C'est possible, fit Evelyn avec un geste évasif, car il fallait qu'elle reste vague. Il m'a semblé lire un post à ce sujet sur People Like Us, mais, franchement, je suis nulle pour retenir les détails. D'ailleurs, si ça se trouve, il ne s'agissait même pas de *Camp* Piemacum. Peut-être que c'était du côté d'Upper St. Regis ?

Camilla grignotait son fromage à petites bouchées. Absorbée par le spectacle de la fête, elle ne semblait pas beaucoup se passionner pour les propos d'Evelyn, qui cherchait déjà un autre angle d'attaque. Mais tout à coup, elle demanda :

— Sur quel site, le post ?

Evelyn laissa échapper un petit soupir de soulagement.

— People Like Us. Un site qui permet aux influenceurs de réseauter. J'y travaille, en fait. C'est cool. Conseils voyages, où se procurer certains articles difficiles à trouver… On peut renouer avec les copains qu'on s'était faits en vacances à Gstaad l'été 1992, ce genre de choses. Bref, j'ai cru me souvenir que quelqu'un avait évoqué cette transaction dans la rubrique immobilier, mais je peux me tromper.

— Je n'en ai pas entendu parler. Du site, précisa Camilla en inclinant la tête d'un air pensif.

— Pour le moment, c'est sur invitation uniquement, donc assez confidentiel. On se concentre sur le recrutement de quelques influenceurs clés issus de différentes sphères de la société. Si cela vous tente, je me ferai un plaisir de vous pistonner. Ce que vous auriez à dire sur la mode les intéresserait beaucoup, par exemple.

Camilla prit son temps avant de répondre.

— Je m'y connais aussi pas mal en art.

— Absolument. Sur l'art aussi. Votre opinion intéressera beaucoup les gens.

— People Like Us, c'est ça ?

— Tenez, dit Evelyn en sortant une carte de visite. Mon équipe s'occupera de créer votre profil. Vous n'aurez rien à faire – sauf, bien sûr, donner votre point de vue sur les défilés. Ou les expos.

Lorsque Nick revint avec un Dark N' Stormy et entraîna Camilla à l'écart, Evelyn resta un moment songeuse. Puis elle reprit un gin tonic, et le but si vite qu'elle en eut le hoquet. Jusqu'à la fin de la fête, elle couva Camilla du regard, comme un garçon sur lequel elle aurait eu des vues :

Camilla qui bavardait avec une jeune fille blonde – sa petite sœur, Phoebe, sans doute –, Camilla qui donnait le bras à Nick…

Plus tard, alors qu'un disque de Chubby Checker passait sur la sono, Evelyn partit réquisitionner Preston, qui abandonna son gin, bondit en l'air avec toute la grâce d'une grue et lui tendit la main. Tandis qu'ils récitaient machinalement les passes apprises à l'école, elle évalua les autres danseurs sur la pelouse. Ce soir-là, chacun allait rentrer chez soi, dans une belle propriété des environs. Le lendemain, au petit déjeuner, ils parleraient de cette soirée, des flûtes de champagne et des verres de gin scintillant dans la lumière, sûrs d'eux et de leur place dans le monde. Le plus étonnant, c'est qu'ils avaient été aimables avec elle. Elle les imaginait cassants : ils s'étaient montrés gentils, accueillants.

D'une pression de la main, Preston la fit tournoyer et elle eut le temps d'apercevoir la silhouette gauche de Scot qui se détachait sur les eaux sombres du lac. Au tourbillon suivant, son regard se porta non plus sur lui, mais sur Camilla, qui, au bord de la piste, croquait délicatement un radis.

5

Une bouteille de *M*

Emmitouflée dans deux manteaux dénichés au fond des placards de Shuh-shuh-gah, Evelyn grelottait à bord du bateau à moteur dans lequel elle suivait le départ de la Fruit Stripe. Bien que Pip l'ait supplié de la prendre dans son équipe, Bing courait avec un petit garçon du voisinage, parce que le gamin était plus léger que la fillette et que le bateau irait donc plus vite. Pip n'avait plus qu'à s'associer avec Chrissie. Mme Hacking était passée à *Camp* Jumping Rock, où aurait lieu la réception après la régate, pour faire le plein de boissons avant de sortir sur le plan d'eau. Nick, Scot, Charlotte et M. Hacking étaient restés à Jumping Rock pour aider au départ des voiliers.

Si Evelyn s'était portée volontaire pour accompagner Preston et Mme Hacking, c'était surtout parce que, la veille au soir, à la fête, Scot l'avait coincée pour lui demander son numéro de téléphone et que, ensuite, aussi bien pendant le retour en bateau que ce matin au petit déjeuner, il avait été incapable de lui adresser la parole. Elle préférait donc ne pas multiplier les rencontres gênantes. Mais à présent, alors qu'elle claquait des dents aux côtés de Mme Hacking, elle se demandait si elle n'aurait pas mieux fait de rester à terre.

Coiffée d'un grand chapeau de pluie bordeaux et vêtue d'un sweat-shirt Dole-Kemp, Mme Hacking ne quittait pas des yeux les voiles de son *camp*, reconnaissables à leurs rayures bleues. C'était une de ces journées glaciales des Adirondacks et les participants s'étaient tous habillés en conséquence, sauf Chrissie qui, imprudemment, s'était couvert la tête d'un foulard en soie façon héroïne romantique. L'unique fois où Evelyn avait assisté à la course – la fameuse histoire du bateau mal amarré, que, semblait-il, personne n'oublierait jamais –, elle avait pris la Fruit Stripe pour une régate sérieuse. Désormais, elle connaissait mieux la marche à suivre. La veille de la compétition, tous les jeunes du lac se rendaient chez les organisateurs pour aider à préparer les cocktails. Ils versaient dans des seaux une bouteille de limonade, une bouteille de jus de canneberge et une bouteille de jus de raisin blanc, additionnées d'une touche de colorant alimentaire vert. Ensuite, ils ajoutaient des doses de vodka, mélangeaient et reversaient dans les bouteilles cette mixture, dont la couleur évoquait alors celle de l'emballage des chewing-gums Fruit Stripe. Selon leur composition, elles étaient marquées d'un *S* pour « sans alcool », d'un *F* pour « fort » et d'un *M* pour « mortel ». Les boissons étaient ensuite entreposées pendant la régate dans un canoë rempli de glace. La dernière fois, Evelyn avait passé toute la remise des prix à vomir dans les buissons de *Camp* Georgia parce qu'elle avait pris dans le canoë une bouteille marquée *M* en pensant que cela signifiait « moyen ».

Dans l'ensemble, les concurrents ne prenaient pas la Fruit Stripe très au sérieux. Armés d'une bouteille de *M*, ils n'hésitaient pas à risquer de se faire disqualifier en pagayant quand le vent mollissait. Mme Hacking, elle, professait une vénération toute yankee pour les sports de plein air. Les représentants de Shuh-shuh-gah étaient donc priés soit de remporter la première place, soit de monter sur le podium, soit de finir en dernier. La victoire signifiait la possession pour un an du trophée du Lake James Yacht Club ; un bon classement l'autorisait à fixer la banderole de la Fruit Stripe sur son abri à bateaux ; quant à la position de perdant, elle

76

garantissait à ses heureux détenteurs de repartir avec l'inté-gralité des boissons. Rien n'était pire pour Mme Hacking que l'avant-dernière place.

En queue de peloton, dans une zone de calme plat, Evelyn avisa la voile à rayures bleues du bateau de Chrissie et Pip. Mme Hacking mit les gaz, de sorte qu'Evelyn et Preston se trouvèrent copieusement arrosés d'eau glacée.

Moins d'une minute plus tard, leur embarcation tournait autour du dériveur. À peine avait-elle franchi la ligne de départ que Chrissie avait embarqué plusieurs centimètres d'eau qu'elle essayait d'écoper avec une tasse de voyage tandis que Pip, l'air désespéré, était allongée à l'avant du Sunfish.

— Votre ligne de flottaison est bien trop basse. Écopez ! Écopez ! hurla Mme Hacking.

— J'écope ! répondit Chrissie sur le même ton. Mais nous perdons le cap !

— Regardez à tribord, Chrissie. Vous êtes en train de vous faire pousser vers la rive.

Le sillage du bateau à moteur fit tanguer le Sunfish et Pip se cramponna à la coque. Mme Hacking se mit à voci-férer des ordres dans un mégaphone qu'elle avait sorti de la cabine.

— Chrissie ! Le vent vient de l'ouest du lac. Virez de bord !

La malheureuse barrait de sa main libre de façon à don-ner de petits coups sur le flanc du dériveur.

— Pip, montre à Chrissie comment faire ! cria Mme Hac-king.

Pip repoussa le bord de la capuche de son ciré.

— J'essaie, grand-mère, gémit-elle, résignée.

— Allez, Chrissie, regardez votre voile. Regardez votre voile. Vous n'allez plus vous en sortir, maintenant ! Tenez bon la barre. Attention. Attention. Non, non, non, non ! Mais enfin, attention ! tempêta Mme Hacking alors qu'un empannage involontaire faisait brutalement changer de bord la bôme, qui manqua d'assommer Chrissie au passage – Chrissie qui en était réduite à godiller sans la moindre efficacité.

— Bing avait pourtant affirmé qu'elle savait faire du bateau, glissa Mme Hacking à Preston... mais dans le mégaphone.

Il se contenta d'avaler une longue rasade de jus de canneberge version *M*. Evelyn lui prit la bouteille et l'imita par sympathie – pour Chrissie, pour Bing, pour Pip ou pour Preston, elle ne savait pas trop –, en évitant tout geste brusque de crainte que Mme Hacking ne retourne le mégaphone contre elle.

— Lofez ! Lofez ! s'exclama Mme Hacking tandis qu'une vague venait s'écraser contre le bras de Chrissie. Tous les autres sont à la troisième bouée, Chrissie ! Il faut vous sortir de là, vous êtes dans la pétole. Sortez-vous de là !

— Je peux monter à votre bord, grand-mère ? demanda Pip.

— J'aimerais bien, Pip, mais il faut que tu finisses la régate.

Un coup de corne retentit à l'autre bout du plan d'eau.

— Le premier a passé la ligne d'arrivée ! cria Mme Hacking. Il faut que nous rentrions pour la réception. Trouvez du vent, Chrissie. Vous allez mettre des heures à finir.

Toujours à plat ventre à l'avant, Pip leur adressa un petit au revoir triste.

Mme Hacking remit les gaz à fond, direction Jumping Rock, et la vague qui se forma projeta encore quelques centimètres d'eau supplémentaires dans le cockpit du dériveur. Evelyn se retourna pour regarder Chrissie rapetisser. Pauvre Chrissie ! Elle avait voulu se faire bien voir, mais elle s'était enfoncée toute seule en s'invitant pratiquement de force chez les Hacking, en se prétendant bonne navigatrice – en en faisant trop, d'une manière générale. Cependant les bévues de Chrissie convenaient à Evelyn : comparativement à la nouvelle venue, elle semblait du bon côté de la ligne invisible séparant ce qui se faisait et ce qui ne se faisait pas. Malgré cela, en voyant Chrissie plonger sa petite tasse dans l'eau glacée qui lui arrivait aux chevilles sous le regard impitoyable de la jeune patricienne allongée à l'avant, Evelyn se prit à souhaiter qu'une risée vienne les tirer d'affaire.

— Les Simpson passent en tête ! Tom Junior est derrière vous avec Lally ! s'écria Mme Hacking en s'éloignant.

À Jumping Rock, à peine posé le pied à terre, Evelyn fila en courant vers un terrain plus sûr. Nick, qui devait en être à son dixième verre, avait décrété que le chemin d'accès à la maison d'amis devait être balisé par des cairns et avait enrôlé Preston pour aller ramasser des pierres dans les bois. Fatiguée, Evelyn se réfugia sur la terrasse de l'abri à bateaux et s'installa dans un fauteuil Adirondack avec une bouteille de F. Trois quarts d'heure plus tard, elle était suffisamment ivre pour ne pas ressentir trop vivement le malaise que lui causait l'arrivée de la régate. Bing attendait juste avant la ligne à bord de son dériveur. Quand il vit enfin approcher Chrissie et Pip, il refit une boucle afin de terminer dernier, et ce furent sa petite amie et sa fille qui héritèrent de l'avant-dernière place honnie. En entendant retentir la corne pour l'arrivée de Chrissie puis une seconde fois pour celle de Bing, Evelyn troqua son F pour un M. Bing se leva dans son bateau et salua, sous les rires et les acclamations des spectateurs sur la berge. Phoebe et Camilla se précipitèrent pour l'embrasser. Mme Hacking, qui avait débarqué avec son mégaphone, s'en servit pour lui crier ses félicitations. Evelyn chercha Chrissie des yeux et la découvrit en train de grimper péniblement la colline, son foulard trempé toujours collé sur la tête.

Elle se leva tant bien que mal et fila dans la salle de bains de l'abri à bateaux, où elle prit une serviette de plage dans la pile qu'elle avait repérée plus tôt.

— Tiens, dit-elle à Chrissie en la rattrapant. Tu dois avoir froid. Je me suis dit que ça pourrait t'être utile.

L'intéressée se retourna vers elle, ruisselante. Evelyn lui tendit la serviette.

— Ça a été atroce, dit Chrissie en s'essuyant les yeux. Vraiment atroce. J'étais trempée, gelée... Ça n'en finissait plus. Et Bing qui...

Elle laissa sa phrase en suspens. Evelyn déplia la serviette et la passa autour des épaules de Chrissie, qui la serra autour d'elle.

— Merci.

Evelyn s'était également munie de sa bouteille de *M*, qu'elle lui proposa avec un sourire compatissant.

— C'est super fort, la prévint-elle. Je ne te promets pas que tes problèmes vont disparaître, mais, au moins, tu seras bourrée quand tu reverras tout le monde à Shuh-shuh-gah.

Chrissie réfléchit un instant, puis avala une bonne rasade de *M*. Quand elle rendit la bouteille à Evelyn, celle-ci l'imita.

6

Sag Neck

C'était le pont du 4-Juillet. Le profil de Camilla, créé par Evelyn, avait été mis en ligne sur PLU deux jours plus tôt. Elle lui avait dégoté une sublime photo de profil et, via une attachée de presse surpayée engagée par le site, avait transformé l'essai en obtenant une parution dans *Page Six*. « IL PARAÎT... que la piquante Camilla Rutherford s'est inscrite sur People Like Us, et que d'autres people s'arrachent les invitations de ce réseau social très en vue. » Elle avait également inscrit Nick et Bing et même réussi à ouvrir une discussion sur l'immobilier dans les Adirondacks, afin que Camilla ne se rende pas compte qu'elle avait bluffé en parlant de *Camp* Piemacum. Evelyn commençait à recevoir des demandes d'inscription spontanées. Elle les traitait une à une, en acceptait la plupart, mais en refusait parfois sans explication : ces refus aléatoires donnaient plus de valeur aux admissions.

Sa mère lui avait fait très clairement comprendre qu'elle ne voulait pas la voir de l'été : c'était la saison où il fallait fréquenter les lieux de vacances huppés pour rencontrer son futur mari. Leurs échanges étaient un peu guindés, ces derniers temps. Evelyn avait appelé Barbara à son retour de Lake James. Le week-end s'était si bien passé qu'il lui tardait de lui raconter les fêtes et les dîners ; elle était persuadée que sa mère n'attendait que ça. Et pourtant, non.

Barbara avait déclaré qu'elle n'avait que faire de ce genre de business. Et son mari ne lui avait guère offert de meilleur accueil. « De mon temps, on ne se faisait pas payer pour cela », avait-il commenté en raillant la nouvelle lubie mondaine de sa fille.

Depuis, Evelyn n'avait pas rappelé. C'est pourquoi elle avait été étonnée de recevoir un message de sa mère la convoquant le week-end du 4-Juillet. C'était le raout patriotique annuel de Sally Channing – Tommy Channing était l'un des associés du cabinet de son père, Leiberg Channing – et la famille comptait sur la présence d'Evelyn. Celle-ci songea un instant à désobéir et à se rendre chez Nick dans les Hamptons. Sauf que cette nouvelle vie lui coûtait cher, bien plus que ce que ses revenus lui permettaient ; elle avait besoin de solliciter un prêt auprès de ses parents. Pour cela, une seule attitude possible : se plier à leurs exigences, ne fût-ce que le temps d'un week-end.

Quand elle descendit de l'Amtrak à New Carrollton, dans le Maryland, la lourdeur de l'air s'abattit sur elle. Elle avait l'impression de respirer du coton. Pendant le voyage, elle avait essayé de joindre son père, et sur son portable et à son bureau, sans succès. La chaleur eut tôt fait de dissiper les vestiges de la climatisation du train et elle se mit à transpirer. Son sac à l'épaule, elle fit le tour du parking. En passant devant une Datsun qui lui disait vaguement quelque chose, elle reconnut la femme solidement charpentée qui se tenait à côté ; c'était Valeriya, la Russe prompte à la critique qui occupait les fonctions de gouvernante de Sag Neck depuis quelques années.

— Bonjour ! Evelaïne ! appela-t-elle en levant mollement la main.

— Ah, bonjour, Valeriya. Mes parents ne sont pas là ?

— S'il vous plaît, mettez bagage dans coffre, pas sur banquette arrière. Sur banquette arrière ça salit trop et je dois faire encore ménage.

Evelyn obtempéra et posa son sac entre une paire de pantoufles chinoises et un paquet de gants de caoutchouc. Puis, elle se glissa à l'arrière. Il y avait un homme sur le siège passager.

— Mon mari, Alexeï, est venu aussi. Il n'aime pas que je roule seule pendant nuit. Il y a eu... comment vous dites, déjà ? Un vol de voiture avec dame à l'intérieur sur autoroute semaine dernière.

Alexeï avait des cheveux blonds coupés très court façon Jeunesses hitlériennes et tenait sa veste pliée sur ses genoux. Il leva une main sans rien dire en guise de salut.

— Valeriya, merci beaucoup d'être venue me chercher, mais c'était mon père qui était censé passer me prendre. Il travaille ?

À la sortie du parking, Valeriya tourna vivement à droite dans un crissement de pneus.

— Votre père, pffft. Il rentre à la maison et ils se disputent.

— Ce soir ? Ils se sont disputés aujourd'hui ?

— Ce soir, hier soir, tous les soirs. Je dis à Alexeï que les Américaines sont femmes difficiles avec leur mari. En Russie, femmes pas difficiles comme ça. C'est pour ça, les disputes.

— Attendez, cela s'est passé hier soir ? Ou ce soir ? Il était à Wilmington jusqu'à cet après-midi, non ?

Son père passait généralement la semaine dans son appartement de Wilmington, où se trouvait son cabinet.

— Mon premier mari, en Russie, il dit toujours que femmes russes les plus têtues de la terre. Mais je crois ce n'est pas vrai. Mon premier mari, très facile à la maison, et propre – propre comme une femme –, mais il boit. Vodka. Qu'est-ce qu'on peut faire ? Alors je pars, et je viens ici.

Elle assena un coup de poing sur le klaxon, ce qui fit sursauter un piéton, qui releva la tête d'un air inquiet et acheva de traverser en courant.

— Mais, Valeriya, vous dites que mon père est déjà rentré ?

— Votre père, oui, déjà rentré. Jeudi. Mercredi.

— Ça fait deux jours qu'il est là ? Mais que fait-il à la maison ?

— Je vous dis, c'est difficile. Votre mère, elle ferme porte de sa chambre et elle me dit, de l'autre côté, je dois pas faire ménage. C'est difficile parce que elle besoin d'aide. Elle dit, Valeriya, erreur marier cet homme. C'est ce qu'elle dit.

— Comment ça ? Valeriya.

Evelyn n'avait aucun mal à imaginer sa mère disant une chose pareille ; ce qui la stupéfiait, c'était qu'elle l'ait dite à la gouvernante. Elle avait une conception très stricte des différences entre les classes sociales et s'adressait toujours au « petit personnel » – c'était vraiment l'expression qu'elle employait – en parlant lentement et avec un sourire forcé.

— Pardon. Donc, mon père est rentré depuis mercredi ?

— Je vous dis seulement ce qu'elle dit. Je lui dis, madame Barbara, c'est dur pour femme, toujours. Ils se disputent pour responsabilité. Responsabilité ceci. Responsabilité cela.

— Quoi, les responsabilités ? C'est le motif de leurs disputes ?

Evelyn se mit à tambouriner sur la vitre du bout des doigts. Valeriya lui jeta un regard furieux : elle laissait des traces. Elle s'arrêta aussitôt. Ses parents lui donnaient de temps en temps quelques coups de pouce financiers, mais elle n'avait pas l'impression de se conduire de manière irresponsable. D'ailleurs, elle ne se servait jamais de leur carte de crédit sans leur en parler avant. Elle avait acheté un billet pour une soirée au profit de l'enfance défavorisée en pensant se le faire rembourser, sauf que Ann, la responsable RH et administrative chez PLU, avait refusé sa note de frais en déclarant qu'il ne s'agissait pas de frais professionnels directs. Elle avait également acheté une tenue, pour l'occasion, car elle ne pouvait décemment pas mettre une robe noire défraîchie pour une soirée d'été. Encore deux cents dollars chez Bloomingdale. Son père avait alors décrété que ce n'était pas à lui de financer ce genre de choses ; elle avait promis de le rembourser, sauf qu'elle ne pouvait pas, pour le moment, parce qu'elle était très mal payée chez PLU. Elle comptait obtenir une nouvelle subvention ce week-end, mais ce que lui disait Valeriya ne présageait rien de bon.

— Ils se disputent pour une histoire de responsabilité, Valeriya ? À cause des dépenses sur la MasterCard ?

— MasterCard ? Non, pas ça.

Elle se mit à parler russe à toute vitesse tandis qu'Alexeï acquiesçait à intervalles réguliers. Evelyn se cala dans le coin de la banquette arrière de la Datsun et, tandis que des mots comme « MasterCard », « Bloomingdale » ou « défavorisée » se télescopaient dans sa tête, elle glissa dans une torpeur agitée et moite.

Sur Chesapeake Bay Bridge, les cahots de la voiture la réveillèrent en sursaut. Elle souleva ses paupières lourdes pour observer les hautes piles du pont qui la rapprochait de Bibville. Elle s'assoupit de nouveau ; quand elle rouvrit les yeux, les pneus de la voiture crissaient sur les graviers de Sag Neck. Elle était arrivée chez elle. Valeriya n'éteignit pas le moteur. Evelyn avait dû commettre une bévue car la gouvernante répondit très sèchement à son au revoir. Alexeï, en revanche, lui souhaita bonne chance avec son accent à couper au couteau.

Sag Neck était une somptueuse résidence. C'était le terme qu'Evelyn avait employé depuis leur emménagement, quand elle était en primaire, jusqu'à ce que sa mère lui rappelle qu'on ne disait pas « résidence ». C'était donc une grande maison en bois protégée du voisinage par des rideaux d'arbres, dont le jardin descendait en pente douce jusqu'à Meetinghouse Creek. Un vaste hall à double hauteur de plafond occupait la partie centrale du rez-de-chaussée avec son lustre et son imposante cage d'escalier en bois. À gauche se trouvaient le salon, une bibliothèque qui servait très peu et la salle à manger de réception avec vue sur la pelouse et la rivière. La partie droite était dévolue à un grand salon de musique – que Barbara appelait salle de bal, bien qu'aucun bal n'y ait été donné sous son règne –, étiré sur toute la longueur de la maison. La cuisine était nichée à l'arrière. S'installer ici avait représenté un changement de standing spectaculaire par rapport à ce qu'Evelyn avait connu jusqu'alors. Elle était née dans une maison sur deux niveaux, dans la banlieue de Silver Spring, D.C., avec des murs marron, des placards marron, de l'herbe marron, que toute la famille avait quittée sans regret quand son père avait commencé à gagner de gros procès.

Gonflée d'humidité comme tous les étés, la porte de Sag Neck n'était pas fermée à clé. Evelyn entra. Il n'y avait pas un bruit dans la maison.

— Maman ? Papa ? Bonjour !

— Evelyn, c'est toi ? appela sa mère du premier étage.

— Qu'est-ce qui se passe ? Pourquoi ce n'est pas papa qui est venu me chercher ? J'ai fait un trajet vraiment bizarre avec Valeriya et son mari.

— Bonne question, oui. D'après toi, pourquoi ton père n'est pas venu te chercher ?

Fatiguée, Evelyn ne se sentait pas d'humeur à jouer aux devinettes.

— Est-ce que tu sais où il est ?

— Je ne sais rien de ce que fabrique ton père, apparemment.

Elle entendit une porte se refermer à double tour. Quel accueil...

— Maman ?

Pas de réponse. Elle alluma plusieurs lampes et se rendit dans la cuisine. Elle avait la tête dans un placard du bas qui contenait parfois des choses à grignoter quand le fracas de la porte de derrière la fit sursauter. Elle se cogna. Dale

Beegan déboula dans la pièce, transpirant, haletant dans un short de cycliste bien trop serré, et faillit trébucher sur sa fille accroupie.

— Bon Dieu, Evie ! Qu'est-ce que tu fais cachée là comme un chat affolé ? Lève-toi et montre-toi !

— Aïe. C'est ce que j'aurais fait si j'avais su que tu préparais une entrée aussi fracassante, répliqua-t-elle en se palpant le crâne. Je crois que j'ai une bosse.

Dale alla à l'évier se verser un verre d'eau, qu'il but d'un trait. Il avait encore de très beaux cheveux, bruns, épais et brillants, et les joues rondes d'un bébé heureux. Pour entretenir l'extrême blancheur de sa dentition, il mettait ses patchs blanchiment des dents tous les soirs après le dîner et les gardait sans complexe la demi-heure conseillée. Il commençait à avoir l'air d'être le fils de Barbara plutôt que son mari, mais Evelyn s'abstenait soigneusement de le faire remarquer.

— Qu'est-ce qui te prend de donner des frayeurs pareilles à un vieux bonhomme ?

— Je ne pensais pas que tu étais à la maison, puisque tu n'es pas venu me chercher et tout ça.

Il se resservit un verre d'eau.

— Je suis sûr que tu n'as rien.

— Espérons. Alors Valeriya m'a dit que tu étais rentré depuis quelques jours ?

Il posa son verre vide sur le plan de travail.

— Comment ça va, la grande ville, Evie ? Les rupins pour qui tu travailles sont gentils avec toi ?

— Pour tout dire, le boulot n'est pas très facile, répondit-elle avec brusquerie.

— C'est souvent le cas quand on a affaire à des gens riches. Pour ma part, j'ai toujours trouvé plus satisfaisant d'œuvrer pour des personnes en difficulté.

À condition de prendre l'avion en première pour le faire, songea Evelyn en ouvrant une boîte de biscuits salés. Son père était né en Caroline du Nord, dans une ville dominée par l'industrie textile. Ses deux parents travaillaient à l'usine. Ils habitaient au bord de la rivière, en face des belles demeures en brique des patrons. Dale racontait qu'il avait vu comment les propriétaires des usines broyaient la vie du peuple. Il avait voulu devenir l'avocat de ceux qui ne pouvaient pas se faire entendre seuls, des gens comme ses parents. Dans sa ville, les magasins du centre fermaient tôt pour ne servir que les riches femmes au foyer des maisons en brique, qui ne travaillaient pas. Les ouvrières, elles, étaient obligées de faire sans. Même si Dale allait à l'école et à l'église avec les garçons des maisons en brique, l'été, il était l'employé du marchand de glaces et eux, les clients. Cela n'avait que renforcé Dale dans sa détermination à poursuivre des études supérieures, à faire son droit et à montrer à ces gosses nés avec une cuiller en argent dans la bouche que tout le monde méritait une chance.

Quand Evelyn était petite et qu'ils habitaient Silver Spring, il exerçait seul, à son compte. Il s'était fait un nom dans les procès de consommateurs contre les grands groupes pharmaceutiques. À tel point que Leiberg Channing, un gros cabinet spécialisé dans les dépôts de plaintes, n'avait pas tardé à le recruter.

Evelyn avait vu son père plaider à plusieurs reprises et, à chaque fois, elle avait été subjuguée. Il parlait sans notes, mais démontait subtilement les arguments de ses adversaires, point par point. Il savait comment s'adresser aux jurés, comment jouer sur leurs émotions et s'attirer leur sympathie, et il faisait de même avec ses clients. Il avait l'air de toujours savoir parfaitement quoi dire à tout le monde – sauf à sa famille.

Bien qu'il ait gagné beaucoup d'argent dans ses procès contre l'industrie pharmaceutique, Dale ne semblait pas savoir s'il était devenu lui-même une huile ou s'il les détestait toujours autant que dans son enfance, ces huiles. Il aimait faire des cadeaux, des cadeaux tape-à-l'œil qui suscitaient des oh ! et des ah ! À Sheffield, la boîte de macarons aux fruits Harry & David qu'il lui envoyait tous les mois faisait pâlir d'envie son dortoir. Quant à l'énorme Rolex qu'il lui avait offerte pour son diplôme de fin d'études, elle était si luxueuse que c'en était gênant, et Evelyn l'avait rangée avec ses annuaires de l'école. Puis, avec ce qu'elle avait économisé sur son argent de poche, elle s'était acheté ces petites boucles d'oreilles en perles. Quand Dale dépensait de l'argent, s'il en dépensait, c'était toujours à sa façon. C'était lui l'arbitre moral, lui qui décidait ce qui en valait la peine ou non, lui qui comprenait la valeur de l'argent.

Après l'université, il aurait voulu qu'Evelyn gagne sa vie, travaille dans un domaine qu'il jugeait digne d'intérêt et serve une noble cause. Mais elle avait bien conscience qu'un emploi dans les services sociaux ne paierait même pas son loyer… Et puis, ce n'était pas assez prestigieux pour satisfaire ses parents. En arrivant à New York, elle avait donc proposé ses services à une association de mentorat pour jeunes filles. On lui avait répondu que le délai d'attente pour les mentors était d'environ un an, qu'il lui faudrait au moins trois références d'employeurs et que l'on préférait des femmes avec beaucoup plus d'expérience professionnelle.

Elle résista à la tentation de dire tout cela à haute voix. Si son père remettait déjà en cause son sens des responsabilités et qu'elle avait encore besoin d'argent, elle ne pouvait pas s'autoriser une dispute.

— Alors, demanda-t-elle, comment se fait-il que tu sois à la maison ? Leiberg Channing organise des procès par téléconférence ?

— Tu dois être fatiguée, après le voyage. On en discutera demain matin, d'accord ?

Il allait sortir de la cuisine, laissant à quelqu'un d'autre le soin de mettre son verre dans le lave-vaisselle.

— Si c'est à propos de l'argent que je dépense, papa, autant en parler tout de suite.

Elle regarda les biscuits en fronçant les sourcils. Elle n'avait pas vu qu'ils étaient sans sel.

— Tu m'as expressément dit que je pouvais me servir de ta carte pour certains frais. Mais je n'ai pas l'impression d'en abuser. Et je t'assure que ça ne représente qu'une toute petite partie de ce que coûte la vie à New York. Rien que pour déjeuner, je dois claquer onze dollars – et encore, pour une pauvre salade dans une boîte en plastique. Je te rembourserai. C'est juste que, avec mon boulot et tout ça, c'est un peu la folie en ce moment.

— On verra demain matin. Bonne nuit, ma chérie. C'est un nouveau chemisier ? La couleur te va bien.

Oui, c'était un nouveau chemisier. Il sortit de la cuisine et monta au premier. Tout en grignotant un biscuit sans sel, Evelyn constata à nouveau combien son père était doué pour faire en sorte que personne ne lui en veuille jamais.

Le lendemain matin, elle décida d'aller prendre un café en ville pour se remonter avant la discussion avec ses parents. En sautant de la dernière marche de l'escalier, elle aperçut deux silhouettes à sa droite, dans le salon. Sa mère, à la fenêtre, qui scrutait l'allée devant la maison, et son père, qui remuait une pile de papiers.

— Evelyn.

Sa mère pivota de quelques degrés pour se détourner de la fenêtre et décroisa les bras, qu'elle tendit à la façon d'Evita au balcon de la Casa Rosada. C'était sa façon de demander à Evelyn de l'embrasser. Elle obéit et, en guise d'étreinte, sa mère et elle se touchèrent les avant-bras en faisant un petit signe de tête.

— Bonjour, maman, tu es très jolie.

Sa mère portait un pull gris bien trop épais pour juillet et un pantalon blanc. En fait, elle avait l'air d'avoir grossi et Evelyn lui en voulait encore des choses blessantes qu'elle lui avait dites au sujet de People Like Us. Cependant, la conversation alambiquée qu'elle avait eue avec son père la veille au soir lui donnait à penser qu'elle allait avoir besoin d'une alliée.

Elle attendait des instructions, mais ses deux parents gardaient le silence. Elle les considéra tour à tour.

— Bon, annonça-t-elle, je m'apprêtais à faire un tour en ville.

— Non, Evelyn. Ton *père*, fit Barbara d'un ton lourd de sarcasme, a quelque chose à te dire. Assieds-toi.

Comme souvent, son père avait adopté une pose d'une décontraction surnaturelle : affalé dans un fauteuil de drap de laine rêche, la cheville droite sur la cuisse gauche. Evelyn tenta de déchiffrer les papiers qu'il tenait à la main, mais il en fit une pile qu'il posa face contre la table basse. Elle s'assit sur une chaise inconfortable près de la porte.

— Eh bien, ça fait plaisir de te voir, Evie, dit-il en souriant de toutes ses dents. Il faut que nous parlions de quelque chose.

— Quelque chose ? cracha Barbara de son poste près de la fenêtre.

— Tu connais mon métier. Tu sais l'importance que j'y attache, comme tous les avocats. Notre rôle est de nous battre pour...

Evelyn connaissait la phrase par cœur. Combien de fois l'avait-elle entendu la claironner lors de dîners de gala, de soirées ou devant des gens qu'il venait de rencontrer !

— ... ceux qui sont trop pauvres ou trop faibles pour se faire entendre. Et nous nous attachons à le faire de notre mieux.

— C'est à propos de mon travail ? demanda Evelyn. Écoute, je sais... ces gens ont les moyens de s'exprimer, je ne dis pas le contraire. Mais ils ne sont pas aussi mauvais que tu le crois. Ils sont... enfin, maman sait. Ils peuvent être vraiment sympas. Et il ne s'agit pas de ventes, mais d'adhésions. Ce n'est pas du tout la même chose. Pour obtenir des adhésions, il faut se montrer à leur niveau. Et puis, ce n'était que quatre cent cinquante dollars. Je sais que ce n'est pas génial, mais...

— Ma chérie, ma chérie, la coupa Dale.

Il regarda Barbara, qui ne daigna même pas tourner la tête.

— Ce n'est pas ton travail, la question, c'est le mien. Quand tu te bats pour les autres, tu compliques la vie des dirigeants, et, devine quoi... ces dirigeants finissent par essayer de se retourner contre toi. Les républicains ont décidé de montrer aux avocats spécialisés dans les dépôts de plaintes combien ils étaient puissants. Le gouvernement a trouvé quelqu'un qui était prêt à affirmer que nous avions agi illégalement, que nous avions fait des... hum... des offres illicites.

« Bon, tu es déjà venue au tribunal. Tu m'as vu plaider je ne sais combien de fois. Tu as entendu les témoins, les experts. Et les juges. Tu sais comment ça se passe. Pourquoi est-ce que j'appelle des experts à témoigner ? Tout simplement parce que nous avons besoin d'eux ! Ce sont souvent des médecins, ils peuvent expliquer aux jurés les effets que tel ou tel médicament a pu avoir sur nos clients.

— Oui..., fit Evelyn avec circonspection.

— Tu te souviens de l'affaire Oney ? Peg Oney, de Cresheim ? Tu te souviens d'elle, dans le procès Wallen Pharma ?

— Oui.

Evelyn était au collège, à cette époque. Barbara et elle s'étaient rendues en Pennsylvanie pour assister au début du procès. Wallen était accusé d'avoir eu connaissance des effets secondaires d'un médicament et de ne pas les avoir divulgués. C'était une affaire compliquée, avec beaucoup de chimie, de procédures d'élaboration de médicaments. Cependant, quand on écoutait son père, tout semblait simple. Il avait commencé par raconter comment Peg avait perdu la sensibilité du bout des doigts quand elle avait pris ce médicament. « Certes, le bout des doigts, cela ne paraît peut-être pas grand-chose, avait-il concédé avec son fort accent de Caroline. Ce n'est pas une jambe. Ni un bras. Ni même une main. Mais lorsque Peg tend la main au-dessus d'une bougie, elle ne sent pas la chaleur. Quand elle caresse son chien Scout, elle ne sent pas son pelage. Lorsqu'elle effleure la joue de son bébé d'un an, elle ne sent pas la douceur de sa peau. Le bout des doigts, c'est peut-être le bout, mais c'est *tout*. » Grâce à son plaidoyer, tous les jurés avaient eu l'impression *d'être* Peg. Puis Dale avait quitté la barre en passant suffisamment près du jury pour que les membres assis au premier rang puissent le toucher.

« Ici même, dans cette salle d'audience, vous, habitants de Pennsylvanie, allez avoir la possibilité de dire à cet énorme conglomérat : "Nous en avons assez. Vous n'avez pas le droit de nous priver de nos sens. Vous n'avez pas le droit de nous dire que nous ne pouvons plus sentir la chaleur, caresser notre chien ou toucher la joue de notre bébé. On nous a assez trompés. On s'est assez moqué de nous. On nous a assez menti. Cela s'arrête ici. Cela s'arrête aujourd'hui." »

Il n'avait pas fallu trois heures au jury pour accorder à Peg Oney une énorme somme d'argent.

— Le préjudice subi par Peg, les effets sur son corps étaient complexes, expliquait-il maintenant en redressant sa pile de papiers. Pour engager la responsabilité de Wallen, nous avons dû demander à des experts de retrouver les tests pratiqués par les laboratoires, afin d'établir ce que le labo savait et quels étaient précisément les effets secondaires sur Peg et les autres plaignants. Il faut pour cela de très bons experts, et nous avons cherché partout les meilleurs, un médecin et un chimiste, qui ont apporté un témoignage irréfutable. Les dommages-intérêts accordés aux Oney ont été significatifs. Très significatifs.

Pour les Beegan aussi, songea Evelyn. Elle se rappelait avoir entendu ses parents parler des millions que cette affaire avait rapportés à son père. Juste après, sa mère avait d'ailleurs engagé un architecte d'intérieur pour redécorer Sag Neck, du papier peint aux lustres.

— Et alors, quel est le problème ?

— Le mari de Peg – déjà son ex-mari, à ce moment-là – nous a demandé par la suite de nous pencher sur un autre dossier pharmaceutique. Je crois qu'il n'avait pas récupéré grand-chose de la somme accordée et qu'il était en colère. Blessé. Ce que je crois maintenant, c'est qu'il a cherché à se venger de Peg et qu'il nous a instrumentalisés. Il nous a dit à l'époque qu'il investissait dans l'industrie pharmaceutique et qu'il avait découvert des politiques de contrôle de qualité qui lui semblaient douteuses dans un gros laboratoire ; il s'adressait à nous dans l'espoir que nous puissions porter l'affaire devant les tribunaux. Nous avons enquêté, monté un dossier, et ça s'est réglé assez vite. Apparemment, l'ex-mari n'était pas satisfait, bien que nous ayons fait tout notre possible pour les aider, sa famille, sa ville et lui. Lorsque le gouvernement est venu frapper à sa porte, il a raconté que nous, chez Leiberg Channing, avions soudoyé les experts pour qu'ils témoignent dans notre sens. L'affaire Wallen Pharma était prescrite, mais il a soutenu qu'il y avait également eu des pots-de-vin lors du second procès. Je pense qu'il n'avait pas plus d'un mail dans lequel il était question de payer les experts, ce qui, bien sûr, est parfaitement légal.

Dale s'appuya au dossier de son fauteuil avec autant de décontraction que s'il était en train de faire bronzette.

— Mais le gouvernement ne peut pas attaquer pour cela, objecta Evelyn.

Il adressa au dos de Barbara un sourire qui fit un flop.

— Exact, dit-il. Je savais que tu comprendrais. Il n'y a rien. Sauf que les labos figurent parmi les principaux donateurs de l'administration Bush et tous ces procureurs pro-Bush avec leurs diplômes des universités de l'Ivy League veulent régler son compte au menu fretin, les avocats comme moi qui défendent les Américains ordinaires. Mais rira bien qui rira le dernier, ma chérie. Tout ce qu'ils ont réussi à tirer de leur grande enquête, c'est l'ex-mari d'une ancienne cliente qui prétend que nous avons commis un acte illégal il y a des années. L'administration Bush et les républicains n'ont rien de plus que...

Le claquement sec d'une main contre le verre. Barbara, à la fenêtre :

— Tu vas arrêter d'attribuer tes problèmes à une conspiration des républicains ?

Dale leva ses deux mains ouvertes en un geste de conciliation.

— Barbara, on peut en discuter à l'infini mais, quand les procureurs fédéraux ont le droit de citer qui ils veulent pour ouvrir une enquête sur un cabinet notoirement détesté par les plus gros donateurs républicains, le rapprochement n'est pas difficile à faire.

Evelyn se tourna vers sa mère, qui fixait du regard un écureuil dans le jardin, puis refit face à son père. Son polo vert pomme en jersey fin soulignait ses côtes un peu proéminentes.

— Alors que va-t-il se passer ?

Dale posa une jambe sur la table basse.

— Ils n'ont poursuivi ni le cabinet ni aucun des associés parce que les preuves – ou plutôt ce qui leur tient lieu de preuves – sont trop minces et qu'ils savent qu'elles ne les mèneront nulle part. Cependant, j'ai pensé – ta mère, surtout – qu'il valait mieux que tu l'apprennes par nous.

— Alors pourquoi ne pas lui dire ce qui se passe réellement ? cracha Barbara. Ou lui donner un conseil pour tout à l'heure, chez les Channing, quand personne ne lui adressera la parole ? C'est vrai, ça, tu as omis ce détail, non ? Pourquoi tu n'expliques pas à ta fille que ces procureurs républicains semblent concentrer leurs efforts sur toi ? Pas sur Tommy Channing ni sur Larry Leiberg, sur toi. Ou ce sur quoi le gouvernement enquête, en réalité : le fait que ton cabinet ait versé d'importants pots-de-vin en redistribuant aux experts un fort pourcentage de la somme accordée par jugement ou par conciliation afin que, peut-être – je dis bien *peut-être* –, ils insistent davantage sur le préjudice subi par la pauvre Peg Oney ou tel pauvre autre de tes clients.

Elle parlait si vite que les mots se bousculaient. À la fin de sa tirade, elle s'adossa à la fenêtre, l'air exténuée.

Dale cligna des yeux sans se départir de son sourire aimable. Au bout d'une minute, il reprit le fil de la conversation.

— Eh bien, voilà, le secret est levé. D'après les renseignements que nous avons pu récolter, il semble que l'attention se concentre sur moi parce que c'est moi qui me suis occupé de ces affaires. Mais que les choses soient bien claires : Larry, Tommy et moi-même avons toujours travaillé ensemble sur tous ces dossiers.

— Responsabilité, fit Evelyn vivement en secouant la tête. Valeriya. Elle m'a dit que tu étais à la maison depuis mercredi. Ce n'est pas dans tes habitudes. Mon Dieu. Elle parlait de ta responsabilité pénale ? Elle est engagée ?

— Un grand jury a été constitué, dit Barbara. Ton père fait l'objet d'une enquête.

Evelyn se leva si brusquement que les pieds de sa chaise crissèrent sur le sol.

— Un grand jury ? Depuis combien de temps est-ce que vous le savez ?

— Il s'agit d'une enquête préliminaire, souligna Dale.

— D'accord, mais depuis combien de temps ? Dis-moi !

— Des mois, répondit sa mère.

— Barbara, la plupart des enquêtes de ce genre durent des mois et des mois, fit son mari sèchement. Et elles n'aboutissent pas forcément.

Evelyn s'agrippa au dossier de sa chaise.

— Mais ça ne tient pas debout.

— Non, en effet, indiqua Dale qui s'était repris et parlait de sa voix la plus mielleuse. Je suis désolé de devoir t'annoncer ça comme ça maintenant, ma chérie. Nous pensions que cela ne mènerait nulle part – nous le pensons toujours –, mais le gouvernement a organisé des fuites et ça risque de sortir dans la presse.

Barbara se détourna de la fenêtre.

— Ça n'aurait pas dû arriver.

Sa main tremblait, mais le reste de son corps était parfaitement immobile.

— Ça n'aurait pas dû arriver, répéta-t-elle.

— Sauf que c'est arrivé.

Evelyn s'efforçait de rester calme, mais sa voix montait et descendait brusquement, comme si quelqu'un jouait avec le bouton du volume.

— Dale Beegan fait l'objet d'une enquête menée par un grand jury. Je pense que ça n'aurait pas été une mauvaise idée de m'en parler sans attendre plusieurs mois.

— Il ne nous a pas semblé nécessaire…, commença son père.

— Pourtant si. C'était nécessaire.

— Evie, ne te mets pas dans tous tes états. À l'exclusion de ce chômeur qui affirme des contrevérités, l'enquête paraît au point mort. Nous avons décidé de t'en parler de vive voix, sachant que tu viendrais pour la fête…

— Et quelle charmante fête cela va être ! s'écria Barbara en se débarrassant du léger accent de Baltimore auquel elle se laissait parfois aller quand elle était fatiguée ou en colère, pour reprendre sa voix de châtelaine de Sag Neck, avec les voyelles allongées à la Katharine Hepburn et la nasalité d'Ethel Merman. Qu'en dis-tu, Evelyn ? Faut-il que nous allions à la réception des Channing, que nous nous mettions sur notre trente et un et que nous fassions comme si personne ne savait qu'il y avait une enquête sur ton père pour… pour quoi, au juste ? blanchiment d'argent ? corruption ? Quelle farce ! Je suis sûre que Sally Channing sera ravie de nous voir, tous les trois, et nous réservera l'accueil le plus chaleureux qui soit. Les amis de Sally aussi seront enchantés, une fois qu'ils auront lu dans la presse que le gouvernement des États-Unis t'accuse d'avoir enfreint la loi.

— Barbara. Ça suffit. Je t'ai dit que, si tu ne le sentais pas, tu pouvais ne pas venir.

Parmi toutes les informations qui affluaient à l'esprit d'Evelyn, une en particulier lui faisait l'effet d'un coup de massue. Davantage encore que la possible malhonnêteté de son père, davantage encore que la tension dans la pièce ou le choix qui lui restait pour la journée à venir – se rendre à cette fête ou rester ici avec ses parents furieux –, l'idée des retombées dans la presse la terrifiait. Tous ses amis étaient peut-être déjà au courant. En ce moment même, ils étaient peut-être en train de se passer l'information par mail. Elle imaginait déjà l'intitulé du message de Nick : « Pas si parfaite… » Et Camilla, lisait-elle la presse ? De toute façon, si l'info avait fuité sur les réseaux, c'était foutu. Evelyn allait être la risée de tout le monde.

— C'est dans les journaux ? demanda-t-elle d'une toute petite voix.

— Ha ! fit sa mère d'une voix haut perchée.

Son père se passa la langue sur les dents avant de répondre.

— C'est ce que font les journaux, Evelyn. Écrire des choses à partir de rien.

— À New York ? Ce n'est pas dans les journaux de New York, au moins ?

— Je ne sais pas. Je n'ai pas suivi d'aussi près.

— Oh. Non.

Sonnée, Evelyn recula de quelques pas.

— Papa, tu plaisantes, hein ? Il y a des articles ? Avec ton nom ?

— Ce que racontent les journalistes n'est que pure spéculation. Pure spéculation.

— Mais il y a ton nom ? Dans les articles ?

Les yeux plissés, il lui offrit alors son plus grand sourire, ce sourire qu'il affichait pour conclure ses plaidoiries et que, de tout temps, elle appelait « l'éblouissant ».

— Je ne sais plus si c'est mon nom ou celui du cabinet qui est cité. Peu importe. Nous savons tous la vérité.

— Ah oui ? intervint Barbara.

Evelyn recula encore de quelques pas. Si elle arrivait jusqu'à la porte, elle pourrait partir sans qu'ils s'en rendent compte. Elle voulait chercher sur Google. Elle ne voulait pas chercher sur Google. Si la nouvelle s'était répandue à New York, quelqu'un lui en aurait parlé. Preston ou Charlotte. Quant à Nick et Scot, ils ne s'intéressaient sans doute qu'aux pages finance. Oui, c'était certain. Et Camilla ne lisait sûrement pas la presse. D'ailleurs, elle ne connaissait probablement même pas le nom de famille d'Evelyn. Et il y avait peu de risques que les blogs de New York s'intéressent à un avocat du Maryland. Ce n'était pas grave. Tout allait s'arranger.

— La vérité, disait Barbara d'une voix forte, c'est que, à Bibville, absolument tout le monde est au courant des agissements de ton père. Leiberg Channing, le grand redresseur de torts, le chouchou du parti démocrate, enfin mis à genoux par ce gouvernement républicain qu'il déteste tant. Ou plutôt non, attends, pas Leiberg Channing, non : Dale Beegan, celui qui n'a jamais réussi à faire inscrire son nom sur la plaque du 422 North Market.

Cette sortie jeta un froid. Barbara fixait son mari d'un regard soudain épuisé. Immobile, Dale observait ses pieds. Evelyn se sentait tout à coup vidée de toute énergie. L'odeur de la cire que Valeriya avait passée sur le parquet lui montait à la tête.

Finalement, son père brisa le silence en se raclant la gorge.

— Bon, je ferais bien de retourner me préparer pour cette déposition. D'autres questions ?

Evelyn secoua la tête puis leva les yeux vers sa mère, qui avait l'air hagarde. Elle recula encore sur la pointe des pieds et éteignit la lumière en sortant.

7

Histoire sociale

Assise en tailleur sur la banquette de sa chambre d'enfant encastrée dans le bow-window, Evelyn regardait la rivière, les plantes aquatiques et l'affenpinscher des voisins, qui se battait avec une branche.

Le dossier Peg Oney... C'était le moment où la carrière de son père commençait à décoller. Il ne rentrait pas à la maison tous les week-ends ; souvent, il passait son samedi soir à Beaumont, dans le Texas, à Caddo, dans l'Arkansas, ou à Tallahassee, en Floride – autant de villes qu'Evelyn était obligée de chercher dans le gros atlas du salon de musique. À cette époque, son père lui paraissait encore glamour. Elle raffolait de ses costumes croisés très chics et de sa coupe de cheveux qui lui donnait un faux air de Howard Keel. Elle n'avait pas encore la perspicacité suffisante pour s'apercevoir que ses tenues étaient vulgaires et qu'il forçait sur le brushing. Souvent, elle regrettait de ne plus être capable de le voir avec ses yeux de petite fille, de ne plus aimer se faufiler dans son bureau pour caresser son attaché-case en cuir si doux tandis qu'il lui tendait un caramel en lui adressant un clin d'œil. Quelquefois, elle restait longtemps auprès de lui, à natter les franges du tapis tout en l'écoutant griffonner sur son bloc jaune.

Ses parents s'étaient connus alors que sa mère était en deuxième année à Hollins, une petite université de Virginie qui proposait des activités équestres. Barbara Topfer était née à Baltimore, mais sa famille avait quitté Peabody Heights pour la banlieue dans les années 1950. Adolescente, elle avait vu son père partir avec une jeune secrétaire de sa compagnie de navigation. Il leur envoyait certes assez d'argent, à sa mère et à elle, pour leur permettre de vivre à l'aise, mais Barbara avait honte de son absence et se sentait jugée. En rade avec sa mère à Towson, Barbara regardait des films, lisait des livres, se savait jolie et avait décidé qu'elle méritait mieux que cette vie-là. Elle avait donc postulé à Hollins. Avant la rentrée, elle avait bien peaufiné son histoire : elle était issue d'une vieille famille d'armateurs et son père était mort jeune en lui léguant une belle fortune. (Cette version, Evelyn l'avait entendue, ahurie, de la bouche d'une amie de fac de sa mère.)

À l'automne de sa deuxième année, Barbara s'était rendue à un bal de rentrée de l'université de North Carolina et y avait rencontré Dale Beegan. Boursier, il y avait été admis en droit après un premier cycle très brillant, et il était l'un des meilleurs de sa promotion. Ce week-end-là, Barbara avait pour cavalier un étudiant chic que Dale ne pouvait pas supporter : il avait pris un malin plaisir à tout faire pour s'arroger la belle. Barbara s'était laissé courtiser de bon gré. L'ambition de Dale, son charme et son extraction prolétaire le promettaient selon elle à un avenir politique radieux. Un jour, Barbara avait confié à Evelyn qu'elle avait vu son mari ambassadeur, sénateur ou même président. Barbara aussi était ambitieuse. Furieusement ambitieuse. Mais une jeune fille n'avait pas le droit d'avouer ces choses-là. À Hollins, dans les années 1960, l'ambition d'une femme ne se parachevait que par le mariage. Si Barbara ne pouvait pas piloter, elle tenait à sa place sur le siège passager. Elle avait donc épousé Dale dès qu'il était sorti diplômé de la fac de droit. Et elle n'avait jamais fini ses études.

Evelyn était déjà à Sheffield quand elle avait commencé à s'interroger sur les douze années qui séparaient sa naissance du mariage de ses parents. Barbara avait eu Evelyn à trente-trois ans – un âge très avancé pour une ancienne élève de Hollins. Evelyn avait compris pourquoi un été, pendant les vacances. Sa mère, qui s'était descendu toute seule une bonne demi-bouteille de vin, l'avait convoquée sur la terrasse pour la mettre en garde contre la durée limitée de la fertilité féminine.

« Tu sais, avait-elle embrayé, quand ton père et moi avons décidé d'essayer, j'ai eu du mal à tomber enceinte. »

Gênée, Evelyn s'était tournée vers la rivière. Pendant d'interminables semaines, elle s'était conformée au planning des rapports prescrit par le médecin (« Maman ! » s'était écriée Evelyn, sans le moindre effet sur la logorrhée de Barbara) et avait attendu la fin du mois en se demandant si elle n'était pas plus fatiguée que d'habitude. Mais les crampes revenaient, régulières, et avec elles la déception. Il lui avait fallu un an pour tomber enceinte.

Lorsque, au retour d'un rendez-vous chez le médecin, Barbara avait appris à Dale que leur enfant faisait désormais la taille d'un petit pois, il s'était mis à appeler le bébé P'tit Pois, lui avait-elle confié d'une voix blanche.

Enceinte de trois mois, Barbara était en train de peindre un petit mouton au pochoir sur le mur de la chambre du bébé quand elle avait commencé à saigner. Elle avait des douleurs abdominales et du sang dans sa culotte. De nouveau, Evelyn avait tenté de l'interrompre, mais sa mère, qui se comportait pourtant comme si le corps ne répondait à aucune fonction physiologique, semblait déterminée à lui relater sa fausse couche dans les moindres détails, sans trahir aucune émotion. Ce jour-là, Dale plaidait en Californie. Elle s'était rendue seule à l'hôpital où on lui avait administré des calmants. À son réveil, le médecin lui avait annoncé qu'elle avait perdu le bébé. *Elle* avait perdu le bébé.

Les saignements s'étaient poursuivis plus de deux semaines. La nuit, son sommeil était sans cesse entrecoupé par d'horribles crampes. Elle n'en finissait pas d'expulser ce bébé et c'était comme si son corps à elle se désintégrait avec lui. Chaque crampe qui parcourait son bas-ventre lui rappelait son échec, son incapacité à réaliser cette chose si simple pour toutes les autres femmes du monde. Dale lui avait conseillé d'aller à l'église, après la fausse couche, mais, lorsque le prêtre était passé à la prière pour les disparus, Barbara était sortie : elle ne savait pas si l'Église considérait le petit amas de cellules qui s'était détaché d'elle comme un disparu.

« Et ton père, dans tout ça…, avait continué Barbara, la mine sévère. Ton père… »

Les semaines qui avaient suivi, son père n'avait fait que travailler. Pendant la journée, il envoyait sa secrétaire contrôler l'état de Barbara. Sa *secrétaire*, avait-elle souligné. Un soir, dix semaines après la fausse couche, Dale était rentré à la maison de bonne heure.

« Il m'a dit qu'il avait tout épluché – mon dossier médical, mes médicaments – sans ma permission, et qu'il avait trouvé la cause. Le problème venait d'un médicament que je prenais, le pentathilinate ; il y avait d'autres cas de fausses couches chez des femmes qui suivaient ce traitement. Il avait trouvé un médecin, dans le Kentucky, qui refusait de le prescrire à ses patientes enceintes. »

Evelyn se rappelait que son père lui avait fait lire un article du *Washington Post* sur le sujet. Grâce à cette affaire et d'autres du même genre, les femmes devaient désormais s'engager par écrit à ne pas tomber enceintes tant qu'elles étaient sous pentathilinate. Cette affaire avait permis à son père de cimenter sa réputation. Il avait demandé au jury et à l'assistance d'imaginer ce qu'avait dû ressentir le petit pois – elle se souvint avec un haut-le-cœur que c'était l'expression qu'il avait employée – : « Je veux vivre ! Je veux m'accrocher ! », alors même que le poison agissait contre lui. Le *Post* relatait l'effet qu'avait eu sur les jurés cette réplique inventée, placée dans la bouche du fœtus ; certains jurés avaient versé une larme, aidés en cela par la façon qu'avait eue Dale de décrire la vie que ce petit être aurait pu vivre : ses premières dents, ses premiers pas, les bouclettes qui remplaceraient ses cheveux fins et doux… À ce moment-là, précisait l'article, Dale avait dû s'interrompre. Le chroniqueur voyait ses épaules secouées de soubresauts.

« Il a voulu que je témoigne, avait révélé Barbara, que je vienne à la barre raconter mon histoire à des inconnus pour qu'ils me jugent. Je ne savais pas, Evelyn. Je n'aurais jamais pris ce médicament si j'avais su. C'était pour la peau. Simplement pour avoir le teint frais. Je n'en aurais jamais pris.

— Ne t'en fais pas, avait répondu Evelyn en quittant des yeux la rivière pour regarder sa mère.

— On ne savait pas, à l'époque…

— Ne t'en fais pas.

— Ce n'était pas la sienne, avait lâché sa mère avec colère.

— Le bébé ? Le bébé n'était pas de lui ?

— Mais enfin, bien sûr que si, Evelyn. Qu'est-ce qui te prend ? *L'histoire*, ce n'était pas la sienne. Il n'aurait pas dû l'exploiter comme cela. C'est moi qui ai perdu le bébé. »

Ce devait être à ce moment-là que ses parents avaient commencé à faire chambre à part, supposait Evelyn.

Son père travaillait tant qu'Evelyn avait l'impression que son enfance et son adolescence s'étaient résumées à un long tête-à-tête avec sa mère, atour d'une table pour deux à l'Eastern Tennis Club. Petite, le lundi matin, elle attendait d'avoir entendu les semelles de son père crisser sur les graviers pour se glisser dans le salon de musique et s'installer sur le canapé, sous la couverture bleu marine qui grattait. Malgré ses efforts, elle somnolait souvent quand, quelques minutes plus tard, sa mère la rejoignait et lui caressait les cheveux de sa main fraîche. Alors, Evelyn rouvrait les yeux et sa mère se mettait à jouer du piano. Des gammes, d'abord, légères et fluides, puis « Oh, What a Beautiful Mornin' » ou « Bill ». Parfois, elle demandait à Evelyn ce qu'elle avait envie d'entendre. Elle avait toujours une réponse prête. Si ses parents étaient fâchés, elle suggérait « Waitin' for My Dearie » ou « If I Loved You », parce qu'il lui semblait qu'on ne pouvait pas jouer ces morceaux et ne pas être amoureux. Si sa mère était de mauvaise humeur, elle lui réclamait une chanson drôle comme « Sister Suffragette ». Et parfois, quand elle lui paraissait au mieux de sa forme, qu'elle faisait des projets avec des amis ou pour sa fille, Evelyn savait qu'elle pouvait lui demander ce qu'elle avait vraiment envie d'entendre. « Somewhere », de *West Side Story*, qu'elle chantait à ses peluches le soir.

Evelyn avait commencé à jouer à cinq ans. Ses partitions d'enfant étaient encore rangées dans le placard du salon de musique de Sag Neck, avec celles d'Irving Berlin, George Gershwin et Frank Loesser auxquelles elle s'était attaquée par la suite. Personne ne la dérangeait, quand elle jouait, mais il arrivait que sa mère s'installe dans le patio pour l'écouter. C'était les moments qu'elle préférait, quand sa mère était présente, mais ne la regardait pas, quand une fenêtre les séparait tandis que des airs naissaient sous ses doigts.

Le vendredi, elle attendait le retour de son père de Wilmington pour le week-end. Mais depuis l'affaire Peg Oney, quelque chose en elle avait changé. Au moment de l'ouverture des débats, elle avait assisté au dîner que son père avait organisé dans un restaurant italien pour réunir tous les plaignants. Tout le monde venait saluer son père, le remercier de ce qu'il faisait. « Quel homme extraordinaire, ton père... », « Il a tellement fait pour nous... », « Si tu savais la chance que tu as... ». Accaparé par ses admirateurs, Dale avait à peine adressé la parole à Barbara et Evelyn, malgré la longue route qu'elles avaient faite pour être présentes ce soir-là.

Au bout d'un moment, Barbara avait entraîné Dale à l'écart. Atterrée, Evelyn avait vu sa mère sortir de son sac la carte de Saint-Valentin rose qu'elle avait soigneusement fabriquée pour lui à l'école la semaine précédente et l'épingler sur la poitrine de Dale. C'était comme si ce cœur en papier estampillé « Papa chéri » était le sien ; son père l'avait observé, son visage s'était refermé et l'incident avait été clos sans plus de commentaires. De retour à l'hôtel, elle avait mal dormi. Elle imaginait sa carte gisant sur un tas de vieilles *linguine* dans la poubelle du restaurant. Barbara et Evelyn étaient reparties de Cresheim trois jours plus tôt que prévu.

C'est à ce moment-là que sa mère avait commencé à faire d'elle sa confidente et sa complice, ce qui était tour à tour palpitant et extrêmement pesant. Un des sujets de prédilection de Barbara, par exemple, c'était la radinerie supposée de Dale à son égard, alors que, le reste du temps, il ne se gênait pas pour dépenser ce qu'il voulait. Le plan d'action était immuable : Evelyn était chargée d'entrer dans son bureau pour quémander de nouvelles raquettes de tennis ou les services d'un paysagiste. Parfois, il acceptait. Plus les années passaient et plus Evelyn détestait faire ça ; elle détestait s'introduire dans son espace de travail pour se ficher devant lui, grande et embarrassée, et l'interrompre avec des requêtes égoïstes : des subsides pour un voyage en Europe, le complément pour une chambre individuelle à Davidson…

Lorsque sa mère la conduisait à l'école ou à l'Eastern Tennis Club, c'était toujours la même chanson. Ton père n'est jamais là. Ton père a encore annulé. C'est à cause de ton père que je n'ai pas été admise dans ce comité. Ton père est un vrai poids mort en société. Si ton père ne s'était pas spécialisé dans les dépôts de plaintes. Si ton père n'avait pas été avocat. Là, Evelyn, nous aurions vraiment pu réussir.

Un moineau dans la gueule, l'affenpinscher sautait dans tous les sens. L'avait-il tué avant, se demanda Evelyn, ou la pauvre bestiole était-elle en train de mourir de peur sous ses yeux ? L'idée qu'un grand jury puisse enquêter sur son père avait quelque chose d'écrasant, d'angoissant. Comment avait-il pu être aussi négligent ! Ce père qui raillait son poste chez People Like Us, mis en examen par le parquet fédéral ! Et avec ça, il fallait qu'elle mendie quatre cent cinquante malheureux dollars alors que lui était soupçonné d'avoir acheté des jurés pour remporter des procès à plusieurs millions de dollars ?

— Evelyn !

La voix de sa mère retentit au bout du couloir, suivie d'un bruit de pas.

— Evelyn ? répéta-t-elle en ouvrant la porte sans frapper. Tu ne t'es pas changée ?

— Changée ?

— Pour la réception. Nous partons dans une demi-heure.

— Tu veux quand même aller chez les Channing ?

— Oui, nous y allons. Si nous n'y sommes pas, ils ne parleront que de cela. Il n'en est pas question. Habille-toi.

Evelyn regardait toujours par la fenêtre.

— Evelyn, je ne plaisante pas. Habille-toi. Tu as cinq minutes.

Evelyn se retourna vers sa mère. Barbara avait fait un effort de tenue manifeste. Elle portait une étole et son plus gros collier de perles, une robe droite de lin marine et des escarpins Ferragamo beiges. Elle arborait également l'imposante bague de diamant qu'elle avait elle-même choisie pour leur anniversaire de mariage.

— Je n'ai pas envie, répondit Evelyn.

108

À sa plus grande surprise, Barbara ne dit rien. Plus étonnant encore, elle s'assit sur le lit et se mit à tripoter le coin d'un coussin. Evelyn ne savait dans quelle catégorie classer cette réaction. Sa mère avait dû s'asseoir sur son lit peut-être deux fois dans sa vie, quand elle était malade. Et cette façon d'effilocher le coussin… Evelyn s'approcha et le lui prit doucement des mains. Cela lui fit drôle de se tenir debout au-dessus d'elle.

— Ça va mal, Evelyn, dit Barbara, le regard fixe.

— Peut-être que ça va s'arranger. On ne sait pas.

Evelyn lui rendit le coussin, mais c'était comme si sa mère ne le voyait pas.

— Ça va mal.

Le ventilateur brassait la lourdeur estivale dans la pièce sans réussir à rafraîchir l'atmosphère.

— Il a cru – j'ai cru – que ce serait plus facile. Le milieu d'origine semblait ne pas compter ; on était à la fin des années 1960. Je n'étais pas hippie, mais on avait l'impression que le monde était en train de changer. Il allait y avoir de la place pour une nouvelle génération. Et puis ça… il… tout s'est écroulé. Les premières années ont été tellement dures… Ton père ne faisait que travailler. Et moi, je restais seule, à essayer de donner du chic au lino.

Elle s'interrompit pour lisser la couverture du plat de la main.

— On croit que la façon dont on gagne de l'argent ne compte pas. Mais si. C'est là, en permanence. Partout. Il s'est enrichi en faisant des procès à des gens qui travaillent et qui inventent.

Evelyn écrasa le coussin entre ses mains. Bien sûr que la façon dont l'argent avait été gagné comptait, et surtout à quelle génération… Elle était bien placée pour le savoir ! Elle s'en était aperçue à Sheffield, lorsqu'elle avait compris ce qui la séparait des filles dotées d'un de ces deuxièmes prénoms synonymes de vieille fortune.

Ces dernières avaient leurs entrées dans tous les cercles. Camilla était de ces filles-là. Mais un nouveau riche, on le repérait au premier coup d'œil, même s'il habitait une vieille maison meublée à l'ancienne, et même s'il imitait les manières de ceux qui connaissaient le luxe depuis des siècles. Dans ce milieu, il fallait avoir de l'argent depuis plusieurs générations.

Elle arrêta de tripoter le coussin. La situation actuelle était épouvantable, mais peut-être allait-elle révéler une nouvelle Barbara. Une Barbara accessible, et même, qui sait, vulnérable. Une Barbara qui s'assiérait sur le lit de sa fille.

— Evelyn, dit Barbara en se levant, cette histoire avec ton père ne va pas tarder à éclater au grand jour. S'il est mis en accusation, en cas de procès ou de négociation avec le procureur, il y aura des conséquences financières. Nous devrons de l'argent à l'État. Il faut que tu consolides ta position à New York d'ici là. Tu comprends ce que je te dis ? Ta situation. Ta réputation. Tout compte fait, ce site Internet n'est peut-être pas une mauvaise chose pour toi. Te voilà amie avec Camilla Rutherford et tu renoues avec Preston. Continue dans cette voie. Il te faut une base stable avant que tout cela... Tu comprends ?

Evelyn reposa soigneusement le coussin sur son lit en camouflant le fil tiré.

— Je comprends.

— Ces amitiés pourraient se révéler très, très importantes. Mais en attendant, j'aimerais que tu viennes chez les Channing, ajouta-t-elle d'un air inquisiteur.

Evelyn hocha la tête et adressa à sa mère un regard qui se voulait rassurant.

— D'accord.

Lorsqu'elle descendit l'escalier, changée, sa mère se tenait très droite, l'air farouchement déterminée. Pendant le trajet, elle lui raconta que le jardin de Sally avait été envahi par les pucerons. Depuis le moment où elle s'était assise sur le lit de sa chambre, quelques minutes plus tôt, Barbara était complètement rentrée dans son personnage. Leur conversation serait oubliée. Elle ne cadrait pas avec les rôles qui leur étaient réservés.

8

New York, New York

Evelyn se rapprocha de la vitre de l'Amtrak pour guetter le panneau « Trenton Makes, the World Takes[1] », comme elle le faisait à chaque fois qu'elle rentrait à New York. Elle savait que Trenton était désormais en perte de vitesse, mais elle se rappelait la première fois qu'elle avait vu ce panneau, lors de son premier voyage à New York, quand elle avait dix ans. Tout, dans le trajet, lui avait paru magique, et elle se figurait Trenton comme une espèce d'atelier du père Noël, une ville où l'on filait de la barbe à papa et des ailes arachnéennes.

Même Penn Station lui avait fait l'effet d'un enchantement. Jamais elle n'avait vu autant de monde réuni au même endroit. Barbara l'avait traînée dans la rue en fendant la foule et avait hélé un taxi qui empestait le désodorisant chimique. Elles étaient descendues au Plaza et avaient pris le thé dès leur arrivée. Les sourcils froncés par la concentration, Evelyn avait fait de son mieux pour se souvenir des préceptes maternels et ne pas gâcher la bonne humeur de Barbara. Ta serviette sur les genoux dès que tu t'assieds. Ta serviette sur ton siège si tu te lèves. Du lait dans du thé English breakfast, oui ; dans de l'earl grey, jamais. Le lait après le thé. (Quand Evelyn avait voulu savoir pourquoi,

---

1. « Trenton fabrique, le monde prend. »

Barbara lui avait ordonné de cesser de poser autant de questions. Par la suite, lors d'un séjour à Bath avec Sheffield, elle avait découvert que les personnes originaires des classes moyennes versaient le lait en premier pour éviter de tacher les tasses. Les aristocrates, qui ne faisaient pas la vaisselle ou avaient suffisamment de tasses de rechange, ne se souciaient pas de ce problème.) Déguster les sandwichs au concombre élégamment, à petites bouchées. Se tamponner les lèvres avec sa serviette et non les essuyer.

Elle avait attendu que sa mère aille aux toilettes pour dévorer une des fleurs comestibles qui décoraient la table. Elle était sûre que ce genre de choses ne se faisait pas.

Le lendemain matin, Barbara avait annoncé qu'elle allait lui faire découvrir *son* New York. Quelques-unes de ses camarades de Hollins y vivaient et elle avait de merveilleux souvenirs de longs week-ends chez elles. À la Collection Frick, après une heure à regarder les œuvres d'art, Barbara avait disparu un moment et était revenue en agitant une brochure sur papier glacé.

— Tu aimes New York, Evelyn ? lui avait-elle demandé en s'asseyant à côté d'elle sur un banc de marbre froid. Je crois que nous devrions venir plus souvent, non ?

Evelyn, qui avait vu l'affiche de *Cats*, avait acquiescé et demandé si elles pouvaient aller voir le spectacle. Times Square est plein de dépravés, avait répondu Barbara.

Le lendemain, il avait fallu aller au salon de coiffure du Plaza avant de rendre visite à l'une de ses meilleures amies de Hollins. Non seulement Push, comme l'appelaient ses amies, avait épousé un Van Rensselaer, mais elle était née Pierrepont et sa mère était une Phipps.

Barbara s'était fait faire un shampooing et un brushing et avait exigé pour Evelyn des anglaises qui commençaient déjà à pendouiller quand elles avaient quitté le salon. Dans l'ascenseur, Evelyn en avait su davantage sur la fameuse Push. Normalement, Push aurait dû venir au mariage de

113

Barbara, mais elle avait annulé à la dernière minute. Push avait tout un tas d'engagements à New York, bien sûr, mais ce n'était pas la raison de son absence : elle ne se sentait pas bien et Durham était si loin… D'ailleurs, Push était une débutante très en vue dont l'entrée dans le monde avait été relatée dans *Life* – elle n'y était pour rien, bien entendu ; elle n'avait pas autorisé la presse, mais ces photographes tellement intrusifs s'étaient battus pour être aux premières loges.

À dix ans déjà, Evelyn avait du mal à croire à l'histoire de Barbara. Soudain, elle était la meilleure amie d'une Van-Machin-Chose dont la mère était elle-même une Trucmuche ? Et elle était devenue experte en débutantes ? (Evelyn ne savait même pas ce que c'était.) Une question lui trottait dans la tête. Elle essaya de la chasser mais, comme ses boucles l'agaçaient et qu'elle aurait mieux aimé aller voir la statue d'Alice au pays des merveilles à Central Park que de porter une robe qui grattait, elle la posa.

— Et toi, maman, tu t'es bien amusée, à son mariage ?

Barbara attendit l'ouverture de la porte de l'ascenseur.

— Oh, je n'ai pas pu y aller. Cela faisait vraiment un grand voyage, à cette époque, d'aller à New York. Et puis il fallait que je m'occupe de ma vie sociale à moi.

— Push a été triste que tu ne puisses pas venir ?

— Je suis sûre que toutes ses amies qui n'étaient pas là lui ont manqué, dit Barbara en enfonçant la clé dans la serrure de leur chambre.

— Tu as encore l'invitation ? J'adorerais la voir.

— Evelyn, tu devrais te changer. Cette robe te fait un gros ventre.

Evelyn ôta sa robe, mais elle s'acharna.

— Quel dommage, quand même, d'avoir raté une fête aussi chic.

— Attention, Evelyn. Je ne veux pas entendre un mot là-dessus lorsque nous serons avec elle. C'est bien clair ?

Les parents de Push habitaient à l'angle de la 66ᵉ Rue et de Park Avenue. Depuis, elle n'avait déménagé que de deux rues pour s'installer à l'angle de la 68ᵉ Rue et de la Cinquième Avenue. Barbara ne voulait pas y aller à pied de peur que la crasse de la ville ne salisse leurs habits. Elle avait commandé tout spécialement une longue voiture noire pour les emmener. Elle portait un tailleur rose avec des boutons dorés et Evelyn, une robe à fleurs vert d'eau de chez Laura Ashley au grand col rond en dentelle qui lui donnait l'air d'une puritaine.

La première chose que vit Evelyn en sortant de l'ascenseur fut le portrait d'un jeune tambour aux joues rouges accroché au-dessus d'une table dorée avec un bouquet de fleurs roses. Une femme de chambre leur fit traverser un dédale de pièces jusqu'à un grand salon avec des fenêtres des deux côtés et un plafond presque aussi haut qu'au Plaza. Il y avait un gros lustre et encore des bouquets de fleurs fraîches. Elle savait que cela coûtait très cher parce que ses parents se disputaient sans cesse pour savoir si c'était vraiment nécessaire.

Evelyn se précipita à la fenêtre pour regarder passer les taxis. Mais sa mère la rappela à l'ordre et elle dut s'enfoncer dans un fauteuil vert. Il était si grand que ses pieds ne touchaient pas le sol.

Bientôt, un tintement de bracelets annonça Push. Evelyn comprit tout de suite que c'était elle, d'abord parce que la femme de chambre la suivait d'un air empressé, et parce qu'elle portait un corsage comme Evelyn n'en avait jamais vu, tout bruissant au niveau du cou. Ses cheveux étaient attachés en un chignon qui ressemblait à un petit pain et semblait tenir par l'opération du Saint-Esprit – plus une espèce de baguette chinoise. Push portait du rouge à lèvres rouge, alors que la mère d'Evelyn disait que ce genre de maquillage était réservé aux call-girls. Evelyn ignorait quelle catégorie de personnes cette définition recouvrait, mais quelque chose lui disait que Push ne pouvait pas y appartenir. Barbara devait donc se tromper.

— Barbara ! Comme ça fait plaisir de te revoir. Tu n'as absolument pas changé ! s'exclama Push en s'approchant du canapé tandis que l'intéressée sautait sur ses pieds comme un pantin monté sur ressorts.

Quant à Evelyn, elle ne savait plus si elle devait être debout ou assise pour serrer la main d'un adulte. Elle était sûre de sa poignée de main, en revanche. Sa mère l'y avait entraînée deux ans plus tôt. On ne se fait pas respecter si on a une poignée de main molle, disait-elle toujours.

Les adultes se mirent à bavarder et un moment s'écoula avant que Push ne remarque Evelyn, à demi soulevée au-dessus du canapé au cas où on lui demanderait d'agir, dans un sens ou dans l'autre.

— Eh bien, voilà donc ta fille ! Bonjour, je suis Mme Van Rensselaer, dit-elle en tendant la main à Evelyn, qui la serra franchement et répondit :

— Je m'appelle Evelyn. C'est un plaisir de faire votre connaissance.

— Toi aussi, tu vas aller à Hollins ? s'enquit Push.

— Je l'espère, répondit Evelyn d'un ton copié sur celui de la baronne Schraeder dans *La Mélodie du bonheur*.

— Ah ! Charmant. Moi aussi, j'ai une fille, mais elle commence tout juste à marcher, glissa Push à Barbara. Nous verrons si nous pouvons l'envoyer à Hollins, plus tard.

Elles reprirent leur conversation de grands, puis Push fit un signe et quelqu'un vint poser le plateau du thé sur la table. D'où les entraînements au Plaza.

Push servit Barbara, puis Evelyn, qui attendit de voir si Push allait mettre du lait dans son thé. Cette dernière en versa un nuage après le thé ; ce devait donc être de l'English breakfast. Evelyn prit aussi du lait. Puis Push ajouta du citron. Evelyn croyait que cela ne se faisait pas du tout.

Perdue, elle regarda sa mère, mais celle-ci ne faisait pas attention.

— Quelle joie de retrouver ses amies d'enfance, dit Barbara. Et de revenir à New York. C'est une ville tellement pleine d'inspiration et de vitalité...

— Il y fait très bon vivre, reconnut Push.

— Ce qui nous manque, à Bibville, c'est la vie culturelle que vous avez ici. J'ai emmené Evelyn à la Frick, hier : elle a été éblouie.

Ce n'était pas vrai. Elle avait bien aimé la fontaine, mais la visite de la collection l'avait ennuyée.

— Bibville..., fit Push évasivement.

— Un coin charmant de l'Eastern Shore. Grouillant de politiques, en été.

— L'Eastern Shore.

— Maryland.

— Bien sûr.

— La Frick fait un travail magnifique, reprit Barbara. Tu sièges au conseil, il me semble ?

— Depuis peu, oui, répondit Push en fronçant les sourcils.

— Quelle belle institution...

— N'est-ce pas...

La mère d'Evelyn prit sa tasse en repliant le petit doigt sur l'anse.

— J'espère passer plus de temps à New York, maintenant qu'Evie va bientôt quitter la maison.

— Elle va quitter la maison ? Déjà ? Quel âge as-tu, Evelyn ?

— Dix ans.

— Presque onze, corrigea sa mère. Et nous envisageons sérieusement de l'envoyer en pension.

Evelyn l'ignorait mais, en lectrice passionnée de romans pour adolescentes, elle était ravie de cette perspective.

— Mes garçons sont à Sheffield : ils adorent. Et moi-même, je suis allée à Porter's, donc je ne peux que vous encourager.

— Ça me désole de voir partir ma petite chérie, mais tu sais ce que c'est... Bref, pour revenir à New York et à tous nos bons souvenirs d'étudiantes, j'aimerais énormément m'investir davantage dans la Frick.

Push souleva la théière, la reposa et jeta un regard insistant vers la porte, mais la femme de chambre était partie. Barbara poursuivit :

— La collection est tellement formidable ; et puis, bien sûr, c'est un des piliers de la vie sociale, ici.

— Merci. Oui, c'est une remarquable institution. Je ne comprends pas où est passée Rosa. Tu veux un *shortbread* ?

— Non, merci. Mais pour ce qui est de la Frick, vraiment, j'aimerais faire quelque chose. Tu n'as pas oublié combien j'étais passionnée par l'art, à Hollins ?

Evelyn ne bougeait pas.

— Eh bien, il y a des séminaires captivants – mais je crains qu'ils ne conviennent mieux à des auditeurs qui vivent ici. Les programmes sont souvent étonnamment denses.

— J'avais plutôt en tête un siège au conseil, s'il s'en trouvait un vacant.

— Un siège au conseil ? Barbara, je crois que... que cela dépend plutôt de la direction, des cadres et du service du développement. En ce qui me concerne, honnêtement, je ne suis qu'une organisatrice de réceptions améliorée. J'ai très peu d'influence.

Barbara lissa sa jupe.

— Hum... Le cabinet de mon mari est toujours à l'affût d'opérations de mécénat, voilà tout.

Soudain, Push leva la tête.

— Quel cabinet ?

— Leiberg Channing.

— Ah…, fit Push, qui semblait n'en avoir jamais entendu parler.

— Ils ont leur siège à Wilmington et ils sont très influents. Très influents.

— Je n'en doute pas. Toutefois, nous travaillons très peu avec d'autres villes. Nous sommes une institution véritablement new-yorkaise. Je suis extrêmement sensible à l'intérêt que tu nous portes, mais je ne suis pas la mieux placée pour te répondre. Il doit certainement y avoir des galeries à Bib-Bib – dans le Maryland – qui seraient ravies que tu les aides.

Barbara pinça les lèvres.

Push leva un doigt. Cette fois, Rosa apparut, obéissant à l'infime modification du signe de Push. Elle prit la soucoupe et la tasse encore à moitié pleine qu'Evelyn tenait au-dessus de ses genoux et, un instant plus tard, le plateau entier avait disparu.

— Eh bien, je suis ravie que tu aies apprécié ta visite à la Frick, en tout cas. Je ne manquerai pas de dire au conservateur que l'exposition a plu à l'œil averti d'une ancienne de Hollins, reprit Push avec amabilité. Quand je pense à tous ces drôles de cours d'histoire de l'art que nous étions obligées de suivre… Ah, mais cela me rappelle pourquoi je t'ai invitée. Je suis d'autant plus contente que tu m'aies informée de ta venue à New York que j'ai horreur de parler de ce genre de choses par téléphone : c'est bien trop impersonnel, je trouve. Bien, excuse-moi d'être aussi directe, mais nous avons eu cette année une réunion des anciennes de Hollins et nous espérions que tu pourrais revoir un peu à la hausse ta participation financière.

Barbara s'était tournée vers la fenêtre et feignait de se passionner pour le ciel gris et le sommet des buildings, tandis que Push la dévisageait, dans l'attente d'une réaction. Mortifiée, Evelyn assistait à la scène. Le silence s'éternisait. Elle avait envie de hurler. Par la seule force de sa pensée, elle essaya de délier la langue de sa mère – en vain. Alors, elle fit un sourire incertain à Push.

— Ma mère a adoré Hollins, fit-elle. Elle en parle tout le temps.

— Oh, mais comme c'est adorable ! répondit Push.

Evelyn laissa battre ses chevilles l'une contre l'autre et serra les genoux.

— C'était une expérience formidable, non ? Surtout Tinker Day, on dirait.

— Ah, Tinker Day était en effet une merveilleuse tradition de Hollins. N'est-ce pas, Barbara ?

Barbara tourna légèrement la tête vers elle, avec un sourire absent, comme si Push et sa fille n'étaient que des objets vaguement dignes d'intérêt. Push ne sembla pas décontenancée.

— Ce jour-là, enchaîna-t-elle, il n'y avait pas cours et tout le monde escaladait Tinker Mountain. Certaines filles se défoulaient bien. Quelle bande de sauvages nous faisions !

— Et en haut, vous faisiez de bons pique-niques ?

— Les pique-niques… mais oui, bien sûr ! Ah !

Push claqua des mains. Rosa apparut, et disparut aussitôt qu'elle comprit qu'il ne s'agissait pas d'un ordre, mais d'une manifestation d'enthousiasme.

— Je crois que j'ai quelque chose qui va beaucoup te plaire. Viens, viens.

Elle s'était levée d'un bond et se dirigeait au pas de charge vers une porte battante sur le côté de la pièce. Evelyn descendit du fauteuil et jeta un coup d'œil à sa mère. Barbara la fixait d'un air glacial. L'estomac noué par la crainte, elle hésita. Mais elle était déjà debout et Push l'attendait. Alors elle la suivit à travers plusieurs petites pièces, jusqu'à une bibliothèque aux rayonnages de bois garnis de livres. Une échelle à roulettes permettait d'atteindre ceux du haut.

— Voyons…, fit Push en manœuvrant l'escabeau d'un pied, comme une trottinette. Où l'ai-je mis, déjà ? Cela fait des années que je n'y ai pas touché, mais je crois que… Viens par ici !

Evelyn obéit. Push fourrageait dans une petite boîte pleine de cartes et de rubans. Elle finit par sortir un large ruban rose et vert..

— Le voilà ! Je l'avais dans les cheveux pour le Tinker Day de ma deuxième année, tu vois. Nous portions toutes des choses bizarres de ce genre, qui avaient la particularité d'avoir été portées par d'anciennes élèves avant nous. Alors, puisque tu iras sûrement à Hollins, je crois qu'il est pour toi.

Evelyn regarda la dame, indécise.

— Tiens, prends-le !

Aussi délicatement que s'il s'agissait d'un moineau blessé, Evelyn prit entre ses mains le ruban rugueux, noué aux extrémités, fané.

— Merci beaucoup.

— Ça me fait plaisir. C'est merveilleux de savoir que les générations à venir s'intéressent à Hollins… Et si on allait retrouver ta mère, maintenant ?

— Bien sûr, madame Van Rensselaer.

Lorsqu'elles entrèrent dans le grand salon, Barbara se tenait debout, les épaules redressées.

— Merci pour le thé, dit-elle à voix basse.

— Je t'en prie. S'il te plaît, réfléchis à ce don. Si le cabinet de ton mari cherche à faire du mécénat, je crois qu'il n'y a pas de meilleure cause que Hollins. Vraiment. Certains programmes de bourses sont réellement…

— Je vois, dit Barbara en se dirigeant vers l'ascenseur sans un regard pour sa fille.

Elle avait déjà traversé la moitié de la pièce quand Evelyn songea qu'elle ferait mieux de lui emboîter le pas.

— Bon, lança Push, qui était restée dans le salon, je vous ai inscrits pour cinq mille, ton mari et toi. La personne qui s'en occupe va certainement l'appeler. Je suis heureuse que Hollins puisse compter sur vous ! *Esse quam videri*, comme nous l'a appris l'école ! Au revoir, merci de ta visite. Et amuse-toi bien à Bibbington !

Evelyn se faufila de justesse dans l'ascenseur avant que les portes ne se ferment. Sans un mot, mère et fille prirent place dans la voiture noire. De plus en plus nerveuse, Evelyn serrait dans sa main le ruban aussi râpeux et apaisant à la fois que la langue d'un chat. Plus ce furieux silence se prolongeait, plus il devenait impossible d'arranger les choses.

Barbara attendit qu'elles soient toutes les deux dans l'ascenseur du Plaza pour prendre la parole.

— Eh bien, quelle performance, dit-elle d'un ton sous lequel on sentait bouillir la colère.

Evelyn avait de plus en plus mal au ventre. Elle répondit d'une toute petite voix qu'elle espérait attendrissante :

— Comment ça ?

Barbara fit une moue terrible et plissa le nez.

— Oh, maman adorait Tinker Day, jeta-t-elle une octave trop haut. Oh, j'ai tellement hâte d'entrer à Hollins. Et qu'est-ce qu'elle pouvait bien avoir à te montrer ?

— Quoi ? fit Evelyn pour gagner du temps.

— Quand elle t'a emmenée. Qu'est-ce qu'elle voulait te montrer ?

Barbara enfonça la clé dans la serrure et faillit donner un coup de pied dans la porte de la chambre pour l'ouvrir.

— Des trucs de l'école. Un annuaire.

— Un annuaire ? répéta Barbara en plissant les yeux. Et elle t'a donné quelque chose ?

— Non.

Evelyn resserra son poing autour du ruban désormais humide.

— Tu mens. Et tu mens très mal. Voyons cela.

La voix de sa mère était redevenue normale. Elle tendit la main. Evelyn ferma la sienne de plus belle.

— Tout de suite, précisa Barbara.

Evelyn recula vers le mur et la commode dans laquelle elle escomptait pouvoir discrètement cacher le ruban. Mais sa mère lui saisit les poignets avant qu'elle y soit arrivée et lui ouvrit la main.

— Qu'est-ce que c'est que ça ? Les couleurs de Hollins. Il y a un rapport avec Tinker Day ? Tu as réclamé ce ruban ?

— Non. C'est Mme Van Rensselaer qui me l'a donné.

— Et puis quoi encore ? Tu l'as sûrement baratinée comme une marchande de tapis. Tu n'as jamais eu la moindre fierté. Tu es comme ton père.

Evelyn tressaillait à chaque mot en tentant de se libérer de l'emprise de sa mère, mais elle n'avait nulle part où aller.

— Je vais te dire ce que tu peux en faire, de ton souvenir de Tinker Day !

Barbara tourna les talons et se dirigea vers la corbeille, puis changea d'avis, fit volte-face vers la salle de bains en passant si brutalement près d'Evelyn que leurs coudes se heurtèrent. Pétrifiée, Evelyn fermait les yeux. Elle entendit la chasse d'eau, puis le robinet du lavabo, et enfin la porte de la salle de bains se referma. Elle tâchait de rendre son corps parfaitement immobile. Si elle se faisait remarquer, elle craignait que sa mère ne ressorte de la salle de bains avant de s'être calmée. Alors elle resta sans bouger, les bras ballants, à écouter le ronronnement de la climatisation. Elle constata que, si elle n'inhalait, par le nez, que la moitié de sa dose d'oxygène habituelle, sa poitrine ne se soulevait même pas. Il lui sembla parvenir à sortir d'elle-même et à observer le sommet de son crâne depuis le plafond.

9
Wall Street Blues

L'Amtrak déposa Evelyn à Penn Station où elle suivit le flot des voyageurs jusqu'aux escaliers mécaniques, encore embrumée par ses souvenirs du New York de seize ans plus tôt. Elle dégota un taxi en quelques secondes : le long week-end du 4-Juillet avait vidé la ville. Conformément à ses prévisions, sa famille avait tenu le coup, chez les Channing : Barbara affichant une gaieté forcée, Dale discutant les détails d'une nouvelle loi, et Evelyn faisant tapisserie à côté des cakes au crabe et des œufs à la diable. Personne n'avait fait allusion au grand jury. Et pourtant, Evelyn était exténuée par ce week-end. Elle tambourinait du bout des doigts en se demandant s'il était trop tard pour annuler son deuxième rendez-vous avec Scot ce soir-là. Il avait choisi un bistro français de la 69ᵉ Rue et elle trépignait déjà d'ennui en l'imaginant hésitant entre le steak tartare et le steak au poivre. Mais une fois chez elle, alors qu'elle commençait à remâcher les nouvelles familiales, elle décida qu'il lui fallait à tout prix se changer les idées. Scot ferait très bien l'affaire, à une seule condition : qu'elle paie sa part, et qu'elle lui fasse savoir, à la fin du dîner, qu'elle le trouvait très sympa, mais que ça ne pourrait jamais coller entre eux.

La première fois, déjà, elle avait accepté son invitation à contrecœur. Il l'avait appelée après le week-end à Lake James. Elle était arrivée au rendez-vous armée de quatre ou cinq sujets de conversation qu'elle avait épuisés avant même que le serveur leur ait apporté le pain. Ensuite, un semblant de dialogue s'était péniblement étiré entre eux. Ils avaient échangé des informations basiques. Il avait passé son enfance en Californie puis déménagé dans l'Arizona après le remariage de sa mère. Il ne s'y était pas senti chez lui. Il ne s'était senti chez lui nulle part avant de passer son MBA à Harvard. De son côté, elle lui avait appris qu'elle avait passé son enfance dans une ville de la baie de Chesapeake. L'estuaire et la rive étaient superbes. Il lui avait parlé de sa thèse sur le chevauchement entre Adam Smith et Friedrich Hayek. Comme elle réprimait difficilement un bâillement, il avait changé de thème – du moins le croyait-il – pour évoquer le taux d'imposition sur les plus-values, ce qui l'avait conduit à un débat avec lui-même sur la fiscalité des successions. Il était vraiment gentil et elle avait eu honte de s'essuyer la bouche après qu'il l'avait embrassée. Tout cela faisait qu'elle ne trouvait pas de motifs satisfaisants pour ne pas ressortir avec lui.

Depuis toujours, Evelyn préparait ses rendez-vous galants comme si elle bachotait avant un examen. Pour Harris Reardon, un consultant de chez McKinsey particulièrement rasoir qu'elle avait fréquenté juste après la fac, elle avait si bien potassé l'actualité du base-ball qu'elle pouvait commenter la puissance de frappe de certains batteurs. Pour Jack Lynch, un ami d'un ami de Charlotte, analyste au département recherche chez Bear Stearns, elle s'était appliquée à en apprendre suffisamment long sur le vin pour être capable de parler aussi prétentieusement que lui de nez et de bouquet. C'est ainsi qu'elle procédait avec les hommes. Elle cherchait quelle facette de sa personnalité leur montrer pour qu'ils s'intéressent à elle.

Sa vie sentimentale n'avait jamais été une réussite, et elle avait du mal à saisir pourquoi. À Bibville, déjà, cela n'avait pas démarré très fort. Le garçon pour lequel elle craquait, au collège, Josh Meisel, lui avait témoigné un intérêt aussi bref que surprenant. Il l'appelait sur sa ligne personnelle pendant *Code Quantum* pour lui poser des questions sur les devoirs à faire en math. Mais une fois qu'elle se retrouvait face à lui dans les couloirs, elle était trop intimidée pour lui parler ; lors de leurs rares conversations, elle gardait le regard perdu dans le lointain, d'un air distant qu'elle voulait européen. Il n'avait pas été subjugué.

On disait toujours qu'il fallait être soi-même mais, lorsque Evelyn était elle-même, elle n'attirait pas un seul garçon. Voilà pourquoi elle en était réduite à faire semblant, à feindre de se passionner pour ce que les hommes avaient envie de faire, qu'il s'agisse d'escalade, de soirées fromage-bière ou d'assister à un match des Knicks.

Le long de la 74ᵉ Rue, elle se dirigeait vers l'ouest, en s'efforçant de chasser son père de sa tête. Elle y était presque parvenue quand une femme en tailleur gris à l'allure de procureur lui décocha un regard accusateur. Déstabilisée, Evelyn obliqua vers le sud. Dans la 72ᵉ, elle commença à se demander quels journaux suivaient l'affaire. Dans la 70ᵉ, elle craignit que son père ne soit envoyé en prison. Dans la 69ᵉ, elle songea que tous ses amis et ses patrons chez PLU étaient peut-être déjà au courant et se moquaient d'elle dans son dos. Quand elle s'arrêta devant Le Charlot, toute sa vie était en train de basculer.

Lorsqu'elle poussa la porte du restaurant, elle pensait s'être ressaisie. Elle s'approcha de Scot qui patientait en buvant un verre d'eau et ouvrit la bouche pour dire quelque chose de sympa et léger. Mais aucun son ne sortit : elle resta plantée devant lui et éclata en sanglots.

Scot se leva aussitôt et, pour une fois, il n'hésita pas une seconde. Il la prit dans ses bras et la serra fort contre lui. Son torse était chaud et musclé, et ses bras suffisamment longs pour l'envelopper tout entière. Il portait une chemise en coton merveilleusement douce et sentait bon les parfums de Noël. Finalement, il fit enfin exactement ce qu'elle attendait de lui : il garda le silence.

— Tu as envie de faire un tour ? lui proposa-t-il quand elle eut passé plusieurs minutes à inonder sa chemise.

Elle hocha la tête.

— Ça va aller, fit-il simplement en la poussant doucement hors du restaurant.

Dans la rue, elle voulut bafouiller des explications, mais rien ne sortait. Scot ne la pressa pas. Il laissa sa grande main chaude sur son dos en continuant d'avancer. Enfin, elle se laissa tomber sur un banc devant un opticien et tâcha d'essuyer discrètement le mascara qui devait lui maculer les joues.

— Pardon, dit-elle. Une histoire de famille, c'est tout.

— OK.

Jamais un mot ne lui avait fait autant de bien. Pas de questions, aucune indiscrétion. OK. C'est tout.

— OK ? répéta-t-elle.

— OK.

Quand il lui caressa les cheveux, elle se rappela la délicieuse sensation des soirées pyjamas, quand ses copines et elle se coiffaient mutuellement.

— Tu as envie de dîner ? lui demanda-t-il doucement.

Elle secoua la tête.

— Tu veux que je te raccompagne chez toi ?

Elle fit encore non de la tête.

— On reste ici un petit moment ?

En levant les yeux, elle crut apercevoir à travers ses larmes un ancien de Sheffield. Elle s'était trompée, mais cela suffit à lui donner envie de s'en aller de là.

— On pourrait aller dans ton quartier ? suggéra-t-elle.

— Wall Street, un dimanche ? Ça va être plutôt calme.

— C'est ce qu'il me faut, dit-elle en reniflant. C'est tout à fait ce qu'il me faut.

Il la prit par un bras puis héla un taxi.

Il résidait dans une immense tour de Gold Street. Les buildings étaient si hauts que, même par une douce soirée d'été, les rues semblaient sombres et froides. Ils passèrent devant un chantier, des profiteurs qui vendaient des cartes postales de mauvais goût en hommage au 11-Septembre, des touristes qui essayaient de repérer le Fulton. Scot habitait un immeuble de célibataire de Wall Street, avec une piscine au sous-sol et un hall d'entrée immense carrelé de noir et blanc, équipé de canapés sur lesquels personne ne s'asseyait jamais.

Son appartement, le 5G, était également vaste et nu. Le salon contenait un énorme canapé gris qui avait l'air dur comme un banc, un écran plat, une chaîne hi-fi équipée de haut-parleurs argentés géants et deux tabourets rangés sous le passe-plat qui donnait dans la petite cuisine.

Evelyn suivit Scot dans sa chambre. Il mit de la musique classique, « Dans l'antre du roi de la montagne », et s'assit sur son lit. Evelyn ne comptait pas coucher avec lui aussi tôt, mais elle avait encore besoin de cette chaleur réconfortante. Ils commencèrent à s'embrasser, puis elle se décida à déboutonner un peu son chemisier quand il devint évident que ce n'était pas lui qui allait le faire. Galvanisé, il se leva, ôta sa chemise et la plia soigneusement avant de la poser sur une chaise. Il revint au lit, attendant une fois de plus qu'Evelyn impose le tempo. Ils se caressèrent mutuellement et, il eut beau émettre des murmures de satisfaction, elle eut la nette impression qu'il n'y prenait pas plus de plaisir qu'elle. Quand tout cela fut fini, alors qu'elle s'apprêtait à partir, il lui dit simplement :

— Reste.

Ce qu'elle fit. Elle se lava les dents à l'index, utilisa la lotion de Scot pour se nettoyer le visage et enfila un tee-shirt à lui qui lui arrivait aux genoux. Il la prit dans ses grands bras et cala ses jambes derrière les siennes. Elle se raidit, d'abord. Puis, dans ce lit inconnu, elle se sentit soudain protégée et elle s'endormit en caressant du pouce l'avant-bras musclé de Scot, bercée par la musique de Grieg.

Le lendemain, elle reçut un e-mail de Nick : « Alors, il paraît que vous vous êtes fait un câlin ? C'est chaud ! »

10
Au sud de l'autoroute

Plongée dans Nancy Mitford, Evelyn faillit manquer les deux minutes d'arrêt du Long Island Railroad à la gare de Bridgehampton. En août, la saison des Hamptons battait son plein et le train était plus bondé qu'une rame de métro. Des filles avaient même fait les trois heures et demie de trajet debout. Heureusement, Evelyn avait trouvé une place pour s'asseoir et lire. Si elle voulait continuer à réussir chez People Like Us, avait-elle décidé, elle avait besoin de se documenter. Elle avait donc dévoré tout un tas de choses : des ouvrages d'Emily Post datant des années 1920, avant le boom des manuels de savoir-vivre ; *Class*, de Paul Fussell ; l'essai de Mitford sur l'aristocratie anglaise, dans lequel elle établissait ce qui se faisait et ce qui ne se faisait pas, notamment en matière de langage. Evelyn venait ainsi d'apprendre qu'on devait préférer des mots francs comme « riche » et « mort » aux euphémismes « fortuné » et « décédé », ou qu'il ne fallait pas dire « Santé ! » en trinquant. Elle fut contrariée de découvrir que les cartes de correspondance devaient être gravées, et non imprimées ; elle venait d'en commander pour trois cents dollars et allait devoir les jeter à la poubelle. Ce genre de détails n'échappait pas à Camilla.

Evelyn ne s'était rendue que deux fois dans les Hamptons – si peu que c'en était gênant. Une fois pour une réception au bord de la piscine, à Westhampton, chez son ancien patron, mais cela ne comptait pas. Et puis le week-end dernier pour une dégustation de vins qu'elle avait organisée à East Hampton pour le compte de PLU. Avec son badge nominatif, elle avait eu l'impression d'être une abeille ouvrière quand Preston et Nick étaient passés lui dire bonjour. N'empêche qu'elle avait récolté quinze nouveaux adhérents, un bon résultat, selon elle, même si Jin-ho estimait que cela ne valait pas les quelques milliers de dollars investis dans l'opération. En vain, Evelyn avait plaidé dans le sens de l'image de marque.

— Ev ! Cache ta joie !

Charlotte se penchait par la fenêtre de sa voiture de location rouge garée sur le parking. Elle n'avait pas l'air d'être au courant pour son père, songea Evelyn avec soulagement. Elle n'avait aucune intention d'en parler à ses amis et regrettait d'avoir craqué devant Scot. Se montrer en position d'infériorité, c'était donner un avantage aux autres.

Elle monta en voiture et Charlotte parcourut à toute vitesse la distance qui les séparait de chez Nick. Sa maison était située au sud de l'autoroute. Sur le trajet, Evelyn comprit pourquoi tout le monde, dans les Hamptons, faisait la distinction entre le sud et le nord de l'autoroute. D'un côté, il y avait de belles propriétés, des haies, de l'argent, des privilèges ; de l'autre, non.

Quand Charlotte déboucha dans l'allée, Evelyn fut surprise par le charme de la maison de Nick. Elle savait par Preston qu'il l'avait achetée neuf cent mille dollars et s'attendait à un cube de verre et de chrome, pas à cette jolie fermette aux bardeaux polis par le temps et aux finitions extérieures blanches.

Pour être déjà propriétaire d'une première résidence secondaire à vingt-six ans alors que, selon Preston, ses parents ne l'avaient pas aidé, Nick devait avoir plus d'argent qu'elle n'imaginait. Elle en vint à se demander si tous ses amis avaient des réserves secrètes.

Dès qu'on poussait la porte, on était sans équivoque dans l'antre d'un célibataire : énorme canapé adossé à un mur, table-bar le long d'un autre, table de salle à manger contre un troisième et tout le reste le plus près possible des murs. L'ensemble dégageait ce qu'il fallait de richesse et de virilité pour que toutes les jeunes filles de bonne famille que Nick y amenait se figurent qu'elles allaient apprivoiser les lieux, et leur propriétaire par la même occasion. Evelyn savait par Preston que les prétendantes défilaient sans discontinuer. Mais aucune n'était jamais réinvitée.

Dès leur arrivée, Charlotte annonça à Evelyn qu'elle partait courir et qu'elle avait apporté du travail. Nick s'était rendu en ville acheter du charbon, et Scot et Preston arriveraient en car Luxury Liner dans la soirée.

— Du coup, on choisit n'importe quelle chambre ? demanda Evelyn.

— Je crois. C'est ce que j'ai fait. Pas celle de Nick, évidemment, mais on n'est pas nombreux ce week-end, alors ça devrait aller.

— OK.

Evelyn monta son sac dans le petit couloir qui desservait les chambres. Tous les lits étaient faits, avec des draps en lin dans des tons naturels. Nick faisait là encore preuve de beaucoup de sobriété. La pièce du bout devait être la chambre de Nick, avec son très grand lit bateau en bois et, au mur, deux huiles représentant la forêt. Ailleurs, il n'y avait pas de décoration murale. Evelyn prit une des chambres à sa droite, avec des lits jumeaux, de grandes fenêtres qui donnaient sur la pelouse et une salle de bains privative. Il était trop tôt pour dormir dans le même lit que Scot. Elle n'avait aucune envie de subir les remarques de Preston et Nick, d'autant que, physiquement, ça ne s'était pas tellement arrangé entre eux. Bref, ces lits jumeaux étaient une bonne trouvaille.

Le lendemain matin, une cacophonie de rires accompagna un glapissement aigu :

— Niiiiiiiiiiiiiiiiiick !

La veille au soir, une fois que chacun était arrivé, le groupe s'était rendu au Jeroboam, un club qui avait ouvert dans un vieil hôtel décrépi au bord de Montauk Highway et qui était aussitôt devenu le point de ralliement nocturne du monde de la banque dans les Hamptons. Nick avait usé de son influence pour les faire tous entrer, « même Scot », comme elle l'avait entendu le dire à Preston. Elle avait tiqué. La gentillesse de Scot lui plaisait quand ils étaient seuls. En bande, sa maladresse l'embarrassait au point de l'empêcher de s'amuser : elle ne faisait que se demander si les autres ne la trouvaient pas trop nulle d'être avec lui.

Le Jero, comme on disait, était en gros un club de la 27ᵉ Ruc transposé dans les Hamptons. À l'intérieur, c'était rouge et chaud bouillant. Evelyn avait suivi Nick pour se frayer un chemin à travers la foule compacte, heurtée au passage par des hanches d'hommes échevelés en bras de chemise. Ils avaient fait la queue au bar pour des vodkas à quinze dollars et des sodas. Les verres étaient petits, et vidés en quelques gorgées. Charlotte répétait en boucle, avec un sourire, mais sans desserrer les dents : « C'est l'enfer ! » Evelyn ne pouvait s'offrir le luxe de ce genre de point de vue, alors elle décida d'aimer le Jeroboam. Elle avala deux verres coup sur coup et rejoignit Nick et Preston sur la piste. Une machine pulvérisait quelque chose sur les danseurs.

« Des phéromones ! » cria Nick en pointant le doigt vers les gouttelettes.

Evelyn essuya la sueur qui lui perlait au front et continua de se trémousser sur « I'm N Luv (Wit a Stripper) ».

Un peu plus tard, la bande avait pris possession d'une table et un groupe d'inconnues s'était mis à danser dessus. Evelyn se rappelait avoir essuyé du jus de canneberge sur sa jupe. L'image d'une bouteille de Grey Goose plantée dans un seau à glace lui revenait également, associée à un sentiment désagréable qu'elle ne parvenait pas à s'expliquer. Charlotte entra dans la cuisine, en pyjama, alors qu'Evelyn ouvrait tous les placards en quête d'un filtre à café.

— Nick a ramené quelqu'un ? demanda-t-elle en indiquant le premier étage qui résonnait de cris stridents.

— Je crois. Nick et Pres ont fait un pari : celui qui arriverait à lever une fille en lui parlant de... de livres ou un truc du genre. Une histoire de taux d'intérêt.

— Le LIBOR ?

— Oui, c'est ça.

— Ah là là. Les pauvres filles. On est sorti à NYC il y a deux ou trois semaines et ils ont fait la même chose. La question était de savoir si l'Amérique devait garder ou non l'étalon-or, lui apprit Charlotte.

— Qui avait gagné ?

— Preston, je crois. Mais il avait laissé la fille au bar.

— Naturellement.

— Tu n'as pas trouvé Nick un peu... comment dire ? énergique, hier soir ? reprit Charlotte.

— Comment ça ?

— Comme un mec qui s'est tapé un rail, enfin ! Il y a une des commerciales de Morgan Stanley qui fournit en coke tous ses clients. Je crois que, quand elle a du rab, elle le refile à Nick.

— Vraiment ?! Ça ne m'étonne pas tellement que Nick prenne de la coke, mais je trouve ça dingue qu'une nana trafique officiellement dans le cadre de ses fonctions !

— Service clients, répondit Charlotte en ouvrant le réfrigérateur. Il y a des mecs qui veulent du champagne, d'autres des excitants, d'autres des calmants… Il faut aussi qu'elle les emmène dans des clubs de strip-tease et qu'elle fasse semblant de s'éclater. C'est pourri, mais c'est comme ça qu'on fait des affaires. J'aimerais bien voir son compte de notes de frais, cela dit.

— Sans déconner. Les Colombiens font des factures ?

— Sans déconner. Tu es restée jusqu'à quelle heure ?

— Je dirais 2 heures.

— C'est fou que tu te portes aussi bien. Tu te souviens que c'est toi qui as casqué pour cette vodka hors de prix ? La Grey Goose.

— Hors de prix, c'est-à-dire ?

— Euh… tu as regardé la carte ?

— Combien ?

— Trois cent cinquante. Quatre cents.

— Pour une bouteille de vodka ?

Evelyn ouvrit un placard qui ne contenait qu'un pot de mélange d'épices. Voilà donc ce qui la tracassait. Elle aurait très bien pu laisser Preston ou Nick payer la bouteille. Mais elle avait été contente, pour une fois, de se mettre au niveau des autres et de faire chauffer sa carte bleue. Les garçons l'avaient acclamée et elle les avait généreusement servis.

— Je suis invitée ici, et ce qui est fait est fait.

— C'est les garçons qui ont voulu être servis à la table. Tu n'étais pas du tout obligée de raquer.

— Toi aussi, tu as payé une tournée.

— Ev, je travaille dans la banque. Je sais combien tu gagnes chez PLU. Tu n'as pas à te sentir…

— Charlotte. Ça suffit. J'ai eu envie de faire un geste sympa. Pas la peine d'en faire tout un plat.

— Comme tu veux.

Charlotte passa dans le salon et se laissa tomber sur le canapé.

Evelyn finit par trouver les filtres dans un tiroir avec les ustensiles de barbecue. Elle était en train de mettre du café en poudre dans la machine quand un pas lourd se fit entendre dans l'escalier. Preston apparut, impeccable, mais la voix placée une octave plus bas que d'habitude.

— Café, dit-il d'un ton suppliant.

— Il n'est pas tout à fait prêt, répondit Evelyn.

— Si, maintenant, marmonna Preston. Tu ne peux pas être une bonne secrétaire et faire ce que je dis ?

— Bonjour, monsieur Hacking. Bien, monsieur Hacking.

— Tu te souviens du café à Sarennes ? C'était un aliment solide, pas une boisson.

Preston ouvrit le réfrigérateur et en sortit un pot de moutarde qu'il examina longuement avant de le poser avec douceur dans une coupe vide sur le comptoir.

— Comme tu dis, oui.

Evelyn lui servit un grand café.

— Pouah ! Tu es sûre que tu as mis du café ? On dirait de l'eau chaude, ton truc.

La machine marchait encore. Il ouvrit le compartiment du filtre, ajouta de la poudre puis ôta la carafe et mit directement sa tasse à la place.

— Alors, Nick est rentré avec qui, hier soir ? s'enquit Evelyn.

— À ton avis ? Une fille. Pas toute fraîche. Elle doit avoir dans les trente-cinq ans.

— Il ne fricote plus avec Camilla ? demanda-t-elle avec le plus de détachement possible.

Preston sirota une gorgée de café avant de répondre.

— Si, plus ou moins. Mais je ne crois pas qu'elle ait envie d'une histoire sérieuse.

Un fracas dans l'escalier leur fit braquer les yeux vers le salon. Nick essayait de faire discrètement raccompagner une fille aux yeux noircis par les coulures de mascara.

— Bonjour, dit-elle, je...

— Je la ramène et je reviens avec des muffins, annonça Nick en lui coupant la parole. Ça vous va ?

Evelyn saisit une lueur dans les yeux de la fille, un désir de possession. Elle devina que Nick ne la rappellerait pas.

Quand il revint, un quart d'heure après, avec un sachet en papier de chez Golden Pear, Scot était descendu.

— Ça va, les planqués ? Voilà le ravitaillement. Est-ce que ma NIC est arrivée ? demanda-t-il à Scot.

— Oui, elle est là, répondit celui-ci en désignant un paquet FedEx à côté de la porte.

— Ta NIC ? répéta Evelyn.

— Note d'information confidentielle, répondit Nick. Pour les transactions.

— Oh, arrête de te la péter, fit Charlotte.

— Quoi, Hillary ? Tu es verte parce que tu n'es pas assez importante pour recevoir une NIC pendant le week-end ?

— C'est ça. J'en reçois à peu près cinq par semaine. Mon boss m'en a déposé une hier soir. Livraison à domicile, répliqua Charlotte.

— Il habite où ?

— Southampton. Meadow Lane.

Nick ne la lâchait plus.

— Il a acheté quand ? C'est quelle maison ?

— La grande grise avec des pignons qu'on voit de la rue. Deux rues plus loin que celle de Calvin Klein, si tu veux.

— Ah oui. Elle est restée en vente des siècles.

— Oui. Il a dû l'acheter il y a dix-huit mois, je dirais.

— Combien ? Trente balles ?

— Plus. C'était dans le *Post*.

— Putain. Je veux sa vie. Ce n'est pas lui qui est marié avec une bombasse, en plus ?

— Elle est cruche au possible, répondit Charlotte. Elle passe son temps à emmerder la vice-présidente – qui a trente-six ans, est top, doit gagner un million et a un petit peu autre chose à faire – pour lui réclamer des conseils financiers. Comme si c'était elle qui gérait le portefeuille de la famille, en plus.

Après le petit déjeuner, Nick envoya Charlotte chercher les serviettes de plage et chargea Evelyn de prendre de quoi grignoter. Elle choisit deux paquets de chips de légumes et des Twizzlers dans le placard. Puis elle monta dans la chambre qu'elle partageait avec Scot, passa son caftan Tory Burch tout neuf, celui que Nick avait vu à Lake James et qualifié de « tue-érection », et fourra dans son sac de plage les affaires de Scot : rapports, lunettes de soleil, traitement contre l'asthme, une biographie de Nathanael Greene, deux *Economist*, de la crème solaire protection 55 et un flacon d'aloe vera pour les coups de soleil, qu'il ne manquerait pas de prendre quand même.

Les nuages de l'après-midi coupèrent court à la sortie à la plage. Quand Evelyn et Charlotte rentrèrent après s'être arrêtées chez UPS parce que Charlotte avait des documents à expédier, la pluie menaçait sérieusement. Evelyn sortit de la voiture de Charlotte. Entre la mer et les chips, elle se sentait aussi salée à l'intérieur qu'à l'extérieur. Elle frictionna ses bras nus. La température avait chuté d'un coup. Charlotte était restée dans le véhicule et pianotait sur son BlackBerry. La voiture de Nick était là, ainsi qu'une Jaguar bleue. Le patron de Nick qui venait boire un verre, peut-être ?

— Il y a quelqu'un ? appela Evelyn en laissant son sac de plage près de la porte. Nick, tu es là ? Scot ? Pres ?

Elle monta quatre à quatre. Si elle se faisait couler un bain tout de suite, elle serait dans cette belle baignoire pleine d'eau chaude avant que l'orage éclate.

Elle marqua un temps d'arrêt devant un tas de linge sur le tapis persan du couloir. Puis elle distingua les éléments du tas. Son bikini chocolat au fermoir en écaille. La robe blanche qu'elle avait pendue dans la salle de bains, en boule sous la semelle pleine de terre d'une sandale Jack Rogers. Un tampon dépassait indiscrètement de sa trousse de maquillage ouverte. Sa brosse à dents de voyage turquoise traînait, poils vers le bas, mouillée, sur le sol. Est-ce qu'il y avait quelqu'un qui s'occupait du linge et qui aurait ramassé ses affaires par erreur ? Mais la trousse de maquillage et la brosse à dents… Ou alors Scot… mais il n'aurait pas mis ses affaires dehors – pas sans les avoir pliées, en tout cas. En s'approchant encore, elle se rendit compte que tout, absolument tout ce qu'elle avait pris pour ce week-end, avait été rageusement jeté en vrac. La valise de Scot, qu'il n'avait pas encore défaite, était intacte, derrière le tas. Nick se serait-il mis en rogne ? Qu'avait-elle fait de mal ?

Elle jeta un coup d'œil dans la chambre en quête d'un indice. Sur le bout de lit, un fourre-tout marqué en rose des initiales CHR – qu'elle n'eut aucun mal à décoder – avait pris la place de son sac.

Au même instant, elle entendit Nick.

— Non, on reste dans ce type de société. Quoi ? Mais parce que ça nous permet de reporter les pertes fiscales. Hé ! déficit fiscal reportable, ça te dit quelque chose ? Rich, ressaisis-toi, merde ! On se rappelle tout à l'heure. Je veux les chiffres.

La porte s'ouvrit.

— Evelyn, dit-il en regardant le désordre, son téléphone à la main. J'ai cru comprendre que ces atours étaient à toi.

Evelyn se plaça de façon à lui cacher le tampax et repoussa du pied un soutien-gorge.

Nick lui adressa un drôle de sourire.

— Camilla a décidé de venir passer quelques jours ici. Apparemment, elle voulait cette chambre. Désolé.

Evelyn cligna rapidement des yeux.

— Non, c'est sûrement ma faute. Je ne savais pas qu'elle venait. Je n'aurais pas dû m'attribuer une chambre.

C'était absurde, elle s'en rendit compte en le disant. Aurait-il fallu qu'elle couche au pied de l'escalier ?

Nick se détendit.

— Oui, Camilla a passé le week-end dernier ici, et elle a beaucoup aimé la vue de cette chambre, ou je ne sais pas quoi. Désolé.

— Le week-end dernier ?

Evelyn était là, pour la dégustation PLU, mais personne n'avait évoqué la présence de Camilla. Était-elle donc déjà exclue ?

— Oui. Si toutes les autres chambres sont prises, tu n'as qu'à squatter le canapé-lit du bureau avec Scot. Il y a des draps dans le placard à côté de la cuisine.

Le canapé-lit du bureau. Super. Elle voyait déjà Camilla penchée sur elle le matin, montrant du doigt la salive séchée autour de sa bouche ouverte.

— OK. Il me faut seulement mon sac. Je ne le vois pas.

Nick poussa d'un coup de pied la porte d'une autre chambre et dénicha le sac coincé derrière.

— Camilla a un bon lancer, mais elle ne vise pas très bien, fit-il avant de sauter par-dessus ses affaires pour atteindre l'escalier.

Evelyn secoua un chemisier et se mit en devoir de replier ses affaires. Quand elle entendit les pas de Nick en bas, elle fourra tout dans son sac d'un coup, fit claquer ses Jack Rogers l'une contre l'autre, sans en retirer grande satisfaction, puis jeta sa brosse à dents qui alla rebondir sur le mur au fond du couloir. Si Nick avait vu ses affaires dans le corridor, Preston aussi. Et Camilla de plus près encore. Une petite culotte avec une tache de sang que des dizaines de lavages avaient rendue d'un brun terreux, emportée à la dernière minute. Sa brosse à dents sur le sol plein de microbes. Elle les avait balancées hors de la chambre, à la vue de tous. Quelle règle avait-elle oublié d'apprendre ? De quoi Nancy Mitford avait-elle omis d'avertir ses lecteurs, s'agissant des mœurs américaines en 2006 ? Elle descendit son sac dans le petit bureau sombre et s'assit sur le canapé. Dehors, le ciel devenait de plus en plus gris. Elle poussa le bagage du pied. Elle savait parfaitement ce qu'aurait dit Nancy Mitford : Evelyn n'aurait pas dû choisir la deuxième plus belle chambre, surtout chez Nick où elle n'était au mieux que la quatrième des invités en ordre d'importance. Elle donna un autre coup de pied.

— Et merde ! entendit-elle maugréer Charlotte qui passait devant le bureau en tapotant sur son BlackBerry. Pourquoi cette putain de pièce jointe n'est pas partie ?

— Surveille ton langage, répliqua Preston de dehors.

Evelyn sortit furtivement dans le couloir et regarda par la baie vitrée qui donnait sur le jardin et la piscine. Camilla était bien là, qui se prélassait en – Evelyn plissa les yeux pour mieux voir – pull marin et bas de maillot de bain, chaussée de *docksides* éculées. Evelyn battit en retraite dans le bureau. Il fallait qu'elle arrange cette histoire avec Camilla. Qu'elle lui montre que cela ne l'avait pas du tout décontenancée. Elle enleva son caftan, mais garda son bas de maillot. Il fallait maintenant répondre à LA question : Camilla portait-elle un haut de maillot sous son pull ou cela tuerait-il complètement l'effet de spontanéité recherché ? Elle enfila un cardigan vert assez fin et le boutonna, mais cela faisait bizarre. Un anorak ? Non, elle avait l'air d'une fille à matelots. Elle finit par opter pour un tee-shirt à manches longues sur son bikini, en espérant que cela ferait l'affaire.

Tout le monde était en grande conversation quand elle s'approcha de la porte. Elle inspecta la cuisine autour d'elle, cherchant quoi apporter à la fête. Il y avait bien une bouteille de rouge ouverte, mais il lui semblait avoir lu quelque part qu'on ne buvait pas de vin rouge avant 16 heures. En revanche, il y avait du rhum brun dans le bar. Et elle avait vu du *ginger ale* dans le réfrigérateur. Elle prépara un Dark N' Stormy, le goûta, essuya la trace de ses lèvres sur le bord du verre, ajouta une tranche de citron vert et en fit un deuxième.

Elle sortit en faisant tinter les glaçons dans les verres.

— Quelqu'un veut un Dark N' Stormy ? demanda-t-elle.

— Ouiiiiii ! Moi ! s'écria Camilla sans se lever de sa chaise longue. S'il te plaît.

Elle fit signe à Evelyn qui, les deux verres glissants dans les mains, eut aussitôt l'impression d'avoir raté son look maillot de bain.

— Evelyn ! reprit Camilla. Je ne savais pas que tu serais là. J'adore ma page People Like Us. Hier, j'ai posté une question sur Gorsuch et j'ai obtenu une réponse, genre, en trois minutes.

— Super ! fit Evelyn avec un petit rire.

Il fallait qu'elle pense à vérifier ce que Gorsuch voulait dire.

— C'est drôle, toi aussi, tu aimes les Dark N' Stormy ? On n'est pas si nombreuses. C'est bon, non ?

— Hmm-hmm. Écoutez ça comme c'est marrant.

Le *Journal* du week-end était déplié devant elle. L'ombre de Nick se projeta sur la page.

— Le papier sur les avions privés. Sauf que je l'ai forwardé vers 10 heures ce matin.

— Et moi à 9 h 30, répliqua Charlotte en posant son BlackBerry sur la table avec un bruit sourd. Ah, l'Internet sans fil, quelle merveille.

— Et c'est pour ça que tu n'es pas mariée, Hillary, contra Nick.

— Qu'est-ce que ça raconte ? demanda Evelyn.

— Il y a des gens qui font refaire des avions pour leur usage personnel, expliqua Charlotte. Des avions de ligne. Il paraît que le mec d'un fonds spéculatif se sert du sien pour transporter ses chevaux.

— Le plus bizarre, c'est l'avocat qui a un 737, dit Nick. Ça ne colle pas. Un avocat avec un avion privé ? Il se fait cent quatre-vingts balles par an et il s'achète un 737 ?

— S'il est spécialisé dans les dépôts de plaintes, il gagne bien plus. Une affaire bien juteuse contre un cigarettier, par exemple ? suggéra Preston en désignant un paquet de blondes sur une console. Bref, c'est l'argent de notre Parlement qui paie les voyages de ce mec.

— Pres, fit sèchement Charlotte avec un signe de tête en direction d'Evelyn.

— Ah zut ! Pardon, Ev, j'avais oublié ton père.

Elle sourit faiblement et s'assit à la table de pique-nique.

— Quoi, son père ? demanda Nick.

— Dale Beegan est un avocat spécialisé dans les dépôts de plaintes.

— Tu rigoles ? Quel cabinet ?

— Leiberg Channing, à Wilmington. Tu ne dois pas connaître, répondit Evelyn. Ils ont surtout des dossiers pharma. Quand les labos lancent des médicaments sans les avoir suffisamment testés, ce genre de trucs.

— Leiberg Channing, répéta, hélas, Camilla. C'est un gros cabinet ?

— Moyen, dit Evelyn dans l'espoir que le sujet allait rapidement être abandonné.

— Nick, tu me prêtes ton BlackBerry une minute ?

Il obtempéra en commentant :

— Pharma. Je vous jure que je n'étais pas au courant. Hé, mais attendez, ce n'est pas…

— Je n'en reviens pas qu'il y ait encore des gens qui fument, coupa Charlotte, assez haut.

Preston s'étira et passa une main dans ses cheveux bouclés.

— Au fait, je voulais vous parler d'un truc. Cette histoire de train, ça ne peut plus durer.

143

— Quoi ? Ça ne te plaît pas de faire la navette comme tout le monde par le Long Island Railroad ? Au fait, mais vous n'avez pas pris le Luxury Liner, hier soir ?

— Ma chère, le Luxury Liner n'est jamais qu'un car. Franchement, un mode de transport en commun ne peut pas être luxueux, surtout s'il se prétend tel. Non, ce qu'il faut, c'est qu'on passe carrément au standing au-dessus. La prochaine fois, je crois qu'il faudrait qu'on vienne en hélico.

— Quelle prétention ! s'exclama Charlotte en riant.

— *Dude*, Preston a une montre à quarante mille au poignet et on est assis autour d'une piscine de Bridgehampton, fit valoir Nick avec un coup d'œil appuyé à la Patek Philippe de l'intéressé. Je crois que le stade de la prétention est dépassé depuis longtemps. Je suis pour l'hélico. On serait là en une demi-heure. L'héliport est à deux minutes de mon bureau.

— Tu n'es pas obligé de dire « *Dude* », Nick, répliqua Preston. Ce n'est pas parce que tu vas souvent à L.A. pour le boulot que tu dois parler comme un Californien. Pardon, Scot.

— Je suis de l'Arizona.

— Je ne reconnais pas l'Arizona.

— Hein ? En tant qu'État ? demanda Charlotte.

— Non, d'un point de vue diplomatique. Commerce, réparations, ce genre de choses. Bon, enfin, pour revenir à l'hélico... Il ne faut pas en louer un. La location...

Preston balaya cette idée d'un sourire indulgent.

— Nan, mais en fait c'est pas un hélico qu'il nous faut, dit Nick. Mon boss a un douze-places canon. Il le laisse à l'aéroport privé de JFK. Héliport – JFK – avion – aérodrome d'East Hampton : une demi-heure maxi. Quand on touchera nos primes.

Camilla leva le nez du BlackBerry de Nick.

— Pas la peine d'être aussi lourd.

144

— Ce n'est pas lourd quand c'est faisable, Camilla chérie, objecta Preston.

— Ce que vous êtes bêtes, dit Charlotte en changeant de position sur le banc. Moi, j'aime bien le car.

— Et toi, Scot ? Quel est ton point de vue sur la question très controversée des liaisons aériennes jusqu'à Bridgehampton ? s'enquit Preston.

— Eh bien, fit Scot après s'être raclé la gorge, les transports en commun sont tout de même d'une grande efficacité.

Mal à l'aise, Evelyn fit sauter un éclat de bois de la table.

— D'autre part, le transport aérien consomme des énergies fossiles et, bien sûr, émet beaucoup de CO_2. Au-delà de ça, je ne suis pas certain…

Il regarda Evelyn, qui fixait obstinément l'éclat de bois.

— Pardon. Je rase tout le monde ?

— Pas du tout, assura Nick. Je t'en prie, exprime-toi.

— Eh bien, je pense qu'il faut prendre en considération le problème du matérialisme. Notre génération me semble obsédée par trop de choses. Nous voulons toujours plus, toujours mieux. Si l'on songe à Schopenhauer, à la futilité des efforts que nous déployons pour obtenir des choses, à la vacuité des désirs humains…

Evelyn jeta un coup d'œil aux autres : Charlotte dormait à moitié, Preston examinait sa montre, Nick scrutait l'horizon d'un air satisfait, Camilla pianotait sur le BlackBerry de Nick. Pour Evelyn, un week-end dans les Hamptons, avec ses amis qui avaient été à Sheffield et Enfield, à St Paul, à Harvard, à Dartmouth, à Tufts, à HBS, c'était déjà énorme. Pourtant, elle avait pris le train quand il aurait fallu prendre le car et, comme le car n'était pas assez bien, ils envisageaient l'hélicoptère, ou, mieux, l'avion : ce n'était jamais assez, jamais assez bien. Le « toujours plus » ne cessait de danser autour d'elle, de la tenter.

— Pardon. Hum. C'est un peu sérieux pour la piscine peut-être, conclut Scot.

— J'adore Schopenhauer à la piscine, marmonna Charlotte, les yeux fermés.

Les autres ne dirent rien.

— Scot, intervint vivement Evelyn, tu veux bien aller me chercher de l'eau ?

— Bien sûr.

Il sauta sur ses pieds, bousculant sa chaise qui glissa bruyamment sur les briques.

— Oh ! Ah, fit-il avant de se diriger vers la maison du pas décidé de celui qui a à remplir une mission de première importance.

— Il est fun, ton mec, lâcha Preston quand Scot eut refermé la porte. Il me tarde d'être à ce soir pour assister à son cours de géologie.

— Non mais sérieux, d'où ça sortait, ça ? renchérit Nick.

Camilla contemplait la porte derrière laquelle il avait disparu.

— Moi, je le trouve très intelligent, dit-elle simplement avant de rendre son BlackBerry à Nick.

Les méchancetés cessèrent aussitôt et la bonne humeur revint. Evelyn se demanda si elle n'avait pas sous-estimé Camilla.

— On parle du dîner ? suggéra cette dernière. J'ai envie d'un steak. Grillé, avec du *chimichurri*. Nick, tu veux bien me faire du *chimichurri* ?

— Je te ferai tout ce que tu voudras, répondit-il de sa voix la plus enjôleuse.

— Oh ! Et si on commençait par des mini-sandwichs à la salade de homard ? C'est sympa et ça fait plage, non ?

— Ça marche.

— On va faire les courses, déclara Camilla en regardant Evelyn, qui, trop contente d'avoir été choisie, s'empressa de se lever. Bon, je crois qu'il faut que j'aille enfiler un pantalon. Je te retrouve à la porte dans cinq minutes, Evelyn.

Elle se dirigea vers la maison, lui tendant son verre vide au passage.

— Alors je me retrouve avec la carte de crédit Best Buy à cause de l'offre de taux zéro qu'il y avait quand j'ai acheté l'écran plat. Je l'ai prise parce que je me suis dit que ça valait le coup d'avoir un an de financement gratuit, mais ça craint tellement d'avoir la carte Best Buy dans mon portefeuille..., disait Nick quand Evelyn les quitta à son tour.

Elle se dépêcha de laver les verres, d'aller aux toilettes et de passer elle aussi un pantalon pour retrouver Camilla dans les cinq minutes, selon ses instructions.

Quelques instants plus tard, Camilla frappait à la porte du bureau et entrait sans attendre de réponse.

— Salut... Oh. C'était à toi ?

Elle étudia d'un air amusé les affaires d'Evelyn qui débordaient de son sac.

— À moi ? Ah, oui. Oui.

— J'ai tout viré de la chambre d'en haut.

— Ah, c'était toi ? J'ai cru que ça gênait.

Evelyn se rendit compte elle-même qu'elle ne devait pas être très convaincante.

— Oh, mon Dieu..., fit Camilla en se mettant à rire. J'ai vu ce maillot de bain turquoise à paillettes, et j'ai cru que la fille avec laquelle Nick avait couché hier soir avait laissé ses affaires là. Nick et moi, on est sortis ensemble la dernière fois que je suis venue. Et Preston a dit qu'il avait ramené une nana ici hier soir. Alors quand j'ai vu des robes pendues dans la salle de bains, j'ai cru... Bref.

Evelyn ne voyait pas ce que son maillot ou ses robes avaient d'outré. Pouvaient-ils vraiment passer pour ceux de la conquête pourtant très quelconque de Nick ? Evelyn avait acheté au moins la moitié de ses tenues chez Calypso, alors que l'autre devait s'habiller chez Rampage.

— Franchement, le bureau est très confortable, dit-elle. Tout va bien, je t'assure.

Camilla s'appuya à l'encadrement de la porte.

— On sort ensemble, Nick et moi. Ça n'a aucun intérêt, mais c'est pour info. Ma chiromancienne me dit qu'il faut que j'essaie d'être plus ouverte, alors je te tiens au courant. Je m'ennuie, c'est tout ; j'ai besoin de quelqu'un avec qui m'amuser.

— Ah mais totalement. Je trouve ça super. Nick est un mec bien et…

— En fait, je ne te demande pas ton avis. Tout ce que je veux, c'est être ouverte et franche. L'ouverture et la franchise, c'est plus une habitude qu'une qualité, d'après ma chiromancienne. Donc, voilà.

Camilla avait l'air d'attendre quelque chose. Soudain, elle ajouta :

— Ah, au fait. J'ai cherché ton père sur Google.

— Mon père ? À l'instant ?

— Sur le BlackBerry de Nick. J'ai trouvé des trucs intéressants.

Elle était venue la chercher jusqu'ici pour la bizuter, ou quoi ? Evelyn faisait tous les efforts possibles, mais cela devenait ridicule. Elle se laissa tomber sur le canapé-lit, le dos tourné à Camilla.

— Écoute, c'est un type qui, par dépit, ressort une affaire qui remonte à des années. Ils ne vont rien trouver.

— De quoi tu parles ?

— Du grand jury, Camilla. Si tu viens me dire que tu sais qu'il y a une enquête sur mon père, très bien. Tu n'as qu'à aller le clamer sur les toits.

Camilla contourna le lit jusqu'à elle et inclina la tête.

— Le grand jury enquête sur ton père ?

Evelyn la regarda ; elle ne savait que répondre.

— Tu n'es pas inquiète, au moins ?

— Camilla, il s'agit d'une enquête fédérale.

Elle l'entendit rire, mais d'un rire cristallin, gentil, pas du tout cruel.

— Oh, ma belle. Ce n'est rien.

— Quoi ?

— Ma chérie, par les temps qui courent, des grands jurys enquêtent sur tous les gens qui comptent un peu. Ceux à qui ça n'arrive pas sont ceux qui ne prennent pas suffisamment de risques professionnellement, je t'assure. Tiens, c'est arrivé à deux filles de ma classe à St Paul ces deux derniers mois, affirma Camilla en hochant la tête avec aplomb. D'abord, personne ne va jamais en prison – ou, si par extraordinaire cela arrive, c'est, genre, deux mois de colo. Leurs femmes sont ravies : ça leur fait des vacances. Ma mère vient de s'organiser un voyage avec une de ses meilleures amies dont le mari s'en va trois mois. Elles ont choisi la côte amalfitaine. Sans rire, ne t'en fais pas, conclut Camilla en tapant dans ses mains. Ce n'est pas un problème. En fait, si j'ai évoqué ton père, c'est parce que ça a l'air d'être quelqu'un de très authentique.

Evelyn rit malgré elle.

— Je crois qu'il est très important de rester connecté aux gens authentiques, ajouta Camilla. Je parie que les clients de ton père sont de vrais pauvres.

— Ses clients ?

Et sa famille, donc… Elle n'était allée que deux fois dans la ville de son enfance, dont une quand ses grands-parents étaient encore vivants. Elle ne se souvenait que d'une maison sombre, de dentiers dans un verre sale, d'une odeur de bois humide. Plus tard, quand elle était au lycée, Dale avait fait tout un plat d'un week-end père-fille qu'ils allaient passer tous les deux. Sauf que, au lieu du golf qu'il avait d'abord proposé, il l'avait emmenée dans sa ville natale, désormais en grande partie désertée et un peu inquiétante. Sans doute avait-il envie de lui dire des choses, mais il n'avait pas trouvé les mots et ils avaient fini par manger des hamburgers trop gras dans l'unique restaurant en activité, en silence, et par passer la nuit à Charlotte. Si Camilla s'était déjà renseignée sur son père, Evelyn n'allait pas pouvoir maquiller ses origines paternelles. En revanche, elle pouvait encore façonner une image flatteuse de sa famille maternelle.

— Il est certain que ses clients sont des gens authentiques, tout comme lui. En fait, ma mère et lui forment un drôle de couple, j'avoue. Elle est d'une vieille famille de Baltimore. Marine marchande. Ses parents ont failli faire une attaque quand elle a ramené ce garçon d'une ville ouvrière de Caroline du Nord.

— Oh, c'est trop romantique !

— Carrément.

— J'adore. C'est incroyable. Il faudra que tu me présentes.

— À mes parents ?

— À ton père.

Camilla croisa les bras, l'air assez contente d'elle.

— Oui, je tiens à faire sa connaissance, dit-elle en sortant et en lui lançant une clé de voiture. Tu peux conduire ? Je suis un peu pompette.

— Ça marche, fit Evelyn, quelque peu étourdie par la scène qui venait de se dérouler.

Le coupé Jaguar bleu appartenait bien à Camilla.

— Sympa, la plaque, lança Evelyn en ouvrant la portière.

— Comment ça ?

— BIGDEAL, c'est trop marrant.

— Ah, mon Dieu ! Ce n'est pas ma plaque. C'est la voiture du mec de ma mère. J'ai décidé que j'en avais besoin pour l'été. Mais quel beauf ! Cette plaque me donne des boutons.

— Bon, fit Evelyn en mettant le contact.

Au moins, elle avait appris à se servir d'une boîte manuelle à Sarennes.

En s'arrêtant à un feu, elle remarqua que Camilla portait le même bracelet à breloques qu'à Sachem. Elle lui indiqua la direction de Southampton. Pour les courses, estimait-elle, c'était mieux que Bridge. Evelyn obtempéra et, par chance, trouva dès l'arrivée une place de stationnement dans la rue principale.

— Tu vas chercher les steaks et la salade de homard ? suggéra Camilla. Je fais un saut au drugstore. Tu vas trouver Johnson's un tout petit peu plus loin dans cette direction.

Camilla descendit de voiture et traversa entre une Volvo et une Vespa, vert d'eau l'une et l'autre, qui s'arrêtèrent au beau milieu de la chaussée pour la laisser passer. Le carlin qui voyageait dans un panier à l'avant de la Vespa arborait des lunettes de moto.

— Merci ! lança Camilla de l'autre côté de la rue. Tu es un amour. Oooh ! Et du vin ! Un cabernet, par exemple !

Evelyn songea à la vodka de la veille au soir. Mais comment ne pas acheter de vin alors que Camilla le lui avait expressément spécifié ? Elle commença par le caviste. Dans la boutique, les bouteilles à plus de cent cinquante dollars ne se trouvaient pas à portée de main, en partie pour décourager les petits voleurs de Southampton, mais aussi pour que ceux qui voulaient un Ducru-Beaucaillou puissent en faire la demande à voix haute. Evelyn alla directement au rayon des bordeaux, pour se donner l'air de celle qui savait ce qu'elle voulait, et examina les bouteilles jusqu'à en trouver une à cent vingt-cinq dollars ; même si ce n'était pas du cabernet, c'était suffisamment cher pour que personne ne se plaigne de son choix. Elle en prit deux pour faire bonne mesure.

Evelyn passa trois fois devant sa vitrine avant de repérer Johnson's, une boucherie-traiteur à l'ancienne, longue et étroite. Comme la boutique avait une capacité d'accueil réduite, elle était toujours bondée et chaque client rêvait que tous les autres rentrent à Manhattan pour lui permettre de profiter à son aise de ce petit commerce authentique. Vingt minutes plus tard, c'était à elle de se faire servir.

— J'aimerais des steaks ? Hmm… six, il me semble… Ou huit, si jamais certains ont très faim ?

— Avez-vous passé commande ? demanda le boucher.

— À vrai dire, non.

— Chateaubriand ? Flanchet ? Filet ? Faux-filet ? Qu'est-ce que vous voulez ?

— Hmm… du filet, peut-être ?

— Entier ou en tournedos ?

Elle doutait de ses réponses comme lors d'un examen ophtalmologique.

— En tournedos ?

— Une livre pièce ?

Evelyn jeta un coup d'œil au prix avant de répondre, mais elle se trouvait devant le porc.

— Parfait.

— Six tournedos de une livre dans le filet ! lança le boucher.

— Huit, au cas où.

— Huit !

— Et de la salade de homard ? Combien en faut-il, pour six ?

— Pour six, si c'est pour des sandwichs, deux livres et demie.

— Très bien.

Elle récupéra ses paquets et se fraya un chemin jusqu'à la caisse où elle posa le paquet de bœuf glacé et la barquette de salade de homard sur le comptoir. La caissière, qui mastiquait son chewing-gum, prit le temps de faire une grosse bulle rose avant d'annoncer :

— Cinq cent quarante.

Elle devait parler le Nick-ais, langue dans laquelle cinq balles pouvaient signifier cinq aussi bien que cinq mille, cinq cent mille ou cinq millions. Elle en déduisit qu'elle voulait dire cinquante dollars quarante et lui tendit trois billets de vingt.

La caissière la regarda fixement en se remettant à mâchonner.

— Qu'est-ce que c'est que ça ?

— C'est pour les cinquante quarante. Désolée, je n'ai pas quarante cents.

La caissière s'esclaffa en postillonnant de la salive violette sur la caisse enregistreuse.

— Ha ! Bill ! C'est la meilleure ! Cinquante dollars pour tout ça ! s'exclama-t-elle en englobant les paquets d'un geste. Alors vous, on peut dire que vous êtes une rigolote. Non, c'est cinq cent quarante.

— Quoi ? Dollars ?

— Non, lires. À votre avis ? Oui, dollars, évidemment.

— Quoi ? Pour du bœuf et de la salade de homard ?

— Du filet, à trente-quatre la livre, huit livres. Salade de homard, deux livres et demie à quatre-vingt-dix la livre. Plus les taxes. Égale cinq cent quarante. On prend Visa et MasterCard, pas AmEx.

« La salade de homard est à combien ? » allait demander Evelyn quand elle aperçut, derrière elle, des pieds nus dans des mocassins et une paire de manchettes élimées.

Un résident de Southampton trépignait derrière elle, en se demandant sûrement si elle était idiote ou fauchée.

— Excusez-moi, dit-elle à la caissière en lui donnant sa carte, après avoir adressé un sourire au client derrière elle.

Fallait-il qu'elle raconte la scène à Camilla ? D'un côté, cela dénoterait une certaine insouciance vis-à-vis des questions d'argent. Mais, de l'autre, n'était-elle pas censée déjà savoir que, à Southampton, la salade de homard coûtait quatre-vingt-dix dollars la livre ?

— Ma femme est comme vous, répondit l'homme aux manchettes élimées.

Evelyn haussa les épaules d'un air incrédule et éclata de rire.

— Elles sont toutes pareilles, non ? marmonna la caissière en passant sa carte dans la machine.

— Voilà ce qui se passe quand on confie une mission à des civils, dit Evelyn à l'homme qui gloussait allègrement. D'habitude, c'est ma cuisinière qui fait les courses ici. Bon après-midi, conclut-elle en sortant.

11

Affaires d'anciens

Evelyn avait hésité à inviter Scot à la réception des anciens élèves de Sheffield, à laquelle ses parents devaient également assister. Elle aimait beaucoup les moments en tête à tête avec lui. Récemment, il l'avait emmenée voir *African Queen* au Film Forum du Village : il avait même pris des bonbons à la réglisse Good & Plenty. Sortir avec ce garçon si gentil et si attentionné avait quelque chose de rassurant. Pendant le film, leurs avant-bras se frôlaient timidement sur l'accoudoir, comme à l'adolescence – mais une partie de l'adolescence qu'Evelyn n'avait pas connue. Ensuite, ils avaient traversé la ville, calme en ce mois d'août, pour se rendre à la librairie préférée de Scot, avant d'aller boire du vin blanc bien frais dans un tout petit bar aux boiseries sombres, éclairé à la bougie. Pendant ce week-end estival, elle avait eu l'impression de vivre la chanson d'Ella Fitzgerald « Manhattan ». Ils étaient ce jeune couple qui sortait dans des lieux bohèmes et chics.

N'empêche qu'il allait bien falloir à un moment ou un autre en passer par le jugement de sa mère. Elle lui posait au sujet de ce nouveau petit ami mystère des questions de plus en plus lourdes de sous-entendus. Et puis, si elle était tout à fait honnête avec elle-même, Evelyn avait besoin de l'avis de sa mère. Elle aimait bien Scot. Parfois même beaucoup. Mais elle avait besoin d'un œil extérieur, d'une confirmation que l'image qu'il renvoyait correspondait à la vie de plus en plus frénétique qu'Evelyn avait décidé de mener. Elle avait été conviée à deux défilés de mode même si, les deux fois, on lui avait attribué une place dans les derniers rangs. Elle était retournée à Shuh-shuh-gah, et deux fois chez Nick. Camilla l'avait invitée à Sachem pour l'automne et tout le monde parlait d'aller faire du ski à Jackson cet hiver.

Il faisait encore jour, à 19 heures, et une légère bruine tombait. Evelyn essaya de traverser Times Square sans bousculer personne. Elle resserra son trench-coat en longeant des devantures de merceries, vestiges d'une industrie d'autrefois qui avait résisté pendant que, tout autour, la ville changeait. Elle se retrouva écrabouillée, malmenée, prise en sandwich par les touristes qui s'arrêtaient en grappes sur le trottoir de la Septième Avenue. On lui proposa des échantillons de barres énergétiques, de papier toilette et des espèces de carrés de chocolat blanc dans un verre cannelé. Elle allait y goûter quand le représentant l'avertit que c'était du savon artisanal. Deux fois, son talon aiguille s'enfonça entre les pavés et elle dut tirer pour se dégager, tout en s'efforçant de rester élégante et imperturbable.

Barbara était contrariée à l'avance par cette réunion d'anciens élèves. Elle avait fait des pieds et des mains pour que le dîner ait lieu au Harvard Club – sauf que, comme ni elle, ni Dale, ni Evelyn n'étaient allés à Harvard, son avis n'avait pas eu beaucoup de poids. Lorsque Evelyn la retrouva devant le Marriott Marquis à Times Square, elle s'était réfugiée sous un auvent comme s'il pleuvait des cordes et ignorait ostensiblement le clown de rue qui cherchait vainement à la faire rire. Evelyn eut envie de lui dire qu'il se trompait de tranche de population.

— Evie. C'est la robe que je t'ai achetée ?

Barbara lui posa la main sur l'épaule pour la tenir à distance et la jaugea.

— Oui.

Un air de swing s'échappait des haut-parleurs du Marquis Theatre. Evelyn, qui remuait imperceptiblement les genoux au rythme de la musique, jeta un regard d'envie à l'affiche de *The Drowsy Chaperone*.

— Pas mal. Ça m'étonne. Il y a beaucoup de femmes à qui le beige ne va pas. Ton père n'est pas là, comme d'habitude. Il t'a dit où il était ?

— Attends, je vérifie. Tu devrais avoir un portable.

Evelyn ouvrit le clapet du sien et écouta son répondeur. Elle avait un message d'Aimee, la secrétaire de son père.

— Il est en retard, annonça-t-elle.

— Évidemment, répliqua Barbara. Moi, je pense qu'il aurait mieux fait de ne pas venir, mais lui soutient qu'il est capital de ne pas se conduire en coupable quand on ne l'est pas. Cela dit, je ne suis pas convaincue que le ministère public du Delaware surveille les réunions d'anciens de Sheffield.

— Je ne pense pas qu'il ait mis les pieds à Sheffield depuis ma remise de diplôme.

C'était exaspérant. Il décidait de se montrer maintenant que c'était important pour son image, alors qu'il ne l'avait jamais fait quand cela aurait compté pour Evelyn. Et il la mettait dans une situation délicate. Même si ce n'était « rien », elle préférait ne pas parler de l'enquête à ses amis. Apparemment, personne d'autre que Camilla n'était au courant.

— Non, en effet. Alors, et cet ami, il est là ?

— Maman, tu peux dire : « ton petit ami ». J'ai dit à Scot de nous retrouver à l'intérieur.

— Alors entrons, non ?

Plusieurs hommes attendaient dans le hall. Hélas, Evelyn vit le visage de sa mère s'illuminer à la vue d'un grand type bien bâti dans un costume gris impeccablement coupé, qui respirait la confiance en soi. Pas Scot, donc. Evelyn fit un

157

petit signe maladroit au vrai Scot qui se tenait sur un pied telle une cigogne.

— Ce grand-là ? C'est Scot ? demanda Barbara.

— Oui, c'est Scot.

Sa mère resta songeuse.

— Il me fait penser à l'homme à tout faire qui a travaillé chez nous. Mêmes traits grossiers. Aussi brun.

— Il est banquier, maman.

L'homme à tout faire. Mon Dieu.

Elles se dirigèrent vers lui du même pas raide. Evelyn avait espéré le voir détendu, comme lorsqu'ils se retrouvaient tous les deux. Malheureusement, en manipulant gauchement son BlackBerry pour le ranger dans sa poche, il faillit le faire tomber par terre.

— Bonjour, dit-il en se cassant en deux pour saluer Evelyn avant de lever les deux bras en direction de Barbara.

Affolée, Evelyn se glissa entre eux avant qu'il ait pu embrasser sa mère et exerça une légère pression sur son bras pour qu'il lui serre la main.

Le Marquis, lieu étrangement moderne avec ses escaliers mécaniques et ses ascenseurs hémicirculaires sans boutons, était un choix curieux pour Sheffield. Par chance, le numéro deux de l'association des anciens élèves se tenait près du vestiaire. Barbara alla aussitôt l'interroger sur les raisons de l'école de financer une croisière d'anciens sur le Yangzi Jiang. Repérant Charlotte et Preston à l'autre bout de la salle, près du bar, Evelyn alla les rejoindre, accompagnée de Scot.

— Tiens, tiens, dit Preston, justement, nous parlions de toi, Ev. Salut, Scot. Ça fait plaisir de te voir.

— Donc, elle existe, déclara Charlotte à Preston. Nous nous demandions si tu étais un fruit de mon imagination. Salut, Scot.

— N'exagère pas, rétorqua Evelyn, on s'est vues il y a…

— Dans les Hamptons, en juillet, la coupa Charlotte.

— Ah.

— Les tête-à-tête se font de plus en plus rares, renchérit Preston en remettant ses lunettes en place. En revanche, il suffit de chercher Camilla pour trouver Evelyn dans les parages.

— Oh, arrête, Pres, protesta Evelyn.

— Camilla, marmonna Charlotte. Alors, Scot, ça marche, les échecs ?

Le visage de celui-ci s'éclaira et il se mit à raconter sa dernière partie contre des Russes, dans un parc du Lower East Side. Preston s'approcha d'Evelyn et lui passa un bras autour de la taille.

— Amener Scot à une soirée Sheffield. Gonflé. Et le présenter à la redoutable Babs. Sait-il ce qui l'attend ?

— Il vient de la rencontrer.

— Et il tient encore sur ses deux jambes ? Il ne s'est pas fait descendre à bout portant ? Pas si mal. Je me souviens que, la première fois que j'ai vu ta mère, elle m'a fait boire de l'alcool – mais j'ai toujours été le fils chéri.

— Elle n'a pas pu te faire boire d'alcool : tu avais seize ans.

— Ah, miss Beegan, permettez-moi de vous contredire. Je m'en souviens parfaitement. Babs nous avait emmenés dîner à Portsmouth et je te jure que j'ai commandé un martini chocolat. C'était juste après notre retour de Sarennes.

Soudain, Evelyn se rappela avec précision le verre sur la nappe blanche et le sentiment de réussite qu'elle avait éprouvé en voyant sa mère bavarder avec Preston Hacking.

Elle n'avait pas prévu d'aller à Sheffield, ni de s'y lier d'amitié avec lui. Un samedi matin de ses douze ans, elle s'était réveillée en entendant sa mère jouer du piano. Elle allait se lever, mais la musique avait cessé, et Barbara était venue frapper à la porte de sa chambre pour lui dire qu'elle pouvait rester au lit encore une heure. Puis elle lui avait apporté une pile de choses à lire : un livre sur les meilleurs pensionnats américains, un catalogue de J. Crew, un guide de révisions pour l'examen d'entrée et la brochure d'inscription à Sheffield. Elle lui avait appris que la fille de Gibby Hodge était allée à Sheffield, où elle avait rencontré un Cabot de la branche du Massachusetts, qu'elle avait fini par épouser. Evelyn se doutait que Gibby Hodge n'y était pour rien, mais que c'était parce que les fils de Push Van Rensselaer y étaient allés qu'on l'y envoyait. Par chance, ses notes lui avaient permis d'être admise sans problème et les frais de scolarité étaient largement dans les moyens de Dale.

Preston était dans la classe au-dessus d'elle et elle avait entendu parler de lui avant de savoir à quoi il ressemblait – en partie à cause de sa mère. En effet, après avoir découvert que la mère de Preston était une Winthrop et qu'il habitait Beacon Hill, Barbara avait conseillé à Evelyn de se faire inviter par lui à la fête des première année. Cette idée était complètement grotesque : comment Evelyn, une petite anonyme grassouillette, oserait-elle adresser la parole à Preston Hacking ? La seule chance pour qu'un tel miracle se produise – pour que Preston Hacking accepte de s'intéresser à Evelyn Beegan –, elle le savait, c'était de faire son devoir d'anglais à sa place.

Pour le journal de l'école, Preston rédigeait un billet d'humeur intitulé « Du haut de ma tour d'ivoire ». À l'origine, il devait paraître toutes les semaines, mais l'incapacité de Preston à se plier aux dates de bouclage lui avait valu le sous-titre de « Chronique à peu près bimensuelle ». Preston jouait au squash dans un club, mais refusait de représenter son collège car il jugeait les déplacements en bus le week-end inacceptables. Enfin, il était le vice-président des Jeunes Républicains, en grande partie parce que son arrière-grand-père avait été secrétaire d'État sous Teddy Roosevelt.

Sachant tout cela, Evelyn avait été surprise la première fois qu'elle l'avait vu. C'était à l'occasion de la journée de remerciements aux anciens élèves ; le proviseur avait demandé à Preston de prononcer un petit discours en tant que représentant de la quatrième génération de Hacking inscrits à Sheffield. Au lieu du beau brun ténébreux qu'elle avait imaginé (sa photo dans l'annuaire était floue et prise sous un angle qui laissait libre cours à tous les effets théâtraux), elle s'était rendu compte que Preston n'était autre que le grand maigrelet aux cheveux blonds ondulés et au teint de cachet d'aspirine qu'elle avait vu traîner sur les bancs, avec des pulls à coudières. Il était cool, bien sûr, mais avec en plus une certaine excentricité qu'Evelyn lui enviait.

En ce qui la concernait, à Sheffield, elle n'était ni excentrique, ni cool, ni rien du tout. Cela s'était vérifié dès le deuxième jour, celui où les élèves découvraient les différentes activités proposées par l'école et passaient des auditions. Comme elle jouait du piano, Evelyn espérait depuis longtemps intégrer une troupe de spectacle. Mais un triste matin, à Bibville, Barbara avait décrété qu'elle chantait faux, et elle avait cessé de chanter. Dans les comédies musicales de l'école, elle avait renoncé aux rôles de choriste pour peindre les décors en se disant qu'un jour elle pourrait peut-être se tourner vers la mise en scène. Vers douze ans, elle avait refait une tentative, parce qu'elle avait envie de suivre un stage de musique en Virginie pendant l'été – seulement, après avoir aperçu la brochure qui montrait une fille un peu potelée en train de chanter, sa mère avait déclaré que certains artistes feraient mieux de s'adonner aux sports de plein air, et elle l'avait réinscrite à un stage de tennis.

Ce deuxième jour à Sheffield, elle avait donc pris son courage à deux mains pour se renseigner sur le programme de spectacles de l'année. Au moment d'entrer dans l'auditorium, elle avait entendu une fille raconter qu'elle avait tenu le rôle de Cosette lors de la tournée estivale d'une production des *Misérables*. Elle avait failli retourner dans sa chambre en courant. À la fin des auditions, il lui avait semblé qu'un certain nombre d'élèves étaient déjà promis à la gloire. Pour sa part, sans s'être présentée à une seule audition, elle savait quel serait son rôle à Sheffield : figurante numéro quatre.

Barbara avait réussi à se procurer un annuaire de Sheffield. En plus de Preston, elle s'était mise à lui poser des questions sur James Scripps Robinson ou encore Sarah Monaghan Lowell.

« Les Scripps sont à l'origine de la fondation du musée de Detroit », lui avait-elle fait savoir. Ou encore : « Il y avait une Lowell à Hollins, une classe ou deux au-dessus de moi. Il me semble qu'elle a épousé un de Puy. » Pour se préparer aux interrogatoires de sa mère, Evelyn s'était exercée à repérer les signes, les noms, les adresses qui permettaient de décoder ce monde. Parfois, sur des bouts de papier qu'elle déchirait aussitôt, elle essayait d'accoler à son nom ces prestigieux patronymes : Evelyn Beegan Cushing, Mme James Cady Robinson (Evelyn)… Mais elle passait le plus clair de son temps libre à regarder *Génération 90*, *Quatre mariages et un enterrement* ou les autres films à disposition au foyer des élèves en écoutant répéter les heureuses élues dans la pièce voisine.

C'était Sarennes qui avait changé le destin social d'Evelyn à Sheffield. En observant sa fille pendant les vacances d'été qui avaient succédé à la fin de sa première année, la voyant toujours le nez dans un livre ou les doigts sur les touches du piano, Barbara avait conclu qu'Evelyn était devenue encore plus asociale depuis son entrée à Sheffield. Elle avait opté pour une thérapie par l'immersion et s'était adressée à Mme Germont, qui s'occupait d'organiser un trimestre à l'étranger, à l'automne, à Sarennes, en Alsace, pour faire inscrire Evelyn au dernier moment. Quand sa mère le lui avait annoncé, Evelyn avait été terrifiée, car elle savait qui participait à ce programme. Preston Hacking et ses copains.

Ainsi, Evelyn s'était retrouvée en pension chez le boulanger de la petite ville, qui habitait au-dessus de la boutique et dont la femme, une sévère matrone qui se levait à 4 heures du matin, la traitait comme si elle était à son service. Au début, celle-ci avait parlé français, sans doute pour être certaine de bien toucher sa pension, mais, à peine les encadrants de Sheffield repartis, elle était revenue à l'alsacien – dont Evelyn ne comprenait pas un traître mot. Le premier jour qu'elle avait passé dans cette famille tombait un dimanche. La boulangerie était fermée et, après avoir été traînée à un office luthérien d'un ennui sans nom, Evelyn n'avait plus eu grand-chose à faire. Le lendemain, elle avait été réveillée à 5 heures pour monter la garde en bas et réceptionner les plats de baeckeoffe que déposaient les femmes du quartier pour que le boulanger les fasse cuire dans le four à pain après les avoir recouverts d'un couvercle de pâte. À la fin de la matinée, imprégnée d'une odeur de viande grasse et de farine, Evelyn ne songeait plus qu'à s'échapper.

Le troisième jour de son apprentissage alsacien, elle avait décidé de filer en douce téléphoner d'un café pour trouver un vol de retour. À l'aube, la rue semblait déserte. C'est alors qu'elle avait aperçu Preston Hacking nonchalamment appuyé sur un balai, sur un pas de porte, un peu plus loin. Son premier mouvement avait été de faire un détour pour s'éviter l'embarras d'avoir à lâcher un bonjour étranglé, mais elle n'avait pas le temps. Il fallait qu'elle soit rentrée avant que Madame ait fini ses courses. Alors elle s'était forcée à avancer, lui avait fait signe sans beaucoup d'élégance de l'autre côté de la rue pavée et, d'une voix haut perchée qui sonnait faux, avait lancé : « Bonjour ! »

Jusqu'à présent, ils ne s'étaient pas parlé. Ce matin-là, il avait levé la tête avec un certain intérêt.

« Quel trou pourri, avait-il marmonné sans desserrer les dents. Tu peux me dire ce que je fous là aux aurores, avec un balai à la main ? »

Evelyn avait empli ses poumons d'air glacé.

« Tu te reconvertis en travailleur manuel ?

— Travailleur manuel. C'est tout à fait ça. On paie ces Français une fortune pour qu'ils nous hébergent et ça ne leur suffit pas : il faut encore qu'ils nous exploitent. Est-ce que j'ai l'air d'un balayeur des rues ?

— Très bien habillé, alors. »

Evelyn s'attendait à ce que Preston ignore sa remarque, au lieu de quoi il avait souri et poursuivi la conversation.

« Ça n'existe pas. Impossible. Qu'est-ce que tu fais dehors à cette heure indue ? Tu vas étrangler un poulet ?

— Non, je vais au restaurant, en fait.

— C'est immangeable à ce point, là où tu es ? »

En riant nerveusement, elle avait traversé la petite rue pour le rejoindre.

« J'y vais pour téléphoner.

— Et demander à ta maman de te libérer ?

— Non, en fait. Je comptais appeler l'agent de voyages. »

Il avait flanqué une tape sur le manche du balai.

« Bien vu ! Tu remontes directement à la source pour t'évader de cette prison. Tes parents ne vont pas flipper de te voir rentrer sans prévenir ?

— Je n'y ai pas trop pensé, j'avoue. Ils seront peut-être contents ?

— Sachant ce que coûte ce programme de travail forcé, ça m'étonnerait.

— Bon, alors je vais plutôt demander à l'agent de m'envoyer faire un petit séjour à Paris. »

Preston avait ri. Evelyn s'était sentie rougir de contentement. Elle n'en revenait pas d'avoir fait rire quelqu'un comme lui. Dire qu'elle était en train de bavarder avec un des mecs les plus branchés et les plus cool de l'école – et même de l'amuser, apparemment –, alors qu'elle n'avait pour ainsi dire pas adressé la parole à un garçon de toute l'année ! S'il y avait eu quelqu'un pour la filmer, elle aurait pu se repasser ce petit moment de réussite sociale pendant ses longues soirées en solitaire.

« J'adore l'idée. Une escapade à Paris aux frais des parents. Ils ne se douteront de rien. Evelyn, c'est ça ?

— Oui.

— Evelyn comment ?

— Beegan.

— Beegan. Ça vient d'où ? C'est irlandais ? »

Elle avait pris une pose décontractée.

« Coréen. Russe. Africain. »

Preston avait souri et posé son balai en équilibre contre le chambranle.

« Pluriethnique. Trop moderne. Je t'accompagne. J'ai envie de voir si je peux fiche le camp, moi aussi. »

Il avait enjambé une flaque. Ses mocassins brillaient alors qu'il faisait à peine jour.

Au bar, il lui avait offert un café tellement épais qu'il fallait presque le mâcher, puis, oubliant le décalage horaire, elle avait téléphoné pour laisser un message à l'agence de voyages.

En fin de compte, elle n'avait pas eu besoin de repartir plus tôt que prévu. Le soir même, elle avait entendu des rires sous sa fenêtre. À quatre pattes, craignant d'être aperçue, elle s'était approchée de la vitre pour voir qui se moquait d'elle. Elle avait découvert Preston et Charlotte Macmillan, une fille issue d'un milieu international qui logeait dans le même bâtiment qu'elle. D'après la rumeur, elle avait été collée pour s'être glissée en douce dans la chambre de James Ying après l'extinction des feux. Charlotte et Preston étaient accompagnés de quelques autres « coolies », comme on disait à Sheffield, mais curieusement ils n'avaient pas l'air de se moquer d'elle. Preston était même en train de l'appeler pour qu'elle les rejoigne. Au fil du trimestre, elle avait découvert avec un mélange de surprise et de réconfort ce que ça faisait d'avoir des amis.

Une bande. Des gens qui n'avaient rien contre elle. Qui, peut-être même, l'aimaient bien. Elle avait envoyé à sa mère des photos d'elle en compagnie d'autres êtres humains. Il y avait des élèves bizarres qui participaient à ce voyage en Alsace, des adolescents qui disaient des choses étranges et se promenaient tout seuls lors des week-ends touristiques, mais elle ne faisait plus partie de cette caste-là. Elle appartenait à un groupe, désormais. C'était tellement extraordinaire qu'elle passait son temps à contrôler son langage et son attitude : il ne fallait surtout pas qu'elle agace ses nouveaux amis en ayant l'air autoritaire ou rabat-joie, mais qu'elle se cantonne à ce rôle de clown blanc qu'elle dominait si bien, face aux pitreries d'auguste de Preston et des autres.

Au retour à Sheffield, elle n'était peut-être pas devenue à proprement parler populaire, mais elle avait sa place. Au début du dernier trimestre, une des filles de Sarennes l'avait intégrée à l'équipe d'aviron poids léger. Le coach avait assuré qu'elle possédait la morphologie idéale. Cette activité lui avait valu de nouvelles amitiés, une nouvelle bande de copines avec lesquelles partager des blagues qu'elles étaient seules à comprendre, faire des batailles d'eau et chanter dans le car sur la route des compétitions. Dans la salle commune de l'internat, Charlotte venait s'asseoir à côté d'elle en lui proposant de se faire livrer des sandwichs au poulet. Un jour, elle avait même lancé un projet pour les deux dernières années : en partageant une chambre, elles pouvaient bénéficier de la « super double », au troisième étage, avec un balcon et, au fond, un grand dressing dans lequel Charlotte se cacherait pour fumer. De plus, Evelyn profitait à présent de l'étiquette « amie de Preston », un label qui lui permettait de se démarquer de la masse.

L'année de Sarennes, sa mère était venue la voir le week-end de Pâques et avait tenu à l'emmener dîner avec un ou une amie.

Evelyn avait demandé si elle pouvait inviter sa bande.

« Quelle bande ? »

Elle avait alors égrené les noms en se délectant de leur effet sur Barbara. Preston Hacking. Charlotte Macmillan. Nick Geary – le meilleur ami de Preston, interne à Enfield, qui était venu passer le week-end.

Ravie, Barbara avait signé les autorisations de sortie et loué une voiture pour les emmener à Portsmouth dans un restaurant donnant sur l'estuaire. En apprenant que le plan du samedi soir consistait à aller dîner à Portsmouth avec une mère, Nick avait trouvé un dealer d'herbe qu'il connaissait de Brookline et fumé un pétard avant de sortir, ce qui ne l'avait pas empêché de charmer Barbara. Preston avait effectivement bu ce fameux martini chocolat et Evelyn se rappelait maintenant que sa mère avait commandé du vin pour les autres. Pouvoir lui présenter ses amis de Brookline et Beacon Hill – même s'il fallait reconnaître que Barbara n'avait pas tout de suite succombé au charme de Charlotte, qui portait, ce soir-là, ses fameuses couettes – avait empli Evelyn d'une indicible fierté. Se montrer à sa mère avec des amis, alors que, depuis toujours, elle était d'une gaucherie extrême en société, cela n'avait pas de prix. Elle aurait voulu que la soirée se prolonge indéfiniment

— Tu as raison, je me souviens du martini, dit alors Evelyn en s'arrachant à ses souvenirs. Je n'aurais pas cru Babs capable de faire boire des mineurs, et pourtant…

— Ça me fait plaisir de la voir.

— Tu vas avoir droit à une triple dose de Beegan, ce soir. Mon père vient aussi.

— Charlotte, tu entends ça ? L'invisible M. Beegan sera là ce soir !

Charlotte parut soudain étrangement pâle.

— Je ne savais pas que ton père était à New York, Ev.

— Que veux-tu… Il s'est décidé sur le tard à soutenir l'association des anciens élèves de Sheffield.

Dale fit son apparition quelques minutes plus tard, accompagné de la responsable adjointe de l'association des anciens élèves, qui le voyait pour la première fois, mais riait déjà à gorge déployée d'une des blagues dont il avait le secret. Parmi la foule de New-Yorkais BCBG, aussi uniformes qu'un banc de poissons argentés, Dale détonnait. Aujourd'hui, il portait un costume qui avait l'air d'être taillé dans du jean, agrémenté d'une pochette rose vif. Il ne lui manquait qu'un vieux chronomètre autour du cou. Se faire remarquer à New York, où l'on pouvait se promener avec des jambières de danseur ou une tunique de druide sans attirer l'attention, relevait de l'exploit. En apercevant sa fille, Dale quitta la responsable en lui lançant une dernière boutade manifestement hilarante.

— Ah, bonsoir, ma chérie. Il fait une chaleur de tous les diables, ici, pas vrai ?

— Tu te souviens de Charlotte et Preston ? Et je te présente Scot.

Dale, qui n'avait pas vu Charlotte et Preston depuis la remise de diplôme d'Evelyn à Sheffield, et n'avait pas demandé une seule fois de leurs nouvelles, ne se laissa pas décontenancer. Il leur serra la main en les regardant droit dans les yeux.

— Charlotte, vous êtes toujours aussi ravissante. Preston, merci de veiller sur ma petite fille dans la grande ville. Scot, ravi de vous rencontrer.

Charlotte se balançait d'un pied sur l'autre.

— Bonsoir, monsieur. Ça fait plaisir de vous revoir. J'allais rejoindre le buffet ; quelqu'un veut quelque chose ? Non ? Très bien.

Sur quoi, elle s'éclipsa.

— Eh bien, fit Dale en balayant la salle du regard, c'est une grande soirée, on dirait. Qu'est-ce que vous lisez, Scot ?

Un volume à la couverture blanche dépassait de la sacoche de l'intéressé.

— Une revue économique. Un article sur Nouriel Roubini, précisa-t-il alors que, derrière lui, Preston simulait un accès de narcolepsie.

— Et que dit-il, ce M. Roubini ? s'enquit Dale.

— Que l'Amérique est sur le point de chavirer. Crise immobilière, faillites bancaires.

— Prophète de malheur, glissa Preston en imitant la voix de Scooby-Doo.

— Bah, je ne serais pas mécontent de voir Wall Street se faire taper sur les doigts, lança Dale.

— Papa, on peut éviter de parler de Wall Street, s'il te plaît ?

Dale regarda autour de lui et s'anima soudain.

— Ah ! Regarde, Jim Weisz est là. J'ai plaidé contre lui, l'année dernière. Je vais lui dire bonjour.

Et il s'éloigna aussi vite qu'il était arrivé.

Preston se débarrassa de sa paille pour vider son verre d'un trait.

— Une autre tournée ?

Pendant que Preston allait chercher des verres, Evelyn rejoignit Charlotte au buffet des hors-d'œuvre. Son assiette débordait de caviar, mais elle l'observait d'un œil critique.

— Ça fait un peu beaucoup, tout ça, non ? À ton avis, combien ça a coûté, cette soirée ?

Evelyn prit une assiette en s'étonnant que Charlotte, qui semblait toujours à l'aise, fasse attention au prix des choses.

— Tu ne…, reprit Charlotte. Enfin, tout ça, je veux dire, ces histoires d'écoles privées et ce qui va avec – les week-ends, les vins, les dîners… Tiens, comme quand on était chez Nick, dans les Hamptons, et que tout le monde avait l'air de se féliciter de faire partie de l'hégémonie WASP alors que cela ne représente plus rien.

Evelyn prit un blini au saumon fumé.

— Je ne sais pas, Cha. Je trouve que ça a un certain attrait.

— Lequel ?

— Le côté tradition, je crois. Le mode de vie, le code de bonnes manières. Une façon de bien traiter les gens et de servir l'intérêt commun. Les gens… Cha, ce n'est pas pour faire continuellement la pub de PLU, mais je pensais que les gens allaient être épouvantables – en fait ils sont super.

— Mais qui, sur ce site – ou dans cette pièce, d'ailleurs –, sert l'intérêt commun ? Ce n'est qu'une bande de gamins égocentriques qui n'ont du boulot que grâce à leurs parents.

— Ce n'est pas vrai, Charlotte. Tu dis ça parce qu'il n'y a que des jeunes qui n'ont pas encore pu faire leurs preuves. Mais Camilla va régner sur la société new-yorkaise ; tu peux rire, mais elle fait un travail assez important sur le plan caritatif. Et Nick, dont le grand-père a été gouverneur du Massachusetts, fera certainement de la politique.

— N'importe quoi. Nick n'arrive même pas à se faire nommer directeur de branche. Et il a pris bien trop de coke pour se présenter à la moindre élection. Tu penses bien que la presse ne manquera pas de recontacter les trente filles qu'il a sautées tous les ans avant de se marier avec une Miss Perfection. De toute façon, pour se lancer dans la politique, la banque n'est pas le tremplin idéal.

— Il n'y restera pas éternellement. La semaine dernière, il parlait de retourner s'installer à Brookline et de se présenter comme conseiller municipal. Dans la finance, il a acquis une expérience de la réalité.

— Je crois que ça ne marche plus comme ça. Regarde les jeunes qui essaient vraiment de se lancer en politique. La moitié des gens avec qui j'étais à Harvard étaient archi-décidés à devenir présidents. Ils étaient flippants au possible, soit dit en passant. Ils avaient été délégués de classe, s'étaient inscrits à l'Institute of Politics dès la première semaine et, en dernière année, ils avaient déjà fait des stages à Washington et organisé des conférences avec Henry Kissinger. Aujourd'hui, un banquier dont la famille a des relations ne peut plus débarquer comme ça et se faire élire.

— Regarde les Bush : il y a quelque chose dans les liens familiaux qui inspire confiance aux électeurs.

— Les Bush ! D'accord, il y a la petite exception du papa qui paie pour te tirer d'affaire et t'offre la présidence…

— Charlotte, s'il te plaît, je n'ai pas besoin d'un sermon sur le sujet. Les Kennedy, si tu préfères un exemple chez les démocrates.

— Tout ce que je veux dire, c'est qu'il y a maintenant tellement de moyens plus intéressants de gagner de l'argent.

— Justement, tu ne trouves pas que ça rend la tradition d'autant plus importante ? Si n'importe qui peut gagner de l'argent, est-ce que l'éducation, la tradition ne deviennent pas des valeurs d'autant plus enviables ?

— Dis-le, vas-y : c'est une question de classe.

— Charlotte.

— Classe. Classe, classe, classe, classe, classe.

— Peu importe. Tout ce que je veux dire, c'est que si les collèges, les clubs, etc., deviennent littéralement accessibles à tous, soit par l'argent, soit même par le mérite, les gens recherchent peut-être encore un lieu où la tradition, la famille et…

— Le règne d'une aristocratie toujours fermée au monde extérieur perdurerait donc ? Gardons nos distances avec la populace, hein, Ev ? Écoute, les WASP dirigeaient tout parce qu'il n'y avait personne d'autre. Ce n'est plus le cas. Nous vivons dans une société méritocratique, ou du moins qui est censée l'être. Du coup, des gens réellement compétents accèdent au pouvoir. Certes, les WASP sont toujours bien élevés mais, hormis sur ce plan, ce ne sont plus des modèles. Tout le monde se fiche des WASP, à part les WASP eux-mêmes.

— Non, je crois que ce n'est pas vrai. Regarde... tiens, la mode, par exemple. La collection automne de Michael Kors. On se croirait dans *Gatsby* ou *Love Story*.

— Ah, tu t'intéresses à la mode, maintenant ?

— Tu n'es pas obligée d'être aussi dédaigneuse, Charlotte.

— D'accord. Ça reste une référence culturelle, je te l'accorde.

— Écoute, l'autre modèle de quelqu'un qui a de l'argent, ce sont les types du genre de Phil Giamatti ou de ton affreux patron avec sa maison sur Meadow Lane. Je ne suis pas sûre que ce soit ce qu'il faille viser.

Charlotte s'étrangla de rire.

— Je t'ai dit que mon boss avait baptisé son nouveau yacht le *Jamais Satisfait II* ?

Evelyn rit à son tour.

— Le *Jamais Satisfait I* en disait déjà long.

Lorsque les parents d'Evelyn les rejoignirent pour dîner, Charlotte se leva brusquement de table en prétextant qu'elle avait promis de s'asseoir à côté de son ancien professeur de natation. Du coup, Barbara se retrouva à côté de Scot, avec qui elle eut une conversation apparemment très décousue. Néanmoins, Evelyn comprenait parfaitement ses intentions : elle parla de tennis pour savoir s'il y jouait, puis des grandes familles de Baltimore, qu'il ne pouvait pas connaître, et, enfin, voulut savoir où il avait fait ses études secondaires. Quand il lui répondit qu'il était allé au lycée en Arizona, elle vérifia qu'il parlait d'un établissement public et, comme il confirmait, demanda s'il se trouvait dans une réserve indienne.

Evelyn vit avec un soulagement certain un ancien élève devenu ambassadeur en Chine se lever pour prendre la parole. Pendant qu'il débitait son ennuyeux laïus, elle laissa vagabonder ses pensées. Mais elle fut vivement ramenée à la réalité, au moment des questions-réponses, en voyant

Scot lever haut la main. Sa mère inclina la tête et Evelyn lui posa la main sur le genou.

— Ce n'est pas vraiment le moment, murmura-t-elle avec un sourire léger.

— Mais ils viennent de demander qu'on pose des questions.

— Je sais, sauf que cela ne se fait pas trop, dans ce genre de dîner.

— Moi, je trouve ça très bien de poser des questions, déclara Dale, qui était assis de l'autre côté d'Evelyn. Allez-y. Il faut mettre les gens qui sont au pouvoir face à leurs responsabilités.

À l'autre bout de la salle, un ancien élève demanda d'une voix rauque ce qu'il en était des hébergements pour la croisière sur le Yangzi Jiang. Scot lança à Evelyn un regard interrogateur et tendit encore le bras.

— Oui, fit-il quand on lui apporta le micro. Je me demandais s'il était envisagé que le président Bush fasse pression sur Hu Jintao au sujet de la valeur artificiellement basse du yuan ; selon vous, quel impact a-t-elle sur l'industrie américaine et quelles seraient les conséquences d'un taux de change libre du yuan sur les taux d'intérêt américains ?

Preston, qui était assis en face, adressa un clin d'œil à Evelyn. Barbara crispa les mains sur sa serviette. Dale sourit ; visiblement, il s'amusait bien. L'ambassadeur répondit à la question de Scot, qui redemanda le micro. Mais Evelyn fit signe à la personne qui le portait de ne pas revenir vers eux.

— C'est bon, Scot, chuchota-t-elle. Ça suffit.

— Je croyais…

— Ça va, dit-elle avec un coup d'œil aux jointures blanchies des doigts de sa mère.

— Il a du cran, lâcha Dale. Ça me plaît bien.

Tandis qu'ils se levaient de table, Barbara saisit Evelyn par l'épaule.

— C'est un dîner des anciens élèves de Sheffield, siffla-t-elle. Pas une conférence de presse. J'imagine que l'ambassadeur croyait s'adresser à des amis, pas à des interrogateurs.

— Bon, fit Evelyn en tripotant sa serviette sur la table, on y va ?

— Alors, il est du Nevada ? demanda Barbara en l'entraînant vers le vestiaire.

— D'Arizona.

— Sa famille y vit toujours ?

— Sa mère, oui.

— Veuve ?

— Non, divorcée.

— Divorcée, répéta Barbara en pinçant les lèvres. Je vais te dire une bonne chose, Evelyn. Chez les Topfer, nous autres femmes n'avons pas toujours été heureuses, mais nous n'avons jamais recouru au divorce.

C'était vrai. Même après que le père de Barbara était parti avec sa secrétaire, sa mère, qui passait le plus clair de son temps à fumer et à découper des bons de réduction, n'avait pas demandé le divorce. Evelyn sortit deux billets de un dollar de son portefeuille pour le vestiaire.

— Je t'ai dit de commencer à te mettre de la crème sur les mains, lui dit sa mère. Il faut faire attention aux rides. Ce sont les mains qui trahissent en premier, Evelyn. Les mains et les genoux. Tu te mets de la crème sur les genoux ?

— Je ne sais pas.

— Il n'y a pas plus révélateur de l'âge. Je te rappelle que tu as déjà presque vingt-sept ans. Tu n'as pas mieux à faire que de perdre ton temps avec cet Arizonien ?

— Vingt-six. La plupart des gens de mon âge ne sont pas mariés.

— Beaucoup le sont. Traîner avec un garçon comme lui, c'est bon quand on sort de l'université. Mais à ton âge...

— Maman, je te signale qu'il est très intelligent. D'après Charlotte, c'est l'un des plus brillants, chez Morgan Stanley.

174

Il a été recruté par David Greenbaum, un des grands boss de la boîte, et il figure parmi les plus jeunes directeurs de branche. Il a un poste encore plus important que celui de Nick. Ce n'est pas comme s'il jouait de la gratte dans le métro.

— Je ne doute pas qu'il soit très compétent dans son travail. Toutefois, je pensais que ton site Internet allait te faire fréquenter d'autres cercles, rencontrer d'autres gens.

— C'est le cas.

— Ce qu'il y a, c'est que, avec l'enquête…

Barbara la conduisit dans un coin du hall, à l'abri des oreilles indiscrètes.

— Il y a des enquêtes de ce genre chez tout le monde, par les temps qui courent, assura Evelyn.

C'est ce qu'elle s'efforçait de croire depuis sa discussion avec Camilla. Ce mantra l'aidait parfois à relativiser mais, en le prononçant à voix haute, elle trouva qu'il sonnait creux.

— Ah oui ? répliqua sa mère, sarcastique. Tu me vois ravie d'apprendre combien New York est devenu tolérant. À Bibville, en tout cas, il se trouve que ça ne passe pas inaperçu.

Elle sortit de son sac un rouge à lèvres mauve et s'en appliqua une nouvelle couche d'un geste très précis.

— Pour tout te dire, reprit-elle, mes amies, au club, m'ont demandé de tes nouvelles. Elles s'étonnent que personne ne t'ait encore cueillie. Tu sais, les gens commencent à se poser des questions quand on n'est ni mariée ni fiancée à vingt-sept ans. Ça devient suspect…

— Tu n'as qu'à leur dire que je sors avec quelqu'un.

— Je ne voudrais pas te voir commettre la même erreur que moi. Épouser quelqu'un qui ne vient pas du même milieu que toi t'exclut de ton milieu, tu comprends ? Devoir sans arrêt rattraper les impairs d'un mari réfractaire aux mondanités, ce n'est pas drôle tous les jours. Les règles du savoir-vivre ont leur raison d'être. Scot ne joue même pas au tennis. Tu as vraiment envie de passer toute ta vie avec un homme qui ne joue pas au tennis ?

— Maman, ce que tu es vieux jeu...

N'empêche qu'elle avait été un peu déçue de le voir rester sur la touche lors de la partie de tennis chez Nick. Plongé dans un livre d'histoire, il semblait complètement indifférent au jeu, tandis que Evelyn avait écopé comme partenaire de double d'un gros copain de Nick qui aspergeait le court de sueur.

— Je voulais te parler de Jaime de Cardenas. Il fait partie de toutes les œuvres de bienfaisance junior ; il est allé à Harvard et à la Stanford Business School. C'est le fils de Fernando de Cardenas. Tu le connais, ou pas encore ?

Evelyn était épatée de voir que sa mère qui savait à peine se servir d'Internet suivait presque aussi bien qu'elle ce qui se passait à New York. Elle n'avait pas rencontré Jaime, mais elle en avait entendu parler. Elle avait fait plusieurs recherches sur Google à son sujet après l'avoir vu en photo avec Camilla. La fortune familiale remontait à quelques générations et à une usine d'embouteillage au Venezuela. Par la suite, le grand-père de Jaime avait monté un conglomérat de produits de consommation, de vente au détail et de banque. Jaime était actuellement vice-président de l'affaire familiale et avait fait une entrée fracassante dans les plus hautes sphères new-yorkaises. Il avait notamment réussi l'exploit sans précédent de se faire élire au conseil d'administration du Met à l'âge de vingt-huit ans. Il faisait partie de ses cibles pour PLU, mais elle n'avait pas encore eu l'occasion de tomber sur lui pour en discuter avec lui de vive voix.

Elle expliqua à sa mère comment prononcer son nom à l'espagnole et lui rappela que Scot aussi était allé à Harvard.

— La Business School, ce n'est pas la même chose que le cursus universitaire, objecta Barbara. Jaime de Cardenas, répéta-t-elle lentement comme si elle avait la bouche pleine d'olives. Bon, très bien. Donc tu le connais.

— Pas vraiment.

— J'avoue que, en temps normal, je ne serais pas forcément très pour un, tu sais… un chicano.

— Je crois que ça ne se dit plus trop, « chicano »…

— Quoi qu'il en soit, le monde change.

— Je suis certaine que Jaime sera ravi de l'apprendre.

— Ce ton sarcastique ne te va pas. Tu devrais envisager de sortir avec lui.

C'était reparti comme à Sheffield. Sa mère croyait pouvoir hisser sa fille jusqu'au pinacle par la simple force de sa volonté. Il suffisait de se lier avec les Machin-Chose de Watch Hill. Ou de sortir avec un milliardaire vénézuélien. Barbara, pourtant, n'avait jamais atteint ce niveau, songea Evelyn. Mais elle s'acharnait à essayer de compenser.

— J'ai un petit ami, lui rappela-t-elle.

— Je suis désolée d'avoir à te dire ceci, Evelyn, mais ton physique va commencer à décliner, ton corps à s'affaisser. Je vis cela depuis trente ans, et c'est affreux. Quand je pense à ce que j'aurais pu faire de mes vingt-six ans… enfin. Jaime de Cardenas est apparenté à la noblesse espagnole. C'est un fait indiscutable. D'après Susie – tu te souviens de Susie : sa fille est à Washington –, il va présider le bal Sauver Venise cette année.

Sauver Venise, les jeunes amis de la Frick, l'Apollo Circle au Met Opera ; oui, oui, oui, Evelyn était au courant.

— Tu devrais l'avoir à l'œil. Il se pourrait bien que ce soit le dernier des beaux partis.

Evelyn vit Scot qui l'attendait à l'autre bout du hall en s'étirant le bras d'un geste bizarre. Sa mère avait rendu son verdict. Elle ne répondit pas.

— C'est tout ce que je voulais te dire, conclut Barbara. Tu veux bien m'aider à passer mon manteau ?

12
L'été en ville

Camilla avait décrété que l'un des derniers week-ends de l'été serait consacré à une « incursion urbaine », bien que Scot lui ait rappelé qu'une incursion signifiait une invasion soudaine et non le contraire d'une excursion.

« Ce sera génial, avait-elle dit à Evelyn. Tous les restaurants seront pratiquement vides. On pourra aller où on voudra, faire du Pilates : on n'aura même pas besoin d'attendre pour un rendez-vous chez Exhale.

— Il n'y a jamais d'attente pour un rendez-vous chez Exhale », avait fait valoir Evelyn.

Camilla avait souri en guise de réponse.

Evelyn sortit discrètement de chez PLU le vendredi à midi, après une prise de bec aussi intense qu'épuisante avec Arun et Jin-ho. Le fondateur n'était pas satisfait des chiffres des adhésions, et Arun et Jin-ho avaient convoqué Evelyn en salle de conférences pour en discuter avec elle. Ils voulaient une approche marketing plus traditionnelle ; elle devait faire le nécessaire pour que le nombre de membres augmente.

« C'est-à-dire ? Vous voulez que j'achète les fichiers d'adresses des agents immobiliers des quartiers chics ? Vous savez combien ça coûte et combien ces gens sont déjà sollicités en permanence ? La caractéristique de ce site, c'est d'être sélectif. Pour les masses, il y a MySpace ou même

Facebook, qui n'est plus réservé aux étudiants. Cela ne sert à rien de les copier.

— Il nous faut autre chose, avait dit Arun. Tes opérations uniques ont coûté très cher pour peu de résultats.

— C'est une stratégie à long terme. Il est trop tôt pour les gros événements et les adhésions en masse. Si vous êtes prêts à financer une vraie soirée de lancement, c'est fantastique, je suis à fond pour. Mais ça se chiffre en centaines de milliers de dollars : je ne crois pas que nous ayons le budget. Les plus petits événements ne coûtent pas trop cher et créent le buzz. On a eu des parutions dans *Page Six*, dans *Styles*, et nos adhérents sont tous au top : Bridie Harley, Caperton Ripp, Camilla Rutherford, Preston et Bing Hacking, pour ne citer qu'eux. Ils sont en plein notre cœur de cible.

— Ulrich estime que ce n'est pas assez.

— Ulrich est suisse et, sauf le respect que je lui dois, il a soixante-dix ans passés. Nous cherchons à atteindre des Américains de moins de trente ans. Il va falloir qu'il nous fasse confiance.

— J'ai un copain à la direction des Rangers, avait déclaré Jin-ho. Tu devrais le contacter quand la saison de hockey sur glace aura repris. Ce sont des super pros du co-marketing.

— Les Rangers ? Tu veux rire ? Distribuer des mains de supporter en mousse pendant que des mecs se cassent les dents, ça ne fait pas très élite. On essaie de prouver que le site s'adresse aux couches supérieures de la société. Si on fait quelque chose de trop cheap, on va les perdre. Ils ont du flair pour les erreurs. Pour les faiblesses. »

Arun avait fait la moue, puis il avait souri. Il était plus sympa que Jin-ho.

« D'accord, Evelyn. Mais, que ça te plaise ou pas, nous travaillons tous pour Ulrich. S'il dit qu'il faut plus d'adhérents, eh bien, il faut plus d'adhérents. Tu n'es pas obligée de monter une opé avec les Rangers, mais il va falloir trouver quelque chose. »

Evelyn avait croisé les bras sans répondre. Elle ne voulait s'engager à rien. Puis, à midi, quand elle avait vu Arun et Jin-ho quitter le bureau pour se rendre à un enterrement de vie de garçon à Vegas, elle était sortie à son tour et, d'un pas si rageur qu'elle en avait abîmé ses talons, était allée rejoindre Camilla chez Takashimaya, un grand magasin japonais de la Cinquième.

Il y régnait un silence de bibliothèque. Elle trouva Camilla au premier, en train d'examiner une trousse de manucure de voyage en crocodile.

— C'est mignon, non ? lui demanda-t-elle quand elle arriva.

Evelyn avait l'impression que la fumée lui sortait par les oreilles.

— Qu'est-ce qu'il y a ? lui demanda Camilla.

— Le boulot. Ils ne m'écoutent absolument pas.

— Qui ça ?

— Les co-DG, Arun et Jin-ho.

— Hein ? D'où ils sortent ?

— De Stanford. Sans y avoir particulièrement brillé, je dois dire. Jin-ho boutonne sa chemise jusqu'au col et Arun laisse trois ou quatre boutons ouverts pour bien faire profiter tout le monde de sa toison. Ce qui ne les empêche pas de croire qu'ils savent mieux que moi ce qui est bon pour le site.

— N'importe quoi. Ignore-les, suggéra gaiement Camilla. Mon acupuncteur dit qu'il faut chasser toutes les énergies négatives de notre vie. J'ai envie de sandales en cuir.

Tel un génie, un homme aux cheveux blancs s'approcha. Evelyn fit glisser sur lui le regard glacial que Barbara destinait aux vendeurs, s'attendant à voir Camilla faire de même.

— Bonjour, dit-elle au contraire très chaleureusement. Comment allez-vous ? Quel beau temps, n'est-ce pas ?

J'adore votre épingle de cravate. Je cherche des sandales, en trente-huit et demi.

Il lui sourit en révélant des dents du bonheur étonnamment touchantes. C'était la magie de Camilla.

— Des sandales, répéta-t-il en partant dans la réserve.

Il revint avec trois grosses boîtes et s'accroupit à côté d'elle.

— Tu me fais trop rire, dit Camilla à Evelyn tandis qu'il lui passait une première paire.

— Pardon, je pense toujours à cette histoire de boulot. Ils ont évoqué une opération marketing à un match des Rangers, tu te rends compte ?

— Beurk ! S'il y a des sportifs, je retire mon profil.

— Non, non, non, non, non. Ne t'en fais pas, je ne les laisserai pas faire. Je te promets de préserver le site.

Evelyn ne pouvait pas perdre l'adhésion de Camilla. Elle ne tarda pas à trouver une nouvelle idée.

— Il faut faire venir des gens comme nous – après tout, c'est ce que signifie le nom du site. Je me disais qu'il faudrait faire quelque chose avec, par exemple, la nouvelle génération de débutantes.

Elle guetta la réaction de Camilla. C'était bon. Elle mordait.

— Ooooh ! Ce serait super. Je vois trop bien les debs utiliser le réseau.

Evelyn détourna la tête et fit de son mieux pour réprimer un grand sourire. Elle avait bien étudié le milieu des débutantes à New York, dernièrement, pour PLU, et avait lu sur la question tout ce qu'elle avait pu dénicher – ce qui n'était pas facile car le code tacite de ce monde stipulait notamment qu'il ne fallait rien dire ni écrire à son sujet.

Elle en avait entendu parler pour la première fois à Sheffield, par Preston, qui avait été invité comme danseur à plusieurs bals. « La saison », si tant est que ce fût encore une saison, était inspirée des réceptions à la cour d'Angle-terre – à l'origine de la tradition américaine des débutantes.

Elle s'ouvrait, en juin, par le Bal Français, au moment où les élèves de dernière année quittaient le lycée. Cette soirée-là servait de répétition aux bals prestigieux qui avaient lieu après l'été. Le bal de la Junior League, aux alentours de Thanksgiving, faisait passablement nouveau riche, mais on s'y amusait bien. L'Infirmary couronnait la période de Noël. Il réunissait des jeunes filles de bonne famille de Greenwich, Boston et Washington D.C., en plus des New-Yorkaises. Les débutantes avaient le droit de convier des amis, ce qui contribuait grandement à la popularité de cet événement. Mais *le* bal emblématique était sans conteste celui de la Junior Assembly. Confidentiel et réservé aux débutantes, à leurs familles et à leurs cavaliers, il était l'apa-nage d'un milieu où il était encore mal vu qu'une jeune fille soit catholique. Enfin, l'International, qui avait lieu près de New York, marquait la fin de la saison. C'était assurément celui des nouveaux riches, des filles des oligarques russes ou des rois de la découpe de poulet.

Evelyn s'était documentée sur la sociologie des bals des débutantes et les raisons pour lesquelles cette tradition qui semblait pourtant archaïque se maintenait dans tout le pays, de Dallas à Seattle en passant par Boston, alors que, à dix-huit ans, les jeunes filles avaient toutes déjà fait leur entrée dans le monde. « Rite initiatique, avait-elle griffonné dans son carnet. Symbole de position sociale. Tentative de stratification sociale. Manière de transmettre aux enfants la notion de classe/place dans la société pcq pas de titres nobiliaires en Amérique comme en GB. Même fn que Bottin mondain. Capital culturel. Sur invit uniquement dc élites décident qui inviter. Distinguer élite de sous-élite. »

En tout cas, si Camilla parlait des débutantes avec elle, elle devait supposer qu'elle avait elle aussi fait son entrée dans le monde. C'était le code.

— Oui, dit Evelyn. Absolument. Et je crois que ce serait un gros plus pour PLU. Rien que le contenu autour des bals, simplement : Où acheter ma robe ? Où faire un bon after ? etc.

— Carrément.

— J'ai tellement galéré avec ma robe... Les mesures avaient été prises pendant l'été. Mais, à la rentrée, j'ai pris quatre kilos : la couturière était folle.

C'était sorti tout seul, mais elle n'avait rien fait pour se retenir. Elle avait envie de voir où cette conversation la mènerait.

— Où as-tu débuté ? demanda Camilla en pointant le doigt vers les sandales.

— Le Bachelor's Cotillion, répondit-elle nonchalamment. Merci, les recherches.

— Le Bachelor's Cotillion, répéta Camilla.

— À Baltimore. Sympa, plutôt vieux jeu. Du temps de ma grand-mère, il fallait être en robe à manches longues. Une fille était venue en bustier et avait semé la panique. C'était une dame qu'on voyait au tennis-club. Elle devait avoir soixante-dix ans au bas mot et portait des caftans, mais ma grand-mère continuait à la juger trop audacieuse.

Elle était fascinée de s'entendre prononcer des mots plus vite que son esprit ne les formait.

— Trop drôle, dit Camilla en souriant, sans plus, et en tendant son AmEx Platinum au vendeur. Vous voulez bien me les emballer ? Merci beaucoup. Evelyn, il faut qu'on parle.

Evelyn s'apprêta à faire machine arrière sur l'histoire des débutantes, mais Camilla poursuivait déjà :

— Tu sais que ma mère m'oblige à faire partie du comité des jeunes Luminaries, je crois ?

— Oui.

Il s'agissait d'une soirée organisée pour collecter des fonds en faveur de la New York Signet Society, une association qui soutenait des événements artistiques et littéraires dans toute la ville.

— Je me dis que ton père ferait un excellent Luminary.

— Mon père ? Mais il n'est même pas new-yorkais.

Camilla lui fit un clin d'œil.

— Il arrive que nous fassions des exceptions.

— Milla, il n'est pas franchement littéraire, non plus.

— Il devrait entrer directement au niveau des parrains des Luminaries. Il y a un dîner fabuleux : il adorerait. Il a l'air tellement sympa, Evelyn. On n'a jamais de gens du Sud ; il mettrait de l'ambiance.

— Il adorerait, j'en suis sûre, mais, en même temps, je ne crois pas que ce soit trop son truc.

— Evelyn, tu m'aides et je t'aide, fit Camilla à mi-voix en plissant les yeux.

Elle s'attendait presque à l'entendre ponctuer sa phrase d'un « *Capice ?* » de mafioso.

— Je te promets de lui en parler, mais...

— Donc, un parrainage. Ah, je suis ravie. Je lui prépare un dossier d'information. Dis-lui bien que je compte sur lui pour un don. Pour les parrains, c'est vingt-cinq mille.

— Vingt-cinq mille, répéta Evelyn, la bouche sèche. OK. Mais...

Le vendeur revint avec un sac triangulaire dont Camilla saisit les anses tout en poursuivant :

— Il va bien s'amuser. Allez, c'est réglé, on n'en parle plus. Maintenant, à table.

Elle partit d'un bon pas et Evelyn resta un instant sur place, éberluée.

Evelyn avait cru qu'elles passeraient ce week-end à New York rien que toutes les deux, entre shopping, brunchs et apéros. Cependant, lorsqu'elle la rejoignit chez Sant Ambroeus, elle avait déjà commandé sept Aperol Spritz.

— On attend qui ? demanda Evelyn en prenant une gorgée de son cocktail orange fluorescent.

— Nick, Brooke Birch, Will Brodzik, Pres, et je crois que Pres amène ta copine Carrie.

— Charlotte ?

— Elle ne s'appelle pas Carrie ?

Brooke, avait appris Evelyn grâce à une recherche sur Google, avait été à St Paul puis à Trinity avec Camilla. Son petit ami, Will, était un garçon rondouillard très petit-bourgeois, bien qu'il ait joué au water-polo pour Enfield, où il était externe. Ça, c'est Camilla qui le lui avait révélé. Brooke et Will, qui n'étaient pas très ambitieux, s'étaient installés à San Francisco après la fac, préférant l'esprit PME et le golf à New York et sa compétition effrénée. Pendant deux ans, Brooke avait récolté des fonds pour le musée d'Art moderne de San Francisco. Elle venait de démissionner et parlait vaguement d'ouvrir une boutique à Pacific Heights. La vérité, c'était que sa mère avait fait un second mariage suffisamment juteux pour qu'elle n'ait pas besoin de travailler ; un jour, elle était assurée de toucher un héritage confortable. Et ce remariage avec un promoteur de stations de sports d'hiver profitait également à Will, qui était employé par la société du beau-père de Brooke.

Brooke arriva pendant que Camilla était aux toilettes. Quand le maître d'hôtel l'accompagna à leur table, elle foudroya Evelyn du regard avant de s'asseoir.

— Evelyn Beegan, se présenta-t-elle. Quel plaisir de faire enfin ta connaissance : j'ai tellement entendu parler de toi…, dit Evelyn en rapprochant sa chaise pour lui tendre la main. Alors, tu as connu Camilla à St Paul ?

— Nous sommes amies de *très* longue date, dit Brooke, qui avait des cheveux blonds fins et des oreilles un peu pointues. En fait, je pensais qu'il n'y aurait qu'elle, moi, Will et Preston, ce soir.

— Non.

— Vous vous êtes rencontrées sur un site Internet ?

Ce devait être la jalousie. Evelyn prit le temps de se rasseoir avant de répondre.

— Nous nous sommes rencontrées à Lake James mais, en effet, je travaille pour un site. People Like Us ? Il y a eu un article dans *Styles* la semaine dernière.

— C'est des rencontres en ligne ou un truc du genre ?

— Non. Non, pas du tout. C'est un réseau social. Nous avons plusieurs groupes de membres. À New York, bien sûr, mais aussi à Dubaï, à Londres, à Genève, à Aspen, ajouta-t-elle en se rappelant que le beau-père de Brooke avait un immense chalet à Vail et qu'elle devait donc avoir un complexe d'infériorité par rapport à Aspen.

— Bon.

Nick, Preston, Will et Charlotte arrivèrent sur ces entrefaites, en grande conversation au sujet d'une relation commune.

— Il est quand même allé à Wharton, soulignait Charlotte.

— Il est allé à Wharton parce que son père y fait entrer tous les gens qui comptent, dit Nick. C'est son père qui a foutu la merde dans l'AEL de Federated.

— Mais toi, son père ne t'a pas fait entrer à Wharton.

— Arrête un peu de te la péter, Hillary. Bref, c'est un imbécile, mais son CDO chez Lehman a fait des milliards l'année dernière. Des milliards. Assez de bénéfices pour toute la boîte. Ils font des packages de ces crédits de merde pour… c'est quoi, le terme, déjà, Pres ?

— Les *subprimes*.

— Non, l'autre.

— Ah, NINJA.

— C'est ça. *No income, no job, no assets* – pas de revenus, pas de boulot, pas d'avoirs.

— CDO signifie *collateralized debt...*, commença Charlotte.

— *... obligation.* Les banques vendent aux investisseurs des packages de crédits consentis aux losers du Nevada et de Californie.

— Primo, ce n'est pas la faute des gens à qui les crédits ont été accordés. C'est la faute des banques qui ont consenti les prêts. Deuzio, le marché de l'immobilier ne se porte plus si bien, rectifia Charlotte.

— Ces merdes se vendent comme des petits pains aux banques allemandes. À tous les coups on gagne. Je ne comprends pas que ce mec de chez Lehman se fasse de telles primes.

— Je m'ennuie, déclara Camilla, qui était revenue à la table. Assez parlé affaires. Tout le monde se connaît ?

— Je suis surprise de te voir ici, glissa Evelyn à Charlotte pendant que Camilla faisait les présentations.

— Moi aussi, je suis surprise de m'y voir. Pres m'a appelée. J'étais sortie pas trop tard du bureau et je me suis dit que ça valait la peine de braver Mlle Rutherford pour un vrai dîner et le plaisir de vous voir tous les deux. Il n'y a eu personne à New York de l'été.

— Alors, on adore tous ce petit week-end urbain ? demanda Camilla en couvrant la voix de Charlotte.

— Je croyais qu'on irait quelque part, protesta Brooke. On n'est pas venus pour passer le week-end à Manhattan.

— Ah bon ? Moi je trouve ça sympa, répliqua froidement Camilla. Mais n'hésitez pas à vous organiser autrement si cela ne vous convient pas. Pour ceux qui ont envie de s'amuser, on ira boire un verre chez moi après le dîner.

Brooke échangea avec Will un regard qu'Evelyn ne put déchiffrer.

— D'accord, dit-elle, vaincue. Très bien.

— Parfait. Au fait, je vous ai dit que l'Agent immobilier voulait faire entrer les monstres à l'École, non ? Alors devinez qui s'est fait enrôler pour superviser les débutantes pour le Bal ?

Camilla aurait dû se déplacer avec un interprète, songea Evelyn qui commençait néanmoins à comprendre ses codes. « L'Agent immobilier », Ari, était le compagnon de Souse Rutherford, le propriétaire du coupé Jaguar à la plaque BIGDEAL. Sa société, AF Holdings, détenait une belle part des plus beaux biens immobiliers de New York, tels que le Pierre Hotel ou l'immeuble Lord & Taylor. Camilla ne l'aimait pas, d'où ce surnom d'Agent immobilier. Il habitait un immense appartement traversant sur la Cinquième Avenue, qu'il avait raflé pour la modique somme de vingt et un millions de dollars et demi lorsque l'offre supérieure d'un prince du Bahreïn avait été rejetée par la copropriété, qui craignait que son immunité diplomatique ne conduise à faire de l'immeuble une cache d'armes. Les « monstres » étaient les deux jeunes enfants d'Ari, qui devaient avoir quatre et six ans, et « l'École » l'École internationale, un établissement de langue française d'East End Avenue dans lequel il était notoirement très difficile d'entrer. Quant au « Bal » – Evelyn avait l'impression de participer à un quiz –, il s'agissait du Bal Français, le bal de débutantes dont les organisateurs se composaient majoritairement de parents d'élèves et de membres du conseil d'administration de l'École.

— Toi, comme modèle pour les jeunes filles ? Mais qu'est-ce que tu vas faire ? Leur apprendre la valse et leur fourguer des siphons à chantilly ? demanda Preston.

— Et participer à la danse d'honneur, ajouta Camilla en mimant une révérence, où les débutantes d'autrefois papillonnent avec l'ambassadeur.

— Mais c'est énorme, fit Brooke en ouvrant de grands yeux. Bill Cunningham met toujours une photo de la danse d'honneur dans sa chronique. L'année dernière, Marchesa a prêté une robe à Sophie Gerond pour l'occasion. Milla. C'est extraordinaire.

Camilla fit tourner une cuiller sur la nappe.

— Phoebe sera à l'Assembly et à l'Infirmary, bien sûr, mais ma mère l'a aussi inscrite au Bal Français en juin parce que Ari pense que cela aidera ses enfants à être admis à l'École. Qui sait ?

Le Bal Français était l'un des moins cotés de New York, mais celles qui y brillaient étaient souvent invitées aux bals d'hiver, les plus grands événements mondains. Toutefois, débuter au Bal sans poursuivre avec l'Assembly et l'Infirmary, c'était un peu comme jouer en deuxième division.

Un serveur apporta une corbeille de pain. Charlotte fut la seule fille à en prendre.

— Est-ce qu'Ari parle français, au moins ? demanda Nick.

— Ari parle dollars. De toute façon, chéri, la question n'est pas de parler français. La question, c'est cette école. Elle a eu quelque chose comme onze entrées à Yale cette année. Avec un taux d'admission pareil, je suis sûre que l'Agent immobilier se ficherait pas mal qu'on leur fasse cours en tunisien.

— Le tunisien n'est pas une langue, objecta Charlotte. En Tunisie, on parle arabe. Et français.

— Exactement, fit Camilla.

Brooke poussa un petit soupir de contentement.

— Quelle chance, pour Phoebe, elle va bien s'amuser. J'ai fait l'International, à la fac. J'ai adoré.

Camilla hocha la tête.

— Tu as raison. Le Bal est au moins mille fois mieux que l'International. Phoebe va bien s'amuser, enchaîna-t-elle si vite que Brooke ne saisit peut-être même pas l'offense. Evelyn, ton entrée dans le monde à toi, c'était comment ? Une grande soirée ? Une petite ? Je ne sais même pas comment ça se passe en dehors des vraies villes.

Evelyn jeta un coup d'œil à Charlotte, qui avait un gros morceau de beurre sur le bord de la lèvre. Elle ne lui fit pas signe de s'essuyer la bouche. Si elle avait envie de faire sa bêcheuse avec des sorties du genre « le tunisien n'est pas une langue », elle n'avait qu'à se débrouiller.

— Une moyenne. À Baltimore.

Charlotte passa le bout de la langue sur le morceau de beurre, qu'elle manqua.

— Tu as été débutante, Evelyn ? Comment ça se fait que je ne m'en souvienne pas ?

— Bah, il n'y avait pas de quoi en faire tout un plat, si ? repartit Evelyn avec un rire haut perché.

— Quoi, quoi, quoi ? Et je n'ai même pas été invité ? intervint Preston en rajustant ses lunettes. Mais il n'y avait pas meilleur cavalier que moi. À un bal, j'étais tellement bourré qu'une mère m'a fait sortir du Plaza pendant une tempête de neige pour me dégriser. Je crois que j'ai essayé de l'emballer. En tout cas, je peux affirmer qu'elle m'a roulé une pelle.

— Beurk ! fit Evelyn en riant.

— Moi, quand j'étais danseur, je passais du shit en douce. Ça mettait un peu de piment à la fin de soirée.

— Et toi, Will ? demanda Camilla en plissant les yeux.

— Oh, je n'ai pas fait ce genre de truc.

— Ah bon ?

Camilla laissa le silence s'installer quelques secondes avant de reprendre :

— Alors, Birchie. Même si Will trouve tout cela un peu étrange et démodé, je peux compter sur toi pour le bal, hein ? Ma mère m'a inscrite au comité d'organisation. Ils aiment bien avoir quelqu'un de jeune pour s'occuper des débutantes, mais je ne pourrai jamais gérer toutes ces ados toute seule, alors elle m'a dit de choisir quelqu'un pour m'aider.

— Oh ! Oh, super, oui. Bien sûr, Milla.

— Cool. Il n'y a pas grand-chose à faire. Seulement quelques réunions et le bal, en juin.

— En juin ? répéta Brooke en fixant Will. Ah, j'aurais adoré mais, en juin, je risque d'être occupée... Chéri ?

Will se leva et fit tinter sa cuiller contre son verre à eau, de façon totalement inutile puisque, hormis à leur table, il n'y avait pas de bruit dans le restaurant.

— Nous avons quelque chose à vous annoncer, dit-il en insistant lourdement sur le « nous ».

Il regarda Brooke, qui tendit son annulaire gauche orné d'un diamant qu'elle avait dû cacher discrètement dans sa poche car elle ne le portait pas plus tôt.

— Nous sommes fiancés ! glapit-elle.

Preston et Nick sautèrent sur leurs pieds pour féliciter Will à grandes claques dans le dos et embrasser Brooke sur la joue. Charlotte se leva à son tour et leur serra la main à tous les deux de façon plutôt masculine. Evelyn, elle, voyant que Camilla restait assise et plissait soigneusement sa serviette, ne fit pas un geste.

— Oh, bravo, les petits, dit Camilla.

Brooke se précipita vers elle.

— Tu veux voir la bague ?

— Oui, absolument.

Puis, repoussant d'une tape la main de Brooke :

— C'est fou ce qu'elle est ronde.

Evelyn se leva et passa gauchement la main dans le dos de Brooke.

— C'est génial. Elle est ravissante.

Le serveur apparut avec une bouteille de champagne et sept flûtes.

— Pour marquer le coup ! lança Will.

Quand tout le monde fut servi, Nick porta un toast aux fiancés.

Camilla vida sa coupe en quelques gorgées, se fit resservir, puis, renversant un peu de champagne, elle déclara :

« Oups ! C'est la goutte d'eau qui fait déborder le vase ! » en levant son verre en direction du jeune couple.

Après le dîner, Evelyn et Camilla rentrèrent à pied chez cette dernière. Nick tint à s'arrêter chez le caviste avec Preston, qu'il accusait d'avoir mal choisi le vin la dernière fois, et Charlotte, qui avait trop bu et se disputait avec Nick au sujet de la composition de l'équipe des Red Sox en 1986, les accompagna. Brooke se plaignant de la hauteur de ses talons, Will et elle prirent un taxi. En partant, Evelyn et Camilla l'entendirent, au bord des larmes, déclarer à Will que ce n'était pas comme cela qu'elle voyait l'annonce de leurs fiançailles.

Camilla marchait si vite sur Madison qu'Evelyn dut trotter pour la suivre.

— Non mais tu as vu ce cirque ? Pour des fiançailles ? Il ne manquait qu'un spectacle, maugréa Camilla.

Evelyn réfléchit. Elle savait que Brooke était la meilleure amie de Camilla depuis St Paul, que le mariage contrariait ses plans pour le Bal et qu'elle n'aimait pas Will. Elle opta pour une réponse neutre :

— Ils avaient envie de fêter l'événement, c'est sûr.

Elle obtint le résultat qu'elle espérait – pousser Camilla à lui en dire davantage afin qu'elle puisse adapter sa réaction.

— D'abord, cela fait forcément un petit moment qu'ils se sont fiancés, et ils nous l'ont caché pour nous obliger à fêter leur magnifique décision. Franchement ! Cet étalage de bague ! Et commander une bouteille de champagne pour nous faire boire à leur santé ! Il n'y a pas de mot. Moi aussi, j'aurais dû commander une bouteille pour que vous trinquiez à ma réussite.

— À Camilla, qui va de succès en succès…

— Oui ? Pourquoi pas ?

Elles s'arrêtèrent à un feu. Une moto passa en trombe.

— Tu ne connais pas Brooke, évidemment, mais, avant, c'était la fille la plus marrante de la terre. Une vraie originale. Et maintenant ? Will ? Will Brodzik ? Evelyn, ses parents ont une concession automobile. Une concession automobile, Evelyn. Et il va épouser Brooke ? Sans rire ? Je te parie qu'elle va arrêter la pilule le jour du mariage et qu'elle sera enceinte dans le mois qui suivra. Ensuite ? Ils s'installeront dans une banlieue de San Francisco, Will ira à son boulot débile et fera semblant de se préoccuper de sa carrière, et voilà. Nous étions dans la même maison, à St Paul. En dernière année, elle parlait d'aller vivre en Italie, de devenir styliste, d'avoir sa marque. Finalement, elle va être femme au foyer en banlieue. À quoi bon, dis-moi ? demanda-t-elle tandis qu'elles passaient devant une boutique de chaussures dont les modèles étaient éclairés comme des bijoux. Je parie que leur premier enfant s'appellera Will et le second Birch. Voilà à peu près leur niveau d'originalité. Ça me tue.

— Brooke Birch Brodzik ? fit Evelyn en gloussant.

— Oh, mon Dieu ! Je n'avais même pas pensé à cela. Brooke Birch Brodzik. Evelyn, il y a si peu de grandeur dans la société d'aujourd'hui... On ne pense plus qu'au travail, aux corvées. C'est terrible à dire, mais je sais que tu comprends. Tu sais garder un secret ?

— Je suis une tombe.

— Je vais démissionner.

— De ton travail ?

— Soyons franches, ça ne sert à rien, si ? Je ne vois pas en quoi ce que je vais apprendre sur Microsoft Outlook pourra servir le monde. Rester enfermé dans un bureau toute la journée n'est bon ni pour la peau ni pour le corps. Je crois que je serais bien plus utile à la société si je m'investissais dans quelque chose de vrai, au lieu de faire semblant de m'intéresser à la couleur des uniformes des serveurs pour un énième événement.

— Je n'avais pas vu les choses sous cet angle, concéda Evelyn.

— Will Brodzik ! Dans notre génération, il y a ceux qui font vraiment des choses, comme Jaime de Cardenas, et puis il y a les balourds, comme Will.

Elle écarta les bras à la façon d'un chimpanzé.

— Jaime ? Complètement.

— Tu le connais ?

— J'ai – il me semble que je l'ai rencontré au Harvard Club.

— À mon sens, ce sera un grand homme. Un grand homme. Tu vas te marier avec Scot ?

— Nous ne sortons ensemble que depuis deux mois.

— Je vois.

Camilla fronça les sourcils, mais légèrement, pour ne pas creuser ses rides.

— On a du mal à imagier Scot à Harvard, tu ne trouves pas ? demanda-t-elle. Enfin, vous allez très bien ensemble, ajouta-t-elle en tournant dans la 71ᵉ.

Message reçu, songea Evelyn en s'interdisant de relever.

Le groupe se reforma chez Camilla, qui habitait un six-pièces de la Cinquième Avenue donnant sur le zoo de Central Park. À la quatrième bouteille de vin, Brooke remit ses fiançailles sur le tapis.

— J'étais tentée par une taille Asscher. En même temps, je m'étais toujours plutôt vue avec une taille princesse, alors c'est ce qu'on a choisi, finalement.

— Waouh ! fit Camilla en examinant le solitaire avec un grand sourire. Elle est magnifique, Birchie. C'est celle dont tu as toujours rêvé. Alors, ce sera en juin ?

— Je crois. Il y a tellement de choses à organiser… Ma mère m'aide, bien sûr. Elle pense que, pour les fleurs, c'est la meilleure période, entre les roses et les lis.

Evelyn se resservit un grand verre de vin. Que signifiait ce revirement d'attitude de la part de Camilla ? Que mijotait-elle ? Pour l'heure, elle demandait à Brooke quel style de robe elle préférait. Lorsqu'elle eut enfin l'attention de tout le groupe, elle se tut, laissant en suspens un commentaire de Brooke sur les décolletés.

— Birchie, dit alors Camilla comme si elle s'adressait à tous, on dirait que ce mariage va te donner une tonne de choses à faire. Je ne veux pas empiéter sur ton temps. Comme je suis une bonne copine, je vais te décharger du Bal.

Avant même que Brooke ait avalé sa gorgée de vin pour répondre, Camilla avait rejeté ses cheveux en arrière et s'était tournée vers Evelyn.

— Evelyn, tu vas pouvoir m'aider, n'est-ce pas ? Tu auras le temps ?

Evelyn leva le nez de son verre. Tout le monde, sauf Will, s'était figé.

— Evelyn ? Tu as été débutante : tu connais la musique, insista Camilla.

— Oui, oui. Avec plaisir. Enfin, si Brooke…

— Brooke est une future mariée, maintenant. Elle doit s'occuper des fleurs, des listes d'invités et de devenir Mme Brodzik. N'est-ce pas, Birchie ? Ev, tu vas adorer. Je crois que c'est l'une des plus belles fêtes de New York.

C'était la première fois qu'elle l'appelait par son diminutif, constata Evelyn, aux anges.

— Très bien, bredouilla Brooke, les larmes aux yeux. Très bien. Je vais avoir beaucoup à faire, en juin. Tu as raison, Camilla.

— Ça va être génial ! s'exclama Evelyn. Ça va être fabuleux.

Will, qui ne se rendait pas compte de ce qui venait de se jouer, vida bruyamment son verre.

— Une partie de golf, demain, ça tente quelqu'un ?

— C'est un week-end en ville, répliqua Camilla, qui s'était retournée vers la fenêtre. Tu pourras jouer au golf à San Francisco.

Plus tard, quand, pour aller aux toilettes, Evelyn enjamba Preston qui s'était allongé par terre, il lui tapota la cheville avec le Cohiba qu'il fumait.

— Le Bal, fit-il. C'est cool.

DEUXIÈME PARTIE

13
Riches et heureux

En voyant l'e-mail intitulé « FW : Thé et réunion d'organisation du Bal », elle s'était forcée à marquer une pause avant de l'ouvrir pour savourer pleinement son exaltation. Elle avait craint que Camilla n'oublie sa proposition ou ne rétablisse Brooke dans ses fonctions au comité. Mais non. Tout était écrit là, noir sur blanc. « Salut Ev voir ci-dessous trop excitée bisous. » Elle fut plus ravie encore de découvrir que la réunion aurait lieu chez Margaret Faber, qui avait été si aimable avec elle à Sachem. Elle habitait l'une des plus belles adresses de New York.

La nouvelle avait emballé Barbara, qui s'était même montrée exceptionnellement chaleureuse.

« Comme je suis heureuse pour toi, ma chérie. Il paraît que c'est une soirée magnifique. Quelle joie que tu participes enfin à tout cela. Depuis le temps que je te répète combien ces gens sont intéressants. »

Elle l'avait même rappelée un peu plus tard pour lui demander d'autres détails. Pour une fois, Evelyn rendait sa mère heureuse.

Maintenant, il était vital qu'elle réussisse dans cette entreprise. Briller au Bal voulait dire plus de crédibilité pour PLU, mais aussi plus d'invitations pour elle-même. Pourquoi pas au Junior League et à l'Infirmary cet hiver ? Peut-être même lui offrirait-on de siéger au comité lorsqu'elle aurait des enfants en âge de participer.

À son arrivée chez Margaret Faber, sur Park Avenue, un homme pressé en cravate Hermès la dépassa et les portiers grommelèrent :

— Bonjour, monsieur Shuder.

Rob Shuder. Le producteur hollywoodien. Nouveau dans l'immeuble. La moitié d'un étage. Une dispute avec ses voisins rapportée par le *New York Post* au sujet de ce qui constituait les parties communes, quand son architecte d'intérieur avait fait ajouter des clous en cuivre dans le hall.

Evelyn lui emboîta le pas.

— Bonjour, dit-elle. Evelyn Beegan pour Margaret Faber.

Le portier – ou fallait-il dire le concierge ? – de droite lui sourit.

— Oui, mademoiselle Beegan. Mme Faber vous attend, dit-il sans même consulter de liste. Suivez-moi, je vous prie.

On entendait à peine ses pas sur le dallage de marbre. Les semelles d'Evelyn, en revanche, crissaient horriblement. Il appela l'ascenseur, dans lequel se trouvait un autre employé auquel il indiqua :

— Mlle Beegan, pour Mme Faber.

Ce dernier glissa sa clé dans le tableau de commande et appuya sur le douze. Les bras le long du corps et le regard rivé devant lui, il monta avec Evelyn.

Une fois sortie de l'ascenseur, Evelyn fit un pas hésitant vers une pièce dans laquelle étaient alignées des rangées de chaises. Elle cherchait une femme de chambre ou un majordome quand Margaret Faber en personne apparut, dans un tailleur bleu pincé à la taille (et en tissu bouclette comme le sien, nota Evelyn, soulagée).

— Les fromages sont pratiquement congelés ! s'exclama Margaret.

Evelyn se redressa, en espérant qu'elle n'avait pas été prise pour une employée du traiteur.

— Vous m'en voyez navrée, dit-elle.

Elle tourna la tête vers la gauche. Ces dames, leurs maris et les débutantes discutaient dans un grand salon aux murs garnis de rayonnages. Les fenêtres, encadrées de lourds rideaux de brocart taupe et rose, donnaient sur Central Park. Le canapé lui disait quelque chose. Elle se demanda si elle ne l'avait pas vu dans *Architectural Digest*. Dans une pièce adjacente, elle vit briller le flash d'un appareil photo.

— Je suis l'amie de Camilla Rutherford, Evelyn Beegan, se présenta-t-elle. Nous nous sommes rencontrées à Sachem, précisa-t-elle comme son hôtesse ne se départait pas de son sourire aimable mais interrogateur. Je viens vous aider à vous occuper des débutantes.

— Ah, oui. Bien sûr. Je n'avais pas compris que vous étiez une amie de Camilla, quand nous nous sommes vues à Sachem. Souse et moi sommes très liées depuis des années. Je connais Camilla depuis qu'elle est toute petite. Souse ! Souse ! appela-t-elle d'une voix tonitruante.

Une femme blonde quitta en courant la pièce de réception. C'était Souse Rutherford, plus débordante d'énergie encore que son amie, avec un bronzage doré et des bras joliment tonifiés que révélait sa robe droite en laine bouclette elle aussi.

— Les macarons arrivent ! annonça-t-elle à la façon d'un Paul Revere épicurien.

— L'amie de Camilla est arrivée. Evelyn.

— Evelyn ? Evelyn !

Souse se pencha pour l'examiner, dans un effluve de poudre et de Chanel N° 5.

— Ah ! J'ai tant entendu parler de vous. Dire que Camilla vous cache depuis tout ce temps. Non mais regarde-moi ça : elle est adorable. Et cette veste. Fabuleuse. Tout simplement fabuleuse.

— Fabuleuse, confirma Margaret. Elle est vintage ?

— Oui. Elle était à ma mère.

Evelyn l'avait achetée dans un dépôt-vente mais, comme elle l'espérait, les deux femmes sourirent de plus belle.

— Ah, si seulement ma fille voulait bien porter mes vêtements..., se désola Margaret. J'ai quelques vieux Balmain qui sont en train de se transformer en colonies de mites.

— Camilla est en retard, bien sûr. Entrez donc, que je vous présente à tout le monde. Le thé est servi dans le salon et les filles se font prendre en photo dans la bibliothèque. Mais nous devons débuter par notre réunion de travail avec les membres du comité, dans l'antichambre, expliqua Souse.

— Nous commencerons dans cinq minutes, même si la moitié des femmes sont toujours en retard et qu'il faut régler le problème des fromages – ils sont terriblement durs...

Apparemment troublée, Margaret laissa sa phrase en suspens.

— Je peux m'en occuper. Des fromages. Si vous voulez bien m'indiquer la cuisine ? Quelques secondes au micro-ondes. Cela paraît sacrilège, mais ils seront plus tendres.

Evelyn crut entendre la voix de sa mère. Une invitée serviable est toujours appréciée. De son côté, elle aurait simplement dit « donnant, donnant ».

— Oui ! s'exclama Margaret en battant des mains. Que c'est astucieux ! Rosa ne sait pas s'occuper des fromages. Un fromage a besoin de respirer ! Mais n'y allez pas. On va faire venir Rosa et le lui expliquer. Merveilleux. Merveilleux !

Evelyn fixait des yeux un tableau accroché au mur derrière Margaret en se demandant pourquoi elle avait l'impression de connaître le jeune tambour aux joues roses qui y était représenté, quand elle entendit Souse qui disait :

— Push, tu veux que j'attende dans le hall pour qu'ils n'embêtent pas le livreur de macarons ?

Elle ouvrit de grands yeux. Brusquement, elle avait l'impression que l'appartement tournoyait autour d'elle. Elle revit le vase, la table, le tapis de ce jour-là, des années auparavant. Sa main devint moite comme si elle tenait encore le ruban de Tinker Day. Comme si elle avait de nouveau dix ans et qu'elle devait tout cacher, tout arranger, combler les silences de sa mère et sa cupidité déplacée et faire de New York cette oasis qui n'existait que dans sa tête. Mais non. Non. Elle n'était plus cette petite fille. Elle n'allait pas se laisser démonter par un vieux souvenir, par sa faiblesse d'autrefois. Elle avait changé. Elle était capable de montrer qu'elle était à sa place. Oui, voilà ce qu'elle devait faire. Montrer qu'elle était à sa place.

Elle se retint de dévisager Push. Ses cheveux étaient plus foncés, elle n'habitait plus le même appartement, mais c'était bien elle. Elle n'avait pas changé. Une troisième femme s'était jointe aux deux autres pour discuter des mérites des institutions pour jeunes filles de bonne famille à Lausanne. Evelyn desserra le poing et respira lentement pour faire ralentir les battements de son cœur.

— Quel dommage que les filles d'aujourd'hui tiennent à finir leur scolarité à New York, dit la femme.

Evelyn secoua la tête d'un air compatissant.

— C'est bien pour cela que la saison des débutantes a une telle importance, souligna Push. La formation fait cruellement défaut.

— Toutes, dans une certaine mesure, nous manquons d'assurance. Tout ce qui peut nous en donner est bon à prendre, dit « Mme Lausanne », qui avait les mollets très musclés.

— Autrefois, les écoles américaines étaient différentes. À Hollins, nous devions porter des gants pour dîner – imaginez un peu ! – et nous suivions des cours d'art floral. Évidemment, c'était il y a cent ans.

— Hollins ? fit Camilla en sortant de l'ascenseur juste au mauvais moment. Bonjour, maman, bonjour, Push, bonjour, madame Egstrom. Excusez-moi, je suis en retard. Ta mère n'est pas allée à Hollins, Evelyn ?

— Ah bon ? Comment s'appelle-t-elle ? demandèrent en chœur Push et Souse.

— Elle est bien plus âgée que vous ; je suis sûre que vous ne l'avez pas connue, assura Evelyn. Elle...

Elle fit un rapide calcul mental pour trouver une date qui couperait court à leurs questions.

— Elle est de la promotion de 1953.

— Eh bien ! fit Push en fronçant les sourcils.

Se rendant compte qu'elle avait ainsi donné pas loin de soixante-dix ans à sa mère, Evelyn ajouta, avec un petit rire :

— Je suis une tardillonne.

— Ah, moi aussi, j'en ai une, fit Push avec un clin d'œil. Wythe. Elle doit être en train de mettre le feu aux tarte-lettes.

Wythe. En effet, Push avait un bébé, à l'époque où elle s'appelait encore Van Rensselaer.

Le comité se réunit rapidement dans l'antichambre – et Evelyn fut ravie de découvrir ce qu'était une antichambre. La présidente, Agathe, qui avait des cheveux blancs très fins et une silhouette menue de jeune fille, fit le décompte des débutantes de l'année – trois Spence, deux Brearley, quatre École et une Chapin – avant d'admonester les membres.

— Comme vous le savez, en septembre, nous avons fait une sortie au centre de protection de l'enfance de Harlem. C'était notre seule visite de l'année et les participants ne se comptaient même pas sur les doigts des deux mains. Il faut décider si nous continuons à associer le bal à une œuvre caritative, dans la mesure où nos membres y portent un intérêt plus que limité.

— Il me semble que le bal est une priorité suffisante, fit une femme au fond de la salle d'une voix à peine audible, en allumant ou éteignant son sonotone – Evelyn n'aurait su le dire. Je trouve charmant de voir ces jeunes filles apprendre à danser et à bien se tenir. Les visites de sites et ce genre de choses devraient peut-être passer au second plan.

— J'ai fréquenté un institut pour jeunes filles à Lausanne, assena la femme aux gros mollets. Nous y avons appris à parler, à nous tenir en société : ce que l'on enseigne aujourd'hui aux débutantes. Moi aussi, il me semble que c'est un élément central.

— Oui, mais permettez-moi de souligner la difficulté que nous avons à trouver des débutantes. Certes, nos filles vont le faire. Mais l'Assembly et l'Infirmary raflent l'élite des jeunes filles de New York, protesta Agathe. Chez la plus jeune génération, on commence à entendre que ces soirées ne sont pas suffisamment démocratiques.

— Qu'y a-t-il de plus démocratique que de venir en aide à des enfants ? objecta Mme Lausanne.

— Il me semble incohérent de demander à nos filles et à leurs amies de participer pour des raisons charitables si notre groupe n'est pas capable d'aller passer un après-midi dans un centre d'aide à l'enfance défavorisée pour s'intéresser au programme que nous soutenons, insista Agathe.

Les autres mères regardaient leurs chaussures ou par la fenêtre.

— Bien. Nous avons deux jeunes femmes parmi nous. Que pensez-vous de la tradition ? demanda-t-elle en fixant Evelyn.

Celle-ci se tourna vers Camilla pour essayer de se défausser sur elle, mais Camilla fouilla dans son sac à la recherche de son téléphone et Evelyn fut obligée de répondre.

— Être débutante, commença-t-elle pour gagner du temps, c'est une merveilleuse façon de rester liée à l'histoire, de vivre ce qu'ont vécu nos mères et nos grands-mères, d'apprendre les bonnes manières.

L'assistance la contemplait avec curiosité et semblait attendre une preuve de sa légitimité – guère légitime pourtant.

— J'ai débuté dans le Maryland, d'où ma famille est originaire.

Hochements de tête généralisés : elle était sur la bonne voie.

— Dans un monde où n'importe qui peut devenir n'importe quoi, mais où si peu de gens savent se tenir, n'est-il pas bon de conserver une tradition qui confirme que quelqu'un est vraiment quelqu'un ?

— Bah, et puis champagne et jolies robes, ajouta Camilla en levant les yeux de son téléphone. Les jeunes filles adorent, non ?

On aurait cru Souse sur le point d'applaudir.

— Trop souvent, nous sommes obligées de nous rendre à des réceptions d'un ennui sans nom – nous connaissons toutes ça ; ne me regarde pas comme ça, Louise – où l'on nous sert du vin blanc et du poisson grillé pendant que le speaker nous parle du safari Abercrombie and Kent mis aux enchères silencieuses, dit Margaret Faber. Affreux. Voilà enfin une grande soirée où l'on reste entre soi, mais à laquelle la présence des débutantes apporte de la fraîcheur, de la jeunesse et un côté familial. Beaucoup, la plupart d'entre nous, ont été débutantes et en gardent un merveilleux souvenir. Maintenant que nos filles passent leur temps sur leur téléphone et leur ordinateur, n'est-il pas plus important encore de leur transmettre un petit goût du monde dans lequel nous avons été élevées ?

Le plaidoyer de Mme Faber fit taire les opposantes, même Agathe.

Le problème semblant réglé, la réunion fut close par la présidente et on alla prendre le thé. Toutes les débutantes se faisaient photographier, dans des tenues et des coiffures qui manquaient nettement de simplicité.

C'est alors que Phoebe, la petite sœur de Camilla, fit une entrée fracassante, suivie d'une jeune fille qui était le portrait de Margaret Faber. Sa fille, Wythe Van Rensselaer. Phoebe tapa du pied et prit la pose, les deux bras levés, à la manière d'une star des années 1920. Elle portait un chemisier blanc froissé, un jean déchiré et des Keds, l'une avec un lacet rose, l'autre chartreuse.

— « Fais ta Phoebe », voilà le nouveau mot d'ordre des podiums, annonça Wythe tandis que celle-ci avançait une hanche puis marchait en se pavanant jusqu'à Camilla.

— Ça y est, maman est libre ? En fait, c'est son truc à elle ; moi, je suis juste là pour faire joli. Au fait, Milla, l'autre fille de Spence est nulle de chez nulle. Elle est en train de se faire tirer le portrait. Jennifer. Beurk. Je me demande bien ce qu'elle fait là.

Camilla tapota le poignet de sa sœur.

— Salut. À vrai dire, tu ne fais pas particulièrement joli, là. Redresse-toi : on dirait une bossue.

De son côté, Camilla était curieusement habillée pour un thé, avec une robe en tweed et cuir noir et des bottes à talons aiguilles qui faisaient plutôt maîtresse SM. Evelyn ne regrettait pas pour autant d'avoir choisi le tissu bouclette. Certes, le DG avait le droit de jurer et d'avoir des liaisons, mais le jeune cadre devait arriver à l'heure aux réunions et rester poli en toutes circonstances.

— Quelle bande de nases, Milla. Je ne comprends pas pourquoi maman m'oblige à faire ce truc.

— Parce que Ari veut. Evelyn ! Viens que je te présente ma petite sœur et sa meilleure copine. Phoebe, Wythe, voici mon amie Evelyn.

Evelyn avait à peine serré la main des deux jeunes filles que Mme Lausanne jeta un regard inquiet dans la bibliothèque, où Jennifer posait pour la photographe, et vint lui tapoter l'épaule.

— Evelyn, c'est cela ? Pourriez-vous vous assurer que la séance photo se déroule bien et que les filles se tiennent comme il faut ?

Evelyn passa dans la pièce voisine, où la mère de Jennifer, une brune avec une exophtalmie prononcée et des frisettes faites au fer comme celles de sa fille, essayait d'arracher son appareil à la photographe pour regarder les clichés.

— Il a fallu lui faire faire sa robe sur mesure tellement elle est menue, expliquait-elle.

— Oui, je fais un trente-deux, annonça la jeune fille.

La photographe reprit possession de son appareil et recommença à bombarder.

— Tu t'appelles Jennifer, c'est ça ? Dis-moi ce que tu aimes faire quand tu n'es pas à Spence.

— Je n'ai pas le temps de faire grand-chose en dehors de l'école. J'ai quatre options et je fais de l'escrime.

— Et elle vient de remporter un prix de peinture, le Courbet Award. Son professeur dit que, depuis le temps qu'elle présente des élèves de Spence, elle n'a jamais eu de lauréate.

— Bien, détends tes lèvres. Tu entres à la fac l'année prochaine ?

Une fois de plus, sa mère répondit à sa place :

— Whitman. À Washington. Une grande université privée spécialisée dans les arts libéraux.

— Tu as toujours eu envie d'être débutante ? demanda encore la photographe en déplaçant son trépied de quelques centimètres.

— Je...

— Lorsque je lui ai posé la question, en décembre, Jennifer m'a répondu : « Cela existe encore, les débutantes ? C'est tellement vieux jeu. » À quoi j'ai rétorqué : « Cela indique aux gens qui tu es. Si tu le fais, toute ta vie, tu pourras dire que tu as été débutante. » C'est elle et elle seule qui a pris la décision.

— Vous aussi, vous avez fait votre entrée dans le monde ?

— J'aurais pu.

À ce moment-là, la mère remarqua la présence d'Evelyn, qui l'évalua rapidement. Non, elle n'aurait pas pu. Certainement pas. C'était le pur produit d'une banlieue du

New Jersey et elle ignorait sans doute l'existence même des débutantes avant d'arriver à New York et de jeter sa fille dans l'arène. La présence de Jennifer suffirait à baisser le niveau de tout le bal et à en faire la risée de celles qui participaient à l'Infirmary et à l'Assembly.

— Ce n'est peut-être pas du goût de tout le monde, en particulier de ceux – et celles – qui n'y participent pas. Mais c'est le symbole de l'entrée dans le monde. Ma robe – c'est trop drôle : tout le monde croit que c'est une robe de mariée, alors que je n'ai que dix-sept ans – est trop belle, avec un décolleté cœur et une jupe ample. Maman, tu veux bien me remettre du rouge à lèvres, s'il te plaît ?

— Il est dans mon sac, dans l'autre pièce. Je reviens, répondit la mère en se dépêchant.

— J'en profite pour faire une petite pause, dit la photographe en sortant par une autre porte.

Jennifer se pinça les joues.

« Maman, tu peux me remettre du rouge à lèvres, s'il te plaît ? » entendit Evelyn. C'était Phoebe, qui l'imitait d'une voix basse. Elle prit un collier en fausses perles sur un tas d'accessoires et le lança à Wythe, qui l'attrapa d'une main.

— Wythe ! ordonna-t-elle. Fais la styliste.

Wythe lui enroula le collier trois fois autour du cou.

Les autres débutantes s'étaient massées derrière elles, curieuses de la suite des événements.

— Alors, Jennifer, comment ça se passe, la photo ?

— Très bien, répondit-elle en levant le nez.

— Je ne sais pas… J'ai l'impression qu'il te manque quelque chose. Une choucroute. Et des lunettes, peut-être, fit Wythe.

— Une choucroute, répéta Phoebe, pensive. Très années 1950. Ça t'irait super bien, Jenny-Jen-Jenno.

— C'est ma mère qui m'a coiffée.

— Ah, c'est ta mère qui t'a coiffée ? Ça alors ! Wythe, c'est sa mère qui l'a coiffée.

— Eh bien, raison de plus pour changer.

Jennifer, qui n'avait pas bougé de son siège, fit un sourire hésitant en tirant une de ses frisettes. Terrifiée, elle regarda Evelyn. Autour d'elle, l'assistance haletait. Evelyn devait jouer son rôle d'adulte et intervenir.

— Evelyn ! Tu ne veux pas dire à Jennifer qu'il faut qu'elle change de coiffure ? s'écria Phoebe.

Evelyn toisa la jeune fille, aussi apprêtée que sa mère, et se sentit soudain toute-puissante. Elle s'empara d'un peigne.

— Oui, dit-elle. Une choucroute, c'est une très bonne idée.

Elle s'étonna du plaisir qu'elle éprouvait en prononçant ces mots acerbes.

« Hourra ! » lança Wythe, tandis que Phoebe scandait :

— Jennifer, Jennifer, une choucroute !

Evelyn s'approcha d'elle en brandissant le peigne tel un couteau. Elle avait envie non seulement de passer le peigne dans les frisettes, mais de les tirer brutalement en arrière pour voir un peu ce que ça faisait d'être la reine du lycée que tout le monde craignait.

— Chou-croute ! Chou-croute ! répétait Wythe.

Phoebe lança en l'air ses fausses perles. Elle jubilait.

Evelyn s'apprêtait à piéger les boucles tristes et molles de Jennifer quand Mme Lausanne, qui passait par là, se mêla à l'échange.

— Que se passe-t-il, mesdemoiselles ? Jennifer, laisse tes cheveux tranquilles. Et remettez ces colliers où vous les avez trouvés. Je vous ai dit d'obéir à Evelyn ; ce n'est pourtant pas sorcier.

Elle lui adressa un sourire compatissant.

Jennifer secoua la tête et fila sans rien dire, ses frisettes tressautant. Son peigne à la main, Evelyn la regarda partir et se sentit ridicule. Quelle mouche l'avait piquée pour qu'elle s'en prenne à une pauvre adolescente ? Puis elle sentit une pression affectueuse sur son bras. Elle se retourna : Phoebe. Les autres débutantes la considéraient avec respect.

— J'adore Evelyn, dit Phoebe à Camilla, qui venait de fendre le groupe pour les rejoindre. Mais je n'ai vraiment aucune envie de participer à ce bal. Même si je dois dire que ma robe est quand même assez démente. Je l'ai eue dans une boutique vintage pour vingt dollars. Je crois que c'était une combinaison, à la base.

— Jennifer, elle, aura un décolleté cœur et une jupe ample, repartit Evelyn en imitant la voix affectée de la jeune fille.

Phoebe et Wythe rirent aux éclats, les autres débutantes aussi. Même Camilla fit un sourire narquois.

— Pouah ! Je vais demander à l'orchestre de jouer « Hot Legs » quand je ferai ma révérence, déclara Phoebe.

Camilla poussa un soupir appuyé.

— Vous voulez bien arrêter votre numéro, Wythe et toi ? S'il vous plaît ? Trouvez-vous des robes normales, invitez des danseurs normaux et on s'en sortira toutes saines et sauves. Evelyn ?

— Camilla a raison. À mon bal de debs, une fille est venue en Doc Martens. En fait, elle a eu l'air débile.

Les deux jeunes filles s'esclaffèrent.

— En Doc Martens ! Mais tu as quel âge ?

— Les Doc Martens, fit Camilla. Ah là là ! cette période grunge qui n'en finissait pas…

— Sa mère a failli s'évanouir quand elle a relevé sa jupe pour faire la révérence.

Le plus étrange, c'était qu'elle se représentait la scène presque aussi nettement que si elle y avait réellement assisté.

— Tu as été débutante où ? voulut savoir Phoebe.

— Oh, dans le Maryland, là d'où je viens. Au Bachelor's Cotillion.

— Bachelor's, répéta Camilla. Je n'en reviens pas de cette histoire de Doc Martens.

Wythe se pencha vers elles pour examiner les pendants d'oreilles d'Evelyn. Elle avait rangé les fameuses perles en forme de molaires un mois plus tôt et ne les avait pas ressorties.

— Elles sont canon. Phoebs, tu aurais une clope ?

Les deux filles avaient l'intention de détaler alors que le thé battait son plein. Mais Souse réapparut.

— Ah, *mère*. Merci infiniment de m'offrir la chance d'être débutante et de combler tous tes souhaits, dit Phoebe d'une voix chantante.

— Ah, *Phoebe*, répliqua Souse. Tu as de l'argent pour un taxi ?

Penaude, Phoebe esquissa un petit sourire. Souse lui donna un billet de vingt dollars, puis, comme elle haussait les sourcils, un second.

Les filles parties, Souse se tourna vers Evelyn et fit signe au serveur d'apporter deux flûtes de champagne.

— Alors… Ah, je suis épuisée. Venez vous asseoir. Mes deux minutes avec ma fille : quelle modernité, n'est-ce pas ? Phoebe est contrariée que son père, Fritz, ne vienne pas. Mais que voulez-vous ? Je ne vais pas danser avec deux hommes à la fois. Ari a donné pas mal d'argent à l'organisation, donc il est prioritaire ici. Fritz fera l'Assembly. Chacun son tour. Allons, asseyez-vous, Evelyn.

Souse prit un petit sandwich sans croûte sur un plateau.

— Je prends le thé tous les jours. C'est l'un des actes les plus civilisés qui soient, et mon péché mignon de l'après-midi. Une journée ne peut pas être tout à fait mauvaise si on a mangé un tout petit sandwich rectangulaire.

— Notre gouvernante en faisait de délicieux, au concombre, avec à peine une lichette de beurre.

En fait, ses parents n'avaient engagé Valeriya qu'il y a quelques années et, du point de vue alimentaire, sa contribution se limitait à des petits pains durs comme du bois qu'elle apportait de chez elle et oubliait parfois dans les placards des Beegan.

Cependant, cette démonstration de solidarité de caste sembla porter ses fruits. Souse embraya :

— Si j'ai bien compris, vous êtes de Baltimore ?

— Du côté de ma mère, oui.

— Votre famille y est établie depuis longtemps ?

Il y a quelques mois encore, ce genre de question aurait déstabilisé Evelyn. Depuis, elle avait lu, elle s'était préparée. Elle débitait des contrevérités avec une aisance stupéfiante. Elle parla de la compagnie de navigation, des maisons de style Tudor qu'habitaient ses grands-tantes célibataires à Roland Park, répéta les histoires qu'elle avait entendues dans son enfance sur Baltimore avant les automobiles, sur les liens de la famille avec Johns Hopkins, sur la maison d'été de l'Eastern Shore dont ses aïeux avaient décidé de faire leur résidence principale – tout ce qu'il fallait pour que Souse la croie issue d'une vieille famille.

— Comme c'est charmant. Je connais très peu Baltimore, mais la tradition semble y jouer un grand rôle ; c'est formidable. Et je sais par Camilla que vous avez un petit ami.

— Oui. Scot.

— Qui est-ce ?

— Ah, il est dans la finance. Au groupe médias de Morgan Stanley. Il travaille avec David Greenbaum.

— Dans la finance. Ce que les filles d'aujourd'hui sont traditionalistes... À mon époque, nous étions toutes rebelles. Alors que aujourd'hui... On se croirait dans les années 1950, sous Eisenhower ! Mais il y a Ari. Il est dans l'immobilier. Je vous jure. Nous nous sommes rencontrés un jour de pluie sur Madison. Affreux, non ? Dans un bar, vous pouvez le croire ? Il a été ivre assez vite : j'ai appris par la suite qu'il n'a qu'un seul rein ! C'est un amour avec les filles.

— J'imagine. Il me semble que Camilla a beaucoup d'estime pour lui.

— C'est vrai ? Je l'ignorais. Dites-moi, Evelyn, parce qu'elle ne le fera pas : Camilla compte-t-elle amener quelqu'un au bal ? Un cavalier, je veux dire.

— Elle envisageait de venir avec Nick Geary, mais simplement en tant qu'ami. Très franchement, je crois qu'elle est satisfaite d'être seule, en ce moment. Et ce n'est pas faute de prétendants.

— Oh, je sais, je sais. Mais ne ferait-elle pas mieux de sortir avec quelqu'un ? Je ne sais pas. Je ne comprends pas les jeunes d'aujourd'hui. Tout le monde est trop occupé. Jaime de Cardenas, par exemple, vous le connaissez ?

Evelyn se redressa.

— Nous nous sommes rencontrés une fois ou deux. Il a l'air formidable.

— Oui. Et c'est un excellent fusil.

— Chasseur ?

— Au canard, principalement. Très impressionnant. Il vient à Sachem quand il peut et tout le monde est ravi. Mais cela fait une éternité qu'on ne l'a vu, je dois dire. Ah, les jeunes gens d'aujourd'hui… Tout le monde est débordé. Au fait, je voulais vous dire combien Camilla est heureuse de recevoir votre père au dîner des Luminaries.

Le fameux dîner à vingt-cinq mille dollars. Evelyn espérait que Camilla l'avait oublié. Elle allait botter en touche quand elle songea que l'enthousiasme de Souse signifiait sûrement que Camilla ne lui avait pas parlé de l'enquête du grand jury et que cela n'avait réellement aucune importance – du moment que tout le monde croyait à sa brillante ascendance.

— Mon père aussi se fait une joie d'y participer.

— Sa contribution est très généreuse. Réellement. Oh, mon Dieu. Push me fait signe. Je n'ai pas encore trouvé les lots de la vente aux enchères silencieuses. Je suis enchantée que nous ayons eu l'occasion de bavarder. Comment se fait-il que nous ne nous soyons pas rencontrées plus tôt ?

Sous-entendu, Evelyn faisait désormais partie – ou presque – du cercle de Souse. Elle en éprouva un frisson de plaisir, en dépit des mensonges dans lesquels elle s'enferrait encore un peu plus.

— Oh, j'ai eu beaucoup de travail. Et je me suis davantage liée avec Camilla tout dernièrement. Merci pour cette charmante réception. C'est toujours tellement sympa de revivre mes souvenirs de débutante.

— C'est vrai, vous avez raison. Cela nous rajeunit. Enfin, moi, cela me rajeunit. Vous, c'est un problème que vous n'avez pas.

Souse s'éclipsa et Evelyn, qui se sentait effectivement jeune dans cette assemblée, se rapprocha des plats de quiche, de taboulé et de tartelettes framboise-citron. Elle se servit une petite assiette et, tout en décollant discrètement de ses dents le persil du taboulé, écouta les conversations. « Ani est prise à Princeton, mais Michael seulement à Oberlin... » « Je connais plusieurs personnes qui sont allées à Oberlin et s'en sont très bien sorties... » « Nous avons acheté près de Stockbridge... » « Par les temps qui courent, on dirait que les gens ne mangent ni ne servent plus que du poulet... » « Les auditions du chœur pour la tournée... » « Les Américains nous parlent tout le temps de Marie-Antoinette ; ils trouvent intéressant que nous ayons décapité une reine. »

14
Une assiette de *jamón*

Evelyn observa son père à travers la vitrine du Bar Jamón. Débordant d'énergie, il désignait les jambons les uns après les autres puis jetait les bras en l'air en riant. Dans la mesure où il n'était pas encore mis en examen, Leiberg Channing et lui estimaient préférable pour tout le monde de faire comme si de rien n'était. Il était venu à New York pour une transaction. Vu son aplomb, tout avait dû bien se passer.

Il se tenait debout au bar. Derrière le comptoir de marbre, le serveur attendait sa commande, mais Dale était trop occupé à faire son numéro. Evelyn avait trouvé l'adresse du Bar Jamón dans *Zagat*, qui le décrivait comme « ibérique-chic », avec « un petit côté pour initiés ». Ce n'était pas trop loin de l'endroit où son père avait rendez-vous. Elle espérait un lieu tranquille, car Dale se laissait facilement distraire et elle avait besoin d'aborder avec lui un sujet délicat : l'argent.

— Papa, dit-elle en s'approchant.

Il se retourna et lui sourit.

— J'étais en train de regarder toutes ces bonnes choses. On fait du jambon, là d'où je viens, mais il ne ressemble pas du tout à ça !

Il guettait la réaction du serveur comme celle des jurés. Une ébauche de sourire, un plissement des yeux qui signifierait que Dale le tenait. Mais l'autre restait impassible.

— Alors, ce bon jambon ? demanda Dale avec un petit rire.

Le jeune homme souleva ses paupières lourdes et marmonna :

— *Jamón serrano, jamón iberico de bellota, jamón iberico de cevo*, récita-t-il en les désignant.

— Même pas un bon vieux jambon de Virginie ?

Le serveur avait l'air atterré.

— Non.

Dale partit d'un grand éclat de rire.

— Evie, tu te mets à avoir des goûts bien sophistiqués. Mon bon monsieur, puis-je avoir simplement un café noir ?

Le serveur se mit en devoir de préparer un americano, avec des gestes las. Evelyn et Dale s'assirent à une table haute sur laquelle brûlait une bougie alors qu'il faisait encore grand jour.

— New York n'est pas ma ville idéale, mais je reconnais que, à l'automne, ce n'est pas mal, dit Dale.

D'un signe, il pria le serveur de lui apporter son café.

— Je crois que le service est au comptoir, dit-elle.

— Par ici ! appela Dale, qui obtint gain de cause pour le plus grand agacement d'Evelyn. Tout se résout, avec un gros pourboire, lança-t-il un peu trop haut.

Evelyn fit la grimace. Elle ne pouvait pas laisser libre cours à son énervement : elle était là pour lui réclamer de l'argent – la situation la plus ridicule qui soit. Elle s'était donné tant de mal pour devenir indépendante… Jusqu'à tout récemment, elle s'en était très bien tirée. Mais à présent, alors que son père était accusé de subornation, il fallait encore qu'elle vienne quémander quelques dollars et se soumette à son jugement. Même la MasterCard parentale avait été annulée sans préavis ; il n'y avait donc aucune solution de secours.

C'était simple : il lui fallait plus d'argent. Jusque-là, elle était parvenue à suivre le train de vie de sa nouvelle bande, mais le rythme s'accélérait. Ces dernières semaines, Camilla avait insisté pour qu'elle vienne à des réceptions à cinq ou sept cents dollars la soirée, et elle ne pouvait décemment pas demander à Scot ou Preston de payer pour elle. Et puis il y avait les vêtements. Il lui fallait toute une collection de robes de cocktail, parce qu'elle ne se voyait pas remettre deux fois la même alors qu'elle retrouvait toujours les mêmes gens. En solde, ces robes valaient au mieux six cents dollars. Elle avait cassé le plan d'épargne retraite de son précédent emploi ; il l'avait aidée un temps, mais fondait comme neige au soleil. Le seul moyen de pouvoir mener cette vie-là, c'était d'être dans la situation de Camilla : elle était invitée aux soirées parce que les organisateurs tenaient à l'avoir, et les couturiers lui prêtaient des robes pour se faire de la publicité.

Sinon, il fallait être cousu d'or, comme les autres : soit grâce à son job – c'était rarement le cas, sauf pour les banquiers –, soit grâce à un héritage, des subsides parentaux ou toute autre fabuleuse source de revenus. Pourquoi ses parents lui refusaient-ils leur soutien financier, à elle qui avait toujours été si responsable ? En fait, elle le savait. Son père prétendait croire aux vertus de la parcimonie, alors même qu'il s'était sûrement ruiné pour acheter l'affreux blazer bordeaux qu'il portait ce soir-là. Il semblait d'ailleurs avoir mis un soin particulier à rendre sa tenue le plus clinquante possible, rien que pour mettre Evelyn à l'épreuve.

— Alors, ma chérie, comment vas-tu ? demanda-t-il.

— Très bien, papa. Je suis un peu fatiguée, aujourd'hui. Je suis allée à une soirée de bienfaisance avec Preston et Camilla hier soir, et ça s'est terminé à 2 heures du matin.

— Je croyais que ton petit ami s'appelait Tate.

— Non, pas Tate, Scot. Preston est l'un de mes plus vieux copains ; on s'est connus à Sheffield, tu sais ? Tu l'as vu à la réception Sheffield, justement.

— Ah, oui. Preston. Ce garçon tout maigre. Qu'est-ce qu'il fait, dans la vie ?

Que faisaient tous ces gens, dans la vie ? Pour autant qu'Evelyn pouvait en juger, le métier assez mal défini de Preston dans le domaine de l'investissement consistait à jouer au golf et à déjeuner avec des gens. Camilla avait démissionné de chez *Vogue*, comme elle l'avait annoncé.

Quant aux amies de Camilla, elles occupaient pour la plupart des postes à temps partiel qui leur laissaient le loisir de se consacrer aux œuvres de charité. Elles étaient qui ambassadrice d'une marque de joaillerie, qui consultante en marketing pour Citarella, une épicerie fine de l'Upper East Side et des Hamptons. Nick, l'un des seuls à travailler réellement, était toujours en retard aux fêtes – quand il parvenait à y faire une apparition –, ce qui commençait à sérieusement agacer Camilla. Il n'y avait pas moyen de concilier vie professionnelle et vie mondaine. Avec une vie professionnelle, il semblait impossible de faire pleinement partie de ce groupe.

— Preston s'occupe d'investissements. Mais c'est un Hacking, et sa mère est une Winthrop – autant dire qu'il n'a pas vraiment besoin de travailler.

Le pire, c'était que, grâce à ses relations, il faisait de bonnes affaires. Charlotte avait été stupéfaite d'apprendre qu'il avait gagné un paquet d'argent lors de l'introduction en Bourse d'une entreprise de technologie, parce que tout le monde voulait des parts.

— Pendant mes études de droit, j'étais plongeur dans un vieux snack du centre de Chapel Hill.

— Je sais, je sais, papa. Cela dit, je ne suis pas certaine que Preston ait envie de faire carrière dans le détergent. La plupart de mes amis n'ont pas des emplois à plein temps. Je crois qu'il est difficile de suivre le rythme de la vie moderne en travaillant sans arrêt. C'est un peu l'un ou l'autre.

— Cela ne tient pas debout, Evelyn. Tous tes amis refusent de travailler ?

— Pas tous. D'ailleurs, moi, je travaille, souligna-t-elle en changeant de position sur son tabouret et en lui adressant un sourire qu'elle espérait irrésistible.

Depuis la fin de ses études, elle avait été soulagée de gagner sa vie pour ne plus avoir à faire ce cinéma. Mais à présent, ses dépenses dépassaient ses revenus.

— Papa, demanda-t-elle tout à trac, est-ce que tu pourrais me faire un chèque ? Juste au cas où ?

— Tu es adulte, répondit-il. Et tu as du travail, ce dont je me réjouis.

Il étudiait derrière elle le menu inscrit à la craie sur une ardoise.

— Regarde ça. Du pigeon au vinaigre. Tu crois qu'ils prennent les pigeons sur le trottoir ? Jeune homme ! appela-t-il, visiblement prêt à poser la question.

Evelyn fit signe au serveur de ne pas se déranger.

— Papa, oublie un peu le pigeon. Ce que je voulais te dire, c'est que, à New York, presque tout le monde est aidé par ses parents. J'ai du mal à suivre, avec mon salaire.

— Tu n'es pas « presque tout le monde ». Tu as reçu une certaine éducation.

— Papa, je sais que ça a l'air idiot, mais ces soirées de charité coûtent très cher.

— Des soirées de charité, Evelyn ? Si tu as envie d'y aller, tu n'as qu'à payer. Dis donc, j'ai quand même sacrément envie de goûter ce jambon extraordinaire, ajouta-t-il en faisant signe au serveur.

Evelyn tenta à nouveau d'intercepter le regard du jeune homme, mais il s'occupait d'un autre client. Elle se retourna vers son père.

— C'est important pour mon job. Et je ne te demande qu'une aide minime.

Dale fit la moue au moment où Evelyn vit sa mère entrer dans le restaurant. Elle portait les énormes lunettes noires qu'elle ne quittait plus du matin au soir et avait les bras empêtrés de sacs à main coûteux.

— Maman, je demandais à papa si je pourrais obtenir un petit coup de pouce financier. Entre les soirées de bienfaisance, les dîners et les voyages, j'ai un peu de mal à m'en sortir.

— Et je disais à Evelyn que je ne voulais pas financer sa vie mondaine, fit Dale. S'il s'agissait de besoins vitaux réels, ce serait différent, mais il ne me semble pas qu'une robe de soirée soit un besoin vital.

— Ta pochette a coûté deux cents dollars à elle toute seule ! riposta Evelyn, indignée.

— Je dépense comme je veux l'argent que je gagne, tout comme tu dépenses comme tu veux l'argent que tu gagnes.

— Bien sûr. Que je suis bête.

— Cela fait des décennies que j'ai ce genre de discussion avec ton père, Evelyn. Il n'a aucune idée de ce que coûte un semblant de vie sociale. Faut-il vraiment que nous nous asseyions à cette table commune ?

— Maman, assieds-toi. Ici, on fait comme en Espagne.

Barbara se percha à contrecœur sur un tabouret.

— Dale, Evelyn s'amuse comme une folle, et ce n'est pas gratuit.

— Eh bien, c'est simple : elle n'a qu'à payer.

Furieux, ils fixaient chacun un mur de la salle. Le serveur s'approcha, les jaugea et battit en retraite.

— Ton père a raison, ma chérie, finit par dire Barbara. Il est important d'établir un budget.

— Maman, lâcha Evelyn, exaspérée.

— Où en es-tu de ta recherche d'appartement ?

— Quoi ?

— Evie cherche à déménager, expliqua Barbara pour la plus grande surprise de l'intéressée, qui n'en avait nulle intention. Son quartier devient vraiment trop dangereux. On s'est dit qu'elle devrait s'installer du côté de Lexington, qui est moins mal famé. Il y a eu un incident devant chez toi, c'est bien ça ? demanda-t-elle à sa fille d'un air de conspiratrice. Un incident de sécurité ? D'où ce projet de déménagement.

— C'est ça, fit Evelyn, qui avait compris le message. Exactement. Mais l'appartement que j'ai en vue est plus cher. Parce qu'il y a un service de sécurité H24, ce qui est important, par les temps qui courent, vu la criminalité. Et aussi un système d'alarme.

— Ton quartier ne me semblait pas particulièrement dangereux, pourtant, objecta Dale.

— Il le devient de plus en plus. Il y a pas mal d'agressions. Le soir, franchement, je ne suis pas très rassurée.

La délinquance devait se limiter à du vol de vernis à ongles, mais elle n'avait pas besoin de le préciser.

— L'autre appartement n'est pas tellement plus cher. Quelques centaines de dollars par mois seulement. En termes de sécurité, en revanche, il n'y a pas photo.

En voyant son père réfléchir à la question, elle s'en voulut un instant. Puis elle se rappela ce que disait toujours sa mère : c'était parce qu'il tenait à contrôler toutes les dépenses qu'elles étaient contraintes d'agir ainsi.

— Où est-il, ce nouvel appartement ?

— Euh… sur la 68e. La 68e Est. Tout près du parc.

— Quelques centaines de dollars de plus par mois, tu dis ?

— Oui.

— Ça me paraît raisonnable. Je veux que tu aies aussi une lacrymo.

— Bien sûr.

Mère et fille échangèrent un sourire. Evelyn resterait au Petit Trianon, ce qui ne serait pas difficile à cacher à son père puisqu'il ne lui rendait jamais visite. Toutefois, grâce à la différence de « loyer », elle empocherait quatre cents dollars supplémentaires par mois. D'ici quelques mois, elle pourrait s'offrir les ballerines Chanel qu'elle convoitait. Établir un budget, ce n'était pas sorcier, finalement !

— C'est terrible, le niveau de criminalité de New York.

— C'est vrai, papa.

Son téléphone sonna. Elle regarda l'écran. C'était Camilla, avec qui elle avait rendez-vous pour aller se faire faire un soin des pieds dans le Village. Elle n'allait pas devoir tarder à partir. Elle décrocha et lui dit qu'elle était au Bar Jamón avec ses parents, mais qu'elle se dépêchait de la rejoindre chez Jin Soon.

Maintenant que la question des finances était réglée, Evelyn interrogeait son père sur la saison de l'équipe de football des Tar Heels. Dix minutes plus tard, elle sursauta en voyant Camilla entrer dans le restaurant et s'approcher à grands pas. Elle eut tout juste le temps de se retourner vers ses parents et de leur souffler :

— C'est Camilla Rutherford. Ne...

— Bonjour, madame, bonjour, monsieur ! lança joyeusement Camilla. Camilla Rutherford. Pardon de vous déranger, mais je passais dans le quartier et Evelyn m'a dit que vous étiez là. Je n'ai pas voulu manquer cette occasion de vous rencontrer.

— Camilla ! s'exclama Evelyn. Quelle surprise. Voici mes parents, mais j'imagine que tu t'en doutais.

Pourquoi, mais pourquoi son père avait-il justement choisi de mettre cette veste ridicule *aujourd'hui* ?

— Quel plaisir de faire votre connaissance, dit Camilla avec sincérité en leur serrant la main.

Evelyn remarqua que son père avait des manches un peu trop courtes et qu'il portait un bracelet jaune LIVESTRONG.

— Papa, maman, on a rendez-vous chez la pédicure et on est en retard. Maman, on peut parler du reste demain matin ? Je passe à ton hôtel ?

— Mais non, protesta Camilla, ne sois pas ridicule. Nous pouvons aller chez la pédicure n'importe quand, alors que ce n'est pas tous les jours que les Beegan se retrouvent à New York.

— Nous avons rendez-vous à 6 heures.

Il fallait absolument abréger la rencontre. Qui savait quelle gaffe ses parents allaient commettre ? Sa mère allait forcément dire quelque chose qui trahirait ses origines petites-bourgeoises. Quant à son père, il risquait d'en faire des tonnes.

— Ne t'en fais pas, répondit Camilla en écartant le problème d'un geste. Jin Soon pourra nous recevoir n'importe quand. Je suis tellement heureuse de vous voir.

— Mais j'ai pris ce rendez-vous il y a des semaines !

— Eh bien, asseyez-vous, Camilla. Je suis en train de goûter ce jambon de luxe. Pas mauvais, je dois dire.

— Non, mais nous sommes vraiment pressées. C'est juste du serrano tout bête, papa. Ça n'a rien d'extraordinaire. On en trouve partout, à New York.

— Même la nouvelle épicerie fine d'Easton en a, Dale, renchérit Barbara. Franchement, ce n'est pas comme si nous habitions un trou perdu.

— Je serais ravie de me joindre à vous. Quel café avez-vous pris, monsieur ? Il a l'air délicieux. Je vais en prendre un aussi. Et un peu de jambon, après tout. Pourquoi pas.

— Nous n'avons pas le temps. Il faut vraiment y aller.

— Camilla, si j'ai bien compris, vous vous impliquez beaucoup dans la philanthropie autour des arts plastiques ? dit Barbara. Figurez-vous que moi aussi. Evelyn m'a envoyé des photos de vous à la réception du MoMA ; vous portiez une robe magnifique.

— Non ! Je n'ai pas envoyé de photos, se défendit Evelyn, qui, pourtant, l'avait fait. Tu confonds avec... tu as dû en voir une dans le journal le lendemain. Moi, je n'ai rien envoyé. Je t'assure. Quelle idée. Alors un café noir, Camilla ?

— Un americano, comme ils disent, ici, lança Dale en faisant signe au serveur. *Yo soy americano.*

— Dale a appris l'espagnol pour parler avec ses clients les moins favorisés, expliqua Barbara.

— Un autre americano, s'il vous plaît, commanda Evelyn en criant presque.

— Alors, Camilla, il paraît que vous faites une carrière fulgurante dans la banque ? reprit Dale.

— Papa, ça, c'est Charlotte. Tu sais, ma copine de chambre de Sheffield ? Que tu connais depuis... oh, dix ans. Camilla ne travaille pas dans la banque.

— On peut facilement s'y perdre, monsieur Beegan, entre toutes ces New-Yorkaises actives, assura Camilla.

Evelyn eut la désagréable impression qu'elle flirtait avec son père.

— Pour ma part, enchaîna-t-elle, je travaillais dans l'événementiel et dans les relations sociales jusqu'à tout récemment.

— Le social, c'est formidable. Je dis toujours à Evelyn qu'il faut penser à l'ensemble de la société dans son travail, mais je ne suis pas sûr qu'elle m'écoute.

— Pour *Vogue*, précisa Evelyn en s'enfonçant les ongles dans le poignet. *Vogue*, tu sais, le magazine de mode.

— Mmm, délicieux, fit Camilla en humant son café comme s'il s'agissait d'un bon vin. Excellent conseil, monsieur Beegan.

— Pas mauvais, hein ?

L'accent populaire de son père résonna aux oreilles d'Evelyn en même temps que Barbara s'enquérait, un peu trop familièrement, comme si Souse et elle se connaissaient :

— Comment va votre mère, Camilla ?

Le regard de Camilla alla de l'un à l'autre avant de jeter son dévolu sur Dale.

— Monsieur Beegan, dit-elle en se penchant vers lui, j'espère que vous ne me trouverez pas trop rentre-dedans, mais j'avais envie de vous présenter moi-même l'opération de mécénat des Luminaries.

— Ah, Camilla... Je n'ai pas encore eu l'occasion de lui en parler.

— Justement, c'est pour cela que je suis passée, répondit-elle en posant sur le bras de Dale une main que Barbara et Evelyn considérèrent d'un air également soupçonneux. Il m'a semblé qu'il fallait que nous en discutions de vive voix. Les Luminaries sont un événement fabuleux, monsieur. Les maîtres à penser des affaires, des arts, de la philanthropie et, bien sûr, du droit, souligna-t-elle avec une pression sur son bras, se réunissent pour échanger des idées. Je serais très honorée que vous m'accompagniez et que vous deveniez un des parrains des Luminaries.

— Que je vous accompagne ? Vous ne devriez pas avoir de mal à trouver quelqu'un de plus jeune et de plus vif que moi, tout de même.

— Pas du tout, monsieur Beegan. Vous êtes l'homme de la situation. Ce sera une soirée très sympathique. Cela se passera dans l'appartement de Georgette Scharffenberg, Constellation Capital, dans une ambiance de dîner entre amis, donc pas trop protocolaire.

— Constellation Capital ? répéta Dale. La société de capital-investissement ? Je ne pense pas qu'ils seront enchantés de me voir. Ils ont financé une société contre laquelle je viens d'obtenir gain de cause.

— Figurez-vous que nous avons aussi de nombreuses compagnies financières très intéressantes à Bibville, actuellement, intervint Barbara.

— Maman..., maugréa Evelyn.

Sa mère se conduisait comme tout, sauf l'héritière d'un armateur.

— Oh, non, cela ne se passe pas du tout ainsi, ronronna Camilla en les ignorant. C'est une réunion purement mondaine, je vous assure.

Evelyn pâlit rien qu'à imaginer son père dans ce genre de réception, en train de raconter son enfance dans une ville minière à Georgette Scharffenberg. D'ailleurs, pourquoi Camilla tenait-elle donc tant à l'enrôler ? Avec l'appui de Souse, elle pouvait faire venir qui elle voulait. Soudain, elle comprit. Avec Dale, elle faisait coup double. D'abord, elle récoltait un don de vingt-cinq mille dollars qui, socialement, ne manquerait pas de lui donner un certain poids. Et puis, en attirant un avocat qui était dans le collimateur d'un grand jury, elle adressait un énorme bras d'honneur à sa mère et asseyait sa réputation de rebelle.

Evelyn tripota son couteau sur la table pour attirer l'attention de sa mère. Quand Barbara leva les yeux, elle lui jeta un regard dur et articula silencieusement « grand jury ». Sa mère avait le pouvoir d'arrêter ce massacre. Elle aurait sûrement à cœur de protéger la renommée de sa famille à New York, si ce n'était celle de Dale. Barbara saisit le message.

— Je ne suis pas certaine que le moment soit idéal. Dale s'efforce de se consacrer à son travail sans multiplier les apparitions en public. N'est-ce pas, Dale ?

— Cette opération-là ne semble pas trop publique.

— Il faut aussi faire un don, n'est-ce pas, Camilla ? Un don. C'est obligatoire, martela Evelyn.

— Les parrains sont les sponsors de l'événement, certes, mais presque tous les fonds recueillis vont à des programmes pour la jeunesse défavorisée. Par exemple la rénovation des bibliothèques des écoles publiques. C'est une très belle cause, vraiment, répondit Camilla.

— Une cause que je serais fier de soutenir, affirma Dale.

— Oui… non, mais en termes de finances, d'attention, de temps… ça ne tombe peut-être pas très bien, bafouilla Evelyn en se levant de table.

— Tu essaies de dissuader ton père ? demanda Camilla d'une voix innocente, mais en la foudroyant du regard.

— Non ! Mais bien sûr que non. C'est un très beau projet. Seulement, mon père a tendance à trop s'engager, parfois. N'est-ce pas, papa ?

Dale sourit à Camilla.

— Il est vrai que cela m'arrive, mais votre invitation est tellement sympathique que je risque de devoir accepter.

— Oh, quelle bonne nouvelle, monsieur Beegan. Ça va être fantastique. J'ai lu votre discours à l'UNC sur le tort que fait Wall Street aux Américains : je suis convaincue que le sujet passionnera les autres invités.

— Je ne vois pas qui cela pourrait intéresser, pour ma part, fit Barbara sans tellement baisser la voix.

— Camilla, dit Evelyn d'un ton presque suppliant.

Son père avait l'air gonflé à bloc. Elle voulait le protéger. Ou le sacrifier. En fait, elle avait surtout envie de décamper. Elle commença à se glisser vers la porte, comme si elle avait le pouvoir d'aimanter Camilla dans son sillage.

— J'en serai très honoré, assura Dale, radieux.

— Je vous inscris donc sur la liste des parrains des Luminaries, déclara Camilla. Merci infiniment, monsieur Beegan.

Evelyn s'était arrêtée et tapait nerveusement du pied en attendant que Camilla se lève et la suive. Elle se décida enfin. À peine dehors, cependant, elle siffla entre les dents :

— C'était quoi, ce plan ? Tu étais censée m'aider.

— Mais c'est ce que j'ai fait, je t'assure ! Il est vraiment très occupé.

— Trop occupé pour moi, donc ?

— Ce n'est pas ce que je veux dire. Pas du tout. Mais c'est un peu compliqué, en ce moment.

Un quart d'heure plus tard, l'heure de leur rendez-vous largement dépassée, Evelyn et Camilla entrèrent chez Jin Soon, dans Jones Street. Camilla choisit un vernis gris-brun.

— Fais en sorte qu'il puisse venir, compris ?

Tout en faisant non de la tête, Evelyn lâcha :

— D'accord. D'accord.

Camilla lui tendit le vernis.

— Ça irait bien, sur tes ongles de pieds, déclara-t-elle.

Il était d'une couleur de boue séchée.

15
Carnet de rendez-vous

L'automne s'écoula dans un tourbillon d'après-midi orangés et d'épaisses enveloppes de cartons d'invitation. Il y avait eu ce mardi soir où Camilla avait invité Evelyn à dîner au Colony Club, un club de dames BCBG de l'Upper East Side devant lequel Evelyn était passée bien des fois sans jamais entrer. En arrivant, Camilla lui avait appris qu'elle y donnait chaque année son dîner d'anniversaire, le jour J, le 13 juillet. Bien sûr, elle aurait convié Evelyn cette année si elle l'avait mieux connue. Dîner au Colony, c'était génial. Rien qu'avec Camilla, encore mieux. Mais que le lieu était miteux, par endroits, découvrit-elle avec étonnement. Ici, les vieux canapés défoncés que d'autres auraient sans doute réservés au chat étaient la marque d'un chic économe. La cuisine était un niveau en dessous du country-club – poisson grillé et salade Waldorf servis dans une salle à manger corail. En voyant des femmes qui semblaient parler toutes seules, Evelyn comprit qu'elles devaient avoir l'habitude de s'adresser à des domestiques à l'affût de leurs désirs.

Une autre fois, un jeudi après-midi, Camilla tint à ce qu'Evelyn la rejoigne au Met pour l'exposition Louis Comfort Tiffany (que la fondation des grands-parents de Camilla avait en grande partie financée, lut-elle sur une plaque signalétique). Evelyn s'était libérée pour la journée en prétextant qu'elle était malade. Ensuite, elles étaient allées manger une salade chez E.A.T. Pour ne pas utiliser les toilettes du restaurant, Camilla tint à ce qu'elles passent chez Evelyn. Plus elles avançaient vers l'est, plus l'angoisse la gagnait. Avait-elle laissé entendre à Camilla qu'elle n'habitait pas loin de Madison ou le lui avait-elle affirmé ? Comme Camilla commençait à faire des plaisanteries sur l'Orient, elle avait inventé une explication : c'était la secrétaire de son père qui avait trouvé l'appartement et qui avait signé un bail de longue durée. Chez elle, pendant que Camilla était aux toilettes, Evelyn s'était empressée de cacher sous son lit le Mitford, le Post et le Fussell, comme si c'était de la pornographie. Elle avait jeté une couverture sur les CD trop cucul de Rodgers et Hammerstein. Camilla la retrouva dans la chambre et, avisant son couvre-lit à fleurs, remarqua que Scot devait avoir l'impression de dormir dans une maison de poupée.

Evelyn se fit faire des mèches, devint blonde pour la première fois de sa vie, et prit un abonnement pour trois brushings par semaine avec la coiffeuse de Camilla dans l'espoir d'atteindre son niveau de perfection capillaire. Cela lui parut cher, certes, mais plus elle dépensait, plus elle s'en moquait. C'était merveilleusement libérateur. Sa mère lui avait sorti de Dieu sait où un chèque de dix mille dollars dont elle lui avait recommandé de faire bon usage, de même que de la différence de loyer avec le « nouvel appartement ». Evelyn avait compris qu'il s'agissait de se faire une place dans le monde. Elle s'était donc acheté un sèche-cheveux professionnel – qui faisait sauter les plombs quand elle le branchait en même temps que la climatisation. Puis elle s'était mise en quête des articles de toilette incontournables : un savon pour les mains parfumé à la mûre blanche et aux feuilles de laurier à vingt-trois dollars, une brosse à cheveux Mason Pearson en soies de sanglier, Perles de Lalique parce que le flacon plaisait à Camilla, malgré son étrange fragrance de poivre noir. Elle espérait être de ces femmes que l'on reconnaissait à leur parfum avant même de les avoir vues. « Ah, Evelyn », dirait-on dès qu'elle entrerait dans une pièce... Chez un antiquaire de SoHo, elle avait choisi un buffet Art déco pour ranger l'argenterie que sa mère lui avait envoyée dans l'espoir qu'elle se mette bientôt à recevoir. Après s'être échinée sept minutes à astiquer les couverts, elle avait fourré la ménagère dans un sac et était descendue au restaurant indien du coin où elle avait proposé cent dollars au plongeur bangladeshi pour qu'il brique et lave le tout. Depuis, elle trouvait assez classe en rentrant chez elle de s'arrêter récupérer ses couverts étincelants en achetant au passage quelques *papadums*.

Le fossé entre son travail et ses soirées se creusait. Plus elle fréquentait la jet-set, plus elle savait ce qui convenait à ses membres, moins Arun et Jin-ho l'écoutaient. Ils exigeaient maintenant une croissance énorme, au point que Jin-ho suggérait qu'Evelyn cesse d'accepter ou de rejeter les demandes une à une et que le site soit désormais ouvert à toutes les inscriptions. Selon Evelyn, c'était aller à l'encontre de leur positionnement marketing. Elle avait aussi du mal avec le service publicité, qui avait récemment diffusé une annonce pour Ugg en plein milieu de la page d'accueil ou sollicitait des essais de produits de beauté vendus en drugstore.

People Like Us ne lui avait toujours pas fourni un vrai bureau et ses patrons avaient même eu l'impudence de coller un codeur du nom de Clarence à ses côtés à la grande table en mélamine. Dès qu'elle décollait les yeux de son écran, elle tombait sur ses gros mollets blancs semés de poils bruns. Depuis son embauche en août, il était venu tous les jours au bureau en short. Il tapait à longueur de temps sur son clavier, ses bras frêles tendus, la lèvre inférieure flasque, respirant bruyamment par la bouche. C'était tout juste si ses pieds chaussés de grosses tennis noires montantes touchaient le sol. Quand il recevait un coup de fil – comme la fois où son assurance l'avait appelé pour le prévenir qu'elle ne prenait pas en charge son traitement contre la calvitie –, il continuait à taper tout en parlant, comme un cadre très important qui ne peut pas s'interrompre un instant. Evelyn vivait en direct ses fonctions physiologiques : ses quintes de toux qui aspergeaient l'écran de son ordinateur, ses bâillements retentissants à cinq syllabes… Alors elle enfonçait ses écouteurs dans ses oreilles et se passait la bande originale d'*Annie* le plus fort possible pour essayer de masquer les bruits de bouche de Clarence. Pendant ce temps-là, elle recevait des e-mails de Camilla – « journée au spa, tu es libre ? » ou « je pars à Q, dis-moi si tu peux venir », Q étant la maison de sa grand-mère à Quogue – qui lui donnaient l'impression de mener une vie bien terne.

Le pire, c'était de devoir se changer dans les toilettes du bureau quand elle sortait. Sous les néons, elle avait l'impression d'avoir le blanc des yeux jaune et de confondre éclat et zone T grasse. Sans parler de la promiscuité et des odeurs. Dans ce décor d'inox, de lino et de savon liquide antibactérien, Evelyn se sentait affreusement quelconque.

Elle attendait d'être seule pour opérer, en équilibre sur la pointe de ses escarpins Givenchy, se contorsionnant pour qu'aucun de ses effets personnels ne touche le sol. Elle finissait généralement sa trousse de toilette coincée sous le bras, son pantalon autour du cou, son top entre les genoux. Et il lui restait encore à enfiler sa robe. Ses chaussures lui faisaient déjà mal aux pieds. Normal, elles étaient faites pour aller avec une voiture et un chauffeur.

Elle ressortait de la cabine pour se faire une beauté. Une pulvérisation d'eau de rose sur le visage, un peu de Touche Éclat au coin des yeux, un papier matifiant sur le nez. Ombre à paupières beige doré, rose Chanel classique sur les lèvres, quelques gouttes de Perles de Lalique. Mais rien ne parvenait à effacer sa journée de travail. Elle la sentait incrustée dans sa peau aussi sûrement que la poussière de charbon dans celle d'un mineur. Comment avoir l'air frais et reposé des femmes de l'Upper East Side qui n'avaient rien d'autre à faire de leur journée que du yoga et un brushing ?

Le pire, c'était les sourires solidaires de toutes les nulles du bureau qui la voyaient aller et venir avec sa trousse de toilette et ses affaires de rechange.

Le soir, cependant, une fois partie de chez PLU, elle entrait dans un monde enchanté. Elle maîtrisait les codes, maintenant. Elle savait commander un porto Cockburn's en prononçant « Coburn's ». Elle savait qu'on avait un « cottage » dans le Maine, un « chalet » à Jackson Hole (on disait simplement « Jackson ») et un « *camp* » dans les Adirondacks. Elle retrouvait Preston à des premières au Met et allait à des dîners au Knickerbocker Club où elle portait un toast à celui dont on fêtait l'anniversaire ou aux jeunes fiancés. Le maître d'hôtel de La Goulue la connaissait et lui donnait presque la meilleure table. Dans les soirées, elle posait la main avec juste ce qu'il fallait d'aisance sur le bras de la maîtresse de maison. Elle appartenait désormais à ce groupe qui lui semblait autrefois si mystérieux. Elle était de ceux que l'on faisait monter ou descendre dans la partie la plus select des clubs et des restaurants branchés. Evelyn avait vingt-six ans et, pour la première fois de sa vie, on la voyait. On la reconnaissait. Oh, on ne se retournait pas sur son passage, elle n'en demandait pas tant ; mais il arrivait qu'un homme soutienne son regard un tout petit plus long-temps qu'il n'aurait dû. Ou qu'une pointe de jalousie se lise dans les yeux d'une femme. Il lui arrivait même d'imaginer qu'elle pourrait inspirer les paroles d'une chanson ou une héroïne de comédie musicale.

Mais surtout, pour la première fois de sa vie, sa mère avait une bonne opinion d'elle. Elle était invitée à passer le week-end à Newport. À Newport ! Lavabos de marbre, robinetterie de cuivre, lits à baldaquin : elle allait entrer dans l'histoire en séjournant dans cet ancien fief de la bonne société où les stress de la vie moderne – rues sales, ordures, dépenses – s'estompaient comme par magie. C'était comme si elle sentait derrière elle des choristes chanter et danser pour l'encourager.

— Mademoiselle Evelyn, vous recevez tellement de courrier que le facteur n'arrive pas à tout caser dans la boîte, lui annonça le portier du week-end en lui tendant une pile d'enveloppes liées par un gros élastique.

Elle distingua tout de suite au format carré ou au papier plus épais des enveloppes les invitations – nombreuses, c'était une bonne journée – des factures.

Pour ouvrir son courrier, elle baissa la lumière du salon, mit « The Party's Over » de Judy Holliday et se servit un verre de vin. Puis elle posa un plateau d'argent sur la table basse, ouvrit son agenda Smythson rouge et ajouta ces nouvelles invitations aux pages déjà débordantes de galas de charité, vernissages et autres bals, en précisant si elle les acceptait ou non.

Comme d'habitude, elle parcourut les factures le plus vite possible. Elle les sortait à peine des enveloppes, juste ce qu'il fallait pour lire le minimum mensuel à rembourser – pas la somme totale due. Elle fit les chèques et fourra ces papiers au fond du tiroir de l'argenterie.

Voilà, elle pouvait se détendre. Elle monta le son et relut ses invitations. Cette attente, c'était ce qu'il y avait de mieux dans tout cela. Quand elle recevait un carton, c'était que quelqu'un l'avait cherchée, s'était débrouillé pour trouver son adresse. Que quelqu'un la voulait.

16
Douce nuit

Un *latte* pain d'épice déca allégé dans la main, Evelyn ouvrit la porte de Sag Neck. Ses parents n'avaient même pas mis de couronne de Noël, cette année. D'habitude, la marche forcée des fêtes selon Barbara Beegan commençait par la messe du 24 au soir et se poursuivait par le dîner de Noël (dinde farcie aux huîtres avec une garniture d'huîtres frites), le gâteau au café du matin de Noël avec les cadeaux, puis des chants, un déjeuner tardif (rôti de bœuf et tarte) et encore des chants. Evelyn adorait toutes ces traditions, même le pot de cacahuètes au vinaigre que Sally Channing leur déposait sur le pas de la porte chaque année.

Scot et elle avaient fêté Noël ensemble la veille de son départ de New York. Il avait saisi ses allusions discrètes et réservé une table pour deux chez Daniel. Il lui avait aussi offert les trois anneaux Cartier dont elle rêvait. Tout l'automne, elle s'était efforcée de transformer le Scot qu'il était en celui qu'il pourrait être. Elle l'avait envoyé se faire confectionner un costume sur mesure et acheter des polos Lacoste pour remplacer ceux sans marque qu'il portait. Visiblement avide de ses compliments, il arborait toujours ses nouveaux vêtements quand ils sortaient tous les deux mais, étrangement, elle se sentait coupable. Avec le plus de bonne humeur possible, elle s'appliquait à lui inculquer quelques manières. En tête à tête, il lui plaisait. Elle aimait bien ses petites maladresses et sa gentillesse. En groupe, en revanche, elle ne pouvait s'empêcher de remarquer qu'il était toujours un peu mal fagoté ou qu'il riait trop fort.

Un dimanche matin de novembre, en partant de chez lui, elle avait entendu Scot murmurer « Je t'aime ». Elle avait fait la sourde oreille et continué de marcher vers l'ascenseur. Comment savoir si c'était lui le bon ?

Le numéro qui figurait en tête de sa liste de favoris était celui de Camilla. La bague Cartier était parfaite, cela dit ; les trois ors faisaient leur effet. Elle l'avait glissée au majeur et avait passé la moitié du voyage en train vers chez ses parents à la faire jouer dans la lumière. De temps en temps, elle sortait la carte de Scot de son sac pour la relire. « Ma chère Evelyn, grâce à toi, l'année a été merveilleuse. Joyeux Noël. Je t'embrasse fort. Scot. » Ce mot lui faisait le même effet qu'un billet doux à l'époque du collège. Quelqu'un l'aimait bien.

Elle avait laissé chez elle le cadeau de ses amis. Lors de la fête de Noël bien arrosée chez Camilla, ils lui avaient offert pour rire un diadème en plastique choisi par Preston : il disait que c'était Evelyn, la reine de New York. À la fin de la soirée, elle le portait.

L'absence de couronne de Noël sur la porte n'était pas la seule surprise que lui réservait Sag Neck : il n'y avait pas non plus de sapin dans le salon. Sa mère avait estimé qu'ils pouvaient bien faire l'impasse sur le protocole, si ça lui épargnait de devoir aspirer des milliers d'aiguilles tombées sur le tapis. D'autant qu'Evelyn ne restait que deux jours. Même verdict pour les bas de laine habituellement accrochés aux barreaux de la rampe : inutiles. Pour le jour de Noël, sa mère avait réservé à l'Eastern Tennis Club – il était obligatoire pour les membres d'y prendre un certain nombre de repas par mois, alors tant qu'à faire... Et pour la veille, elle avait prévu des sandwichs. Enfin, cette année, Sally Channing ne leur avait pas déposé de cacahuètes au vinaigre, mais cela n'avait rien d'étonnant.

Quand elle arriva chez elle, son père était à l'étage, dans son bureau, et sa mère assise au piano, sans jouer. Les mains au-dessus du clavier, elle semblait attendre qu'un marionnettiste vienne tirer ses ficelles.

Evelyn jeta son sac dans l'entrée et monta directement au premier. Elle poussa la porte du bureau de son père en frappant en même temps. Il était installé à sa table de travail, devant un verre de bourbon et un gros livre ouvert, en train de se curer les ongles avec une lime.

C'était en grande partie Barbara qui s'était chargée de la décoration de cette pièce, d'où les rames et les skis en bois et la lettre encadrée adressée au secrétaire à la Marine, signée William McKinley et commençant par « Mon cher Pots ». (Evelyn avait conclu depuis longtemps que cela n'avait strictement rien à voir avec sa famille maternelle.) Dale y avait ajouté quelques notes personnelles : un fanion de l'université de Caroline du Nord et des livres d'épidémiologie, de chimie, de biologie et bien sûr de droit. Une étagère était consacrée à des trophées et distinctions en forme de pyramide de cristal ou de presse-papiers en métal.

Il posa sa lime et fit signe à Evelyn de s'asseoir.

— Non, merci, papa. Je voulais juste voir si on pouvait organiser autre chose pour le dîner de Noël. Les sandwichs qu'a prévus maman sont un peu déprimants.

— Ils viennent d'une nouvelle boutique d'Easton. Je ne les trouve pas trop mal.

— C'est ce que dit maman. Mais là n'est pas la question. Je n'ai pas envie de manger des sandwichs le soir de Noël. Pas de bas, pas de sapin, pas de cuisine : ce n'est pas très festif.

— Si tu as envie d'un sapin, va en chercher un.

— Ce n'est pas la question.

— Un bourbon ?

— Quoi ?

— Tu veux un bourbon ? Tu aimes bien ça, non ?

— Pas particulièrement, répondit-elle en levant son gobelet de café.

Son père la servit tout de même.

— J'ai quelque chose à te dire, annonça-t-il.

— Une mauvaise nouvelle ?

Il attendit pour répondre qu'Evelyn ait posé son café et trempé les lèvres dans son bourbon. Elle fit la grimace et reprit son café.

— Qu'est-ce que tu as lu, sur toute cette affaire ?

— Rien. J'ai préféré rester en dehors de ça. De toute façon, tu m'as dit qu'il n'y avait pas grand-chose à lire.

Il se resservit et revissa soigneusement le bouchon.

— Ah bon ? Bon. C'est exact. Il n'y a pas grand-chose. Bon. Je vais avoir d'assez longues vacances de Noël, finalement. J'ai décidé de prendre un congé exceptionnel du cabinet.

— Toi qui ne prends pour ainsi dire jamais de vacances.

— Je crois que cela pourrait aider à régler certains problèmes et à apaiser le gouvernement.

— Mais ce n'est pas compromettant, au contraire, de quitter le cabinet au beau milieu de cette enquête ?

— Je ne quitte pas le cabinet : je prends un congé.

— Il ne s'est rien passé, donc ? Le grand jury n'a rien trouvé ?

Dale se mit à tapoter sur le bureau avec sa lime.

— Pas à ma connaissance, non.

— Alors n'est-ce pas tendre le bâton pour te faire battre ? Tu ne ferais pas mieux de continuer comme si de rien n'était ?

— Mon avocat et moi estimons que c'est ce qu'il y a de mieux à faire.

— Papa, une enquête du grand jury, ce n'est pas si grave que ça. L'important, c'est la façon dont tu réagis. Si tu te mets en congé, ça va faire jaser. Sérieusement. Les gens vont finir par se demander si tu n'as pas quelque chose à te reprocher. Tu ferais mieux de continuer comme si de rien n'était.

— Mettons que je connaisse un peu mieux le droit que toi, tu veux bien ? répliqua Dale en tapant à plusieurs reprises sur la table avant de poser la main sur un album ouvert à une page de photos en noir et blanc. Tu sais ce que c'est que ça ?

— Non.

— Regarde.

Il se leva pour lui apporter l'album aux coins jaunis. Ses cheveux grisonnaient, maintenant. Elle essaya, en vain, de se souvenir d'avant, de la dernière fois où elle l'avait vu les cheveux encore tout à fait bruns. Quand le corps commence-t-il à se voûter ? se demanda-t-elle. Quand les tics deviennent-ils de drôles de manies de vieux ? Comme pour lui répondre, Dale se racla la gorge et fut pris d'une quinte de toux grasse.

— Scipio High, précisa-t-il. Mon lycée. J'étais dans l'équipe de base-ball. Les Raiders. Il y en avait une dans chaque ville minière. Et des équipes d'adultes, aussi. Il arrivait qu'on embauche un contremaître rien que pour ses qualités de bloqueur.

Il la contempla comme s'il cherchait à lire sur son visage une réaction qu'il ne trouva pas, puis passa à une autre page. C'était une photo de lui avec de grandes chaussettes blanches et un sourire plein d'assurance, qui courait sur le terrain, un groupe de garçons à la mine fanfaronne dans son sillage. Il s'adressait à sa troupe tout en fixant l'appareil photo d'un air futé.

— J'étais capitaine de l'équipe de base-ball. Je me débrouillais bien. Là, derrière moi, c'est Jimmy Happabee. Un sacré receveur. Le samedi soir, le seul soir où on ne travaillait pas, on faisait le tour de la ville comme des cinglés dans la voiture de son père, raconta-t-il en fermant l'album. C'était une autre époque. C'est ce que disaient déjà les vieux, autrefois, et me voilà comme eux. Dis, tu es heureuse ? demanda-t-il en la regardant. Tu t'es plu à Sheffield et à Davidson ?

— Oui, papa.

— Tu as de bons amis. Et de l'argent. Plein d'argent.

Elle but une gorgée de café. Était-ce ce qui l'avait poussé à faire ce qu'on lui reprochait – s'il l'avait fait ? La volonté que sa famille ne manque de rien ? Ou celle de ne manquer de rien lui-même ? Quoi qu'il en soit, ce n'était pas assez. Elle ne savait pas exactement combien sa famille avait d'argent. Plusieurs millions, au moins, estimait-elle en tenant compte des grosses sommes que son père avait gagnées et des dépenses souvent excessives de ses parents. Son père imaginait sans doute que c'était suffisant pour lui ouvrir les portes de l'élite new-yorkaise. Mais quelques millions, c'était ce que gagnait un médiocre directeur de fonds spéculatif en un an.

— Tout va bien, papa, déclara-t-elle.

Quand il reposa l'album sur son bureau, elle vit que sa main tremblait.

— Tant mieux. Tant mieux. Je vais ranger ça. Il sera sur cette étagère-là. Tu peux le consulter quand tu veux.

— D'accord.

— Evelyn, même si le grand jury trouve quelque chose, je veux que tu saches que la loi est tout, à mes yeux, et que jamais je ne l'aurais enfreinte et que jamais je ne l'ai fait.

Elle avait peine à le croire. Son père avait toujours réussi à concilier son ambition et la loi, sauf cette fois-là, manifestement. On n'imagine pas qu'on va se faire prendre, songea-t-elle, tant qu'on ne s'est pas fait prendre.

— Au fait, finit-elle par dire. Si tu es en congé, papa, que vas-tu faire pour les Luminaries ?

— Les quoi ? Ah, le dîner de ton amie, dit-il en secouant la tête. Tu ferais mieux d'annuler.

— Comment ça, je ferais mieux d'annuler ? J'étais la première à te dire de ne pas accepter.

— Qu'est-ce que ça peut faire, Evelyn ? Ce n'est qu'un dîner.

— Elle t'a inscrit. Elle va me tuer si tu te dédis. Et l'argent ?

— Quel argent ?

— Le don. Que tu es censé faire. Elle t'a engagé à hauteur de vingt-cinq mille.

— Tu n'as jamais parlé d'un don de vingt-cinq mille dollars.

— Je suis certaine que si, affirma-t-elle, consciente de mentir.

— Tu as bien évoqué un don, Evelyn, mais pas supérieur au revenu annuel de beaucoup d'Américains. Promettre que j'allais donner vingt-cinq mille dollars à une cause soutenue par ton amie ? Tu as perdu la tête ?

Il la fixait sans ciller.

— Je n'ai rien promis. C'est toi qui as voulu y aller.

— Evelyn, je ne pense pas qu'il sorte quoi que ce soit de cette enquête. Mais franchement, dans le cas contraire – et même –, tu ne crois pas qu'il serait indécent que je donne vingt-cinq mille dollars à une de tes amies en ce moment ?

— Et donc, qu'est-ce que je dois lui dire ?

Il sourit et reprit l'album.

— Enfin, Evelyn, tu n'as qu'à lui dire que je ne peux pas venir.

— Ce n'est pas si simple que cela.

Mais il ne l'écoutait plus. Il avait rouvert l'album à la même page. Il suivait du doigt la légende dont elle ne pouvait lire que le début : « L'équipe de base-ball et son capitaine D. Beegan... »

Il ne leva pas les yeux quand elle poussa vers lui son bourbon qu'elle n'avait pas bu puis sortit.

17
Questions de sécurité

La sonnerie stridente de l'interphone de son appartement fit sursauter Evelyn. Qu'est-ce que c'était que ça ? Où devait-elle aller ? Il faisait noir ; était-on aujourd'hui ou demain ?

Une seconde sonnerie la tira du canapé.

— Allô ? Oui ?

— Mademoiselle Evelyn, Mlle Charlotte monte.

— Que... quelle heure est-il ?

— 20 h 05, mademoiselle.

Il lui fallut quelques secondes pour retrouver le fil de la soirée. Elle était partie tôt de chez PLU pour aller à un cours de yoga *vinyasa*. Malgré ses efforts, elle n'avait pas réussi à apaiser l'angoisse qu'elle éprouvait dès qu'elle pensait à son père, à sa situation financière et au dîner des Luminaries. Après le cours, elle s'était changée. Elle ne voulait pas que les autres filles, qui se maquillaient pour sortir, pensent qu'elle n'avait rien de prévu ce soir. La blonde qui se séchait les cheveux à côté d'elle pendant qu'elle se recoiffait lui avait adressé un sourire entendu dans le miroir. Elle portait une bague à l'annulaire gauche. Taille princesse, monture platine : elle devait être fiancée avec un banquier.

Elle était pratiquement certaine que, moyennant suffisamment d'allusions, elle pourrait se faire offrir une bague similaire par Scot. Tout le monde se fiançait, ces temps-ci.

Evelyn n'avait aucune envie d'être éternellement la pauvre célibataire. Mais à quoi bon extorquer une bague à Scot ? Quitte à se marier avec un homme pour lequel on ne ressentait pas grand-chose, autant que ce soit pour se faire offrir la vie dont on rêvait. Sarah Leitch, par exemple, dont le mari était courtaud et ennuyeux au possible, mais avait gagné vingt millions l'année dernière, était en train de refaire de fond en comble la décoration de leur propriété viticole de Napa.

Evelyn s'était donc recoiffée, maquillée et avait chaussé ses Jimmy Choo. Puis elle avait passé une bague dorée à l'envers à son annulaire gauche pour simuler une alliance. En quittant la salle de sport, elle avait toutes les apparences d'une jeune femme mariée qui s'apprêtait à sortir.

— Pouvez-vous lui dire que je ne suis pas là ? demanda-t-elle au portier.

— Désolé, mademoiselle. Comme c'est une visiteuse habituelle, je l'ai fait monter. C'est la procédure.

Elle n'avait pas beaucoup vu Charlotte, ces derniers temps. Son amie passait son temps à visiter des musées au nom aussi édifiant qu'ennuyeux et clamait que c'était passionnant et qu'elle apprenait tellement plus de choses qu'Evelyn dans ses mondanités. Evelyn savait que Charlotte trouvait absurde sa façon de vivre. Ce qu'elle ne pouvait soupçonner, c'était combien il était facile d'en devenir dépendant.

Quand elle frappa à la porte de l'appartement, Evelyn se hâta de glisser sa bague à la main droite et feignit la surprise.

— Oui ? Qui est-ce ?

— Charlotte.

— Ah ! Cha ! Entre. Pardon, ils ne m'ont pas prévenue.

Elle ouvrit à une Charlotte de toute évidence fatiguée, vêtue d'un tailleur gris très chic sans doute choisi par la styliste personnelle à laquelle elle faisait appel. Ses boots en caoutchouc L.L.Bean étaient trempés de neige fondue.

— Tu aurais une bière ? demanda-t-elle.

— Qu'est-ce que tu fais dans le quartier ? Et sortie du boulot à 8 heures ?

— Je ne suis pas sur une négo, en ce moment : ça faisait des siècles. Mais tu es gonflée de me demander ce que je fais là alors que c'est toi qui as complètement disparu de la circulation. Sans rire, tu étais passée où ?

— Je n'ai que du vin.

— Tu as toujours de la bière.

— Du vin, Cha, c'est tout.

Elle se laissa tomber sur le canapé et prit le verre de vin qu'Evelyn lui offrait.

— Tu es chic. Tu sortais ?

— Non, j'avais un truc après le boulot. Alors, quel bon vent t'amène ?

Le yoga, c'était un « truc », non ?

— Pff. Un rencard. Pas terrible. J'ai l'impression que tous les gens que je rencontre me prennent pour une lesbienne.

— Tu avais tes boots en caoutchouc ?

— Evelyn…

Charlotte fit un mouvement pour se lever.

— Pardon ? Pardon ! dit aussitôt Evelyn, les deux mains en avant.

— Non, je n'avais pas mes boots en caoutchouc. Merci bien.

— Non, mais…, fit-elle en lui resservant du vin. Je suis désolée pour ton rencard. Ils sont nuls : tu es trop bien. Un jour, c'est toi qui dirigeras Graystone.

— En boots ?

— Franchement ? Non, pas en boots.

Charlotte laissa échapper un rire un peu amer.

— Ah, Graystone. Mouais, enfin je suis une femme. Donc, ça n'arrivera pas. Je ne parviens pas à jouer le jeu de New York. Si jamais je sors du bureau pas trop tard, le temps que j'aille à la salle de sport et que je rentre chez moi, il est l'heure de me coucher. Rincer, et recommencer sept jours de suite. Comment veux-tu que je trouve quelqu'un ? J'ai quand même fini par rencontrer un mec – à un truc de boulot, d'ailleurs – mais figure-toi qu'il m'a dit que j'étais trop sérieuse pour lui, à cause de mon job ! Tu te rends compte !

— Cha, Cha... C'est n'importe quoi. Il est débile.

Evelyn s'assit à côté d'elle et lui tapota maladroitement le genou.

— Hou là là. Un geste physique de réconfort d'Evelyn Beegan : ce doit être très grave.

Evelyn sourit.

— Je me souviens des deux occasions, à Sheffield, où tu m'as serrée dans tes bras, poursuivit Charlotte. La remise des diplômes et la mort de mon oncle John.

— Ça s'imposait, non ?

— Et ne parlons pas de ta mère. Après toutes ces années, je n'ai toujours droit qu'à une poignée de main énergique. Tu as eu le meilleur coach.

Du doigt, Evelyn arrêta une goutte de vin qui coulait le long de la bouteille.

— Ce n'est pas faux.

— Et chez PLU, comment ça va ?

— C'est l'enfer, Cha. Ils ne pensent qu'à faire monter les adhésions. Je comprends leur point de vue, mais ce n'est pas du tout le créneau du site. À quoi bon essayer de faire un sous-MySpace ? Le côté haut de gamme tient la route ; on voit arriver de nouveaux membres et on commence à avoir une certaine influence. Et les voilà prêts à sacrifier tout cela juste pour avoir plus de monde.

— C'est bizarre, j'avoue. Le positionnement est pourtant bon. Même si ce n'est pas mon truc, j'imagine que les publicitaires sont ravis de pouvoir accéder à Camilla Rutherford et ses semblables.

— Exactement. Sauf qu'ils ont plus ou moins abandonné cette stratégie en cours de route et me voilà sur la touche. Jin-ho a repris une partie des adhésions et le marketing, alors qu'il n'a aucune idée de ce qui plaît à notre cible. C'est l'hallu.

— Tu dis « hallu », désormais ?

— Je l'ai toujours dit.

— D'accord, Camilla. Bon, maintenant, tu veux bien me dire où tu étais passée ces derniers mois, si tu n'étais pas en train de te tuer à la tâche ? Tu t'es pacsée avec Camilla et vous êtes parties en lune de miel aux Fidji ?

— Je n'ai pas bougé. Je suis restée presque tout le temps à New York. Je suis un peu allée à Aspen, et bien sûr à Bridgehampton. Ah, et à Newport. Et à Quogue : c'est très beau, en hiver.

— N'en jetez plus ! Qui aurait cru que la fille qui portait un pantalon à pinces sur sa photo de dernière année à Sheffield allait devenir une icône du beau monde ?

— À pinces ? Mais non !

— Mais si ! Carrément !

Evelyn s'enfonça dans le canapé en riant.

— Euh…, fit Charlotte doucement, les histoires de ton père…

— Quelles histoires ? demanda Evelyn en se redressant, sur ses gardes.

— Les histoires avec son cabinet, répondit Charlotte qui semblait chercher ses mots. Si tu as envie d'en parler…

— Non, je n'ai pas envie d'en parler. Je ne sais pas ce que tu sais, mais cela ne te regarde pas. Ce n'est pas grand-chose, de toute façon. Il ne va rien se passer et je te serais reconnaissante de ne rien dire à personne, martela-t-elle.

— Parce qu'il ne faudrait pas que Camilla l'apprenne ?

— Elle est au courant, figure-toi, Charlotte.

— Évidemment. Confidente numéro un.

Au bout d'un moment de silence, Charlotte poussa un profond soupir.

— Et Pres, tu le vois un peu ?

— Pres ? Bien sûr. Tiens, on devait dîner ensemble la semaine dernière, mais on est allées au River Club avec Camilla, finalement. Sur Sutton Place, tu sais ? Il y a un club trop génial en bas. Oh ! Et tu ne devineras jamais qui j'ai vu.

— Pour revenir à Pres, dit Charlotte avec insistance, je suis sortie avec lui mardi. Dans mon esprit, nous allions boire un verre ou deux, mais il a fini complètement bourré. Il m'a envoyé un SMS à 1 heure du matin du King Cole Bar, puis il est allé se promener sur la Onzième Avenue. Je suis même étonnée qu'il ne se soit pas fait agresser.

— Oh, c'est drôle. J'étais au King Cole mardi et je ne l'ai pas vu. Il devait être plus tôt, parce que Nick, Camilla et Bridie Harley voulaient se retrouver après…

— Evelyn. Écoute-moi. Je m'inquiète pour lui. Il boit beaucoup plus que d'habitude.

— Pardon. Pardon. Je ne m'en étais pas aperçue. Sans doute que cela ne doit pas trop me préoccuper. On est en hiver, il fait mauvais, tout le monde boit plus. Et Pres tient particulièrement bien l'alcool. Il vient à mon dîner d'anniversaire au Colony dans une semaine. Je te promets d'avoir un œil sur lui. C'est tellement dommage que tu sois à Indianapolis ce soir-là. Je t'ai dit que Camilla faisait un thème tropical ? Ça va être dingue.

Charlotte avait l'air perturbée.

— Oui, ça va aller, sûrement. Ah, au fait, j'ai un truc à te rendre de sa part. Il a dû imaginer que je te verrais avant lui, sans doute. C'est pour ça que je suis venue ce soir. Ça fait des semaines que je le trimballe. Ton CD des Whiffenpoofs, dit-elle en le sortant de son sac.

— Les Poofs ! Oui, ça fait des mois que j'attends qu'il me le rende. Tu veux bien le mettre ? Mon ordi est allumé.

— OK.

Charlotte alla jusqu'au buffet sur lequel était posé son ordinateur, flanqué de deux livres de photographies de Slim Aarons. Elle inséra le CD dans le lecteur. Aux premières notes de « The Rainbow Connection », elle prit le carnet de chèques d'Evelyn posé à l'envers à côté.

— Evelyn Beegan ! Ne me dis pas que tu fais encore des chèques.

Evelyn ne savait pas depuis combien de temps le carnet traînait là. Des semaines ? À quand remontait la dernière facture qu'elle avait payée ?

— Tu n'es pas passée à la banque en ligne ? s'étonna Charlotte.

— C'est trop compliqué. Tu veux de l'eau ? Je meurs de soif, dit-elle pour essayer de changer de sujet.

— Oui.

Pendant qu'elle remplissait deux verres d'eau filtrée, elle entendit le rapide cliquetis des touches du clavier.

— Cha, qu'est-ce que tu fais ?

— Je vérifie un truc en ligne.

Evelyn se souvint que Charlotte avait pris un cours de dactylo rapide un été où elle-même était en stage de tennis. Manifestement, elle n'avait pas perdu la main.

Quand elle revint avec les verres d'eau, Charlotte était debout devant son vieil IBM, l'air ravie.

— Regarde ! Je suis en train de t'enregistrer. Ton numéro de compte était sur le chéquier. Il ne te manque plus qu'un nom d'utilisateur. Qu'est-ce qu'on met ? EvBeeg ?

— Charlotte, je n'ai aucune envie d'avoir un compte en ligne, d'accord ? Tu veux bien arrêter ?

— Détends-toi, Ev. Je t'assure que ça va te faire gagner du temps. Voilà. Tu n'as plus qu'à choisir un nom d'utilisateur et un mot de passe.

Evelyn posa brutalement le verre de Charlotte et le poussa vers elle sans se donner la peine d'essuyer les traces d'eau sur le buffet.

— Tu es vraiment obligée d'apporter chez moi tout le tourbillon de ta journée de travail ? Ça ne m'intéresse pas du tout.

— Oui, oui, oui. Tu te souviens, à Sheffield, quand tu refusais d'avoir une carte de paiement ? Tu en étais encore à payer tes courses par chèque et ta mère t'envoyait des mandats postaux en cash. C'est super facile, je t'assure. Regarde.

Si seulement sa mère pouvait encore lui envoyer des mandats…, songea Evelyn en buvant une petite gorgée d'eau. Elle lui trouva un goût métallique et retourna au canapé et à son verre de vin. Il fallait qu'elle reprenne sa situation financière en main, elle le savait. Charlotte pourrait peut-être l'aider. D'ailleurs, la situation n'était pas aussi grave qu'elle l'imaginait. Les factures, les relances et les lettres des organismes de crédit s'accumulaient dans son tiroir à argenterie telle une menace silencieuse. Pour ne plus les voir, elle avait pris l'habitude de se contenter des couverts en plastique fournis avec les plats thaïs et les sushis qu'elle se faisait livrer. Ainsi, elle n'avait plus à ouvrir le tiroir que pour y glisser d'autres enveloppes.

Elle se resservit un verre de vin et se leva.

— OK, dit-elle. Evie98.

C'était l'année de son diplôme de Sheffield. Puis elle se pencha par-dessus l'épaule de Charlotte pour entrer son mot de passe habituel, « maybefaraway », d'après les paroles d'*Annie*.

— Bien. Maintenant, les questions de sécurité.

Evelyn parcourut le menu déroulant. La marque de sa première voiture ? Sa meilleure amie d'enfance ? Son héros ? Où elle avait rencontré son conjoint ? Elle ne pouvait répondre à aucune question. Elle n'avait jamais eu de voiture, parce qu'elle était en pension à l'âge où les autres passaient leur permis. Sa meilleure amie d'enfance était sans doute sa mère, mais il n'était pas question qu'elle écrive cela. Qui avait encore des héros, de nos jours ? À quoi jouait la banque ? Elle essayait de faire entrer Evelyn Beegan dans les cases bien définies de la grande consommation ?

— Ev ?

— C'est un exercice débile, Charlotte.

— Tu es impossible. Je vais répondre pour toi. Héros : Brooke Astor.

— Très drôle.

Charlotte tapa effectivement le nom de la célèbre mondaine puis passa en revue le courrier dans le plateau d'argent. Mais il n'y avait que des invitations et des demandes de dons pour des œuvres caritatives.

— Où sont tes factures, Ev ?

Evelyn se mit à se tripoter les cheveux en se demandant ce qu'elle pouvait inventer pour éviter que Charlotte ne se mette dans tous ses états.

— Je ne sais pas.

— Evelyn ! Je te signale que je suis en train de jouer les opératrices de saisie de luxe, aux frais de Graystone Partners. Tu peux arrêter de te conduire comme une gamine de deux ans ?

Elle se rappela que son relevé de compte-chèques, arrivé dans la semaine, n'avait pas encore été séquestré dans le tiroir. Il n'y avait pas grand-chose dessus, mais il n'était pas à découvert : elle pouvait le montrer à Charlotte. Elle alla le chercher sous un catalogue, sur la console de l'entrée, et le lui tendit.

— Ça t'ennuie si je l'ouvre ? demanda Charlotte qui déchirait déjà l'enveloppe.

Evelyn préférait ne pas regarder. Elle s'occupa en allant vider dans l'évier un vase de fleurs mortes. Puis elle vaporisa du parfum d'ambiance pour masquer l'odeur d'eau croupie.

— Il me faut celui de ta carte de crédit, Evelyn.

— Hein ?

Charlotte était si sévère qu'Evelyn regrettait déjà de lui avoir laissé une ouverture.

— Où places-tu tes économies, au fait ? Il vaut mieux ne pas laisser trop d'argent sur son compte-chèques. Tu es chez qui ? Vanguard ? Schwab ?

— Bon, d'accord.

Evelyn fit couler de l'eau pour se laisser un instant de réflexion. Elle ne s'attendait pas à ce que le solde de son compte soit si bas. À entendre Charlotte, elle était presque à sec. Et cette idée qu'elle avait forcément des économies ou de l'argent placé quelque part... encore une réalité à laquelle personne ne l'avait initiée.

— On pourrait même mettre en place un virement mensuel automatique depuis ton compte d'investissement afin de ne pas entamer ton capital.

Evelyn parvint à sortir quelques mots.

— Pas tout de suite. Ce n'est pas la peine, pour le moment.

Les gens avaient-ils donc tous des comptes d'investissement à part qui alimentaient leur compte courant tous les mois ? Comment se pouvait-il qu'elle ne sache pas tout cela ?

— Pas de souci. Revenons donc à la banque en ligne. On va commencer par s'occuper des dépenses courantes. Loyer, câble – tu paies l'Internet séparément ? –, portable. Et tes cartes de crédit, c'est ça ? Tu as quoi ? Une AmEx, non ?

Evelyn continuait de laisser couler l'eau sur une éponge défraîchie. Au fond, Charlotte saurait peut-être quoi faire. Si la situation était vraiment dramatique, elle lui proposerait peut-être même de lui prêter de l'argent. Evelyn commencerait par refuser sans grande conviction, puis elle accepterait avec reconnaissance. Alors, elle pourrait payer ses factures – au moins une partie de ses factures – et tout irait bien. Elle essuya l'eau autour du vase.

— Et d'autres, aussi, avoua-t-elle d'une toute petite voix.

— C'est-à-dire ?

— Une Visa, une Barneys, une Scoop.

— Ah, Scoop a une carte de crédit ? Quel est le taux annuel de ces trois-là ?

Evelyn passa l'éponge sur le plan de travail en étalant l'eau plus qu'elle ne l'épongeait.

— Je ne sais pas trop.

— Bon, il me faut les relevés.

— Les relevés.

— Les relevés.

Evelyn prit une seconde bouteille de vin et retourna s'installer sur le canapé.

— Viens t'asseoir, Charlotte, dit-elle avec un sourire.

— Non, je ne veux pas que la session expire.

— Écoute, apporte le tire-bouchon, on va reboire un verre, d'accord ?

— Ça ne sera pas long.

— Je t'assure. Il nous faut un verre.

— Où est le tire-bouchon ?

C'est alors qu'Evelyn entendit le cliquetis de l'argenterie. Quand elle se retourna il était trop tard. Charlotte avait déjà en main un feuillet bleu ciel American Express. L'enveloppe vide était en équilibre instable au bord du buffet. Elles se regardèrent une longue minute, figées, muettes.

— Pose ça, Charlotte. S'il te plaît, pose ça, finit par dire Evelyn.

— Tu sais ce que tu dois ? Est-ce que tu sais ce que tu dois ?

— Pose ce relevé, Charlotte. De quel droit tu fouilles dans mes affaires ? Hein, de quel droit ?

— Là n'est pas la question. Tu as besoin de ça. Ta carte de crédit – et encore, *une seule* de tes cartes de crédit –…

— Ça va, OK ? Ça va.

— Mais non ça ne va pas ! Ça ne va pas du tout ! s'exclama Charlotte en agitant la feuille. Je pensais que c'était tes points fidélité, mais tu dois soixante-cinq mille dollars sur ton AmEx. Tu sais ce que… Non, c'est bon, on va trouver une solution. On va se poser, calculer les versements minimums et faire les virements.

— Je suis à jour des minimums, déclara Evelyn assez fort.

Mais à voir la panique de Charlotte devant ce relevé – un seul parmi tant d'autres –, elle commençait à avoir peur, elle aussi. Le problème était considérable. Un prêt de Charlotte ne suffirait pas à le résoudre, loin de là. Rien ne pourrait le résoudre, en fait.

— Non. Non. Tu… tu vois ça ? Tu es en retard sur les remboursements minimums. Du coup le taux est passé à vingt-deux pour cent. Cela signifie que tu paies des milliers de dollars rien qu'en frais.

Charlotte prit dans le tiroir une pile d'enveloppes qu'Evelyn n'avait même pas ouvertes. De nouvelles factures dont elle n'avait pas payé le minimum. Elle frémit en la voyant les ouvrir.

— Barneys… mon Dieu, Visa… Tous ces crédits que tu ne rembourses pas, ce n'est pas possible, Ev. Tu es en train de massacrer ton indice de solvabilité.

Evelyn fixa Charlotte, mal peignée, hystérique, qui la jugeait et l'enfonçait au lieu de l'aider comme elle l'avait promis, et la trouva soudain affreuse. Elle avait le nez gras, les pores apparents. Ses cheveux s'échappaient de sa queue-de-cheval. Pas question de lui laisser voir combien elle l'avait ébranlée, même si l'angoisse lui vrillait l'estomac.

— Je vais te demander de partir, maintenant, énonça-t-elle lentement.

— Non, Evelyn. Quatre mille dollars chez Gucci ? Neuf cents chez Saks ?

— Arrête de fouiller dans mes affaires.

— Ev, tes parents... ils peuvent t'aider...

— Toi qui sembles si bien renseignée sur la situation de mon père, tu dois savoir que non, en fait. S'il te plaît, repose ces papiers, Charlotte. Tout de suite.

Elle lui arracha les enveloppes des mains et les enfonça dans le tiroir, qu'elle repoussa avec quelque difficulté. Charlotte ouvrit la bouche, la referma et recula d'un pas. Evelyn ne bougea pas, les yeux rivés sur le buffet, comme si une surveillance constante pouvait empêcher son contenu de s'introduire dans sa vie.

Elle entendit Charlotte ramasser ses affaires et la porte d'entrée claquer. Mais elle resta là, immobile, tremblante de l'effort qu'elle devait déployer pour tout garder sous contrôle.

18
People Like Us

— C'est une mauvaise blague, fit sèchement Evelyn en fixant le mur de bois sombre auquel étaient accrochés des maillots encadrés.

Jin-ho avait demandé un service à son copain qui était à la direction des Rangers. Pour comble de l'horreur, People Like Us s'était retrouvé sponsor d'une réception dans un bar de Midtown East pendant un match des Rangers contre les Devils, un samedi après-midi d'avril. La belle typo et le logo en forme de fleur de lis stylisée qu'Evelyn avait aidé à choisir pour évoquer un lien avec l'aristocratie européenne se trouvaient relégués sur des affiches entre deux casques de hockey.

Elle soupira le plus fort possible, mais les autres – les hôtesses à forte poitrine que Jin-ho avait recrutées pour l'occasion dans une agence d'événementiel et le personnel du bar qui installait les tables et les pichets de bière – étaient trop loin pour l'entendre.

Elle se retourna vers la porte vitrée sale par laquelle entraient des bouffées d'air froid pour composer le numéro de Camilla.

— C'est de la télépathie, lança son amie en guise de bonjour. On part justement déjeuner à – où ça, déjà ? Je ne sais plus, quelque part dans Chinatown. On va manger de la soupe aux raviolis et boire du vin pas cher.

Viens avec nous. Non, en peau de serpent, s'il vous plaît, ajouta-t-elle à l'adresse de quelqu'un qui devait se trouver en face d'elle.

— Tu ne devineras jamais où je suis. Un bar sportif de Midtown East. Il n'y a pas pire.

— Qu'est-ce que tu fabriques là-bas ?

— Une opération adhésions de People Like Us.

— Nase. Phoebe dit que c'est le meilleur restau chinois de New York. Mais un vrai bouge. Ensuite, on va essayer de trouver un herboriste chinois grâce à qui nous resterons éternellement jeunes. Je t'ai parlé de la racine de *he shou wu* ? Tu crois qu'il me faut des escarpins en peau de serpent verts ?

— C'est horrible, Camilla.

— Non, ceux-là sont d'un assez joli vert.

— Je te parle de cet événement PLU. Je crois que je vais péter un câble.

— Va-t'en, dans ce cas. Viens nous rejoindre. On va aussi se faire faire une séance de réflexologie plantaire, après. C'est le premier jour depuis des siècles où on ne se gèle pas trop.

— Impossible. Je suis censée recruter de nouveaux membres. Mais ce n'est tellement pas PLU, si tu savais...

Une fille de l'agence d'événementiel prit Evelyn par le coude. Le logo magenta « People Like Us ! » de son tee-shirt trop petit s'étirait sur sa poitrine généreuse.

— Pardon, fit-elle, People Like Us, c'est bien ça ?

— Je suis au téléphone, répondit Evelyn.

— On a besoin d'un coup de main.

— Je m'en occupe dès que j'ai raccroché.

— Non, maintenant. Les invités arrivent dans dix minutes.

— Attendez. Milla ? reprit-elle dans le téléphone. Pardon, une fille en tee-shirt de bébé me harcèle pour que je fasse un truc. Je te rappelle en partant, d'accord ? On pourra peut-être se retrouver au Bar Sixty-Eight ?

— Je ferai sûrement la sieste, mais appelle toujours.

— Merci du compliment sur mon tee-shirt, dit la femme d'une voix doucereuse quand Evelyn raccrocha.

— Je vous en prie, répondit-elle sur le même ton. Vous vouliez ?

— C'est au sujet des flyers marketing.

— People Like Us ne fait pas de flyers marketing. Cela fait justement partie de notre stratégie.

— Si, il y en a, et vos patrons veulent qu'on les distribue personnellement aux invités.

— Des flyers ? Mais qui a fait des flyers ?

— Nous. À la demande de People Like Us.

— C'est absurde : je ne suis même pas au courant alors que c'est moi la responsable des adhésions.

— C'est peut-être le moment d'essayer un tee-shirt pour bébé et de voir comment il vous va. Et allez trouver Simon dans la salle du fond pour les brochures.

Evelyn rejoignit en traînant des pieds un homme qui portait un badge « Bonjour, je m'appelle… Simon ». Il avait à la main une pile de brochures. Elle en tira une et en fit tomber plusieurs sur le sol. Pendant que Simon s'empressait de les ramasser, Evelyn la parcourut. Elle en était à « People Like Us, un nouveau réseau social pour communiquer avec d'autres fans de sport/musique/shows télévisés » quand la voix de Jin-ho derrière elle la fit pivoter sur place.

— Qu'est-ce que c'est que ça ? s'enquit-elle en tenant la brochure entre le pouce et l'index comme un Kleenex usagé. Communiquer entre fans de musique et de télé ? Déjà, une réception dans un bar à bière… mais là, franchement… !

Avec un calme exaspérant, Jin-ho lui prit le flyer des mains et le déposa sur la table.

— Nous avons réclamé une augmentation des adhésions. Comme nous n'avons rien eu, nous essayons autre chose.

— Sans me demander mon avis ?

— Nous t'avons priée à maintes reprises de revoir la stratégie, et tu t'es bornée à répondre que cela ne plairait pas à tes amis chics.

— Ce n'est pas du tout ce que j'ai dit, et tu le sais parfaitement. J'ai dit que nous devions nous démarquer de tous les autres réseaux sociaux. Et pardonne-moi si j'estime que la retransmission d'un match de hockey et la distribution de prospectus ne constituent pas le meilleur moyen d'y parvenir. Désolée, mais c'est absurde. Il y a de la bière et de la sciure par terre, les toilettes sont carrément insalubres et les banlieusards ne vont pas tarder à venir s'en jeter un avant de prendre le train. Par définition, c'est tout le contraire de notre cible.

— Franchement, répliqua Jin-ho, dont les oreilles commençaient à rougir, ta réaction ne m'étonne pas, Evelyn. Depuis des semaines, si ce n'est des mois, tu as une attitude inadmissible. Et tu ne fais pas ce que nous te demandons.

— J'ai fait venir le gratin, comme membres. Pardon, mais Camilla Rutherford ? Bridie Harley, qui a un siège au premier rang à la cérémonie des Oscars à vingt-huit ans seulement ? Caperton Ripp, dont la famille a pour ainsi dire fondé Charleston ?

— Ça, c'était au début. Mais qu'as-tu fait, depuis trois mois, Evelyn ? Franchement ? Vas-y, cite-moi quelque chose.

— Je vous ai fait je ne sais combien de propositions, auxquelles vous avez toujours dit non.

— Parce que tes idées n'étaient pas adaptées à notre site.

— Ah, pardon. J'avais cru comprendre que les membres de People Like Us avaient fait des études. Et voyagé.

Qu'ils s'intéressaient à l'art. Entre autres parce que vous m'aviez dit que c'était le type de gens que vous visiez. C'est donc ceux que j'ai fait venir. Alors excuse-moi si je pense que cette histoire de match de hockey que tu as organisée avec ton pote des Rangers est complètement à côté de la plaque.

— Oui, Evelyn, comme tu ne cesses de nous le rappeler, tu connais bien ce groupe. Cela dit, tu n'as pas fait ce que nous te demandions, c'est-à-dire faire augmenter le nombre d'adhésions conformément à ce que souhaite Ulrich.

— Ça ne va faire que déprécier le site.

Elle toisait Jin-ho en attendant qu'il admette ses torts. Mais il se contentait de fixer un point derrière elle. Simon avait disparu, et les hôtesses allaient et venaient pour mettre en place la salle.

— Ça ne marche pas, finit par dire Jin-ho. Nous allons devoir nous passer de toi.

— Tu es en train de me virer ?

— Oui. Ann t'appellera lundi pour la procédure.

— Tu me licencies dans un bar ? Devant les *toilettes* d'un bar ?

— Je suis navré si cela ne correspond pas à tes valeurs.

Jin-ho avait les oreilles écarlates, mais le reste de son visage demeurait pâle.

— Cela fait un moment que tes performances ne sont plus satisfaisantes, Evelyn. Si tu ne peux même pas te donner la peine de participer à un événement qui nous semble essentiel pour les adhésions et l'avenir du site, nous voilà fixés.

— Je veux parler à Arun.

— Il est de mon avis. Nous comptions attendre ton retour au bureau, mais pourquoi faire traîner les choses ?

— Écoute, je suis capable de faire ce travail. Mes idées étaient excellentes. Si tu tiens vraiment à des événements sportifs, très bien. Je m'y mettrai. Même si je persiste à penser que vous faites fausse route.

— Dans une petite équipe comme la nôtre, il nous faut des gens qui jouent le jeu et qui se donnent à fond. Pas des mondaines qui font semblant de travailler. Bon, conclut-il en regardant sa montre, je dois m'y mettre. Bonne chance.

Sur quoi, il passa à côté d'elle et s'éclipsa dans la cuisine.

Evelyn resta là quelques secondes avant de se faire bousculer par la fille en tee-shirt de bébé. Alors elle tourna les talons, attrapa son sac et sortit du bar. Éblouie par le froid soleil d'avril, elle cligna des yeux. Dans un coin de sa tête, elle se disait qu'elle devrait aller plaider sa cause auprès d'Arun, toujours plus bienveillant que son alter ego. Mais à quoi bon ? Il faudrait continuer à aller tous les jours à ce bureau minable pendant que ses amis s'épanouissaient et rayonnaient dans la lumière tamisée de leur vie dorée ? Le bus M2 s'arrêta le long du trottoir en lui soufflant au visage ses gaz d'échappement. Une publicité pour un cabinet d'avocats spécialisé dans les dommages corporels s'affichait sur son flanc. Les portes s'écartèrent. Un bip à répétition retentit. Il fallait qu'elle se décide. Ah, ils la prenaient pour une mondaine ? C'était pour cela qu'ils rejetaient ses idées pourtant excellentes ? Très bien, elle allait devenir une vraie mondaine.

Elle se mit à marcher vers les beaux quartiers. Ce coin de Madison était épouvantable, décidément : il n'y avait que des dentistes, des sandwicheries et de prétendues boutiques de luxe qui n'avaient pas les moyens de se payer un loyer plus près du centre. Au bout de deux pâtés de maisons, elle se dirigea vers l'ouest au lieu de continuer vers l'est et son appartement. La Cinquième Avenue s'ouvrit devant elle, large, fière, avec, en fond, Central Park et ses arbres couverts de bourgeons parmi lesquels apparaissaient les premières feuilles vertes. Elle traversa la rue et sentit le regard des touristes sur elle. Qui est-ce ? Quelqu'un de connu ? se demandaient-ils sûrement. Afin de leur donner confirmation, elle poussa la porte de chez Bergdorf.

Elle étouffa la pensée qu'elle ne devait pas dépenser d'argent. Quand tout allait mal, on avait le droit de faire ce qu'il fallait pour remonter la pente : elle était pratiquement sûre d'avoir entendu Camilla dire cela un jour, et ajouter : « jeter de l'argent sur le problème ». D'ailleurs, elle allait recevoir des stock-options de People Like Us et sans doute une indemnité de licenciement. De toute façon, elle comptait seulement déjeuner, pour créer une petite note agréable dans cette journée.

Au septième étage, elle commanda une salade Gotham et un verre de chenin blanc. Là, elle se sentait enfin dans son élément, loin des rues sales, avec des gens comme elle, pas comme chez PLU. Quand elle demanda un expresso avec une pointe de citron et tendit sa jolie Visa argentée au serveur, elle se sentait redevenue elle-même.

Au bout de quelques minutes, le serveur revint, l'arrachant à la contemplation de la vue sur Central Park.

— Oui ? dit-elle froidement.

— Excusez-moi, madame, auriez-vous une autre carte de crédit ?

Distraite par ce « madame », elle mit un instant à comprendre.

— Pardon ? Quoi ?

— Le paiement a été rejeté.

Elle avait l'impression qu'il faisait exprès de parler fort. Elle scruta frénétiquement les autres tables pour vérifier que les blondes à chignon qui l'entouraient n'avaient pas entendu.

— C'est impossible, dit-elle. Réessayez, s'il vous plaît.

Elle n'avait pris que sa Visa argentée parce qu'elle était certaine d'avoir remboursé le montant minimum. Non ?

De toute façon, Visa ne pouvait pas rejeter les paiements si elle avait seulement un mois ou deux de retard. Si ? Il fallait forcément qu'ils lui écrivent. Lui avaient-ils écrit ? Mais une carte de crédit, c'était fait pour payer à crédit. Le serveur repartit avec la carte.

Un piano jouait un air insistant aux accents russes. Evelyn cligna des yeux. Une jeune fille heurta sa chaise en se plaignant auprès de sa mère qu'elles étaient déjà en retard pour le vélo spinning. Evelyn remarqua qu'elle portait une veste Marni de cette saison. Si sa situation financière était aussi catastrophique que l'estimait Charlotte – mais, non, c'était impossible… sauf que, jeudi, elle avait reçu une lettre de relance pour son loyer d'avril. Elle s'efforça de faire comme disait son professeur de yoga : remercier chaque pensée d'être venue et la laisser repartir. Sauf que ses pensées ne repartaient pas et qu'elle n'arrivait pas à les chasser, pas même ici.

Elle serrait et desserrait les dents en attendant le retour du serveur. Mais quand il lui rapporta sa carte, il n'y avait pas de ticket sur le petit plateau.

— Je regrette, madame.

— Excusez-moi un instant, je vais arranger cela.

Il recula d'un pas, mais resta à côté de sa table.

— Je vous ai demandé de m'excuser un instant. Cela va prendre quelques minutes.

Il s'éloigna.

Elle prit la carte avec précaution et l'examina. Au dos, elle découvrit un numéro de téléphone. Elle se tourna vers la fenêtre pour le composer discrètement sur son portable.

— Service clients, dit-elle à voix basse en obéissant aux instructions. Service clients. Service clients service clients. Service clients !

Une femme à l'accent indéterminé prit enfin la communication.

— Bonjour, ma carte de crédit est bloquée. Pourriez-vous résoudre le problème afin que je puisse payer mon déjeuner ?

— Merci, madame, répondit son interlocutrice.

Ce « madame »-ci était tout ce qu'il y avait d'aimable et de chaleureux. Elle ne se sentit pas jugée.

— Le temps que votre compte s'affiche à l'écran, je me ferai un plaisir de vous décrire les offres et services sur mesure pour vous, madame. En effet, madame, vous avez un retard de paiement du remboursement minimum et, tant que cela ne sera pas rentré dans l'ordre, je dois suspendre votre autorisation. Souhaitez-vous régler ce montant maintenant ?

Evelyn rapprocha sa chaise de la fenêtre et se pencha sur son téléphone.

— Le problème, c'est que je dois payer mon déjeuner et que ma carte est refusée. Est-il possible de résoudre cela ?

— Eh bien, madame, d'après l'historique de votre carte, aucun paiement n'a été effectué depuis février et le total dû est de…

— Je ne me doutais pas que cela faisait aussi longtemps. Sincèrement, je suis un peu débordée en ce moment. Je comptais pourtant effectuer ce remboursement.

— Je vois, madame. Nous sommes toujours disposés à aider nos meilleurs clients. Je suis donc autorisée à établir avec vous un plan de remboursement.

— Écoutez, l'ennui, c'est que je suis à un déjeuner. J'ai changé de portefeuille et je n'ai que cette carte sur moi aujourd'hui. En plus, tout à l'heure, j'ai été contrainte d'aller à un truc épouvantable dans un bar sportif. Bref, comme vous comprenez, disons que je suis obligée de payer la note avec cette carte. Y a-t-il une solution ?

— Oui, madame, ne quittez pas, s'il vous plaît. Je vais voir ce que nous pouvons vous proposer aujourd'hui.

Au bout de quelques minutes de musique d'attente, son interlocutrice reprit la communication.

— J'ai la possibilité d'autoriser d'autres débits à condition de transférer votre compte sur une Pewter Card, une nouvelle carte créée pour les clients en difficulté avec leur crédit tels que vous. Sachez toutefois que le taux annuel et les frais sont plus élevés. Souhaitez-vous en savoir plus sur cette offre ?

— Non. Enfin, je veux dire : ça a l'air très bien. Du coup, je peux me servir de ma carte tout de suite, c'est bien cela ?

— Oui, madame. Vous pourrez utiliser votre carte maintenant, puis vous pourrez continuer à utiliser votre Visa Pewter Card lorsque vous l'aurez reçue par la poste. Il me faut un « oui » verbal immédiatement pour activer l'accord nouveau membre.

— D'accord. Oui. Super.

— Autre chose ?

— Non. Merci. Merci beaucoup.

Evelyn raccrocha et se lissa les cheveux en se regardant dans la vitre. Puis elle fit au serveur un signe qu'elle espérait nonchalant.

— Un malentendu avec la banque. Allez-y, ça va passer, dit-elle sans pouvoir retenir une note de satisfaction.

Ann l'appela le lendemain et lui expliqua que, comme elle faisait partie de l'entreprise depuis moins de un an, elle n'avait pas droit aux stock-options. De toute façon, People Like Us n'étant pas près d'être vendu, elle n'aurait pas pu les négocier. L'entreprise n'offrait pas non plus d'indemnités de licenciement – qui constituaient un avantage et non un droit, apprit-elle –, et surtout pas en cas de licenciement pour insuffisance professionnelle. Enfin, quand Evelyn évoqua une prime de départ, Ann lui rit carrément au nez.

Le lundi, ignorant un message de Sag Neck sur son répondeur car ses parents étaient bien les derniers à qui elle avait envie de parler en ce moment, elle retrouva Camilla pour déjeuner au Café Sabarsky pour se faire cajoler et s'entendre dire que perdre son emploi n'était pas un problème. Camilla était formelle : c'était ce qui pouvait lui arriver de mieux. Tout allait s'arranger.

— Ma belle, tu vas enfin pouvoir te concentrer sur la vraie vie. Tu voulais consacrer plus de temps aux œuvres caritatives ; tu vas pouvoir le faire au lieu de passer des heures dans les transports. Tu vas adorer, j'en suis sûre. Et je vais enfin pouvoir t'avoir à moi dans la journée.

Devant son sourire radieux et insouciant, Evelyn se sentit tout de suite mieux. Camilla avait raison. Il y avait les factures à payer, certes, mais son salaire minable ne changeait pas grand-chose, de toute façon. Elle avait un tout petit peu d'argent sur son plan d'épargne retraite ; elle pouvait s'en servir jusqu'à ce que quelque chose – ou quelqu'un – lui permette de mener la vie qu'elle méritait. Camilla ne payait jamais rien, et Evelyn était presque parvenue à son niveau. Scot pourrait prendre en charge les dîners et les choses de ce genre dans l'immédiat – et si rien d'autre ne marchait, elle pourrait toujours l'épouser. Ou faire un beau mariage, en tout cas.

Maintenant, elle allait enfin avoir du temps à accorder aux comités de bienfaisance, comme le remarquait Camilla, et au sport. Elle pourrait aussi assister aux réunions d'organisation du Bal, qui avaient généralement lieu à l'heure du déjeuner. Et faire tout ce qui, à Manhattan, était impossible quand on travaillait. Il était si gênant de devoir appeler son dermatologue du bureau, avec Clarence qui reniflait à côté d'elle et savait tout sur ses crises d'eczéma. Et le pressing qui était toujours fermé quand elle sortait du bureau, le syndic de l'immeuble qui n'était disponible que quand elle ne l'était pas pour s'occuper de son problème de carrelage de salle de bains. Elle voulait suivre des cours de cuisine, mais ils commençaient à

17 heures ; apprendre l'italien, mais c'était le mardi et le jeudi à l'heure du déjeuner. Non, vraiment, il était impossible de travailler et de faire tout ce qu'elle avait d'autre à faire. Comme le disait Camilla, c'était pour le mieux et tout allait s'arranger.

19
Aventure écossaise

Au bout de quatre jours, ne pas travailler était déjà devenu une seconde nature. Evelyn s'était levée à l'heure où cela lui plaisait, c'est-à-dire quand le soleil était venu doucement la caresser, et pas sur l'ordre insistant de son réveil. En fin de matinée, elle était allée à un cours de yoga. Puis elle s'était promenée dans le parc en contemplant les cerisiers en fleur avant de rentrer chez elle prendre une douche, se changer et aller chez le coiffeur, chez qui elle avait pu obtenir un rendez-vous la veille au soir puisque son emploi du temps était désormais souple.

Ensuite, elle avait pris un thé et un macaron chez Payard, s'était installée dans un fauteuil sous le lustre ambre et avait sorti son téléphone. Encore un message de ses parents ; elle ne l'écouta pas. Elle passa en mode SMS. Elle avait repoussé le plus longtemps possible, mais elle voyait Scot ce soir et lui expédier un texto lui semblait plus facile que lui annoncer la nouvelle de vive voix. « Devine quoi ? » tapa-t-elle avant d'effacer et d'essayer « Pour info ». Finalement, elle envoya : « Grande nouvelle... »

La réponse de Scot lui parvint quelques secondes plus tard. « ? »

« Jte raconte ce soir. »

« Dis-moi mntnt. »

Evelyn essaya « Licenciée » puis « Virée » et opta finalement pour « Licenciements chez PLU : moi. Tkt PAS. C 1 bonne nvl. »

« Tu es virée ? Ça va ? »

« Licenciée. Oui. C bien. »

« Tu vas faire quoi ? »

Evelyn prit une minuscule bouchée de macaron au chocolat. La feuille d'or fondait sur sa langue. Ne sachant que répondre, elle décida de faire comme si elle n'avait pas vu sa question.

« À ce soir chez Sotheby's ? » écrivit-elle.

« Ça va ? »

« Super. À plus ! »

Pour une fois, cela n'ennuyait pas Evelyn d'arriver seule à la soirée, une opération caritative de la Scottish Society chez Sotheby's, pour laquelle Camilla et elle allaient défiler. Elle viendrait directement de chez elle, reposée, rafraîchie, dans une robe pas froissée, maquillée de frais. Elle se trouvait enfin sur un pied d'égalité avec les autres filles.

Après être passée entre les joueurs de cornemuse qui formaient une haie d'honneur à l'entrée, elle aperçut Preston, déjà quelques verres dans le nez apparemment, qui paraissait fasciné par une fougère.

— Il me faut un steak, grogna-t-il quand Evelyn s'approcha de lui.

Charlotte disait qu'il buvait trop. Fallait-il vraiment s'inquiéter pour lui ? Elle s'était promis de le surveiller, à sa soirée d'anniversaire, mais elle s'était laissé complètement distraire.

— Oh, Pres chéri, tu as pu venir !

— Oh, Ev chérie, répliqua-t-il sur le même ton. Celle qui vient d'entrer officiellement dans sa vingt-huitième année. Je ne crois pas t'avoir vue depuis ton dîner d'anniv.

— On s'est bien amusés, hein ? Le toast de Bridie Harley était trop drôle, tu n'as pas trouvé ?

— Mouais, répondit Preston en remontant ses lunettes.

— J'étais trop flattée qu'elle prenne le temps de venir. Elle avait un dîner de l'office des eaux et forêts de Central Park, ce soir-là, et elle est quand même passée à ma soirée.

— Au moins, elle a le sens des priorités. Tu m'en vois ravi.

— Je n'en suis pas revenue que Camilla ait convaincu le Colony de faire un thème tropical. J'ai adoré les palmiers, pas toi ?

— Un petit air de Polynésie en cette morne saison. « Quand Avril de ses averses douces... »

— « A percé la sécheresse de Mars jusqu'à la racine »[1]. C'est vrai ? On ne s'est pas revus depuis ?

— Figure-toi, ma chère, qu'à chaque fois que j'essaie de dîner avec toi on se retrouve à sortir avec toute une bande.

— N'empêche que tu t'es laissé attirer par la Scottish Society...

— Je n'ai pas pu résister à l'occasion de ne rien mettre sous mon kilt, repartit-il alors qu'il était en costume.

— À vrai dire, je suis contente de ce petit tête-à-tête avec toi.

— Petite effrontée, tu me fais des avances ? lança-t-il en montrant les dents.

— Tu as l'air d'un loup en colère, quand tu fais ça.

— Grrr, gronda-t-il bien trop haut en roulant les épaules vers l'avant et en lançant la main à la façon d'une patte.

Plusieurs têtes se tournèrent pour voir d'où venait ce bruit, mais il regardait déjà autour de lui, l'image même de l'innocence.

— Chut, Preston, tout le monde t'observe.

---

1. Extrait des *Contes de Canterbury*, de Geoffrey Chaucer.

Deux filles un peu plus âgées qu'eux et très en vue, Alix Forrester Landay, dont on disait que le père avait le numéro personnel de l'investisseur Bernie Madoff, et Gemma Lavallee, dont la mère avait lancé une ligne de cosmétiques à base de perles broyées, tordaient le cou dans tous les sens pour découvrir l'origine de ce grognement.

— Je ne te savais pas si facile à embarrasser, dit Preston.

— Gemma et Alix ont failli te repérer.

— Qu'est-ce que tu as à foutre de Gemma et Alix ?

— C'est une question d'élégance et de distinction.

— Je répète : qu'est-ce que tu as à foutre de Gemma et Alix ?

Evelyn soupira.

— Ah, je voulais te demander quelque chose. Tu crois que ta mère pourrait dire un mot pour moi au comité du Sloan Kettering ? Dans la mesure où elle siège au conseil de l'institut Dana Faber, elle doit connaître des gens importants au Sloan Kettering, non ?

Preston se mit à tripoter la fougère. Il s'écoula une bonne minute avant qu'il réponde :

— Tu devrais demander à tes copines Gemma et Alix de te pistonner.

— Non, je connais les membres du comité, ce n'est pas le problème. Mais si quelqu'un de plus influent, comme ta mère, me... me recommandait, cela aurait plus de poids.

— Je crois que ma mère n'a rien à voir avec le Sloan Kettering.

— Je le sais, mais c'est un petit monde. Tout ce que je lui demande, c'est de citer mon nom.

— Ma mère n'est presque...

Il laissa sa phrase en suspens, visiblement fasciné par un glaçon avec lequel il jouait du bout de sa paille.

— J'essaierai de lui en parler, dit-il finalement sans quitter son verre des yeux. Il me faut à boire.

Evelyn voulut lui prendre son verre.

— J'y vais, dit-elle, en remerciement de tes bons et loyaux services.

Elle s'attendait à ce que Preston rie, mais il recula la main en répliquant :

— Je m'en occupe.

Et il se dirigea vers le bar.

Nick et Scot arrivèrent ensemble à 7 h 30, au moment où Camilla faisait son entrée. Elle avait mis fin à sa liaison avec Nick quelques semaines plus tôt en expliquant à Evelyn qu'elle essayait de simplifier et de purifier sa vie, sur les conseils d'un maître *reiki* chez qui elle était allée. Nick s'appliquait à montrer combien cette rupture, si on pouvait parler de rupture, lui importait peu. Camilla, elle, avait l'air de ne même pas y penser quand elle se pencha pour lui faire la bise. Il la considéra de la tête aux pieds d'un air nostalgique.

— Salut, Milla, salut, les garçons, lança Evelyn en se représentant mentalement l'image qu'elle renvoyait, sa flûte de champagne à la main, en train de parler à Camilla.

Un instant plus tard, le photographe officiel de la soirée prenait exactement le cliché qu'elle espérait. Elle se pencha comme une pro sur son dictaphone pour énoncer : « Beegan. B-E-E-G-A-N. »

Camilla se contenta de lui adresser un petit signe ; elle n'avait pas besoin de s'identifier.

— Bonne journée pour les marchés, annonça Nick. Le Dow est à treize mille. Bien ou bien ?

— La tendance est notre alliée, comme on dit, intervint Preston.

Sa mauvaise humeur de tout à l'heure semblait envolée. Evelyn ne savait pas ce qui lui avait pris.

— Vous avez entendu Mister Paulson parler des *subprimes* la semaine dernière ? C'est du grand n'importe quoi. Et il croit que l'immobilier va s'effondrer...

— Paulson n'aurait jamais dû partir de chez Goldman, déclara Nick. Il y a laissé un énorme paquet d'argent. Les transactions, en ce moment, c'est de la folie.

— Ces histoires de *subprimes*, c'est vraiment maîtrisé ? voulut savoir Scot. Le marché des crédits immobiliers perd complètement les pédales. Je me suis proposé comme caution sur l'emprunt de ma mère – elle achète une nouvelle maison et n'a pas une très bonne cote de crédit. Sa banque en Arizona m'a conseillé de ne pas m'embêter avec ça parce que ça faisait une paperasserie monstre et m'a indiqué qu'ils allaient simplement réunir son crédit avec d'autres et revendre le tout à une autre banque. Ils ont aussi essayé de la pousser à emprunter plus d'argent, ce dont elle n'avait pas besoin et, pour être franc, qui aurait été au-delà de ses capacités de remboursement. Ce système ne me paraît pas tenable. Je ne vois pas comment on va pouvoir contenir la crise des CDO si les banques agissent ainsi.

— L'art et la manière de casser l'ambiance, mec, répliqua Nick. Tu ferais mieux de profiter.

— Pour moi, Nick, c'est une sonnette d'alarme. Les banques créent et vendent des CDO. Les fonds spéculatifs s'en servent pour faire de l'arbitrage de crédit, les prêteurs continuent à prêter et personne n'a la moindre idée de ce qu'il y a au cœur de ces avoirs, je me trompe ? C'est l'emprunt de ma mère qui m'a fait comprendre le problème.

— Qui emprunte, de toute façon ? demanda Camilla. Quitte à parler d'affaires, j'aimerais mieux aborder le taux délirant de la livre. Céline a dû faire venir une pochette de sa boutique de Londres pour Evelyn, qui a été forcée de la payer en livres. C'était au moins le double du prix d'ici.

Evelyn fut à la fois étonnée que Camilla ait remarqué le prix et flattée d'être citée. Elle fit passer la pochette, qui était magnifique, devant elle.

— Très classe, approuva Nick. Je dois dire que tu es en beauté, Evelyn. Le chômage te va bien.

Scot bondit.

— Tu l'as dit à Nick ?

— C'était un secret ? Oups ! fit Preston en se plaquant la main sur la bouche.

— Tu ne savais pas que ta copine avait rejoint Camilla dans la catégorie des non-salariés ? lança Nick.

Scot avait une mine figée qu'Evelyn ne lui avait encore jamais vue.

— Alors tu en as parlé à tout le monde, sauf à moi ? lui demanda-t-il à l'oreille.

— Toi aussi, je te l'ai dit, objecta Evelyn regardant derrière lui en feignant la surprise et en faisant signe à Bridie Harley qui venait d'entrer. Quelle heure est-il ? Il faut que j'aille *backstage* pour le défilé.

Il la prit par les épaules et la fit pivoter face à lui.

— Evelyn, quand as-tu été licenciée ?

— Ce week-end ? fit-elle en se mordillant la lèvre comme elle avait vu Camilla le faire avec Nick.

— Et on est mercredi. Pourquoi viens-tu seulement de me l'annoncer ?

— Je te l'ai annoncé il y a plusieurs heures.

— Mais plusieurs jours après que c'est arrivé.

— On doit dater tous nos faits et gestes, maintenant ?

— Tous les autres semblent être au courant depuis un petit moment.

— Les nouvelles vont vite, assura-t-elle.

Camilla s'approcha pour lui rappeler :

— Evelyn, il faut qu'on y aille, là.

— Où vas-tu travailler ? demanda Scot.

— C'est génial, non ? intervint gaiement Camilla. De toute façon, Evelyn n'était vraiment pas faite pour cette boîte.

— Où vas-tu travailler ? répéta Scot.

Evelyn espérait que Camilla allait s'empresser de répondre pour elle, mais celle-ci la regardait avec l'air d'attendre l'information elle aussi.

— Nulle part, dit-elle.

— Quoi ? s'exclama Scot.

— C'est simple : il est impossible de mener la vie que je mène et de travailler en même temps.

— À tout à l'heure sur le podium ! roucoula Camilla en prenant Evelyn par le bras droit tandis que Scot la retenait par le gauche.

— Et comment tu vas gagner ta vie ?

Camilla lâcha Evelyn et leva les yeux au ciel.

— Horriblement pragmatique, lui murmura-t-elle à l'oreille avant d'ajouter, plus haut : À tout de suite *back-stage* !

Scot la fixait toujours.

— Quoi ?

— Comment vas-tu gagner ta vie ?

— Je ne sais pas. Comment Camilla gagne-t-elle la sienne ?

— Tu plaisantes ?

— Pas vraiment.

— Camilla a une fortune personnelle d'environ vingt millions de dollars, et elle héritera du quadruple ou peu s'en faut à la mort de ses parents.

Evelyn cligna des yeux.

— Ma famille aussi a de l'argent.

Ses parents allaient bien finir par en lâcher un peu. C'était forcé. D'ailleurs, cela faisait un mois ou deux que sa mère ne lui avait pas versé l'argent de son faux loyer. Il fallait qu'elle aille aux nouvelles.

Scot enfonça les doigts dans ses cheveux, désireux de la voir s'expliquer un peu mieux. Mais elle garda le silence.

— Je suis en retard, finit-elle par dire.

Et elle s'éloigna en ignorant son « attends, attends ».

Elle remonta en vitesse le podium de fortune et se glissa derrière le rideau du fond.

Assise dans un fauteuil, Camilla se faisait maquiller par une femme au visage étonnamment anguleux.

— Je me doutais que Scot ne comprendrait pas, déclara-t-elle tandis qu'un homme aux cheveux coiffés comme Prince faisait asseoir Evelyn à côté d'elle et commençait à lui appliquer du fond de teint sur les joues.

— Bien vu. Il ne s'en remet pas.

— Un homme dont l'ambition dans la vie est de s'occuper de groupes médias ne peut pas comprendre ce genre de choses, en fait. Scot est adorable, mais franchement... On dirait que personne ne lui a jamais enseigné les vertus du bénévolat.

— Tu ne le crois pas destiné à un brillant avenir ?

Camilla adressa à Evelyn un sourire compatissant.

— Vraiment pas, non.

Evelyn se regarda dans le miroir. « Prince », dont l'haleine sentait les raisins secs, lui faisait les sourcils.

— Il s'habille mieux, quand même, tu as remarqué ?

— Oh, absolument. Mais ça ne fait pas tout. Au fait, je voulais te parler du don de ton père, enchaîna Camilla, en fermant les yeux pour que la maquilleuse lui mette de l'ombre à paupières. Il est inscrit dans le programme comme parrain des Luminaries ; il nous faut donc son chèque avant la soirée.

— Aïe ! s'écria Evelyn alors que le pinceau à eye-liner de Prince ne l'avait pas touchée. Pardon, j'ai quelque chose dans l'œil. Je peux... il faut que j'aille l'enlever.

— Cinq minutes, répondit-il en tapotant sa montre. Vite. Il y a des toilettes au bout du couloir, par là.

Evelyn sortit par une porte latérale qui donnait sur un couloir de service désert, un œil maquillé et l'autre non, troublée par la réaction de Scot, le jugement toujours aussi sévère de Camilla, et surtout par cette histoire de don. Elle s'arrêta devant une fontaine à eau pour respirer et se rafraîchir. En se redressant, elle eut la surprise de voir Charlotte, qu'elle ne croyait pas invitée. Elle constata avec une pointe d'agacement qu'elle s'était contentée de vaguement s'attacher les cheveux avec une pince, ce qui lui donnait l'air d'une gamine, et que sa robe de cocktail noire toute bête avait une tache de lait – une maladresse chez une jeune mère négligée et une bévue impardonnable chez une célibataire de vingt-six ans avec un bon job dans la finance.

La veille, gênée de ne plus la voir aussi souvent qu'avant, Evelyn avait commis l'erreur de lui envoyer un mail pour lui proposer de déjeuner et même de venir la retrouver dans Midtown East si cela l'arrangeait. Évidemment, Charlotte n'avait même pas le temps de prendre un café, alors déjeuner… Mais elle lui avait cependant demandé comment il se faisait qu'elle soit libre un mardi à midi. Evelyn lui avait alors répondu qu'elle avait décidé de quitter People Like Us pour se consacrer à autre chose que son travail.

Charlotte l'avait appelée moins d'une minute plus tard. Evelyn n'avait pas décroché. Elle avait reçu un mail très vite, truffé de majuscules et alarmiste au plus haut point. Elle s'était sentie jugée. En quelques lignes, Charlotte l'avait privée du soulagement qu'elle éprouvait depuis son licenciement. Pourtant, elle avait toujours supporté les bizarreries de son amie et ne lui avait jamais reproché les petits airs supérieurs qu'elle se donnait vis-à-vis de Camilla. Manifestement, elle n'était pas capable de la même indulgence en retour. Pour l'heure, Evelyn avait besoin de deux minutes – deux minutes ! – pour se ressaisir. Visiblement, c'était encore trop demander.

Elle voulut se cacher derrière la fontaine, mais Charlotte se dirigeait déjà vers elle.

— Evelyn.

— Cha. Je ne savais pas que tu venais. Tu es déjà sortie du boulot ? C'est incroyable.

— J'ai confié une partie de la modélisation aux collaborateurs juniors. Je me doutais que je te trouverais ici, et comme tu ne m'as pas rappelée…

— Ah bon, il y a encore des gens qui parlent au téléphone ?

— Ni répondu à mes mails.

Evelyn avait vidé son sac dans un e-mail rageur qu'elle n'avait pas envoyé à Charlotte, préférant profiter de la journée d'oisiveté, de soin du visage et de massage aux pierres chaudes qui s'offrait à elle. Elle s'était félicitée au passage de l'intelligence émotionnelle dont elle faisait preuve.

— Mince ! Je ne regarde presque jamais ce compte, fit-elle en pianotant sur la fontaine. Bon, il faut que je me sauve. Je défile et je vais être en retard.

— C'est avec ce compte que tu m'as écrit, donc tu étais bien dessus.

— Bravo, miss détective. Comme tu vois, je ne suis qu'à moitié maquillée. À tout à l'heure, OK ?

— Minute ! Il faut que je te parle.

— Cha, je dois…

— Evelyn, je ne plaisante pas.

Charlotte jeta un rapide coup d'œil derrière elle avant de continuer :

— Écoute. Cette histoire de boulot. Il faut qu'on en parle.

— Je concentre mes énergies ailleurs.

— Il faut que tu cherches un autre emploi.

— Sache que je me suis fait virer, Charlotte.

— C'est une très, très mauvaise idée.

— Oh, pardon. Se faire virer, c'est une mauvaise idée ? Tu devrais alerter la presse : tu tiens un scoop.

— Evelyn, il faut que tu travailles.

— C'est facile à dire pour toi : tu as toujours aimé ce que tu fais. Moi, je viens de me rendre compte que, se faire licencier, c'était génial. J'ai vraiment mieux à faire de ma vie que passer mes journées scotchée à un vieil ordi pourri. Souviens-toi, à Sheffield, on nous disait de découvrir notre passion. Depuis cinq ans, je saute d'un projet sans intérêt à l'autre sans tenir compte de ce conseil.

— Écoute, c'est vrai que, parfois, ce que je fais m'intéresse. Mais, depuis trois semaines, je ne fais pratiquement que de la saisie de données pour essayer de voir si une société lambda a des chances de rester bénéficiaire. Je t'assure que, la banque, ce n'est pas glamour tous les jours. Jamais, à vrai dire. Mais enfin, je touche mon salaire toutes les semaines. C'est le principe du travail.

Evelyn soupira.

— Ce n'est pas pareil, Cha. D'abord, j'étais payée une misère, alors que j'étais bien plus qualifiée que le zozo à côté de moi. Et vu les effets sur ma santé, le jeu n'en valait pas la chandelle. Stress de malade, peau dans un état épouvantable, pas le temps d'aller au Cardio Sculpt depuis au moins un mois... Je n'avais pas une minute pour me consacrer aux choses auxquelles j'ai envie de me consacrer.

— Comme le Cardio Sculpt ?

— Laisse tomber, Cha, lâcha-t-elle durement. Il faut que je me prépare pour le défilé.

— Attends. L'affaire sur laquelle je travaille en ce moment, c'est l'acquisition de la partie emballage d'une compagnie pharmaceutique, Evelyn. Une compagnie qui a été poursuivie en justice par Leiberg Channing.

Evelyn se figea. Pourvu que personne ne les écoute... Elle n'entendait que le bourdonnement du plafonnier. Le mur à sa droite étouffait tous les bruits.

— Tu as dit que tu ne voulais pas en parler, je sais. Mais les accusations contre ton père ont logiquement été évoquées. Ne dis à personne que je te l'ai dit, parce que je me ferais virer, mais nos avocats estiment que cela ne se présente pas bien du tout pour lui.

— Il n'y a pas d'accusations, Evelyn. C'est une petite enquête, point barre. Et, comme je te l'ai dit en effet, cela ne te regarde pas.

— En fait, si, puisque nous en avons été informés lors de la procédure de *due diligence*. Et il s'agit bien d'accusations. Ce n'est plus une simple enquête. Il a été mis en examen lundi.

Le rire d'Evelyn sonnait faux.

— Je ne crois pas, non.

— Moi, je le sais, Evelyn.

— Je ne... je ne...

Elle se pencha sur la fontaine et but une longue gorgée. Elle se souvint que ses parents avaient tenté de la joindre deux ou trois fois ce week-end. Elle n'avait pas rappelé. Quand elle se redressa, elle s'était ressaisie. Une mise en examen, ce n'était pas beaucoup plus grave qu'une enquête. Les chefs d'accusation étaient simplement précisés. Cela valait mieux, du reste. Maintenant, son père savait ce qu'on lui reprochait, et son avocat était en mesure de répondre.

— Les mises en examen, c'est très courant, Charlotte. Là, il faut vraiment que j'y aille.

Elle avait déjà tourné les talons quand Charlotte reprit :

— Tu sais que les associés de chez Leiberg comptent attaquer ton père s'il ne parvient pas à faire classer l'affaire ?

— C'est ridicule : il est lui-même associé chez Leiberg.

Evelyn s'était arrêtée et fixait le couloir vide qui lui semblait soudain trop long et trop gris.

— Ils prennent leurs distances. Ça peut faire beaucoup d'argent, Evelyn. Sans parler de la restitution. J'ignore combien possède ta famille...

Evelyn lui refit face. Tous les coups étaient donc permis, pour Charlotte ? Son travail, ses choix, son père, l'argent de sa famille ?

— Oui, tu l'ignores, Charlotte. C'est exact, tu risques ton emploi, alors tu ferais mieux de ne parler de cela à personne.

— Sérieusement ?

— Comment ça, sérieusement ? Je dois aller défiler et je suis au bord des larmes à cause du stress alors que j'étais censée être là ce soir pour m'amuser. J'avais seulement besoin d'une minute de calme, mais on dirait que c'est trop demander.

Charlotte serra les poings.

— Très bien, Evelyn. Très bien. Va défiler. Pardon d'avoir essayé de te parler de quelque chose de vraiment important. Et pardon de n'avoir trouvé que cette horrible robe genre Banana Republic 1995 à me mettre parce que je n'ai pas le temps de faire du shopping tous les deux jours contrairement à Camilla et toi malgré tes notes de cartes de crédit hallucinantes – peut-on dire hallucinantes ? oui, disons hallucinantes. OK ? Tu as raison. Prends le temps d'aller mettre du blush ou je ne sais pas quoi et va défiler. C'est ça le plus important.

Evelyn recula d'un pas, puis d'un second. Son téléphone vibra. C'était un SMS de Camilla : « Tu dois revenir TOUT DE SUITE. » Charlotte martelait le bouton de la fontaine de coups de poing, faisant jaillir des giclées d'eau. Evelyn partit en courant et alla retrouver Camilla. Dix minutes de maquillage et autant de coiffure plus tard, elle passait sa tenue, un kilt et un pull moulant à paillettes, version sage de la tenue de Camilla. En s'habillant, elle s'efforça d'ignorer le malaise qui la gagnait.

— Tu es très bien, lui dit Camilla avec une petite moue.

— Et toi encore mieux, répondit-elle en se rangeant derrière elle pour monter sur le podium.

Le lendemain, le cliché pris par le photographe officiel paraissait effectivement, avec la légende : « Camilla Rutherford et une amie. »

20
Retour au bercail

La sonnerie stridente du téléphone retentit pour la quinzième fois au moins en une heure. La première à se manifester avait été Camilla, qui voulait savoir si Evelyn venait à Sachem ce week-end ou pas. Evelyn ne savait pas encore. Elle aurait bien aimé, surtout que Camilla disait qu'il y aurait Jaime de Cardenas et des amis de Souse. Sauf qu'il y avait aussi une soirée pour récolter des fonds pour le Philharmonic samedi et que des membres du conseil d'administration du Sloan Kettering risquaient d'y assister. À choisir, supposait Evelyn, il valait mieux se concentrer sur le Sloan Kettering et faire la connaissance de Jaime une autre fois. Elle n'arrêtait pas d'appeler la responsable des RP du Philharmonic pour savoir qui serait là, mais elle n'arrivait pas à la joindre.

Tous les gens dont elle ne voulait pas entendre parler avaient ensuite téléphoné, à commencer par l'agence de location de son appartement, qui lui réclamait les loyers d'avril et de mai et exigeait un paiement d'ici la fin de la semaine. « À New York, la loi protège les locataires », avait-elle répliqué parce qu'elle avait entendu son père prononcer cette phrase un jour. Elle devait bien avoir trois ou quatre mois devant elle avant d'encourir de vrais ennuis ; d'ici là, elle aurait trouvé une solution. Son interlocutrice lui avait répondu que ce n'était pas si vrai que cela et que la procédure allait se poursuivre. C'était juste pour lui faire peur, avait songé Evelyn. Camilla ne se laisserait pas impressionner, à sa place ; elle non plus, décida-t-elle. Il y avait aussi eu le message d'une société de recouvrement – elle avait bloqué le numéro – au sujet de son compte chez Barneys ; elle était priée de rappeler au plus vite pour mettre en place un plan de remboursement. Elle effaça le message avant de l'avoir écouté en entier. Il devait y avoir une possibilité de déni.

Un peu plus tard, son père lui avait laissé un mot qu'elle n'avait pas écouté. Après que Charlotte lui avait parlé de la mise en examen, elle avait vérifié auprès de sa mère, qui le lui avait confirmé. Dale était accusé, entre autres, de subornation. Barbara était furieuse, et Evelyn aussi. Quelle honte d'avoir mis sa famille dans une telle situation par pure cupidité, pour pouvoir s'acheter des vestes bordeaux, des pochettes et de belles voitures ! Evelyn commençait à penser que son père était un idiot. Il était le seul de son cabinet à se retrouver sur la sellette. Pour quelqu'un qui connaissait aussi bien le droit, se faire prendre de cette façon était un signe de négligence et de bêtise à la fois. Depuis, c'était tout juste si elle avait communiqué avec lui. Il ne lui avait envoyé qu'un mail, pour lui demander si elle avait toujours la note d'un dîner qu'ils avaient partagé ensemble un an plus tôt, à une date qui intéressait les enquêteurs. Il ne lui expliquait pas ce qui s'était passé, ne s'inquiétait pas de comment elle allait et faisait comme si tout était pour le mieux. Elle lui avait demandé ce qu'elle devait dire à Camilla pour le dîner et il avait répondu que ce n'était pas son problème.

Pour couronner le tout, il y avait eu l'appel de sa mère. Elle avait décroché dans l'espoir de lui réclamer de l'argent, pour que tous les autres cessent de la harceler. Il fallait qu'elle rentre en urgence, lui avait dit Barbara.

« J'ai une semaine surchargée, maman. Je ne vais pas pouvoir.

— Evelyn, je ne te donne pas le choix.

— Ce week-end, je ne sais pas encore si je vais à Sachem ou si je reste à New York pour un grand gala de charité, et j'ai beaucoup à faire d'ici là.

— Demain, si tu ne peux pas aujourd'hui, répondit sa mère. Tu prendras le train du matin et tu pourras être rentrée le soir. Nous paierons ton billet.

— Oh, merci beaucoup. Que vous êtes gentils de payer quand ça vous arrange.

— Evelyn, sois là demain », répéta Barbara avant de raccrocher.

Cinq minutes après son arrivée chez ses parents, le téléphone fixe se mit à sonner. Au bout de quatre, six coups, Evelyn comprit que sa mère devait avoir coupé le répondeur. Elle allait s'emparer du combiné de l'entrée quand elle reçut une tape sèche sur l'avant-bras.

— Ce sont des journalistes. Ou des vautours quelconques qui veulent exprimer leur sympathie au sujet de ce qui arrive à ton père quand, en réalité, ils ne sont que trop contents de le voir tomber. Ne décroche pas.

— Aïe ! Tu m'as fait mal ! s'exclama Evelyn en retirant sa main. D'où sors-tu ? Je ne savais pas que tu étais à la maison. Tu m'as demandé de venir, alors finissons-en avec la raison de ta convocation. J'ai un billet pour le bus d'Easton à New Carrollton dans trois heures. Je ne compte pas le manquer, à moins que tu n'aies envie de me conduire à New Carrollton.

Le téléphone avait arrêté de sonner. Barbara décrocha.

— Comme ça, ça sonnera occupé. Tu n'as vu personne à Easton, au moins ?

— Le chauffeur de taxi, c'est tout. Il faut que nous parlions d'argent, aussi. Je n'ai pas trace de l'argent de ce loyer que tu m'avais promis. Et il me faut aussi de quoi payer mes factures.

— Dale ! cria Barbara. Dale ! Ta fille est là !

Evelyn entendit la porte de la bibliothèque s'ouvrir et se refermer. Son père descendit l'escalier à petits pas en se cramponnant à la rampe.

— Salut, dit Evelyn froidement.

— Bonjour, répondit-il.

Ni l'un ni l'autre ne souriaient.

Evelyn haussa les épaules.

— Alors, qu'est-ce que c'est que tous ces grands mystères, mes chers parents ?

— Allons parler dehors, dit son père en ouvrant la porte.

Ses semelles crissaient sur le gravier ; Evelyn le vit s'approcher d'un bosquet de pins grands et élancés qu'ils avaient fait planter à leur arrivée.

Sa mère le suivit d'un pas lourd. Perplexe, se demandant quelle impression ils pourraient donner à quelqu'un qui les observerait, Evelyn rejoignit ses parents sous les arbres. Ils étaient muets.

— C'est le moment où on sacrifie un bouc ? lança-t-elle.

— Attention à ce que tu dis, contra Dale.

Il avait cassé une brindille et froissait les aiguilles entre ses doigts. Au loin, le klaxon d'un camion laissa une traînée sonore.

Son père considéra une bonne minute les aiguilles de pin dans le creux de sa main avant de lever les yeux vers elle.

— Les enquêteurs fédéraux ont mis notre ligne sur écoute, expliqua-t-il. J'imagine que c'est fini, mais il est plus sûr que nous parlions ici.

— Tu crois qu'il y a des micros dans la maison ?

Son père tira sur la branche. Sa mère restait les bras croisés, face à la maison.

— Écoutez, dit Evelyn, agacée, j'ai rappliqué ici à toute vitesse en plein milieu d'une semaine de folie pour que nous puissions parler encore une fois de ce désastre. Est-ce que nous allons continuer longtemps à nous regarder en chiens de faïence, ou allez-vous vous décider à me dire ce qu'a encore fait papa de si important pour que j'aie dû tout laisser tomber pour venir ?

— Utilise un autre ton, tu veux ? lâcha sèchement Barbara.

— Ton comportement, Evelyn…, commença Dale, qui n'alla pas au bout de son idée.

Il finit de dénuder la brindille et la jeta sur sa voiture garée sur le gravier.

— Ils ont commencé à communiquer ce qu'ils avaient trouvé. Ce n'est pas aussi faible que nous… que je le pensais au début. Je ne suis pas coupable de ce dont on m'accuse, je veux être parfaitement clair là-dessus. Mais les enregistrements me mettent en difficulté. Quelqu'un de tout à fait innocent, comme moi, peut avoir l'air suspect dans une conversation enregistrée sortie de son contexte. Le système pénal de ce pays est extrêmement défavorable à quiconque est accusé de quoi que ce soit, et des peines énormes de dix, voire quinze ans peuvent être requises dans les affaires de criminalité en col blanc. J'ai soixante-quatre ans ; pour moi, dans les faits, c'est une condamnation à perpétuité.

— Je croyais que, selon toi, il n'y avait pas matière à poursuites…, bafouilla Evelyn.

— Je ne peux pas courir le risque d'un procès. Je sais comment marchent les jurys, j'y ai bien réfléchi et j'en ai parlé avec mon avocat et avec ta mère. Je… nous ne pouvons pas prendre ce risque.

— Mais tu affirmes depuis le début que tu n'as rien fait de mal.

— Il n'en demeure pas moins qu'un procès serait trop risqué. Rudy, mon avocat, étudie avec le gouvernement la possibilité de plaider coupable pour entrave à la justice, ce qui est moins grave que la subornation. Si nous parvenons à un accord, cela me semble être la meilleure option.

— Mais tu ne vas pas aller en prison, si ? demanda Evelyn.

Dale se prit le visage entre les mains.

— Nous avons demandé du sursis, mais il est possible que le juge impose une peine de prison ferme.

— Tu plaisantes !

— Non.

Evelyn secoua la tête.

— Attends. Attends. Les jurys, c'est ta spécialité. En principe, tu es capable de les convaincre de n'importe quoi. C'est ce que tu as toujours affirmé, non ? Et ces articles dans la presse ? Et ces prix ? Tous ces prix ? Pourtant, tu ne te crois pas capable de persuader un jury de ta propre innocence ? Vraiment ? Parce que je me dis que, si tu étais innocent, tu pourrais mettre à profit tout ton talent pour ne pas nous laisser tomber, maman et moi, en allant en prison. Je croyais que tu étais celui qui disait ce qui était bien et ce qui était mal, qui pouvait juger si mon travail et mes demandes d'argent étaient valables ou non ; pas celui qui allait en prison parce qu'il n'avait rien à répondre aux preuves que le gouvernement détenait contre lui. Alors qui es-tu, en fait, papa ? Apparemment, en tout cas, il peut t'arriver d'avoir tort. Parce que tu sais quoi ? Les innocents n'ont pas à plaider coupable. Et tu sais quoi d'autre ? On ne poursuit pas les innocents au hasard. Si tu avais été plus prudent – comme tes associés, semble-t-il –, rien de tout cela ne serait arrivé. Les règles ne sont pas si difficiles à suivre que cela. Sauf pour toi, visiblement.

Le grand coup de poing que son père assena au tronc de l'arbre la fit sursauter. Une insondable colère noircissait son regard.

— Evelyn Beegan, j'ignore à quel moment tu es devenue aussi odieuse.

Il n'arrêtait plus de taper sur le tronc. Au moment où il tourna les talons, la douleur qu'Evelyn perçut dans ses yeux la déstabilisa. Il alla jusqu'à sa voiture, sauta au volant, claqua la portière et démarra en trombe.

Elle se retourna pour se justifier auprès de sa mère, mais Barbara était déjà en train de rentrer à la maison.

Evelyn toucha son téléphone dans sa poche. Elle se sentait perdue. Elle avait besoin que quelqu'un lui remonte le moral. Sans trop réfléchir, elle appela Scot.

— Ev ? Pardon, je suis en train de monter dans un taxi. Comment ça se passe, chez toi ?

— Ça va. Ça va.

— Tout se passe bien ?

Elle contempla le nuage de poussière qu'avaient soulevé les pneus de la voiture de son père et qui n'était pas encore retombé. Si ça se passait bien ? Avec un père qui allait être incarcéré et qui la trouvait méprisable ?

— Il risque de plaider coupable, répondit-elle. Mon père. Ma mère vient de me le dire.

— Lex et 43ᵉ, dit Scot. Ton père va peut-être quoi ? Pardon, la communication n'est pas bonne.

— Plaider coupable. Coupable. Je ne sais pas ce que tu sais, ni même si tu es au courant de l'enquête. Et de la mise en examen. Mais il va plaider coupable. Et peut-être faire de la prison, du coup, précisa-t-elle d'un ton de plus en plus amer. Mon père. En prison. Sympa, hein ? Le comité d'organisation du Bal va adorer.

Pour une fois, elle avait envie d'en parler.

— Est-ce que tout le monde est au courant ? Camilla a beau dire qu'une mise en examen ce n'est pas grand-chose, l'idée que mon père puisse aller en prison me rend malade, Scot. Il n'est pas si costaud que ça, et la prison... Et ma mère n'a jamais travaillé. Elle va se retrouver seule. Quelle pagaille. Et l'argent. Scot, je ne sais pas quoi faire d'un point de vue financier.

— Ev ?

— Quoi ?

Elle avait besoin qu'il lui dise qu'il l'aimait, qu'il allait l'aider.

— Evelyn ? Allô ? Allô ?

— Scot. Scot ?

— Oui. Ça y est, je t'entends. Pardon, je t'avais perdue. Alors qui a fait quoi ?

Evelyn sentit son visage se crisper.

— Tu n'as rien entendu.

— Non, désolé. Qu'est-ce qui se passe ?

Elle regardait toujours la maison. Sa mère n'avait pas refermé la porte d'entrée.

— Peu importe, fit-elle après un petit silence.

— Non, excuse-moi. Dis-moi ce qu'il y a.

— Ce n'est rien. Rien du tout.

— Un truc avec ton père ?

Elle alla jusqu'au seuil et vit sa mère assise dans l'escalier.

— Non. Rien. Il faut que je te laisse.

Elle raccrocha.

— Qui était-ce ? demanda Barbara.

— Personne. Camilla.

— Tu l'as prévenue que ton père ne pouvait pas aller à sa soirée ? Cette soirée qui le flattait tant ?

— Mon Dieu...

Evelyn se tapa le front sur son téléphone.

— Non, je sais. Je... un instant, s'il te plaît.

— Tant de coups de fil à passer, de choses à faire..., dit Barbara. Je me souviens. La vie. Elle paraissait si brève,

291

Evie. La tienne aussi ? Quand je vois les photos de toi, j'ai l'impression que oui. Quand les jours passaient dans un tourbillon et que les nuits étaient trop courtes, quand nous piaffions d'excitation en attendant la prochaine fête. Je ne comprends même pas, aujourd'hui, que nous ayons pu être dans cet état d'esprit. Rêver du lendemain, qu'il se dépêche d'arriver – tu imagines ? Aujourd'hui, tout ce que je souhaite, c'est que la journée se termine. La vie semble si longue quand on vieillit.

— Tu n'es pas vieille, maman, marmonna Evelyn sans grande conviction, le front toujours contre son téléphone.

— Que dira ma nécrologie, Evelyn ?

— Quoi ?

— Ne dis pas « quoi », tu ressembles à un canard. J'ai consacré ma vie à t'élever et à m'occuper de ton père ; que dira ma nécrologie ?

— Maman, tu n'es pas en train de mourir.

— Mère et épouse. Ça fait une ligne. Habitante de Bibville. Deux.

Evelyn avala sa salive et regarda sa mère qui fixait le plafond. Elle n'avait pas tort.

Evelyn se dirigea d'un pas lourd vers le salon de musique. Elle ne voyait qu'une chose à faire pour couvrir le grondement sourd dans sa tête : jouer. Si elle réussissait à retrouver les notes de « Somewhere », elle pourrait libérer son esprit de tout cela.

En entrant dans la pièce, elle vit les placards. Normalement, le piano aurait dû les cacher. Sauf que la seule trace qui restait de l'instrument était un rectangle plus foncé sur le sol, à l'endroit du tapis.

— Maman ? Maman ? appela-t-elle une octave plus haut que d'habitude en revenant vivement dans l'entrée. Maman, où est le piano ?

Sa mère n'avait pas bougé.

— Evie, dit-elle. En plus du plaider-coupable, il va y avoir des millions à restituer. Le cabinet l'attaque séparément. Et les honoraires d'avocat sont exorbitants. Le représentant Steinway a été approché par une société de vente aux enchères.

— Vous l'avez vendu ?

— Nous n'avons pas eu le choix.

Tous ces matins passés à chanter... Toutes ces fins d'après-midi à jouer de la musique dans la pièce baignée de soleil... Tous ces morceaux qu'elle voulait partager un jour avec sa fille... Elle lui aurait montré le doigté, elle aurait été avec elle d'une patience infinie... Envolés. Elle n'avait même pas pu y jouer une dernière fois, ni lui dire tout ce qu'il représentait pour elle. La douceur de l'ivoire, les touches d'un noir brillant, la lourdeur des pédales, le bois frais, les airs qu'elle parvenait à tirer de l'instrument, et toutes les fois où c'était sa mère qui jouait et où, assise au soleil, Evelyn goûtait au bonheur.

— Et pas seulement le piano, précisa Barbara d'un ton calme. La maison, aussi. Sag Neck.

— La maison ?

— Il va falloir la vendre, Evie. L'avocat est en train de calculer le minimum dérisoire que nous aurons pour vivre. Je ne te parle pas des frais de justice. Si ton père est envoyé en prison, nous allons passer des mois et des mois sans revenus. Par-dessus le marché, bien sûr, il n'aura plus le droit d'être avocat. Nous devrons donc tenir avec ce qu'on nous laissera jusqu'à notre mort. Tu voulais savoir ce qu'il en était de l'argent du loyer ? enchaîna-t-elle avec un rire amer. J'ai commencé à voir des appartements. Tu imagines ce que ça fait, de visiter des locations avec Jude Carea ? Et combien cette traînée se réjouit de me voir tombée si bas ?

Evelyn porta la main à son épaule pour la masser, faire partir les nœuds. Il était inconcevable que tout cela disparaisse. Peut-être était-il encore temps de faire quelque chose. Les chances de survie de sa famille, sur le plan aussi bien financier que social, reposaient désormais sur elle. Et il était presque trop tard.

Dans l'entrée, la lumière changeait, devenait grise et froide. Evelyn se tourna vers sa mère avec un regard clair et dur. Elle s'entendait respirer fort.

— Ça va aller, promit-elle. Il faut que je rentre. J'ai des choses à faire.

21
La salle des trophées

Au volant de la voiture qui les emmenait tous les quatre, Evelyn, Nick, Scot et elle, Camilla parvint, malgré sa conduite fantasque, à ne récolter qu'une amende pour excès de vitesse, à la sortie de Saratoga, sur l'Adirondack Northway. Elle roulait à cent cinquante, mais obtint du policier qu'il réduise sa vitesse enregistrée à cent quarante. D'après Camilla, au tribunal, après contestation, l'avocat spécialisé de sa famille parviendrait à obtenir une amende de deux cents dollars sans retrait de points.

Evelyn l'avait appelée à peine partie de Sag Neck pour lui dire qu'elle adorerait venir ce week-end et s'excuser de son indécision. Camilla les mettrait-elle, Jaime et elle, dans des chambres desservies par le grand couloir ? Cela lui faciliterait tellement les choses… Ce qui ne les simplifiait pas, en revanche, c'était que Scot soit invité. La veille au soir, quand elle avait pris un verre avec Camilla pour évoquer la possibilité d'une rupture et voir sa réaction, Nick avait fait son apparition dans le bar, flanqué de Scot. Elle avait été contrariée qu'il se trouve inclus de fait, et plus encore de voir les piques qu'elle lui lançait tomber dans l'indifférence générale. Maintenant, dans la voiture, ce crampon de Scot, qui lui semblait omniprésent, tapotait sur son BlackBerry sans prendre la moindre part à la conversation.

À Bibville, après le coup au cœur que lui avait porté la disparition du piano, elle s'était rendu compte que Scot était au centre de tous ses problèmes. Si elle n'avait pas perdu tout ce temps avec lui, elle se trouverait aujourd'hui dans une situation bien plus solide. Elle serait fiancée à quelqu'un d'important que ses déboires familiaux n'inquiéteraient pas ; un homme sûr de lui, stable, très à l'aise financièrement. Elle chassa les souvenirs de ce qui lui plaisait chez lui et se convainquit que son unique fonction, la raison pour laquelle elle supportait ses baisers mouillés et ses grosses pattes sur elle, c'était son soutien, le fait qu'il soit le seul à qui elle puisse parler de tous ses ennuis. Sauf que, même sur ce plan, il se révélait décevant. Son père allait être envoyé en prison ; sa mère allait devoir déménager dans un appartement, et Evelyn allait se retrouver sans un sou, attachée à ce banquier balourd et médiocre.

À moins que...

Camilla se gara à la marina et ils se dirigèrent tous les quatre vers le bateau à moteur qui les attendait. À Sachem, pour une fois, Evelyn fut soulagée de ne pas s'être vu attribuer une des chambres d'amis les plus confortables. Scot et elle avaient des lits jumeaux : il allait lui être facile d'éviter de coucher avec lui ce soir.

Pendant qu'elle feuilletait *Vogue* étendue sur un des lits, il était dehors à faire ses exercices de gymnastique qu'on aurait dit tout droit sortis d'un manuel de 1910. Il remonta quarante minutes plus tard, ruisselant de sueur. Pourvu que personne ne l'ait vu... Quand il se précipita pour l'embrasser, elle eut un mouvement de recul et s'essuya la joue.

— Il y a eu des appels ? demanda-t-il en prenant son BlackBerry qu'il avait laissé sur son lit.

— Pas un seul, fit-elle en tournant la page de son magazine.

Elle en était encore aux publicités des toutes premières pages, parce qu'elle avait occupé les trois derniers quarts d'heure à essayer de dresser le catalogue des défauts de Scot et à se demander quand Jaime arriverait. Sauf que des souvenirs de bons moments avec Scot ne cessaient de lui revenir. Comme la fois où il lui avait apporté une tasse de lait chaud parce qu'elle ne parvenait pas à s'endormir. Oui, mais il y avait aussi eu cette partie de golf au Greenwich Country Club où il avait manqué tous ses coups et où Nick, Preston et elle avaient dû passer au moins quatre heures sur neuf trous à chercher ses balles perdues.

— Bonne séance ? lui demanda-t-elle.

— J'ai fait du fractionné.

Il abandonna son téléphone et voulut prendre la main d'Evelyn. Faute de réaction de sa part, il renonça.

— Je suis tombé sur la sœur de Camilla, au fait. Il y a quelqu'un d'autre qui arrive aujourd'hui, paraît-il. Un ami de Camilla.

— Aujourd'hui ? lâcha-t-elle avant de faire semblant de se passionner pour sa lecture.

— Oui. Tu étais au courant ? Je croyais qu'il y aurait juste notre petit groupe.

— Je... oui, il me semble qu'elle en a parlé. Mais je croyais que c'était pour un peu plus tard dans le week-end.

— Eh bien, il faut croire que non.

Scot s'essuya le front et se rendit dans la salle de bains.

— Le bateau vient de partir le chercher.

De son lit, Evelyn l'apercevait par la porte entrouverte. Il pliait soigneusement ses vêtements et les empilait sur le lavabo pour qu'ils ne se froissent pas pendant les dix minutes qu'il allait passer sous la douche. Elle l'entendit ouvrir l'eau et laisser échapper un grognement. Elle ne pourrait pas faire ce qu'elle voulait s'il était là.

Le BlackBerry de Scot se mit à sonner. Evelyn se décala de façon qu'il ne la voie pas s'il sortait de la douche et le saisit. « David Greenbaum Bureau », disait l'écran. Il lui fallut un instant pour trouver comment décrocher.

— Ligne de Scot Tannauer, dit-elle d'un ton aimable.

— Quoi ? Je voudrais parler à Scot, fit une voix bourrue.

— Je suis désolée, il est sorti un instant. Je peux peut-être vous aider ? Je suis Evelyn Beegan, sa petite amie.

Le mot faillit lui rester en travers de la gorge.

— Oui, il faut que je parle à Scot.

— Il y a un problème au bureau ?

— Oui, on peut dire cela. Je sais qu'il est en vadrouille dans les Catskills, mais dites-lui de me rappeler – Greenbaum – au plus vite.

— Les Adirondacks. Ça a l'air grave, monsieur Greenbaum. Vous êtes certain qu'il suffit qu'il vous appelle ? Ne vaudrait-il pas mieux qu'il vous rejoigne au bureau ?

— Je ne vois pas comment c'est possible, puisqu'il est en week-end avec sa petite amie.

— Nous ne sommes pas si loin de New York que cela. S'il part tout de suite, il peut y être ce soir.

— Bon. Très bien. Bon. Dites-lui de venir au plus vite.

— Sans faute.

Quelques minutes plus tard, elle entendit Scot couper l'eau. Elle n'avait pas envie de le voir sortir de la douche, tout propre et les cheveux en bataille comme un petit garçon, l'air plein d'espoir. Elle tourna le dos à la porte et dit :

— David Greenbaum a appelé. Comme il a essayé plusieurs fois, j'ai fini par répondre en pensant que c'était urgent.

— Que voulait-il ? demanda Scot, inquiet.

— Il veut te voir au plus vite.

— Zut. Il faut que je le rappelle.

— Non, il a dit qu'il fallait que tu rentres ; pas que tu l'appelles.

— Zut et zut. Je vais devoir partir, alors. Je suis vraiment désolé.

— Ne t'en fais pas. C'est pour ton travail, c'est normal.

Il avait l'air dans tous ses états.

— Je n'aurais jamais dû venir.

— Pas de souci. Je cherche l'horaire du prochain train. Je crois qu'il y en a un vers 4 heures. Tu seras à New York ce soir.

— Tu me sauves la vie !

Il passa la tête dans l'embrasure de la porte et lui déposa un baiser sur l'épaule. Le cœur d'Evelyn se serra un instant.

Renseignements pris, il y avait bien un train à 16 h 05 pour Albany où l'attendrait une correspondance pour New York. Elle lui appela un taxi-bateau puis elle descendit trouver le cuisinier pour le prévenir qu'il y aurait un convive de moins à dîner. Elle revenait du bâtiment où l'on prenait les repas quand elle perçut du côté de l'abri à bateaux de la maison principale le ronflement d'un moteur. Jaime arrivait. Cachée derrière un bouquet d'arbres, elle entendit Scot parler espagnol avec un fort accent anglais.

— Alors on dit : « Es un placer… »

— *Placer*, corrigea une voix masculine qui semblait imprégnée de sève de pin et de tabac.

— Placer hacer negocios…

— *Negocios.*

— Con ustedes.

— *Sí. Perfecto.*

— Placer hacer negocios, répéta Scot. Merci. Je vais à Mexico dans une quinzaine de jours pour une réunion – encuentro, c'est ça ? – avec un… clientado ?

— *Cliente.* Ça va très bien se passer.

— Qu'est-ce que tu fous, Scot ? Tu te crois à la journée Assimil ? lança Nick. Salut, Jaime. Ça va, mon vieux ?

— Ah, fit Scot. Euh, j'en ai juste profité pour m'exercer un peu à parler espagnol.

— Nick, comment vas-tu ?

En anglais, avec son accent britannique légèrement teinté d'américain, Jaime avait une voix encore plus séduisante.

— Pas de problème, Scot. Ravi d'avoir pu te rendre service. Je suis sûr que tout se passera très bien à Mexico. C'est un plaisir d'avoir fait ta connaissance. Bon voyage.

— Merci. Gracías. Il faut juste que... tu as vu Evelyn ? Je pensais la retrouver ici, mais... Bon, je dois y aller.

Evelyn regarda sa montre. Il fallait que Scot parte tout de suite. Elle resta derrière les arbres.

— Tu veux bien lui dire que j'ai dû filer ? demanda Scot.

— OK, répondit Nick.

Elle attendit encore en s'efforçant de ralentir le rythme de sa respiration jusqu'à entendre s'éloigner le moteur du bateau. Alors, après s'être lissé les cheveux, elle apparut.

Loin d'être grand comme elle l'avait imaginé, Jaime de Cardenas était petit, bronzé, musclé et sec. Il donnait l'impression de courir vingt kilomètres plusieurs fois par semaine et d'aller à la salle de sport tous les deux jours.

— J'étais en train d'observer les canards du côté du terrain de tennis, dit-elle. Ce sont des animaux fascin... Oh, bonjour ! Je ne crois pas que nous nous connaissions. Evelyn Beegan.

Une partie de croquet ne tarda pas à s'organiser, ainsi qu'en décida Camilla. Evelyn jouait assez bien. Elle se gardait de battre la maîtresse de maison, mais elle se défendait.

— Tu es content de ta chambre ? s'enquit Camilla auprès de Jaime en tapant son maillet contre le sien.

— Enchanté, répondit-il. Tout est magnifique, ici, CHR. Comment se fait-il que je sois resté si longtemps sans venir ?

— Tu as souvent séjourné ici ? s'enquit Evelyn.

— Ah là là... Pendant les vacances d'été, Sachem était le must absolu. Tous les garçons de St George venaient reluquer les filles de St Paul en maillot de bain. Tu te souviens, CHR ? Et ce fameux été où tu traversais ta période mystique ? Elle nous traînait à l'église tous les dimanches matin. Elle faisait partie de la chorale de St Paul – et elle était carrément sexy, pour une choriste.

Camilla considéra Jaime en plissant les yeux comme Evelyn ne l'avait jamais vue faire. Elle avait un air bien plus doux que d'habitude.

— Pas simple choriste, *darling* ; je te rappelle que j'étais soliste.

— C'est exact. Je me rappelle encore ton « Ave Maria ». Cela valait bien cette sainteté forcée.

La conversation prenait un tour qui n'arrangeait pas Evelyn. Jaime s'était à peine intéressé à elle. Il fallait qu'elle s'impose, et sans tarder.

— En pension, on se retrouve toujours pratiquant forcé, non ? lança-t-elle en mettant la main en visière. À Sheffield, c'était messe tous les matins. L'école avait beau se revendiquer comme non confessionnelle pour attirer aussi les juifs et les musulmans, elle était clairement chrétienne.

Jaime se tourna vers elle et la dévisagea d'un regard un peu trop appuyé pour ne pas être ambigu.

— Sheffield, répéta-t-il, pensif.

Evelyn sentait presque physiquement la trace de son regard sur elle.

— Oui, Evelyn est allée à Sheffield, dit Camilla. Elle débarquait d'une étrange petite ville du Maryland. Ça a dû te faire tout drôle, non, Evelyn ? ajouta-t-elle en rejetant ses cheveux en arrière.

— Moi, j'ai passé mon enfance à Londres, alors ça m'a fait tout drôle aussi, dit Jaime.

Evelyn ne sut comment interpréter la lueur qui passa dans ses yeux.

— À Evelyn encore plus, forcément, déclara Camilla en donnant un coup de maillet à sa boule, laquelle franchit une motte d'herbe avant d'aller doucement rouler sous un arceau. Parfait. Mais je m'étonne de te voir te présenter à Jaime. Tu ne m'avais pas dit que vous vous connaissiez ?

Evelyn fit mine de ne pas comprendre.

— Ah bon ? Il ne me semble pas.

— Si, si, j'en suis sûre. Tu as dit que tu l'avais croisé au Harvard Club. Quand tu y es allée avec ton petit ami, peut-être ?

— C'est possible, répondit vivement Evelyn. Nick, à toi de jouer, non ?

— Le Harvard Club ? J'ai l'air vieux à ce point ? lança Jaime en riant.

— Ça m'a paru bizarre, en effet, lâcha Camilla en regardant froidement Evelyn. Son petit ami...

— À propos du Harvard Club, vous savez ce que j'ai entendu dire ? la coupa Evelyn en cherchant à toute vitesse quelque chose de plausible. Quand il a été question de moderniser le menu et d'abandonner les plats trop *old school* comme le bœuf Wellington et les clams casino, les membres ont pété les plombs et menacé de démissionner en masse.

— Ça ne m'étonne pas, concéda Jaime. Je ne les imagine pas dotés d'un palais très audacieux.

— De toute façon, ils sont si vieux que tout ce qu'on leur sert doit être mixé. Bingo ! lança Nick.

Evelyn sourit, gonflée de fierté, et tapa sa boule. Jaime posa son maillet à terre et se tourna vers Nick.

— Désolé d'interrompre la partie, mon vieux, mais il faut que je fasse un saut en ville. Si tu veux venir avec moi, je serai ravi d'avoir de la compagnie.

— Non, reste là, exigea Camilla d'un air boudeur. Si tu as besoin de quelque chose, tu n'as qu'à envoyer le gardien.

— Non, j'ai promis à Jack de passer moi-même lui déposer ce que j'ai à lui remettre. C'est juste à côté, je peux bien faire ça.

— Dans ce cas, ne m'enlève pas Nick. Il m'a promis une partie de tennis cet après-midi.

— Moi, j'ai une course à faire.

Evelyn sentit sur elle le regard noir de Camilla. Elle allait dire quelque chose, mais Jaime fut plus rapide.

— Super.

— Evelyn…, commença Camilla.

— Je reviens tout de suite, disait déjà l'intéressée en laissant tomber son maillet de croquet.

Elle monta en courant se refaire une beauté. En redescendant, elle passa devant la chambre de Camilla, qui était ouverte. Sur sa commode, à quelques centimètres, elle aperçut son bracelet avec les médailles du Racquet Club.

Elle jeta un coup d'œil à droite, puis à gauche. Personne. Un pas en avant. Et si elle l'empruntait, rien que pour l'après-midi ? Elle le remettrait sans faute à sa place. C'était normal, entre amies, de se prêter des bijoux. Il était là, juste à sa portée, scintillant. Si Jaime le remarquait sur elle, il penserait qu'elle aussi avait un grand-père membre du Racquet Club. Elle jeta un dernier regard par-dessus son épaule et entra vivement dans la chambre pour le prendre et le glisser dans sa poche.

Elle avait dit à Jaime qu'elle devait acheter un saladier orné de bois de cerf en argent pour la mère de Preston. À la caisse, au moment de payer, elle sortit le bracelet de sa poche et le passa à son poignet gauche pour que Jaime le voie de la place du conducteur. Il lui parut délicieusement lourd, comme fait pour elle.

Elle joua avec pendant qu'ils faisaient le tour de James Pond ; le cliquetis des petites raquettes avait quelque chose d'apaisant. Elle se pencha pour régler le volume de la radio et fit en sorte qu'il heurte le bouton.

— Ce bracelet est trop gros, dit-elle. Mon grand-père et mon arrière-grand-père étaient tous les deux des membres très actifs du Racquet Club. Je crois que ces récompenses étaient ce à quoi ils tenaient le plus au monde. Pourquoi les hommes sont-ils aussi attachés à leurs victoires ?

Il lui coula un regard indéchiffrable.

— Camilla en a un aussi, dit-elle pour se protéger au cas où il l'aurait déjà remarqué. C'est pour cela que nous sommes tout de suite devenues amies. J'avais cette collection de raquettes depuis des siècles, mais je n'avais jamais eu l'idée d'en faire un bracelet.

Elle ajusta le pare-soleil.

— C'est joli, fit-il vaguement tout en s'engageant dans une longue allée.

Evelyn examina le panneau. Ils arrivaient au Lake James Club, un club privé pour hommes connu pour n'avoir abrogé que dix ans plus tôt la règle qui en interdisait l'entrée aux tuberculeux et aux Juifs.

— Ça ne t'ennuie pas ? Je dois déposer des documents à un ami de mon père, expliqua Jaime.

— Non, bien sûr que non. Je t'attends ici.

— Tu veux rester dans la voiture ?

Elle rougit. Elle croyait que les femmes n'avaient même pas le droit de franchir le seuil. Elle avait horreur de se tromper.

— Non, non. Je serai ravie de t'accompagner, si c'est possible.

Il sourit.

— Bien sûr que c'est possible. Cela n'a rien de confidentiel.

Elle le suivit. Il salua le portier, ramassa une poignée de cacahuètes dans une coupelle sur le bar et les enfourna. Elle fut troublée par la façon dont il les suçait. Ils passèrent devant les courts de tennis et une grande bibliothèque au sol couvert de tapis persans. Il jeta un coup d'œil à l'intérieur puis pivota sur lui-même et posa la main sur l'épaule d'Evelyn.

— Attends-moi ici.

Comme marquée au fer rouge par l'empreinte de sa paume, elle le regarda donner son dossier à un homme d'un certain âge, échanger quelques mots avec lui, rire, lui serrer la main et revenir.

— Et voilà, j'ai fini, annonça-t-il. Ça n'a pas été trop long, tu vois.

Elle le suivait vers la sortie quand il s'arrêta, fit demi-tour et se pencha vers elle, si près qu'elle vit briller ses dents et sentit son parfum de sueur et de métal. Son cœur s'emballa.

— Tu veux que je te montre quelque chose ? lui proposa-t-il.

Elle dit oui.

Il monta quatre à quatre jusqu'au deuxième étage et poussa la porte d'une grande salle sombre qui sentait la poussière. À mesure que ses yeux s'habituaient à l'obscurité, elle découvrit au mur des têtes empaillées d'animaux – cerfs, élans, renards, ours – et, à ses pieds, un raton laveur la gueule ouverte. La partie droite était réservée à des canards au plumage superbe, mais morts.

— Où sommes-nous ? demanda Evelyn.

— Dans la salle des trophées.

Le souffle de Jaime lui chatouilla le cou. Elle s'immobilisa.

— Lorsqu'un membre du club abat une proie exceptionnelle, on l'expose ici. Celui-ci, c'est moi qui l'ai tiré, ajouta-t-il en désignant un canard si beau qu'il semblait peint à la main, avec sa somptueuse crête noire et sa magnifique tache blanche près de l'œil.

La plaque sur laquelle il était monté était posée en équilibre sur un fauteuil branlant.

— Un vol au-dessus de Saranac, précisa-t-il. J'en ai abattu trois ; c'était celui-ci le moins abîmé.

Elle avala sa salive avec difficulté.

— Ils sont sans défense...

— Ce sont des canards, Evelyn.

— On n'est pas dans une réserve naturelle ?

— Il suffit d'un permis.

Elle se força à sourire.

— Touche-le, la pressa-t-il.

Elle ne bougea pas.

— Allez, touche-le.

Quand il lui posa la main au creux des reins, elle se mit à trembler.

— Ça porte chance ; touche-le.

Il n'était plus qu'à quelques centimètres d'elle. À travers sa paume ferme et chaude, elle sentait les mouvements de sa respiration.

— Si tu le touches, tu peux faire un vœu. J'ai l'impression que ça pourrait te servir.

Il la poussa en avant. Le canard était monté sur une plaque en bois en forme d'écu. Elle ne put s'empêcher de l'imaginer, volant au-dessus des eaux calmes du lac, libre, sûr et sans crainte.

— Avec ta main, comme ça, dit Jaime qui fit glisser sa main droite jusqu'à sa taille et, de l'autre, lui prit le bras gauche.

D'un geste brusque, il poussa la main d'Evelyn vers la tête du canard, lui enfonçant les raquettes dans le poignet, et la maintint de force quand elle voulut l'éloigner des plumes hérissées. Il insista, la forçant à caresser le canard.

— C'est bien, Evelyn.

La boucle de sa ceinture appuyait contre son dos et elle sentit qu'il passait les jambes de part et d'autre des siennes. Elle respirait fort, trop fort. Cela ne se faisait pas, mais elle était en proie à un mélange irrésistible de peur et d'excitation. Elle chassa de son esprit l'image du canard et supplia mentalement Jaime de se plaquer plus étroitement encore contre elle, là, dans cette salle poussiéreuse au dernier étage. C'était comme si son corps était chauffé à blanc à chaque point de contact. Sa main lisse et bronzée, sa montre en métal, la boucle de sa ceinture dans son dos, son mocassin contre sa sandale.

— Fais ton vœu, commanda-t-il d'une voix basse et grave.

Elle obéit et tourna la tête pour le regarder dans les yeux et pour qu'il voie ses longs cils.

— Comme ça, Jaime ? demanda-t-elle en essayant d'imiter son ton.

Il la lâcha d'un coup et s'écarta en vérifiant l'heure.

— Il faut qu'on y aille, déclara-t-il en sortant de la pièce, la laissant pantelante, les doigts toujours sur le canard mort.

22
Typee

À Sachem, le dîner était servi dans la grande salle à manger octogonale, sur une longue table en bois qui accueillait ce soir-là dix-sept convives. Souse était arrivée dans l'après-midi et le groupe était plus éclectique que chez les Hacking : il y avait là les propriétaires de *Camp* Adekagagwaa accompagnés d'un Asiatique à l'air pensif qu'ils présentaient, sérieusement semblait-il, comme leur « poète en résidence » pour l'été ; un doyen de Yale nommé Gardiner ; un ministre du culte de Harvard qui s'appelait également Gardiner ; une femme qui s'était classée troisième de l'US Open de golf en 1993 ; un importateur de vin du nom de Chipp – avec deux *p* – qui recevait toujours les premiers cartons de beaujolais nouveau aux États-Unis ; le guitariste de Whitesnake et sa petite amie de vingt-deux ans ; une dame d'un certain âge, assez imposante, qui avait poussé en vain l'Isabella Stewart Gardner Museum à organiser une exposition pornographique à l'occasion de l'emprunt de « Madame X », quand elle faisait partie du conseil d'administration ; une dame plus jeune, mais tout aussi imposante, qui disait avoir travaillé chez Cartier pendant des années, mais que « ça n'avait pas pris ». Evelyn les trouvait tous follement intéressants. Elle n'hésita pas à frimer devant Jaime en posant des questions sur Block Island et Bar Harbor. Ce qui était appréciable, aussi, à Sachem, c'est qu'elle n'avait pas à toucher un plat ou une assiette sale : il y avait suffi-samment de personnel. Et puis elle jouissait désormais d'un statut assez élevé pour être dispensée de se rendre utile.

Preston arriva en bateau juste après que le dessert eut été servi. Sa présence faisait monter d'un cran le statut social d'Evelyn. Hélas, devant lui, il lui était aussi plus difficile de flirter ouvertement avec Jaime. En vieux copain qu'il était, il ne lui laisserait rien passer.

— Tu devais arriver pour dîner, non ? Où étais-tu ? lui demanda-t-elle quand il se pencha pour l'embrasser sur la joue.

— Ici et là, répondit-il en entrouvrant sa veste pour révéler une flasque.

— Qu'est-ce qui te prend, Pres ? Les Rutherford ont une cave magnifique.

— Je préfère ma petite réserve personnelle, chantonna-t-il.

— Tu es ivre ?

Il la regarda de travers.

— Très peu pour moi. Où est passé l'homme du monde qui te servait de petit ami ?

— Il a dû partir. Une crise au bureau.

— Il y a du gin, par ici ?

— Franchement, tu as l'air d'avoir déjà bu tout ton saoul. Je te signale que Charlotte m'a demandé de t'avoir à l'œil.

— Charlotte t'a demandé quoi ? Bon, est-ce qu'il y a du gin et du tonic dans le coin ?

— Au fait, est-ce que ta mère a eu l'occasion de glisser un mot à quelqu'un pour le Sloan Kettering ?

Il pinça les lèvres.

— Si Fritz Rutherford était encore là, il y aurait du gin et du tonic partout.

— Preston, fais attention, tu veux bien ? Je me suis dit que ta mère pourrait préciser que j'aide à l'organisation du Bal Français.

Quand il plongea les yeux dans les siens, il lui fit peur.

— Je fais attention, dit-il simplement en se détournant pour parler aux adultes.

Souse alla se coucher peu de temps après l'arrivée de Preston et Camilla proposa que les jeunes aillent à Typee. Evelyn resta à la traîne. Phoebe menait la troupe en sautillant, les autres criaient dans le noir. À mi-pente, elle s'arrêta et se retourna pour regarder le *camp*. Elle sentait le sol élastique sous ses pieds et l'air frais de la nuit qui l'enveloppait. Les étoiles brillaient. Les voix de ses amis s'éloignaient.

Elle avait résisté si longtemps à l'existence que sa mère voulait la voir mener, persuadée que celle-ci ne savait rien de la vraie vie... À dix-sept ans, dans un cours d'introduction à la psychologie à Sheffield, elle avait reconnu Barbara dans les descriptions de la dépression et du refoulement. À un moment donné, elle avait même suggéré à sa mère de consulter un psy pour mettre des mots sur son mal-être. Barbara, qui était en train de récurer une casserole en acier avec un tampon métallique, l'avait jetée dans l'évier à grand fracas.

« Tu veux savoir ce que je ressens, Evelyn ? Tous les jours, en me levant, je me dis : "Faire la vaisselle ou une overdose de médicaments ?" Voilà ce que je ressens. Ça avance à quelque chose ? »

Barbara avait tort sur toute la ligne, avait pensé Evelyn en entrant à Davidson, où elle avait soigneusement évité les associations d'étudiantes BCBG. Elle se contentait de toiser d'un œil critique ces filles qui passaient leurs années d'université à sourire et à babiller. Elle avait tort, avait encore martelé Evelyn en s'installant à New York, bien décidée à réussir seule. Elle avait tort, se répétait-elle en passant ses étés à travailler et à transpirer sur les quais du métro pendant que Preston et ses amis partaient en vacances dans des lieux de villégiature où il faisait délicieusement frais.

Mais en fait, Barbara avait raison.

Sans relâche, Evelyn s'était battue contre sa mère pour une vie qui, avant sa rencontre avec Camilla, se composait principalement de plateaux-télé. Certes, elle habitait à New York, mais elle n'y vivait pas. Et voilà que, à l'instant où l'ancrage solide de la maison familiale de Bibville lâchait, elle donnait enfin une chance à ce milieu et s'apercevait qu'on l'y acceptait. Elle avait trouvé sa place. C'était ici.

— Ev ! Tu t'es fait attraper par un ours ? cria Camilla.

— « Promenons-nous dans le bois, pendant que le loup n'y est pas... », chanta Preston, imité par Nick.

Evelyn se remit à avancer sur le chemin de Typee et passa bientôt sous le porche. La pièce principale était très cosy, avec sa décoration en bois et ses tissus aux couleurs de Yale : canapé bleu, tapis blanc, plaids bleus. Fritz Rutherford avait quitté Sachem depuis longtemps, mais l'esprit de son alma mater y subsistait.

Preston l'évitait – comme il évitait tout le monde. Il ôta sa veste et se nicha dans un fauteuil, comme un ivrogne, avec une vieille BD de la série *Archie* aux pages gondolées. Voyant l'album, Jaime lui demanda si elle se sentait plus Betty ou Veronica.

— Un peu des deux, peut-être, répondit-elle en lui posant deux doigts sur le bras.

Elle se servit un verre de scotch. Malgré l'odeur de pansement, elle le vida d'un trait et en reprit un second.

Elle observa Jaime, qui devenait flou. Tandis qu'il allumait un cigare, elle songea aux signaux qu'il lui avait envoyés au cours de l'après-midi. Tout se passait bien. C'était si facile... Il reprendrait à son compte le don aux Luminaries de Camilla : vingt-cinq mille dollars, cela devait correspondre à ce qu'il dépensait pour une escapade d'un week-end. Comment rédigeait-on un faire-part de mariage lorsqu'on épousait un Sud-Américain avec un nom à je ne sais combien de rallonges ? Les photos de la cérémonie et de la réception paraîtraient-elles dans *Vogue* ? Jaime riait. Nick s'essuyait le nez. Evelyn buvait encore un scotch. Tout le monde chantait « Umbrella ». Elle dansait avec Jaime.

Et puis elle se retrouva dehors avec Preston, frigorifiée par l'air de la nuit. Il parlait, mais elle n'avait pas envie d'écouter. Alors elle se pencha sur la balustrade et regarda en bas s'il y avait des bouteilles cassées. Mais elle n'en voyait pas. Elle se pencha encore, fascinée par le reflet des lumières sur le lac. Preston la tira par le col.

— Qu'est-ce que tu fabriques ? lui demanda-t-il.

— Les lumières sont jolies, répondit-elle d'une voix pâteuse en se balançant d'un pied sur l'autre.

— Ce n'est pas de ça que je parle, et tu le sais très bien. Qu'est-ce qui te prend de danser la lambada avec Jaime ? Et Scot ?

— Quoi, Scot ? Il n'est pas là, que je sache. Et, que je sache, j'ai encore le droit de danser.

— Là n'est pas la question. Qui cherches-tu à impressionner ? Tu te mets en quatre pour essayer de t'intégrer dans cette bande. Mais ça n'en vaut pas la peine, Evelyn. Ça n'en vaut pas la peine.

— Ah, c'est la meilleure, ça ! répliqua Evelyn en reculant d'un pas chancelant et en se retenant à la balustrade en bois brut. Tu peux parler, Preston Hacking. C'est l'hôpital qui se moque de la charité ! Parce que toi, tu ne joues pas un rôle, peut-être ? Serais-tu jaloux de moi, par hasard ? Aurais-tu envie d'être à ma place et de te frotter contre Jaime ?

Bouche bée, il se détourna d'elle et contempla le lac.

— Oh, très bien. Continue à te cacher, Pres. Personne ne devinera jamais ton petit secret. Chuuut, pas un mot. Mais, je t'en prie, continue à me sermonner, à me dire que je ne devrais pas m'efforcer de m'intégrer. En attendant, tu n'es même pas capable d'admettre que tu es gay alors que la terre entière est au courant. Vas-y, Preston Hacking ! Fais ton coming out !

Ses derniers mots restèrent comme suspendus dans le silence. Preston n'avait toujours pas bougé. Sa silhouette mince se détachait en plus sombre sur le bleu nuit, aussi noire que les arbres, les montagnes et le lac. Evelyn avait l'impression qu'un cyclone se déchaînait sous son crâne et allait la soulever, l'emporter.

— Jamais je n'aurais cru cela de toi, lâcha-t-il d'une voix sourde et chargée de colère.

Et il partit en courant. Elle entendit claquer ses semelles sur les marches de Typee puis sur le chemin.

— Preston !

Elle descendit quatre à quatre et se lança à sa poursuite. Mais elle trébucha sur une racine et s'étala de tout son long. Elle resta un moment immobile, le souffle coupé. Quand elle releva la tête, elle ne voyait ni n'entendait plus Preston. Elle inspira deux petites goulées d'air en tremblant puis frappa le sol du plat des mains, une fois, deux fois, et encore.

Elle se releva, s'épousseta les genoux et les mains et remonta se mêler à la soirée.

— À la jeunesse ! criait Jaime, passablement éméché, en remplissant les verres de la petite troupe d'un alcool qui sentait l'anis.

Evelyn but son verre, puis celui qui était destiné à Preston. Phoebe était allongée devant le feu. Camilla et Nick jouaient à Speed Scrabble. Preston avait laissé sa veste à l'intérieur. Evelyn reprit un scotch pour pouvoir la regarder sans rien ressentir. Elle était assise à côté de Jaime, enfin, la tête penchée vers la sienne au-dessus d'un vieux livre sur les canots des Adirondacks.

Elle se rendit dans la salle de bains en titubant. Elle avait les joues bien trop rouges. Elle les tapota pour tenter de répartir la couleur. De retour dans le salon, elle promena un regard trouble sur le groupe. Les filles tout à l'heure si belles, si bien apprêtées, avaient le nez brillant, les cheveux hérissés et des marques rouges sur les pieds à cause de leurs chaussures. Les garçons frais et rasés de près dégageaient maintenant une odeur d'hormones et d'alcool ; on devinait déjà les poils de leur barbe sous une peau rêche ; le scotch leur avait laissé la bouche sèche et brûlante. Qu'avait-elle donc fait de ses chaussures ? Sur ses orteils, le vernis à ongles faisait comme des gouttes de sang. Preston était parti. Elle savait qu'il lui en voulait. Il fallait qu'elle se souvienne pourquoi – c'était important –, mais elle n'y arrivait pas. Nick murmurait quelque chose à l'oreille d'Evelyn dans le couloir. Nick, Phoebe et Camilla dévalèrent la colline. Phoebe tomba en riant dans la nuit. Cela rappela quelque chose à Evelyn, mais quoi ? Il n'y avait plus qu'une lampe allumée. Evelyn suçait l'oreille de Jaime. Le temps se brouilla. Elle ne sentait plus le goût de l'alcool. Elle rajouta du scotch à son scotch parce qu'on lui avait servi un scotch sans alcool. Et Jaime souriait et chantait. La lumière était éteinte. Ça allait bien. Ça tournait. C'était bien.

Gris. Tourbillons. Froid. Elle avait froid. Sa tête. Son corps. Froid. Tremblant. Nu. Evelyn revint à elle sur le canapé bleu en essayant de se réchauffer sous un châle. Elle sentait confusément qu'il s'était passé quelque chose de mal. Une fois réveillée, il lui fallut trois ou quatre secondes pour se remémorer ce qui était arrivé. Elle se sentait relativement bien. Elle avait à peine la gueule de bois. Mais elle avait les orteils et les doigts gelés. Et puis… et puis une sensation collante entre les jambes. Elle s'assit. Elle se sentait lourde. Elle avait mal au ventre.

Elle frissonnait, nue sur le canapé. Il y avait des serviettes froissées, des verres sales et une bouteille de scotch vide sur le coffre devant elle. À un moment donné, elle avait mis le bracelet du Racquet Club et il lui avait laissé de grosses marques rouges au poignet. Elle fit la grimace en s'arrachant au canapé. Quoique dans le brouillard, elle fut prise du besoin impérieux de se vêtir : elle retrouva sa robe en boule sur un vieil exemplaire de *L'Île au trésor*. En revanche, impossible de remettre la main sur ses sous-vêtements. Qu'en avait-elle fait ? Un souvenir de Jaime lui tirant les cheveux lui revint. Elle le chassa. Elle s'agenouilla et se mit à chercher à tâtons. Elle finit par dénicher sa culotte qu'elle enfila de mauvaise grâce. Ses sandales, qu'elle avait poussées sur le côté, portaient la trace noire de ses orteils. Tout était souillé, défraîchi.

Elle se releva en tremblant. La lumière froide d'avant l'aube mangeait les couleurs de la pièce, de son corps. Elle guetta un bruit de chasse d'eau ou de pas, quelque chose qui expliquerait l'absence de Jaime. Un silence trop profond régnait. Elle n'entendait que les premiers chants d'oiseaux dehors et le grattement des griffes d'un rat ou d'un écureuil. Ni pas ni moteur de bateau ; aucun signe de présence humaine.

Elle frissonna encore et, incapable de réprimer ses haut-le-cœur, courut aux toilettes. Là aussi, elle eut un flash de la nuit précédente. Ici même, elle l'avait pris dans sa bouche. L'avait-elle suivi dans la salle de bains ? Ses aisselles sentaient la terre et le sexe. Au premier spasme, elle revit Jaime qui lui disait : « Tu es sûre que je ne t'enlève pas à tes amis ? » Elle n'arrêtait pas d'oublier son nom et évitait de s'adresser directement à lui. Flash : elle, se levant de son fauteuil tandis que Jaime et Phoebe dansaient sur « Hollaback Girl », et demandant d'une voix pâteuse : « Je peux m'incruster ? » Flash : elle, toujours, lui empoignant le genou tout en dissertant sur l'importance des œuvres de bienfaisance et le seuil crucial que constituait un don de vingt-cinq mille dollars. Flash : elle, le poussant sur le canapé. Enroulant ses jambes autour de lui. Flash : elle, essayant de déboutonner son jean avec les dents, puis lui, lui repoussant la tête et défaisant lui-même les boutons, d'une main. Flash : un truc idiot qu'elle avait lu dans *Cosmo* chez la manucure – se servir de ses cheveux pour caresser son partenaire pendant une fellation. Jaime assis là, les bras croisés derrière la tête, pendant qu'elle promenait ses mèches blondes sur son érection en poussant un soupir qui se voulait sexy. Flash : « Pas les dents. Ne te sers pas de tes dents. » Flash : elle, remontant sur lui à quatre pattes après la fellation, les cheveux en désordre ; lui, refusant de l'embrasser ; elle, se la jouant légère et vive : « À ton tour » ; lui, répondant « Hum, je ne crois pas, non ». Flash : elle, promenant le bracelet sur son corps à lui. Ils avaient eu un rapport – elle se souvenait de lui ahanant sur elle, mais pas de la façon dont ils en étaient arrivés là. Il n'avait même pas complètement enlevé son jean. Elle se rappelait le frottement de la toile sur ses jambes. Puis il s'était relevé et elle s'était demandé s'il allait la prendre dans ses bras comme le faisait toujours Scot. Au lieu de cela, elle avait entendu couler de l'eau, puis le bruissement de sa chemise qu'il avait renfilée. Elle avait vu le châle arriver sur elle. Un pashmina rose pâle. « J'aimerais te voir avec rien d'autre que ça sur toi », avait dit Jaime en le lançant. L'étole s'était déposée sur son visage. Elle n'avait pas su que faire. La pièce s'était mise à tourner. Elle s'était endormie.

Et la voilà dans l'obscurité, à genoux devant la cuvette des toilettes au fond de laquelle ses larmes se mêlaient aux jets de bile et d'alcool. Elle se cramponnait au siège, grelottante, secouée de spasmes. Enfin, l'estomac vide, elle se releva péniblement et appuya sur l'interrupteur avec son poignet. Dans le miroir propre, elle découvrit ses cheveux emmêlés et gras, son mascara étalé, ses yeux cernés, son teint livide, les traces de vomi autour de sa bouche.

Toujours dans un épais brouillard, elle fit couler l'eau froide et se servit de ses mains en coupe pour se baigner le visage. Mais elle ne tarda pas à plonger la tête dans le lavabo. L'eau imprégna ses cheveux qui virèrent du blond au brun puis ruissela dans son dos et le long de ses bras jusqu'au sol, trempant sa robe au passage. Les pieds dans une flaque, elle se redressa, cramoisie, haletante. Elle prit du papier toilette pour essuyer sa figure maculée de mascara, puis la tablette du lavabo. Elle le jeta dans la cuvette et tira la chasse une fois, deux fois, dix fois. Elle allait devoir rentrer se laver les cheveux à la grande maison en douce. Avait-elle bien dit à Jaime qu'elle était allée à Sheffield ? Qu'elle avait fait le bal des débutantes ? Qu'elle était issue d'une vieille famille de Baltimore et qu'elle aidait à l'organisation du Bal Français ? S'il l'avait mieux connue, s'il avait su qu'elle était vraiment quelqu'un, il serait resté avec elle toute la nuit. Avait-elle oublié de l'informer ?

Il ne s'était même pas donné la peine de refermer la porte en sortant. N'importe qui aurait pu la voir couchée là, nue sous ce châle comme une traînée. Elle entendit un bruissement d'ailes et un cri d'oiseau. Elle pressa les mains sur ses yeux et regarda entre ses doigts écartés, espérant découvrir une scène différente. Mais elle ne vit que les résidus de la soirée de la veille. Une grosse mouche noire se posa sur le camembert réduit à l'état de flaque grasse.

C'est seulement en remarquant son genou éraflé et incrusté de terre qu'elle se souvint d'être tombée et se rappela la scène avec Preston. Elle vérifia dans le salon. Sa veste y était toujours. Il s'était enfui. Elle l'avait trahi en traitant son secret le plus intime comme un commérage, et il s'était enfui. Elle passa les doigts sur la veste mais, ne sachant que faire, la laissa sur le fauteuil.

Elle rentra à la maison principale d'un pas chancelant et monta dans sa chambre sans croiser personne. Lumière grise. Elle était au lit. Endormie. Réveillée. Endormie. Des pas. *Toc toc.* Un rêve dans lequel elle perdait ses dents. Nausée. Se rendormir. Un autre rêve : elle s'était inscrite en anglais à Sheffield, mais n'avait assisté à aucun cours et n'avait jamais obtenu son diplôme. Du bruit en bas. Elle était déjà sur la touche. Quelques minutes ou peut-être quelques heures plus tard, le mot « omelette ». Elle le chassa et s'enfonça de nouveau dans le gris. La nausée. Rouler sur l'autre côté.

Plus tard, un bruit. Elle se força à ouvrir ses paupières croûteuses. Jour. *Toc toc.*

— Evelyn ?

Camilla.

— Debout. Il est 10 heures. Je ne veux pas prendre la route trop tard. Soit tu prends le train, soit tu rentres avec moi maintenant.

Jaime. La nuit dernière. Jaime. Scot. Camilla allait la tuer. Tout le monde allait la tuer. Elle était mal. Elle était vraiment très très mal. Elle portait toujours le bracelet. Elle cacha son poignet sous la couette. Sinon, elle resta parfaitement immobile, le cœur battant de l'excès d'alcool et de la perspective des catastrophes qu'elle avait déclenchées.

— OK, répondit-elle d'une voix éraillée, la bouche sèche. Tu pars dans combien de temps ?

— Une heure.

— Je prends juste une douche.

En se rendant dans la salle de bains, elle entendit Jaime dans la cuisine. Il annonçait qu'il allait faire des toasts pour accompagner les œufs.

Évidemment. C'était pour elle qu'il faisait des toasts. Évidemment, tout allait bien. Jaime avait des sentiments pour elle. La preuve ? Les quelques secondes où il avait laissé sa main sur la sienne, cette attirance incroyable au Lake James Club, le ton sur lequel il lui avait dit quelle jolie petite coquine – ou quelle coquine, simplement, elle ne se souvenait plus – elle faisait. Et puis il était resté avec elle après le départ des autres. Non, elle n'était pas pour lui une conquête parmi tant d'autres. Une fille jetable qui s'était fait un film. Un plan d'un soir. Impossible. C'était forcément le début de quelque chose de sérieux. Il avait évoqué sa mère. Est-ce qu'on parlait de sa mère à un plan d'un soir ? Et puis cette rencontre au Lake James, c'était une si jolie histoire... Pratiquement de quoi les faire figurer en haut des avis de mariages du *Times*. Il n'allait pas tarder à vouloir se ranger ; Evelyn serait l'épouse idéale pour l'accompagner partout. Elle avait tout misé sur cette histoire. Il fallait qu'elle gagne. Et elle allait gagner. C'était forcé.

Mais Scot... N'y pense pas, s'ordonna-t-elle. Ne pense pas au sourire radieux que tu lui as vu au réveil, alors que, appuyé sur un coude, ce dimanche matin de deux semaines plus tôt, il te regardait dormir. Elle n'avait pas eu le choix, se dit-elle. Elle n'aurait pas pu rompre avec Scot sans savoir qu'il y avait quelque chose de solide avec Jaime. Les gens étaient infidèles. Les Kennedy, les Paley, les Roosevelt étaient infidèles. Elle n'était pas mariée ; elle ne lui avait pas juré fidélité. Elle faisait cela pour sa famille. Elle avait bien agi.

Et Preston. N'y pense pas non plus. Entre amis, il arrive qu'on se dise des choses idiotes. Mais on se pardonne. Ce n'était pas grave. Tout allait s'arranger.

Elle se leva et pressa une raquette en or contre sa paume. En passant devant la chambre de Camilla, elle dégrafa le bracelet et s'apprêtait à le déposer sur la commode quand le craquement d'une marche de l'escalier la fit sursauter. Elle referma le bracelet et se précipita dans la salle de bains. Elle prit une douche brûlante et se frotta et se savonna jusqu'à avoir la peau presque à vif. Maintenant que le bracelet était mouillé, songea-t-elle en sortant, elle ne pouvait plus le remettre en place ni vu ni connu. D'ailleurs, la prochaine fois qu'ils se verraient, Jaime risquait de se demander ce qu'elle en avait fait. Elle le fourra dans une petite poche extérieure de son sac.

En bas, elle trouva Nick et Camilla en train de boire du café dans la petite cuisine familiale qui ne servait que pour le petit déjeuner ou les en-cas.

— Donc, tu veux rentrer avec nous ? demanda Camilla.

— C'est ça ou le train ?

— Oui.

— Jaime repart plus tard ?

L'intéressé entra dans la cuisine.

— Salut, dit-il avec un petit signe de tête à Evelyn.

— Tu pars plus tard, Jaime ? Tu pourrais me ramener ?

— Je ne vais peut-être pas tarder. Je ne sais pas encore. De toute façon, je ne rentre pas directement ; je dois m'arrêter en route pour un rendez-vous d'affaires. Tu ferais mieux de partir avec Camilla.

— Va chercher tes bagages, alors, Ev. Il faut qu'on bouge.

— J'ai un coup de fil à passer. On se voit à New York, vieux, dit Jaime à Nick. Merci beaucoup pour ce bon week-end, ajouta-t-il à l'adresse de Camilla. C'était génial.

Elle l'embrassa sur les deux joues. Mais quand Evelyn s'approcha pour en faire autant, il avait déjà reculé et feuilletait un catalogue sur la table.

— À plus à New York, j'espère, lança-t-il à la cantonade.

Cette phrase résonnait encore dans la tête d'Evelyn quand elle descendit son sac. Au moment d'embarquer, elle en était à se demander si elle lui était spécialement destinée. Pendant la traversée, elle continua à l'analyser. Il avait son numéro. Avait-il bien son numéro ? Elle se revit soudain, assise par terre, son téléphone à la main, demandant le numéro de Jaime. Et il y avait bien un SMS envoyé à 3 h 02 du matin : « Coucou c'est Ev. Reviens vite. » Donc, elle lui avait envoyé un message en pleine nuit. Pour ce qui était de se faire désirer, elle repasserait. Mais il allait bientôt la rappeler. C'était forcé. Elle garda son portable sur les genoux au cas où et regarda défiler le paysage par la vitre de la voiture.

Jaime téléphonerait sans doute ce soir, pour ne pas avoir l'air trop empressé. Ou même demain, quand il serait rentré et qu'il aurait fait ce qu'il avait à faire. D'ici demain, en tout cas, c'était sûr. Elle se mit à jouer avec la boucle de sa ceinture de sécurité pour faire passer le temps. Mais le sang commençait à battre à ses tempes et le nuage noir de dégoût de soi qu'elle s'efforçait de chasser depuis le matin menaçait. Elle jeta un coup d'œil à l'horloge du tableau de bord. Il était midi et quart. Son esprit embrumé par l'alcool partait dans tous les sens. Elle s'en voulait vis-à-vis de Scot. Elle s'inquiétait du bracelet toujours dans son sac, qui ajoutait le vol à la tromperie et au mensonge. Elle était fichue. Sa famille était fichue. Tout était fichu, terminé. Elle avait abattu ses dernières cartes. Il fallait que ça marche.

23
Le Bal Français

Cela faisait six jours qu'elle était rentrée de Sachem. Six jours sans nouvelles de Jaime. Six jours que la société de recouvrement du loyer, que les gens de chez Barneys, que ses parents, que... – non, non, non, non et non, il ne fallait pas penser à tout cela aujourd'hui. Pas aujourd'hui. Aujourd'hui, c'était le jour du Bal. Une journée que rien ne devait gâcher.

Il y avait un message de son père sur son répondeur, mais elle ne l'écouta pas. Rien ne devait gâcher cette journée. Preston n'avait pas appelé. Il était censé venir à l'after du Bal, mais Evelyn se doutait que c'était à l'eau, maintenant. Elle avait essayé dix fois, cent fois de lui envoyer un mail, mais elle n'avait pas été capable d'aller plus loin que « Je... ». Que lui dire ? Comment rattraper sa conduite de l'autre soir ? Ne pas y penser aujourd'hui. Camilla aussi avait mis du temps à lui répondre et c'était peut-être... – non, non et non, pas aujourd'hui. Pas aujourd'hui.

À 17 heures pile, elle entra dans le Plaza, habillée en Naeem Khan. (Elle avait téléphoné à l'attachée de presse de Naeem Khan en promettant une belle couverture médiatique du bal, d'elle-même et de ce qu'elle porterait dans le *Times* et *Vanity Fair*, ce qui était sans doute un peu exagéré.) Toutes les larmes qu'elle s'était autorisée à verser au retour de Sachem étaient séchées. Elle avait mis des gouttes dans ses yeux rougis et de la crème sur ses paupières gonflées. Les dégâts étaient réparés ou camouflés. Elle avait repris le contrôle.

Elle passa dans la suite au premier. Les débutantes parlaient d'un garçon de Princeton qui avait adressé une demande d'amis sur Facebook à trois d'entre elles. Au détour d'un couloir, elle faillit se cogner à Jennifer. Le regard chargé de dégoût que lui jeta la jeune fille lui donna envie de rentrer sous terre. Mais que lui importait Jennifer, ce soir ? Elle s'était donné tant de mal pour en arriver là qu'elle ne pouvait pas se laisser démonter par une gamine de dix-huit ans. Elle se rendit dans la salle de bal pour aider aux préparatifs.

Margaret alias Push et Souse étaient déjà là, en train d'arranger les objets sur la table des enchères silencieuses et de distribuer des instructions pour le service. Evelyn s'approchait d'elles quand son téléphone sonna. Son père. Elle coupa la sonnerie et envoya directement l'appelant sur la boîte vocale.

— Madame Faber, dit-elle en souriant.

— Evelyn, n'est-ce pas ?

— Oui, c'est bien cela.

— Vous êtes ravissante. Quelle jolie robe.

— Merci. Vous aussi. Et Wythe est superbe, bien entendu. Je viens de la voir en haut.

— C'est vrai ? Ah, tant mieux, tant mieux. Vous imaginez le mal que j'ai eu à lui faire mettre une robe… Espérons qu'elle renonce à ses tennis pour la présentation.

— Je m'en assurerai.

Souse les rejoignit de l'autre bout de la salle.

— Evelyn ! Bonjour. Où est Camilla ? Elle devait venir avec vous, non ?

— Nous ne nous sommes pas parlé, pour tout vous dire. Il me semblait qu'elle comptait venir à 17 heures, mais je ne sais pas où elle est.

Souse leva les bras au ciel.

— Ah, les enfants… C'est le bal de sa sœur et elle fait partie du comité. Elle pourrait tout de même faire l'effort d'arriver à l'heure.

— En tout cas, Phoebe est très jolie et je disais justement à Mme Faber que tout se passe au mieux, déclara Evelyn.

— Au moins, vous gérez la situation, chère Evelyn, dit Souse. Quelle robe sublime. Calvin ?

— Naeem Khan.

— Bien sûr. Les filles d'aujourd'hui sont tellement branchées – n'est-ce pas, Push ? En tout cas, vous êtes charmante. J'espère que ma fille prodigue va daigner se montrer. Si ça continue, elle va être en retard pour la présentation. Je pensais que, passé vingt ans, elle se tiendrait mieux. J'avais tort, semble-t-il…

— C'est bien dommage, fit Evelyn. Si seulement les gens de mon âge étaient plus sensibles aux traditions… J'irai la chercher moi-même s'il le faut, madame. Cela m'a fait grand plaisir de vous revoir, et je suis certaine que nous nous croiserons à nouveau pendant la soirée. En attendant, si vous n'avez pas besoin de mon aide ici, je vais remonter voir si tout va bien. Phoebe et Wythe sont magnifiques. Vraiment. Vous allez être bien fières d'elles, quand vous les verrez.

À 20 heures, Evelyn descendit. Les invités s'embrassaient, de préférence sur les deux joues, à l'européenne.

— Il faut absolument que je trouve l'ambassadeur de Suisse, disait une femme à une autre. Est-ce lui, là, dans le coin, avec une pochette rouge ?

— Non, non. Celui-ci, c'est le consul de Suisse.

À l'entrée de la salle de bal, les photographes mitraillaient. Margaret Faber posait de son air le plus candide en compagnie de son mari et Souse en faisait autant avec Ari. Les photographes semblaient parfaitement savoir qui ils voulaient shooter ou pas. De peur de ne pas faire partie des heureux élus, Evelyn n'osait approcher.

Son téléphone vibra. « J'entre », venait d'écrire Camilla. Et quand Evelyn se tourna vers la porte, les appareils étaient déjà braqués sur son amie.

Tandis que l'orchestre jouait un air de swing, Evelyn la regarda finir de prendre la pose puis venir vers elle.

— On va à notre table ? suggéra Camilla, et d'enchaîner : Evelyn, je n'ai toujours pas reçu le chèque de ton père.

— Ah bon ? dit-elle en ouvrant sa pochette et en feignant d'en examiner le contenu.

— Les invitations sont déjà parties. C'est dans trois semaines. S'il préfère donner des actions, pas de problème. Mais sa secrétaire m'a répondu un peu bizarrement à chaque fois que j'ai appelé.

— Il est en voyage en Inde, prétendit Evelyn. Un long voyage. Développement de l'industrie pharmaceutique dans le pays.

— Ça m'est égal : j'ai besoin de ce don. Je le lui ai demandé il y a plusieurs mois pour ne pas avoir à m'en charger à la dernière minute.

— Je sais, je sais.

— Le groupe a atteint une somme record cette année, en partie grâce à lui. Un communiqué de presse va être diffusé la semaine prochaine.

— Je m'en occupe, Camilla, promit Evelyn en saisissant une des chaises dorées de la table dix, à laquelle avaient déjà pris place des hôtes de marque dont Ari et Souse. Je m'en occupe.

Les filles s'assirent au moment où l'orchestre attaquait les premières mesures d'une version enlevée de l'hymne national. Souse pointa un index réprobateur vers sa fille avec un « tsss-tsss ». Puis les lumières s'éteignirent et un seul spot se braqua sur un petit garçon habillé comme le Petit Lord Fauntleroy, qui se mit à chanter « La Marseillaise ». Toute la salle se leva pour entonner avec lui : « Aux armes, citoyens ! »

Agathe, la présidente du Bal, monta sur scène pour souhaiter la bienvenue aux invités tandis que les serveurs apportaient de généreuses parts de langouste sur un lit de haricots verts, accompagnées de béarnaise. Elle présenta l'invité d'honneur, le responsable du département d'Études européennes de Columbia. C'était le troisième choix, se rappela Evelyn, qui avait assisté aux réunions de préparation. Les deux premiers avaient décliné un peu maladroitement, arguant qu'il leur était difficile d'un point de vue professionnel de se trouver associés à des débutantes.

Les lumières s'éteignirent à nouveau et la présentation commença. Le maître de cérémonie, qui était à la tête du *fixed income* chez Whitcomb Partners et avait épousé l'une des hôtesses, consulta sa première fiche.

— Wythe Van Rensselaer a réalisé un documentaire sur les graffeurs dans le style des expressionnistes allemands ; c'est également une championne universitaire du deux cents mètres ; elle a eu le plaisir de passer plusieurs étés à faire du bénévolat au Laos et au Botswana et elle aime jouer au poker. Ses frères John et Frederick ont escorté des débutantes de précédentes éditions du Bal. Elle entrera à Yale à l'automne.

L'assistance poussa des oh ! et des ah ! en entendant citer Yale. Wythe s'avança d'un pas décidé au bras de son cavalier, fit la révérence et céda très lentement la place à Phoebe.

— Phoebe Rutherford parle couramment français, latin, grec ancien, serbe et letton. Elle aime tout particulièrement le tir à l'arc et la tapisserie.

Souse tourna vivement la tête vers Camilla, qui se mit la main devant la bouche.

— Quoi ? chuchota-t-elle. On a trouvé ça drôle. Elle pourrait très bien aimer le tir à l'arc, la tapisserie et parler toutes ces langues.

— Ce n'est pas drôle.

— Mais si, c'est drôle.

— Tu ne te rends pas compte de tout le mal que je me suis donné – que toutes celles qui ont participé à l'organisation se sont donné ?

— Franchement, maman. Ce n'est qu'une fête.

— Evelyn est arrivée à 5 heures pile aujourd'hui. Toi, tu ne t'es même pas donné la peine d'être là avant le début de la soirée – et ce n'est pas la sœur d'Evelyn qui fait son entrée dans le monde ce soir. Moi, je ne rabaisse pas les événements que tu organises.

— C'était pour rire, assura Camilla. J'ai cru que ce serait amusant.

— Eh bien, tu t'es trompée, répondit Souse qui pianotait furieusement sur la table.

Evelyn, assise de l'autre côté de Souse, se pencha vers elle et murmura, assez bas, espérait-elle, pour que Camilla ne l'entende pas :

— Je suis désolée. Si j'avais été au courant, je ne l'aurais jamais laissée écrire ça.

— Merci.

Souse recula brusquement sa chaise et quitta la table. Elle avait déjà disparu lorsque le maître de cérémonie annonça :

— Jennifer Foster est championne d'escrime et a fait paraître un CD de chansons de sa composition. Tout récemment, son tableau intitulé *Maisons vides* a été finaliste du prestigieux Courbet Award, ce qu'aucune élève de Spence n'était parvenue à faire depuis des années. À l'automne, elle entrera à Whitman College, une petite université dédiée aux arts libéraux considérée comme le Williams de Washington.

Evelyn remarqua Souse sur le côté de la scène. Elle chuchotait quelque chose à Agathe, la présidente, qui jeta un coup d'œil inquiet en direction de leur table puis hocha la tête.

Les filles s'alignèrent devant leurs cavaliers avec un sourire crispé pour la photo officielle, puis les couples se rendirent sur la piste de danse pour la première valse.

L'orchestre finissait de jouer « Try to Remember ». Evelyn donna un petit coup de coude à Camilla.

— Tu crois que c'est une allusion à la cuite que vont prendre les débutantes ce soir ?

— Si ce n'est pas déjà fait.

— Phoebe était magnifique, en tout cas.

— Oui, hein ?

La lumière se ralluma sur scène. Agathe avait l'air nerveuse. Elle adressa quelques mots au maître de cérémonie.

— Très bien, dit-il au micro sans se rendre compte qu'il était allumé.

Agathe trottina jusqu'au bord de la scène.

— Et maintenant, comme le veut la tradition du Bal Français, place à la danse d'honneur, pour laquelle nous allons demander à une ancienne débutante de s'avancer pour ouvrir la seconde danse avec monsieur l'ambassadeur, annonça le maître de cérémonie.

Le spot se braqua sur leur table. Camilla se redressa et inclina modestement la tête telle une actrice nommée aux Oscars.

— Cette année, les hôtesses du Bal Français ont le plaisir de prier Mlle Evelyn Beegan d'ouvrir cette danse. Mademoiselle Beegan ?

Evelyn clignait des yeux, éblouie par le spot, quand elle entendit les applaudissements. Elle vit que Camilla souriait toujours, le regard droit devant elle.

— Mademoiselle Beegan ? répéta le maître de cérémonie.

Evelyn se leva, les jambes vacillantes. Quand elle était adolescente, sa mère l'avait inscrite à un cours de valse dans une petite école de danse de quartier. Elle avait eu beau protester qu'elle n'aurait jamais besoin de savoir danser la valse, Barbara avait tenu bon. Bien joué, maman, songea-t-elle.

Elle regarda encore une fois Camilla, qui fixait le maître de cérémonie en applaudissant, puis baissa la tête. Le destin en avait décidé ainsi, non ? Les applaudissements allaient crescendo et formaient autour d'elle comme des vagues d'une délicieuse chaleur. Puis une lumière plus intense encore l'enveloppa et l'aveugla. Un flash brilla à sa gauche. Et Jaime, qui allait voir les photos demain et comprendre qui elle était... Elle sourit, un peu hésitante d'abord, puis plus largement, avec assurance, portée par les applaudissements et la lumière. C'était pour elle, cette fois. Tout était pour elle. Enfin.

Le spot la suivit jusqu'au centre de la piste de danse, où elle tendit la main à l'ambassadeur.

— C'est un plaisir, dit-elle en français d'un ton mélodieux.

Elle se concentra sur ses pieds. En tant que prétendue ancienne débutante, elle devait savoir valser à la perfection. Elle calqua ses pas sur les siens tandis que l'orchestre jouait « Que Sera, Sera », l'un des morceaux préférés de sa mère. Un-deux-trois, un-deux-trois : ils glissaient autour de la pièce, parcourant la piste en long et en large, tandis que l'ambassadeur la faisait tourner et tourbillonner, de plus en plus vite, et virevolter, presque au galop. Sur les dernières notes, l'ambassadeur lui tint la main en un arc très élégant et s'inclina profondément pendant qu'elle exécutait une pudique révérence. Les lumières de la salle se rallumèrent et les flashs se remirent à crépiter autour d'elle.

— Evelyn !

— Evelyn, par ici !

— Evelyn, à gauche !

— Evelyn, qui vous habille ?

— Evelyn, devant vous !

— Evelyn !

— Evelyn !

— Evelyn !

Les « … et une invitée », « … et une amie », le deuxième niveau perpétuel, c'était bien fini. Tous les gens qui la connaissaient allaient se rendre compte qu'elle était là, qu'elle était digne d'attention. Joseph Rowley, qui avait râlé tout haut quand ils avaient été tirés au sort pour jouer ensemble le double mixte des moins de douze ans à l'Eastern Tennis Club. Margie Chow, qui partageait sa chambre en première année à Sheffield et n'avait pas voulu continuer par la suite. Les gens qui l'embêtaient pour le loyer et ceux de chez Barneys allaient découvrir qui elle était et saisir qu'ils n'auraient pas dû être désagréables avec elle. Ils allaient secouer la tête, tous, penauds, désolés. Il y avait déjà cette étincelle chez Evelyn depuis le début, n'est-ce pas ? Elle était formidable, n'est-ce pas ? Fallait-il qu'ils soient idiots pour ne pas s'en être aperçus ! Camilla, et Jaime, et Nick, et Charlotte. Et Preston ? Preston allait lui pardonner. Quant à sa mère… Sa mère ! Elle allait être tellement heureuse.

— Evelyn ! Par ici !

— Evelyn !

Les flashs se déclenchaient tout autour d'elle. Tout le monde la regardait. Tout le monde connaissait enfin son nom. Ils savaient qu'elle, Evelyn Beegan, était à sa place parmi eux.

24
Après le bal

Le dimanche matin, Evelyn se leva de bonne heure pour consulter les nouveaux posts d'Appointment Book. Elle figurait en haut de la page, en train de valser, avec en légende : « Une soirée de rêve – Evelyn Beegan choisie pour la danse d'honneur au Bal Français. » Elle parcourut le site de Patrick McMullan et y trouva toute une série de photos d'elle. Pour rire, elle se connecta sur People Like Us et chercha son nom. Quelqu'un, à Istanbul, avait reposté un cliché d'elle et commenté « TROP BELLE, sa robe Naeem ».

Du coup, elle envoya un e-mail à Camilla : « Regarde Appointment Book ! Bonne photo de toi. » C'était vrai, mais Camilla était prise en groupe, Evelyn, seule. Camilla ne répondit pas. Deux heures plus tard, elle lui renvoya un message : « Ça s'est terminé teeeeeellement tard. Je suis crevée. ☹. »

Toujours rien. Pour tenter de rattraper le coup par un moyen détourné, Evelyn adressa à Souse un mot de remerciement qui lui semblait particulièrement bien tourné. Logiquement, elle devrait avoir un retour par Camilla. Puis elle expédia quelques SMS enjoués à Nick au sujet du prochain week-end à Lake James et de la Fruit Stripe – car Souse avait décrété qu'elle aurait lieu à cette date – pour voir si Camilla lui avait dit quelque chose sur elle. Mais il répondit comme en temps normal. Elle songea plusieurs fois à appeler Preston, mais comment entamer la conversation ?

Elle balançait entre laisser le volume de son téléphone au maximum pour ne pas manquer l'appel de Jaime – qui devait savoir, maintenant, qu'elle avait dansé la danse d'honneur – et l'éteindre pour ne pas se laisser distraire par l'attente de son coup de fil. Résultat, elle ne le quittait pas des yeux, comme si c'était une bombe. Elle l'allumait, l'éteignait, le rallumait et l'éteignait encore – sans jamais avoir un message ni un appel manqué. Pas plus de Jaime que de Camilla.

Pour vider sa boîte vocale et être sûre qu'il y ait de la place si Jaime voulait laisser un message, elle se décida à écouter celui de son père qui datait de vendredi. Il ne disait qu'une phrase, d'un ton égal : « Je me suis dit que cela pourrait t'intéresser de savoir que c'était aujourd'hui que je plaidais coupable, puisque tu sembles l'avoir oublié. » Une image de lui, honteux, devant le juge, s'imposa à son esprit. Elle la chassa. C'était lui qui s'était mis dans cette situation. C'était sa faute. Qu'attendaient ses parents, au juste ? Qu'elle les réconforte ? Les soutienne ? Comme s'ils en faisaient autant pour elle ? Ils n'essayaient même pas de sauver la situation de la famille. Elle, si. Alors, pour l'instant, ils allaient devoir se débrouiller seuls.

Le mardi, un numéro bizarre commença à appeler. La première fois, elle décrocha. Était-ce Jaime qui lui téléphonait du Venezuela ? Non. C'était un autre organisme de recouvrement – pour AmEx, cette fois. Elle répondit que ce n'était pas le bon numéro avant de mettre quelques minutes l'appareil en quarantaine dans le réfrigérateur.

Le mercredi matin, ni Camilla ni Jaime n'avaient encore donné signe de vie. Evelyn en déduisit qu'il devait être arrivé quelque chose de dramatique à Jaime. Sa grand-mère était mourante, peut-être. Même s'il n'éprouvait rien pour elle, il l'aurait appelée. Ils avaient passé un week-end ensemble à *Camp* Sachem et elle avait fait la danse d'honneur au Bal Français, tout de même. À moins qu'il n'y ait eu une coupure de réseau au moment où elle lui avait envoyé le SMS grâce auquel il avait son numéro ? Son opérateur avait-il eu une coupure de réseau ? Où était Camilla ? Elle avait besoin d'alliés.

Il faisait chaud, ce mercredi après-midi. Evelyn marchait d'un pas vif en direction de Central Park. Les pensées roulaient et s'entrechoquaient dans sa tête comme des boules de billard. Elle n'avait pas avancé d'un millimètre sur le chapitre du comité du Sloan Kettering. Ce qui était sûr, en tout cas, c'était que Preston ne l'aiderait pas à obtenir le soutien de sa mère. Alors elle s'était inscrite comme bénévole dans l'espoir que le travail de terrain finisse par se transformer en une place au comité. Elle avait donc été enrôlée pour distribuer de l'eau pendant une course de cinq kilomètres destinée à récolter des fonds en faveur d'un hôpital pour enfants.

En prenant une réserve de gobelets en carton, elle tomba sur Brooke Birch, qui portait elle aussi un badge marqué « Bénévole » et était chargée de gourdes de gel énergétique.

— Brooke ?

Celle-ci jeta un rapide regard circulaire, mais ne trouva pas d'échappatoire.

— Evelyn.

— Quel bon vent t'amène à New York ?

— Nous sommes ici pour le mariage. Fin juin, répondit-elle en regardant par-dessus la tête d'Evelyn.

— C'est génial. Tu es trop sympa de faire du bénévolat dans l'intervalle.

— Merci pour cet encouragement.

— Hé, fit vivement Evelyn.

Elle commençait à s'inquiéter de n'avoir pas de nouvelles de Camilla ni de Jaime. Si elle glissait, il lui fallait plus de stabilité. D'autres amis. Ces photos d'elle dans la rubrique

« Événements » de différents sites et journaux étaient un bon, un très bon début. Cependant, elle n'était pas encore tout à fait tranquille. Elle avait besoin d'un peu plus de sécurité. Et d'alliés.

— Tu as beaucoup vu Camilla, depuis ton arrivée ?

— Franchement, Evelyn, je suis pratiquement certaine que tu sais que nous ne sommes pas dans les meilleurs termes. Et le Bal, alors ? Tu t'es bien amusée, à jouer les assistantes de Camilla ou Dieu sait quoi ?

— Écoute, fit Evelyn doucement en empilant ses gobelets, je ne sais pas très bien à quel jeu Camilla a joué avec ce bal, mais il n'était pas du tout dans mes intentions de… Je n'ai pas cherché à prendre ta place.

— Pas de problème.

— C'est un peu dingue, la façon dont elle t'a écartée d'un seul coup. Sur le moment, j'ai eu envie de dire quelque chose, mais je ne savais pas trop quoi.

Brooke commençait à s'éloigner.

— On n'est pas obligées d'en parler, OK, Evelyn ? Tu connais Camilla depuis… quoi… deux minutes ? Eh bien, félicitations : tu es sa nouvelle meilleure amie.

Evelyn la suivit, soudain emplie d'un calme étonnant. Elle songea à son père, debout dans son bureau, en train de poser un presse-papiers sur une pile de documents. Le secret d'une bonne négociation, disait-il, c'était de trouver l'essence de ce qui était vraiment important pour l'autre partie et de faire en sorte qu'elle croie l'obtenir.

— J'adore ta bague, au fait. Je ne l'ai pas bien vue, le jour où nous nous sommes rencontrées. Will l'a choisie lui-même ?

Brooke s'arrêta.

— Oui.

Elle laissa tomber une gourde de gel et ne la ramassa pas.

— Il s'est inspiré d'une bague de ma grand-mère que j'ai toujours adorée.

— Elle te va merveilleusement. Elle prend si bien la lumière... Tu as déjà ta robe, alors ? Comment est-elle ?

Le visage crispé de Brooke se détendit un peu.

— Oh, elle est ravissante, répondit-elle avant de marquer une pause.

Evelyn lui adressa un sourire d'encouragement.

— C'est une robe bustier assez ajustée avec un dos sirène et une traîne.

— Ivoire ?

— Blanc pur, précisa-t-elle avec une voix proche du roucoulement

— Oh, magnifique. Cela ira si bien avec ta carnation...

Brooke sourit, d'un sourire qui parut sincère à Evelyn, qui croyait s'y connaître. Elle l'interrogea sur les tenues des demoiselles d'honneur. Tout en déposant ses gourdes dans un grand récipient, Brooke entreprit de les lui décrire en détail. Evelyn posa une main sur la sienne. Elle savait ce qu'elle avait envie d'entendre. C'était évident.

— Je voulais te dire que je suis désolée, à propos de Camilla. Enfin, pas à propos de Camilla, mais du Bal.

Brooke s'était nettement radoucie.

— Camilla est comme ça, non ? J'y ai longuement réfléchi : manifestement, elle est jalouse que je me marie et pas elle. Comme si je lui disais : « Désolée, je suis heureuse et je ne dépends pas totalement de toi. »

— En effet, elle a paru un peu contrariée par l'annonce de tes fiançailles.

— Je n'en reviens pas qu'elle t'ait dit ça.

Evelyn se tut. Il y avait un autre élément important, dans une négociation, lui avait dit son père. Si on laissait parler les gens, ils révélaient bien plus de choses qu'ils n'en avaient conscience.

— Bon, en fait, si, je te crois. Seulement, je... je connais Camilla depuis que nous avons treize ans. Nous avons été chargées de la surveillance ensemble à St Paul. Je n'en reviens pas qu'elle aille se plaindre partout que j'ai le culot de me marier. On croit pouvoir compter sur une amie et… pouf ! Elle a fait le coup à tout le monde. Je ne sais même pas pourquoi j'ai été étonnée quand ça m'est arrivé. À St Paul, il y avait pour ainsi dire chaque année une laissée-pour-compte de Camilla. Tiens, comme cette fille assez spéciale qui devait porter des lunettes de sport par-dessus ses lunettes de vue pour les matchs de lacrosse. Camilla est du genre à choisir un beau jouet tout neuf, à jouer avec un moment et à le jeter. Et maintenant, elle pleurniche dans tout New York parce que je vais me marier. Elle ne pourrait pas être heureuse pour moi, tout simplement ? Être de mon côté, pour une fois ?

Brooke agita la main pour souligner un changement de sujet de conversation.

— Au fait, j'ai vu sur Appointment Book que tu avais fait la danse d'honneur.

— Oui, dit Evelyn, qui se demandait bien ce qui avait pu advenir de la fille aux lunettes.

— Camilla a dû être folle de rage.

— Elle n'en avait pas l'air.

— Elle pensait être choisie. J'ai entendu dire qu'elle avait opté pour une robe coordonnée aux médailles militaires de l'ambassadeur, révéla Brooke.

Evelyn se remémora la soirée. En effet, Camilla portait une robe dans des tons d'or et de rouge, qui aurait été assortie aux décorations de l'ambassadeur. La peur la gagna. Elle avait privé Camilla d'un moment de gloire, ce qui était très dangereux. Elle se rendit compte qu'elle menaçait de faire exploser dans sa paume la gourde de gel qu'elle serrait dans sa main.

— Ça me surprend qu'elle t'adresse encore la parole, après ça, ajouta Brooke.

— Je crois…

Elle s'apprêtait à inventer une excuse pour expliquer ce qui s'était passé, mais se ravisa. Si elle voulait faire alliance avec Brooke, le mieux était de jouer la carte de la franchise et d'avouer que, elle aussi, elle pouvait se retrouver brouillée avec Camilla. Elle se mit à rire.

— Je lui ai envoyé au moins huit mails, depuis la soirée, et je n'ai pas de nouvelles.

Brooke la regarda d'un air inquiet puis se mit à rire à son tour.

— Eh bien, elle était censée être demoiselle d'honneur à mon mariage.

Elles s'esclaffèrent. Evelyn en avait les larmes aux yeux, le souffle coupé.

— Une robe coordonnée pour la danse d'honneur ! s'écria-t-elle. Elle va me tuer.

— Elle n'a même pas encore répondu à mon invitation !

Écroulées de rire, elles se tenaient par les bras.

— Il ne t'arrive jamais d'avoir envie de lui dire…, fit Brooke en se redressant, soudain sérieuse.

— … qu'elle ne contrôle pas totalement la vie mondaine ? avança Evelyn.

— Ça lui ferait peut-être du bien de l'entendre. Tout le monde a peur d'elle.

— Oui, je crois que ça lui ferait le plus grand bien.

Elles échangèrent un coup d'œil, comme pour se mettre au défi de sauter d'une falaise.

— Cette photo de toi sur Appointment Book a dû lui donner une attaque, déclara Brooke après un petit silence.

C'était si bon, de rire… Evelyn avait envie de recommencer.

— Non mais comment peut-on savoir à l'avance de quelle couleur seront les rubans de l'ambassadeur ?

Elles se remirent à rire, mais un coup de sifflet retentit. La course démarrait dans quinze minutes.

— Il faut que j'aille à mon poste, dit-elle. Brooke, ça m'a fait vraiment plaisir de te voir. À une autre fois, peut-être. Cancer ou autre.

— Peut-être.

La légère griserie qu'elle ressentait se dissipa dès qu'elle se dirigea vers sa place. Quand elle retrouva Scot ce soir-là pour dîner au Bilboquet, à quelques rues de chez Camilla, elle était dans tous ses états. N'en avait-elle pas trop dit à Brooke ? En l'attendant, elle se balançait sur sa chaise en lisant et relisant le menu. Poulet cajun et endives au roquefort. Poulet cajun et endives au roquefort...

— Salut, dit-il en arrivant.

Il paraissait plus nerveux que jamais.

— Salut.

Elle l'embrassa et compta cinq secondes avant de se détacher de lui.

Il s'installa et se mit à tripoter sa serviette. Quand le serveur vint prendre leur commande, il l'avait carrément tordue en une espèce de corde. Après le départ du serveur, elle lui demanda comment s'était déroulée sa journée ; au lieu de répondre, il tordit sa serviette dans l'autre sens. Puis il s'excusa et quitta la table. En revenant, il se grattait le crâne, se tirait fébrilement les cheveux. Il s'assit très droit et regarda Evelyn. Malgré sa gaucherie en société, Scot était très fort en concours de débat à l'université. Evelyn savait que, quand il avait quelque chose d'important à dire, il répétait consciencieusement à l'avance de façon à s'exprimer avec fluidité et assurance, ce qu'il ne parvenait jamais à faire lors d'une conversation ordinaire.

— Il faut que je te parle de quelque chose qui me tracasse de plus en plus, dit-il. Le moment n'est pas idéal, mais il l'est rarement.

Elle se figea, les mains ouvertes sur la table.

— Oui.

— J'ai entendu dire une chose. Je ne suis pas du genre à croire les rumeurs, mais j'ai besoin d'entendre de ta bouche que ce n'est pas vrai.

Evelyn serra les poings.

— C'est à propos de Jaime, à Lake James.

Elle suffoquait, mais il ne fallait pas le montrer. Elle s'efforça de maîtriser sa respiration.

— Jaime ? répéta-t-elle comme si elle ne voyait pas de qui il s'agissait.

Scot appuya sur les dents de sa fourchette à salade, qui sauta et tomba à terre.

— J'ai entendu une chose que je refuse de croire, mais je tenais à te poser directement la question.

— Qu'est-ce qu'on a bien pu te raconter ? demanda-t-elle avec un rire qui se voulait léger, mais qui sonnait faux.

— C'est une horrible rumeur. Rien de plus, j'en suis sûr. Bref, j'ai entendu dire qu'il s'était passé quelque chose entre Jaime et toi. Après mon départ de Lake James.

Inspirer par le nez. Expirer par la bouche.

— Je ne sais pas quoi répondre. C'est totalement absurde. Que se serait-il passé, au juste ? Et tout de suite après ton départ ? Bien sûr que non. Bien sûr que non.

— C'est bien ce que je pensais, fit-il presque timidement.

— Tu me connais mieux que ça, non ?

Il poussa un profond soupir, qui fit trembler ses lèvres épaisses.

— Je suis désolé. Je suis désolé, Ev. Je n'aurais pas dû te poser la question. Seulement, je… je me suis inquiété. Tu comprends ?

Elle appuya son poignet sur la table pour empêcher sa main de trembler et noua ses doigts aux siens.

— Scot, je suis là, avec toi. Je t'en prie. Profitons de ce dîner et oublions tout cela, tu veux bien ?

Elle serra sa main dans la sienne, mais ne put déterminer s'il pressait la sienne en retour ou cherchait à se dégager.

— D'accord.

Au bout de quelques instants, il se mit à parler d'un projet qu'il avait avec Nick, une histoire de CDS et de CDO, mais, la tête cotonneuse, Evelyn ne parvenait pas à suivre. Jusqu'à l'aube, son cœur battit la chamade.

25
Le train de 10 h 15

Il n'y avait qu'un train pour Lake James le vendredi, celui de 10 h 15. Evelyn prit son sac marin et, pour essayer de rentrer dans les bonnes grâces de Camilla, deux cabas de provisions pour la Fruit Stripe : des sachets de Cellophane commandés en ligne sur le site d'un magasin spécialisé, des bonbons jaunes, verts et rouges achetés en gros qu'elle avait dû aller chercher jusque dans le Lower East Side et des paquets et des paquets de chewing-gums Fruit Stripe. Elle avait également pris son équipement pour la course de cette année qui, Souse l'avait décidé, aurait lieu à l'aviron. Une spécialité dans laquelle, justement, Evelyn se débrouillait plutôt bien. Elle avait téléphoné trois fois à Camilla ces vingt-quatre dernières heures pour savoir si elle pouvait apporter autre chose, mais celle-ci ne l'avait pas rappelée.

Depuis son dîner avec Scot, Evelyn avait enchaîné les insomnies. Elle était si fatiguée que tout lui semblait épouvantable et comique à la fois. Lorsque le contrôleur passa dans le wagon, elle se mit à pleurer de rire parce qu'elle trouvait qu'il ressemblait à un robot et faillit lui décoller la figure pour révéler son visage d'alien. Visage, visage, visage, se répétait-elle tandis que le train roulait vers le nord, que l'Hudson s'élargissait et que la terre semblait se soulever pour se mêler au ciel. Son téléphone sonna – encore un

341

message du numéro bloqué. En le fourrant dans la poche extérieure de son sac, elle tomba sur le bracelet de Camilla avec les raquettes. Qu'est-ce qui lui prenait ? Qu'avait-elle fait ? L'appareil sonna encore. Cette fois, c'était le numéro de l'agence de recouvrement d'AmEx. Que lui voulaient-ils ? Son ventre se mit à gargouiller. Son cœur battait à grands coups. Elle avait la gorge sèche et râpeuse. Elle respirait trop vite, mais jamais assez rapidement. Lorsque la panique gagna son cerveau, elle avait perdu tout contrôle. Les yeux écarquillés, haletante, elle dressait la liste de tout ce qu'elle devait maîtriser. Son père. Le procès. Camilla. Preston. Les appels de Barneys et AmEx. Et les factures, toutes les factures qu'elle n'avait pas ouvertes et dont elle ignorait le contenu. Le loyer. Le don de vingt-cinq mille dollars. Scot qui était au courant pour Jaime. Comment Scot était-il au courant pour Jaime ? Qui d'autre était au courant pour Jaime ? À un moment donné, elle voulut fermer les yeux, mais ne trouva qu'un sommeil trop bref et agité de rêves perturbants qui lui laissaient d'étranges sensations. Échec. Tentative. Chute. Elle se réveilla en nage, la bouche acide, en entendant le conducteur annoncer :

— Mesdames et messieurs, dans quelques instants nous arriverons à Lake James. Lake James, répéta-t-il.

Evelyn resta rivée à son siège en se demandant ce qui se produirait si elle ne descendait pas, si elle continuait vers le nord jusqu'au Canada. Mais le contrôleur prit la carte perforée sur son siège au moment où le train ralentissait.

— Votre destination, dit-il gaiement en tirant son sac dans le couloir.

En pénétrant dans la gare, elle sentit vibrer son téléphone. Son cœur fit un bond dans sa poitrine. Évidemment que tout allait bien. Elle déraillait, voilà tout. Elle avait parfaitement géré la situation avec Scot. Elle manquait de repos, voilà tout. Il suffisait qu'elle dorme un peu. Avec un sourire et un petit mouvement de tête à l'intention du guichetier qui lisait une revue de chasse, elle sortit son portable. Mais il n'y avait ni SMS ni message vocal. Elle avait dû rêver.

Elle déposa son sac par terre, dans un coin pas trop sale, et s'assit dessus avec précaution. Elle attendit dix, vingt minutes, puis se releva et fit semblant d'aller étudier la pile de brochures qui présentaient différentes destinations.

— Boston ? dit brusquement l'homme.

— Pardon ?

— La brochure que vous regardez. C'est bien, comme ville.

Evelyn baissa les yeux. En effet, elle tenait une brochure pliée intitulée « Boston – la ville sur une colline », avec une photo représentant une agglomération paisible, la nuit, dont les lumières d'un jaune doux éclairaient une église en brique. Cela lui rappela sa dernière année à Sheffield, quand Charlotte et elle allaient voir Preston à Tufts et dînaient dans les restaurants de Back Bay, où on leur servait du vin parce que Preston, avec ses cigares, paraissait avoir quarante ans et pas dix-neuf. Qu'elle était heureuse, qu'ils étaient heureux, à l'époque…

— Oui, c'est bien, comme ville.

Le guichetier la regarda.

— Parfois, dit-il, ça fait simplement du bien de monter dans un train et de partir.

Un crissement de pneus sur le parking attira l'attention d'Evelyn. Elle vit débouler la Jaguar bleue, à la plaque d'immatriculation BIGDEAL. Elle remit la brochure sur le présentoir. Le guichetier dit quelque chose, mais elle était déjà dehors. Elle ne voulait pas faire attendre Camilla. Elle ouvrait la portière arrière pour poser ses sacs de courses quand Camilla sauta à terre et leva une main pour l'arrêter.

— Evelyn, il y a un problème. Écoute, c'est un peu gênant. Tu aurais dû appeler avant de venir. Je crois que ça ne va pas marcher.

Evelyn se redressa.

— Qu'est-ce qui ne va pas marcher ? J'ai appelé.

— Toi, ici, ce week-end.

Elle émit un petit rire : c'était sans doute encore une bonne blague de Camilla. Mais Camilla ne bougeait pas, ses lunettes de soleil sur le nez.

— Sauf que je suis là.

— Eh bien, tu aurais dû vérifier avant de monter dans le train.

— Je t'ai envoyé un SMS.

— Ah ? Je n'ai pas dû le recevoir, alors.

Camilla se mit à jouer avec la poignée de la portière.

— Écoute, Evelyn, tu devrais peut-être faire attention à ce que tu fais. Parader au bal, tourner autour de Jaime de Cardenas... Car j'imagine que tu connais son nom de famille ; tu dois avoir tout un dossier sur lui.

Evelyn se tira le lobe de l'oreille si fort qu'elle faillit arracher sa boucle d'oreille.

— Jaime, fit-elle d'une voix à peine audible. Comment va-t-il ?

Là, Camilla ôta ses lunettes noires et la fixa dans les yeux.

— Oui, je me doutais bien que vous n'étiez pas restés en contact après votre... enfin, peu importe. La copine de Jaime est une fille super. Vraiment super. Elle a été capitaine de l'équipe de hockey sur gazon d'Andover. Elle a aussi joué pour Yale et obtenu une bourse Fulbright.

Evelyn ne bougeait plus. Une joueuse de hockey de haut niveau ? Jaime avait dû la prendre... Il s'était moqué d'elle du début à la fin.

— Et je dois te dire que Nick n'est pas ravi que tu te sois jetée à la tête du pauvre Jaime alors que tu sortais avec Scot, ajouta Camilla.

— Comment est-ce que Nick... Oh, mon Dieu.

— Et ta promesse de m'obtenir un don de ton père, c'était juste pour me mettre en difficulté ? Tu n'avais aucune intention de lui faire faire ce chèque, n'est-ce pas ? Ton père va aller en prison, alors, hum, je n'y compte pas trop. Je ne comprends pas pourquoi tu m'as fait ça alors que j'ai toujours été gentille avec toi, que je t'ai tendu la main pour te faire accéder à ce monde. Avec mon thérapeute, je travaille à devenir plus directe. Il a estimé que ce serait une bonne expérience de venir te dire tout ça en personne. Ce n'est pas facile, pour moi.

Camilla frottait la semelle de sa tong sur un chewing-gum collé par terre. Evelyn le regarda. Il était sale, presque aussi lisse et gris que l'asphalte. En avant, en arrière, en avant, en arrière. Le pied de Camilla ne cessait d'aller et venir.

En avant, en arrière. Jaime avait une petite amie. Camilla et Nick étaient au courant. Ils savaient aussi que Jaime n'avait plus voulu entendre parler d'elle après qu'ils avaient couché ensemble. Ce qui arrivait à son père allait éclater au grand jour, finalement. Il était trop tard pour qu'elle réagisse, et son milieu social se voyait comme le nez au milieu de la figure. Scot, peut-être. Avec de la chance, elle pourrait le joindre avant les autres.

— Il ne s'est rien passé avec Jaime, finit-elle par dire.

— Écoute, Evelyn, épargne-moi les détails, d'accord ? Il vaut mieux que tu rentres chez toi.

— Il n'y a qu'un train dans l'autre sens le vendredi, et il est à midi. J'ai acheté plein de choses.

Camilla jeta un coup d'œil sur la banquette.

— Je n'ai qu'à garder les trucs pour la fête.

— Mais...

— Je suis sûre que tu vas parvenir à t'incruster dans une autre famille d'ici. Il y aura bien quelqu'un pour te recueillir.

— Camilla, c'est un malentendu. Ta mère compte sur moi pour la course demain.

— Evelyn, il n'y a aucun malentendu. Et tu ne vas pas participer. Lâche l'affaire, pour une fois.

Sur quoi Camilla remonta en voiture, claqua la portière et démarra. C'est à ce moment-là qu'Evelyn se rendit compte qu'elle n'avait même pas coupé le moteur pour lui parler.

Evelyn jeta un coup d'œil derrière elle pour vérifier que le guichetier n'avait pas assisté à la scène. Puis elle ramassa son sac et prit la voie de service derrière la zone commerciale pour ne pas risquer d'être vue. Après l'épicerie et le vidéo-club dont les poubelles débordaient, elle longea les magasins de meubles pour touristes, les motels et les réparateurs de bateaux avec leurs coques rangées debout. En approchant du centre-ville, elle passa derrière le marchand de glaces, un motel, un hôtel de la catégorie juste au-dessus du motel, le fleuriste auquel toutes les mariées de l'été commandaient leur bouquet. Vus de derrière, ils étaient tous identiques avec leurs énormes poubelles, leurs mégots, les voitures garées de travers sur des parkings déserts.

Tant qu'elle avancerait, tout irait bien, se dit Evelyn. Elle pourrait éviter les ennuis. Camilla ferait machine arrière. Jaime n'avait jamais parlé de sa petite amie ; cela ne devait déjà plus aller très bien entre eux. Scot n'était pas encore forcément au courant. Elle allait réussir à convaincre Nick et Camilla de ne rien lui dire. Elle allait voir Preston et il se rendrait compte qu'elle regrettait. Et son père... son père... ils ne pouvaient pas être tous au courant. Ce n'était pas possible. Si. C'était possible.

Au bout de trois quarts d'heure de marche, elle atteignit une petite colline qui marquait la limite entre le centre et la zone commerciale. Evelyn la dévala. Elle avait chaud. Elle sentait mauvais. Elle avait mal à l'épaule à force de porter son sac. Elle cherchait un endroit où se poser. Après s'être assurée que personne ne la voyait, elle s'arrêta près de la marina. D'accord, elle avait menti deux ou trois fois. D'accord, elle avait enfreint les règles de Camilla. Mais elle s'était donné beaucoup de mal pour en arriver là. Elle méritait la place qu'elle s'était faite et elle n'allait pas s'avouer vaincue parce que Camilla l'avait décrété.

La marina était animée, pour un vendredi à cette heure-ci. Sur des remorques, des embarcations de toutes tailles attendaient la course du lendemain. Des équipes universitaires étaient de la partie. Quatre rameurs portant les couleurs de Yale mettaient un bateau à l'eau pour un dernier entraînement. Evelyn se rappela son équipage de Sheffield, les courses sur la rivière Schuylkill et le lac Quinsigamond, les nuits dans des motels la veille des compétitions, la surcharge en glycogène. Deux personnes dépliaient une banderole FRUIT STRIPE 2007. Evelyn était juste en dessous de l'arche en bois Lake James Marina quand elle vit Scot.

— Oh, mon Dieu, fit-elle, épuisée, heureuse, soulagée, en courant se jeter dans ses bras. Je suis tellement contente de te voir. Tu n'as pas idée.

Elle ferma les yeux et appuya l'oreille contre le cœur de Scot, toute à sa joie de le retrouver, si solide et si chaud, apparu comme par magie quand elle avait besoin de lui. Elle vécut trois secondes de pur bonheur avant de se demander pourquoi et comment il était là.

— Nom de Dieu, dit alors une voix masculine.

— Nick ?

Il était juste derrière Scot, les bras croisés.

— Je crois pouvoir affirmer sans me tromper que Scot n'a pas envie de te voir, répondit-il tandis que Scot se mordillait le pouce. Camilla avait dit que tu ne serais pas là.

L'angoisse la gagna à nouveau.

— Scot t'accompagne ? Chez Camilla ?

— Exact.

Nick voulut entraîner Scot vers l'embarcadère des bateaux à moteur, mais Evelyn le retint par l'épaule.

— Pardon, Nick, mais j'ai le droit de dire un mot à mon petit ami. Tu n'es pas son garde du corps.

— Non, Evelyn, je suis son ami. Rentre chez toi.

Elle faisait quelques centimètres de moins que Nick, mais elle parvint à le faire reculer et à se glisser entre Scot et lui. Il voulut se rapprocher : elle lui donna une bourrade.

— Je suis désolée. Tu comprends.

— Eh ! Qu'est-ce que tu fous ? lança Nick quand Evelyn entraîna Scot vers le banc à côté de la poubelle.

Scot s'assit lourdement, en évitant toujours son regard. Elle s'approcha de lui et posa une main hésitante sur son dos. Il tressaillit et s'écarta. Une main en visière, il ne la regardait toujours pas. Elle lui passa de nouveau la main dans le dos. Il était tout chaud. Cette fois, il repoussa brutalement son bras.

Des cris d'encouragement retentissaient au bord de l'eau.

— Il faut que tu partes, dit-il d'une voix atone.

— Je ne peux pas, répondit-elle en fixant la ligne sombre de la haie derrière la plage.

— Je ne veux pas te voir.

Il enfouit le visage dans ses mains. Evelyn croisa étroitement les bras et s'entendit poser une question dont elle connaissait la réponse :

— Pourquoi ? Peux-tu juste me dire pourquoi ?

— Parce que tu as couché avec Jaime.

Elle s'enfonça les ongles dans les bras et recula un peu.

— OK. OK. Nous en avons déjà parlé. Donc, tu es prêt à croire la rumeur ?

— Arrête. Ne fais pas ça.

Cette fois, sa voix était chargée de colère.

Devinant qu'un mot mal choisi pourrait avoir des répercussions durables, elle se mit à parler lentement :

— Je ne suis pas… je… Ce n'est pas ce que tu crois. J'étais… nous étions…

— Quoi ? Tu étais quoi ?

Elle ne savait pas comment finir sa phrase. Le soleil brillait de plus en plus.

— J'avais tellement bu que je ne savais pas ce que je faisais, finit-elle par lâcher.

— Tu mens. Je t'ai défendue comme un pauvre idiot, comme un naïf. J'ai failli casser la gueule à Nick.

Il remonta les genoux et roula en boule son grand corps. Il avait l'air si vulnérable, soudain, qu'elle dut se retourner vers le lac. Quelqu'un agitait une banderole de Yale.

— Pourquoi ?

— C'était débile. C'était complètement débile, Scot. Ma famille était... est en train de couler et j'ai cru...

Elle voulut lui poser la main sur le bras, mais il la chassa à nouveau.

— Ne me touche pas.

Un silence pesant s'installa entre eux malgré les cris et les applaudissements de plus en plus forts sur la rive.

— Je... j'ai fait un truc idiot, mais je ne veux pas tout gâcher entre nous.

Elle vit voler quelque chose. Il s'était débarrassé de sa chaussure d'un coup de pied.

— Va-t'en.

— Scot. S'il te plaît, le supplia-t-elle d'une voix enfantine. Je t'en prie. On peut s'en sortir.

Que dire, ensuite ?

— Scot, tu es merveilleux. Intelligent. Gentil. S'il te plaît.

— Intelligent ? Tu ne t'es même pas doutée que j'étais au courant, pour ton père ! Tu m'as cru idiot à ce point ? Tu m'as pris pour un plouc de base ? Je savais, Evelyn. Je voulais seulement te laisser la liberté et le temps de m'en parler.

— Je voulais le faire. Je t'assure. J'ai essayé. Camilla m'a dit que les enquêtes, les accusations, ce n'était...

— Arrête. Arrête ! Va-t'en. J'étais à Sachem. Ce matin-là. Quand tu...

Il déglutit. Le bruit enfla autour d'elle, semblable à celui de la mer dans un coquillage. Que faire pour qu'il craque, pour qu'il la prenne dans ses bras, pour qu'il la laisse tremper sa chemise de ses larmes ?

— J'ai fait une bêtise, admit-elle. Une grave bêtise. Je vais la réparer. Je t'en prie.

Un sentiment de tendresse et de vide mêlés la submergea. Soudain, elle sut ce qu'il fallait qu'elle dise. Une chose qu'elle n'avait encore jamais dite, à aucun petit ami.

— Je t'aime, murmura-t-elle.

— Comment oses-tu ? répliqua-t-il d'une voix à peine audible. Comment oses-tu ?

Et il laissa échapper un rire amer qui ressemblait si peu à son rire habituel qu'elle crut découvrir Scot sous une nouvelle facette. Il se leva. Elle voulut le suivre. Il lui prit les deux bras comme s'il allait l'embrasser, mais il enfonça si fort les doigts dans ses triceps qu'elle poussa un gémissement de douleur. Il la lâcha et se baissa pour ramasser sa chaussure. Il se dirigea vers l'eau et vers Nick.

— On pourra parler plus tard ? demanda-t-elle d'un ton suppliant, le débit rapide, les larmes aux yeux.

Il ne se retourna pas.

Elle resta là à le regarder s'éloigner à bord d'un bateau à moteur. Nick et lui filèrent sur le lac en direction de Sachem. Elle gardait la douloureuse empreinte de ses doigts sur les bras ; les bateaux et les gens tournaient autour d'elle. Il se mit à faire sombre. Il se mit à faire froid. Combien de temps était-elle demeurée ainsi, le regard perdu dans le vide ? Elle cligna des yeux à plusieurs reprises et empoigna son téléphone d'un geste si brutal qu'elle manqua de le faire tomber.

— Oui, cria-t-elle pratiquement, vous avez les coordonnées de M. et Mme Hacking à Lake James ? Mt Jobe Road ? Oui, merci de me mettre en relation.

Bing décrocha. Evelyn faillit en lâcher son portable. Elle se força à adopter une voix plus grave que la normale même s'il y avait peu de risques qu'il la reconnaisse.

— Oui, Jean Hacking, je vous prie.

« Bonjour. Madame Hacking ? Bonjour, madame. Evelyn Beegan, de Sheffield. Très bien, merci. Non, non, je suis au Lodge, avec un groupe risques. Oui, absolument, j'adore la nouvelle déco. Preston ? J'étais... Je comptais justement l'appeler, mais il n'est pas facile à joindre, par les temps qui courent. Non, non, j'ai son portable. Pour tout vous dire, c'est à vous que j'espérais parler. Vous allez me trouver quelque peu effrontée, mais je ne résiste pas. J'ai entendu dire que vous réunissiez un groupe pour la Fruit Stripe, demain. J'adore tellement l'aviron que je me suis demandé si vous auriez besoin de remplaçants de dernière minute. Oui. À Sheffield, oui. Poids léger. Oui ! En couple ? Oui, aussi. Absolument. C'est vrai ? Oh, c'est formidable. Si vous saviez comme l'aviron me manque. Merci, madame. À 7 heures demain matin à la marina. Sans faute. Il me tarde d'y être.

Elle raccrocha. Elle allait leur montrer, à tous. Scot allait la voir et changer d'avis. Camilla allait la voir et changer d'avis. Elle se voyait déjà revenir au quai et débarquer tandis que tout le monde la félicitait en lui tapant dans le dos ; puis sous le porche, en train de rire et de porter un toast à tous les participants. Camilla la regarderait avec des regrets et Scot se raviserait. Evelyn avait une place légitime dans cette régate, dans ce monde. Ils allaient voir ce qu'ils allaient voir.

26
La course

La seule chambre libre au Lodge de Lake James était la suite Elan à mille six cents dollars la nuit. Bien que la réceptionniste lui ait spécifiquement demandé une carte à débit différé, Evelyn, qui craignait qu'aucune de ses cartes de crédit ne passe, pas même la Visa Pewter, lui tendit une carte à débit immédiat en priant pour que son compte soit suffisamment alimenté. Après avoir débité la carte sans problème, la jeune femme lui remit la clé de la chambre. Evelyn n'avait plus qu'à briller lors de la course du lendemain. Ensuite, elle aviserait.

La suite Elan jouissait d'une vue spectaculaire sur le lac, mais ses grandes fenêtres donnaient aussi directement sur Sachem. À la tombée du jour, Evelyn vit s'allumer toutes les lumières du *camp* des Rutherford.

Elle se fit monter à dîner et, tout en mangeant ses spaghettis, regarda Sachem comme elle l'aurait fait d'un téléfilm. Un bateau quitta West Lake. Elle suivit sa veilleuse jusqu'à Sachem en se demandant s'il venait de Shuh-shuh-gah. Tout en haut de la maison principale, une lampe s'alluma et s'éteignit. Était-ce le grenier ou le bureau de Souse ? Deux autres veilleuses partirent du même endroit de West Lake pour rejoindre Sachem. Les Hacking devaient s'y rendre pour une soirée pré-Fruit Stripe. Mme Hacking avait omis de l'inviter et même de mentionner l'événement. Elle plissa les yeux en essayant de détecter des mouvements sur l'île – Scot, Nick ou Camilla – puis ouvrit la fenêtre pour voir si elle captait des sons. Il y eut un éclat de rire et quelques notes de trompette, mais, avec l'acoustique du lac, il était impossible de savoir d'où ils venaient. N'empêche qu'elle ne les imaginait que trop bien en train de s'amuser, d'écouter Louis Armstrong, de parler d'elle, c'était certain.

Elle se sentait mieux, maintenant qu'elle avait mangé. Elle avait les idées plus claires. Elle sortit le bracelet de Camilla de son sac et le mit à son poignet. Elle pressa entre sa paume et ses doigts le croisillon doré qui figurait le tamis des raquettes.

Le lendemain matin, elle se réveilla à 5 h 30 avec des marques d'oreiller sur le visage. Elle n'avait pas bien dormi. Elle se traîna à la marina où l'employé l'aida à mettre à l'eau le skiff de l'équipe de Shuh-shuh-gah. Elle n'arrivait pas à se défaire de l'impression d'être dans un rêve. En préparant le bateau, en enfilant son dossard, elle retrouvait des gestes et des mots oubliés. Coulisse. Dames de nage. Plat-bord. En baissant les yeux, elle se rendit compte qu'elle n'avait pas enlevé le bracelet. Elle faillit le cacher dans l'herbe, mais renonça. Il était irremplaçable. Il ne fallait pas risquer de le perdre.

Voilà, elle nageait, toujours comme dans un rêve. À Sheffield, elle était dans des bateaux en pointe, où chaque rameuse maniait un seul aviron. Même si le coach les avait initiées à l'armement en couple, manier deux avirons et les tirer dans l'eau n'était pas un geste naturel pour Evelyn. Elle avait oublié, aussi, combien un skiff était instable. Une pelle enfoncée un peu plus profondément que l'autre et l'embarcation gîtait dangereusement.

Evelyn avait imaginé que ce serait comme la Fruit Stripe à la voile – en gros, une excuse pour les participants comme pour les spectateurs pour boire avant midi – et que, par conséquent, son manque d'entraînement ne serait pas un problème. Sauf que les équipages lui paraissaient sérieux et qu'ils ne buvaient que de l'eau, pas de *M* ! L'ironie implicite sur laquelle elle avait compté n'était pas au rendez-vous ce matin. Un craquement attira son attention. Les haut-parleurs qu'elle avait attribués à une attraction quelconque du week-end étaient donc là pour le commentaire en direct de la course.

— Bonjour, et bienvenue à la trente-troisième édition de la Fruit Stripe annuelle ! annonça un homme dont la voix ressemblait étrangement à celle du célèbre commentateur sportif Bob Costas.

N'avait-elle pas entendu dire qu'il possédait une maison à East Lake ?

Il décrivit le parcours pendant qu'elle s'échauffait : l'ouest de Turtle Island, une autre île privée plus proche que Sachem, le passage entre Turtle et Sachem, une bouée au sud – laisser les bouées à tribord, attention aux cailloux à l'est de Turtle. Le premier groupe de bateaux s'approcha de la ligne. La voix du speaker retentit.

— Robert Simson, connu pour la grande fête de Noël qu'il donne tous les ans, triple vainqueur en deux aux masters de Head of Schuylkill...

Ah, se dit Evelyn, il y avait des concurrents sérieux.

Les officiels donnaient le départ de chaque bateau à deux minutes d'intervalle. Elle se plaça sur la ligne. Quelqu'un dans le bateau-jury tint la poupe de son embarcation tandis qu'elle s'efforçait de rester droite à petits coups de pelle. Mais le vent qui soufflait de côté ne l'aidait pas. Elle entendit le speaker la présenter sous le nom de Jenny Vinson, une résidente de Manchester, mère de trois enfants, dont l'aîné appartenait à l'équipe d'aviron de Choate ; apparemment, Mme Hacking n'avait pas prévenu du changement de casting. Puis retentit le signal : « Prête ? Partez ! »

Tout en poussant sur ses jambes et en tirant sur son dos, elle essayait de se rappeler la technique. Dix coups de pelle rapides au départ pour sortir le bateau de l'eau, si ses souvenirs étaient bons. À moins qu'il ne faille une cadence plus lente et plus régulière, dans une tête de rivière ?

Des gens commençaient à se regrouper pour suivre la course. Un bateau à moteur vira bien trop près d'elle. Le sillage manqua de la faire chavirer et les gaz d'échappement la firent suffoquer. Que l'eau était lourde... Elle ne retrouvait pas le bon geste pour actionner les pelles. Ses mains revenaient trop vite lors de la phase de replacement ; elle ne poussait pas bien sur ses jambes dans la phase d'appui. Elle transpirait. Elle n'avait pas pris de quoi boire. Combien de temps durait une tête de rivière, déjà ? Vingt minutes ? Une heure ? Le bateau parti deux minutes après elle se rapprochait déjà. Avec son bandeau à rayures rouges et blanches, le rameur semblait tout droit débarqué des années 1970.

— Charlie Hawley remonte sur Jenny Vinson, annonçait le speaker.

Non, pas question, songea Evelyn. Cette fois, elle n'allait pas se laisser battre.

Était-ce l'adrénaline ou la colère qui l'animait ? Peu importait. Elle commençait à retrouver le rythme. *Clac* – tire – mains – glisse. *Clac* – tire – mains – glisse. Son corps se rappelait certains gestes avant son cerveau. Elle se soulevait presque sur les cale-pieds et se tapait les jarrets contre la fibre de verre. Les palettes provoquaient des gerbes d'eau. Le bateau décollait, comme si elle pouvait le faire sortir de l'eau et s'envoler. Elle volait.

— Jenny Vinson donne du fil à retordre à Charlie Hawley ! Quel suspense ! Quelle course !

Elle se rappela comment engager pour virer la première bouée du parcours. Elle se trouvait désormais dans le passage entre Sachem et Turtle. Charlie Hawley rapetissait, au loin, et elle ralentit un peu pour reprendre son souffle. Elle regarda par-dessus son épaule et se rendit compte qu'elle n'était pas loin de dépasser le bateau précédent. Elle pouvait la gagner, cette fichue course, et soulever le trophée de la Fruit Stripe. Ses mains la brûlaient ; elle sentait se former les ampoules. Mais elle empoigna les pelles plus fermement et reprit sa vitesse.

C'est alors qu'elle entendit le vrombissement d'un bateau à moteur au nord, à l'écart des autres spectateurs groupés sur la rive. Il filait droit sur elle. Elle sentit un sursaut d'énergie. Voilà. Elle retrouvait sa technique. Elle commençait à avancer vraiment. Elle tenait le rythme. *Clac*, tire, mains, glisse. *Clac*, tire, mains, glisse. Maintenant, la coulisse ne semblait plus chercher à sortir de ses rails. Les pelles comprenaient ce qu'elle leur demandait de faire.

— Evelyn ! cria Camilla à bord du bateau.

Elle ne fut pas surprise de l'entendre.

Clac, tire, mains, glisse. Des coups de pelle plus courts pour accélérer. Elle entendait crier dans sa tête un barreur imaginaire. Bravo, tu y es, montre-leur de quoi tu es capable. Clactiremainsglisse, clactiremainsglisse.

— Evelyn ! s'époumona Camilla.

Un et expire pendant la phase d'appui, deux et expire pendant la phase de replacement.

— Qu'est-ce que tu fais à la Fruit Stripe ?

Camilla manœuvra pour se rapprocher. Elle ne savait pas encore qu'Evelyn allait gagner la course, que, d'ici une vingtaine de minutes, elle débarquerait, en nage, victorieuse, entourée par tous ceux qui venaient la féliciter : Scot, Mme Hacking, Souse et tous ceux qu'elle avait rencontrés au fil des mois.

— Mais, entendit-elle s'exclamer Phoebe, c'est...

— Oui, la clématite est là, lâcha Camilla, ce qui n'avait aucun sens.

Puis une troisième voix féminine fit chorus :

— Il faut la faire disqualifier.

Evelyn tourna la tête et vit que c'était Brooke. Rentrée en grâce. Camilla avait donc remplacé Evelyn aussi vite qu'elle-même avait remplacé Brooke après ses fiançailles. Ainsi, sa tentative pour mettre Brooke de son côté avait échoué. Camilla aurait toujours le pouvoir. Evelyn était la nouvelle avec les lunettes.

La proue du bateau à moteur se rapprochait. Elle poussa plus fort sur ses jambes. Debout contre les cale-pieds, criait le barreur invisible. Bouge ce bateau de là.

— Evelyn ! Qui t'a invitée ?

Clactiremainsglisse. Camilla se penchait sur la barre et demandait à voir un carton d'invitation comme s'il s'agissait d'une réception privée qu'elle donnait. Clactiremainsglisse, clactiremainsglisse. Evelyn commençait à avoir mal au dos et tirait moins loin. Elle contracta ses abdominaux pour soutenir son dos. Clactiremainsglisse. Ses jambes la brûlaient. Il fallait qu'elle s'éloigne.

— Tu savais qu'elle participait ? demanda Phoebe.

— Ce n'était pas prévu. Enfin, elle devait prendre un bateau de maman, à l'origine, mais tu te doutes bien que ça ne s'est pas fait. C'est encore un plan hallucinant.

— Mais elle dort où ? demanda Brooke.

— Chez les Hacking, peut-être. Chez qui veut bien d'elle, en fait.

Clactiremainsglisse. Elle avait oublié combien c'était bon de faire avancer un bateau, une fois dépassée l'inertie du départ. En quelques coups de pelle, elle reprit une demi-longueur, mais Camilla la suivit.

— Peut-être qu'elle craque complètement, criait-elle. Avec son père, et tout le reste.

— Son père ? répéta Phoebe.

— Tu sais, l'avocat qui a acheté des témoins. On ne parle que de ça dans la presse.

Evelyn se mit à tousser et cracha un gros mollard vers le bateau à moteur.

— Beurk ! glapit Phoebe.

Camilla continuait de parler. Il était question de son père et du plaider-coupable.

— Je t'entends ! cria Evelyn.

Brooke tourna la tête, surprise. Camilla, elle, devait s'y attendre car elle resta bien droite à la barre.

— Evelyn, qu'est-ce que tu fais là ? Je croyais pourtant avoir été claire : tu n'es pas la bienvenue ici.

— Le lac t'appartient ?

Evelyn avala une goulée d'air et se rendit compte que ce n'était pas la bonne tactique. Le lac appartenait davantage à Camilla qu'à elle, de toute façon.

Pourtant, celle-ci ne profita pas de la brèche.

— C'est bizarre, dit-elle à sa petite cour, mais assez haut pour qu'Evelyn l'entende. Personne ne veut d'elle ici.

— C'est n'importe quoi, bêla Brooke.

— Avec Jaime…, commença Camilla.

Pour la première fois sans doute, Evelyn l'interrompit :

— Quoi, Camilla pète les plombs à cause d'un garçon ? Camilla, qui peut coucher avec qui elle veut quand elle veut, est contrariée ? lança-t-elle. Je t'ai désobéi, c'est ça ? C'est toujours toi qui commandes ?

— Que cherches-tu à prouver ? répliqua Camilla.

— Il faudrait peut-être qu'Evelyn arrête de coucher avec les petits amis des autres, suggéra Phoebe.

— Et que Jaime arrête de coucher lui aussi avec les petites amies des autres, contra Evelyn. Pourtant, lui, il ne se retrouve pas au centre de votre petite ronde. Pourquoi as-tu emmené ta petite sœur, Camilla ? Tu l'entraînes ? Ne vaudrait-il pas mieux que les problèmes des adultes restent les problèmes des adultes ?

— J'ai dix-huit ans, protesta Phoebe.

— Écoute, tes mensonges au sujet de ton père…, reprit Camilla.

— Ah, pardon ! Je croyais que personne ne se souciait des enquêtes du grand jury ! C'est réservé à ton petit cercle new-yorkais, Camilla ?

— Tu as menti à propos du don, Evelyn. Je suis désolée pour ton père...

— Oh, la ferme, Camilla ! Toi ? Désolée pour mon père ? Tu n'en as rien à foutre !

Ce dernier mot lui procura une satisfaction plus intense encore que le crachat.

— Tu voulais Jaime pour toi ! reprit-elle. C'est pour ça que tu piques ta crise ! C'est tout !

— Tu crois que je suis furieuse pour une histoire de garçon ? J'ai l'air midinette à ce point ?

— Bon, alors c'est quoi ? C'est à cause de la danse ? Des trois minutes pendant lesquelles tous les projecteurs n'ont pas été braqués sur toi ? Vraiment désolée qu'il n'y ait pas eu exclusivement des photos de toi, Camilla. Ça a dû te blesser terriblement.

— En fait, tu n'as même pas fait le bal des débutantes, pas vrai ? Le Bachelor's Cotillion, tu parles ! Devine quoi ? Mon amie Morgan, de St Paul, y a fait son entrée dans le monde. Eh bien, elle n'a jamais entendu parler de toi. Ni de ta famille. Des armateurs ? Vraiment ? Tu as tout inventé. Et pourquoi ? Pour pouvoir jouer les femmes de chambre pour une poignée de gamines ? Et ton père ? Il n'a jamais été question qu'il fasse un don aux Luminaries, je parie. Tu mens depuis combien de temps ?

— Tu l'aurais taillé en pièces, pendant ce déjeuner. Tu l'aurais exhibé comme une espèce de monstre de foire. Mesdames et messieurs, voici l'avocat du Sud ! Tellement péquenaud qu'il n'a même pas compris qu'il était censé donner vingt-cinq mille dollars pour que des gens se moquent de lui. Est-ce que la mascotte danse ? Est-ce que Camilla marque des points pour avoir été si maligne ?

— Oh, je t'en prie, c'est pathétique.

Haletante, Evelyn cherchait à échapper au bateau à moteur qui dessinait des ronds autour d'elle. Mais Camilla mit les gaz. Sous l'effet des vagues, les avirons tapaient dans le ventre d'Evelyn.

— Oui, Camilla, c'est toi qui fixes les règles. C'est toi qui commandes tout et tout le monde. J'avais oublié. Je t'en prie, excuse-moi.

Evelyn avait passé pas mal de temps à se renseigner sur l'origine de la fortune de Camilla, pour en conclure que la seule différence entre elles deux, sur ce plan, c'était le temps. Dans sa colère, elle se mit à tout déballer.

— Les Henning ne payaient même pas des salaires convenables pendant la Grande Dépression. Quant à la fortune des Rutherford, il y a quelques zones d'ombre dans ses origines, si tu as envie d'en parler…

— Oh, les filles ! Nous avons une espionne ! s'exclama Camilla en battant des mains.

Quand elle lâcha la barre, le bateau à moteur faillit heurter un aviron d'Evelyn. Profitant de la dispute, Charlie Hawley la rattrapait. Evelyn chercha à reprendre de la vitesse.

— Demande un peu à Brooke, suggéra-t-elle.

L'intéressée s'était retournée et semblait captivée par la progression de l'autre bateau.

— Brooke, je parie que tu vas te taire, maintenant. Très bien. Alors c'est moi qui vais te répéter ce que m'a dit Brooke. Tout le monde a quelque chose à dire quand tu n'es pas là, Camilla, et ce ne sont pas des gentillesses. On dit que tu te sers des gens et que tu les jettes. Je te l'annonce, mais nous en avons parlé.

— Brooke, tu as dit ça ? demanda Camilla d'un ton égal.

L'intéressée secoua la tête d'un air malheureux.

— C'est bien ce que je pensais. Encore un de tes fantasmes, Evelyn.

— Je m'appelle Evelyn et j'ai été débutante, piailla Phoebe. Je m'appelle Evelyn et je couche avec des hommes trop bien pour moi.

— Tu as dix-huit ans ! rétorqua Evelyn, dont les coups de pelle se faisaient de plus en plus courts. Ce n'est pas un peu tôt pour devenir une garce de première ? Tu ne devrais pas attendre d'avoir l'âge de ta sœur ?

Camilla approcha si près qu'Evelyn dut rentrer sa pelle pour ne pas qu'elle la heurte et la déséquilibre. Elle crut une seconde avoir coupé le sifflet à Camilla, mais elle entendit :

— Dis donc, c'est mon bracelet ?

Elle remit son aviron en place dans la dame de nage et recommença à nager à toute vitesse pour essayer de brouiller la vue de Camilla.

— Tu m'as volé mon bracelet, espèce de cinglée ? hurla cette dernière. Il avait disparu, et j'ai failli renvoyer la femme du gardien parce que j'ai cru que c'était elle qui l'avait pris. Tu es vraiment tarée ! J'aurais dû m'en douter.

Evelyn ne pouvait plus reprendre son souffle. Elle allait de plus en plus vite. C'est alors que sa palette tribord s'enfonça trop dans l'eau et qu'elle reçut un grand coup dans le ventre. L'expression « fausse pelle » lui revint soudain. C'était ce qui lui arrivait, comprit-elle. L'eau poussa le manchon au-dessus de la tête d'Evelyn qui piqua une tête malgré elle. L'eau glaciale la saisit. Comment un lac pouvait-il être aussi froid en été ? Le gouvernail rose se dressait, obscène, sur la coque retournée. Ses vêtements trempés collaient à son corps et la tiraient vers le fond. Elle s'agita dans l'eau en s'évertuant à reprendre son souffle et son équilibre, puis plongea sous l'embarcation pour échapper à la surveillance du bateau à moteur. Impossible de tirer le bateau jusqu'à l'île : elle était trop loin. Et elle ne se rappelait pas comment redresser un skiff après chavirage. Elle s'accrocha à une pelle encore fixée à la coque, qui flottait là comme si de rien n'était alors que c'était bel et bien elle qui l'avait éjectée. Que faire ? Elle n'était qu'à quelques mètres du bateau à moteur. Phoebe la guettait en ricanant. Brooke paraissait au bord des larmes. Evelyn toussa et recracha de l'eau puis se rapprocha de la coque retournée en battant des jambes à la surface du lac glacé.

Camilla s'approcha et regarda par-dessus le skiff Evelyn qui s'efforçait de garder la tête hors de l'eau. Phoebe voulut dire quelque chose, mais sa sœur la coupa :

— Tais-toi, Phoebe.

Puis elle considéra Evelyn avec fureur.

— Mon bracelet ?

Evelyn appuya le front contre le bateau.

— Rends-le-moi.

Elle voulut ouvrir le fermoir, mais Camilla l'arrêta.

— Non. Stop. Stop ! Tu vas le lâcher. Stop. Pourquoi as-tu menti sur toute la ligne ?

— Pour moi...

Elle releva la tête. L'eau du lac lui brûlait les yeux. Elle avait une algue sur le bras et, à l'autre poignet, le bracelet de Camilla, on ne peut plus visible. Ses vêtements alourdis la tiraient vers le bas. Tous ses beaux projets coulaient à pic.

— Je n'en serais pas arrivée là autrement, finit-elle par dire, si bas qu'elle ne fut même pas sûre que Camilla l'ait entendue.

Il lui sembla que plusieurs minutes s'écoulaient. Puis elle perçut le crépitement d'un talkie-walkie, et la voix de Camilla.

— Oui, ici Camilla Rutherford. Je suis en train de suivre la Fruit Stripe et je voudrais signaler un chavirage juste au large de Turtle.

Evelyn battit des jambes.

— La concurrente ? Oui, ça a l'air d'aller. Non, je ne la connais pas. Je n'ai pas pu lire son numéro de dossard non plus.

Grelottante, Evelyn se souleva pour se sortir un peu de l'eau et se coucher en travers du bateau retourné. Au même moment, elle vit Camilla lever une main en une manière de salut et mettre les gaz à fond. En barrant d'une main, elle partit vers d'autres concurrents, d'autres amis, d'autres vies. Evelyn posa la joue sur la coque en fibre de verre et attendit que quelqu'un vienne la remorquer jusqu'à terre.

27
Solde restant

Affaissée sur son siège à la gare, Evelyn essayait de trouver la force d'acheter son billet pour le train de 12 h 19. Elle venait d'user les dernières bribes de sa volonté en s'obligeant à rentrer au Lodge de Lake James pour payer sa note. Elle découvrit avec horreur qu'elle comprenait un forfait de deux nuits minimum et s'élevait, taxes comprises, à trois mille neuf cent trente-six dollars. Quand elle eut retiré encore cinquante dollars au distributeur pour se faire conduire à la gare par le chauffeur de l'hôtel, la machine lui donna un ticket qui indiquait : « Solde restant : 15,07 $ ».

Elle observa ses orteils. Son joli vernis magenta était terni par l'eau du lac et craquelé après sa longue marche de la veille. Il faisait une chaleur épouvantable dans la salle d'attente.

La porte du parking s'ouvrit et se referma. Un bruit de roulettes de valise. Un claquement de talons.

— Si tu veux courir la Hampton Classic l'année prochaine, Geraldine, il faut que tu fasses plus attention à ton cheval et que tu ne te reposes pas entièrement sur le personnel de l'écurie. Patiente une seconde, il faut que je m'occupe de mon billet. Très bien. Très bien. Au revoir.

Puis, d'une autre voix, celle qui était réservée aux employés, la femme demanda :

— Un billet pour Croton-on-Hudson. Le prochain train, s'il vous plaît. À quelle heure part-il ?

— 12 h 19.

— Parfait.

Evelyn entendit encore des bips et des froissements de papiers, puis la femme reprit son téléphone – pour se plaindre de son assistante, cette fois. Elle s'efforçait de se défaire de la désagréable impression que ce pouvait être une amie de ses amis, mais n'y parvenait pas ; au contraire, cette impression allait grandissant. Quand elle risqua un coup d'œil, l'autre lui tournait le dos ; elle ne vit que ses cheveux blonds ondulés. Son appel terminé, la femme en passa un autre, en parlant très fort. Un autre voyageur lui jeta un regard noir qui n'eut pas le moindre effet.

— Alors comme ça, cette fille s'est invitée et n'a pas voulu comprendre vos allusions ? Souse. C'est tordant.

Evelyn se tassa sur son siège.

— Beegan ? Non, ça ne me dit rien. Et à toi ? D'où dis-tu qu'ils sont ? Beegan ? Ce n'est pas un nom de Baltimore. Camilla l'appelle comment ? Ah, je vois. La clématite. Une plante grimpante. Quand ces provinciales viennent à New York et goûtent à la célébrité – ou même, dirais-je, quand on les accepte –, cela devient impossible. Bien sûr, tout le monde, ici, s'en fiche complètement.

Elle avait le ton de celle qui avait donné cet avis des dizaines de fois. Une espèce de sagesse conventionnelle qui s'appliquait aux filles de Duluth, de Mobile ou de Detroit qui venaient à New York dans le but de s'élever au-dessus de leur condition.

Clématite sociale. C'était bien ce qu'avait dit Camilla sur le bateau. Evelyn avait cru avoir sa place dans ce milieu. Pourtant, elle avait accumulé tant d'erreurs que des inconnues en parlaient en attendant le train à la gare. Jaime. Une petite amie. Qui avait été dans l'équipe de hockey de Yale.

Scot. Son père. Sa mère. Des références inexistantes qu'elle s'était inventées.

— Le train arrive dans dix minutes. Merci de préparer vos billets, annonça la guichetière au micro.

Nauséeuse, encore en nage, Evelyn se leva et fit un détour dans la salle d'attente pour que la femme blonde ne voie pas son visage.

— Un aller simple pour New York, s'il vous plaît, fit-elle dans un souffle.

La préposée avait le visage pâle marqué de couperose, une teinture rousse et une permanente. Elle tapa sur son clavier.

— Ça fera cent soixante-quinze dollars.

— Pour un aller simple ?

— Dernière minute. Il ne reste que des classe affaires.

Evelyn s'appuya des deux avant-bras sur le comptoir. Le sang battait si fort à ses tempes que tout le monde devait l'entendre. Elle ouvrit son portefeuille et considéra les options qui ne s'offraient plus à elle. Toutes ces cartes vides, inutiles...

La Visa Pewter. Avec le nouveau contrat. Elle marchait peut-être encore. Elle la fit glisser sur le comptoir. La guichetière la mit dans la machine et, comme Evelyn s'y attendait, dit :

— Désolée, ça ne passe pas. Vous avez autre chose ?

Evelyn avait un problème de respiration. Ou de cœur. Ils étaient en train de changer l'éclairage de la gare ? Il faisait tout gris, d'un coup. Elle crut distinguer la voix de Scot. Une main prit son AmEx. Elle savait qu'il y avait un problème avec son AmEx. Elle s'étonna alors de voir que la main qui présentait l'AmEx ressemblait à la sienne.

— Non, pas celle-là non plus. Attendez une seconde.

Elle entendit les mots, mais ils semblaient flotter sans s'ordonner logiquement. Puis il y eut la voix de Camilla qui répétait : « Clématite, clématite. » Pourquoi n'y avait-il plus d'air ?

— Le train de 12 h 19 à destination de New York partira dans cinq minutes. Veuillez récupérer vos bagages et vous rendre sur le quai, dit la femme au micro avant de reprendre, à l'adresse d'Evelyn : Vous n'en avez pas d'autre, mon petit ?

Evelyn répondit sans doute, mais tout se brouillait, maintenant. Comme de très loin, elle entendit la femme évoquer Barneys. Elle se rappela la station de métro à côté de Barneys, quand elle était arrivée à New York, il y avait si longtemps, et qu'elle avait eu envie d'aller s'acheter un sac chez Barneys sans savoir combien ils étaient chers. Elle était ressortie, furieuse, et, à la place, en avait acheté un très mignon, rouge, à un vendeur de rue, qui avait dû lui coûter vingt dollars. Très satisfaite, elle avait repris le métro pour aller retrouver Charlotte au cinéma.

Le grondement du métro s'approcha et repartit. Elle était sur un quai de la 59ᵉ Rue dans le sens du centre-ville. Cela sentait la bile. Elle regardait le quai d'en face bondé de voyageurs en maillot bleu vif et orange. Ces supporters des Mets se déplaçaient par groupes de trois ou quatre, chacun affichant le nom de son joueur favori. PIAZZA 31, ALOMAR 12, ALFONZO 13. Un battement de mains retentit et tout le quai s'y joignit. Clap-clap-clap, « Let's go, Mets ! ». Ils étaient solidaires, unis dans leur désir de voir les Mets se qualifier pour les play-offs. Let's go, Mets. Allez les Mets. New York, New York.

Quelque part dans la ville, un chat roux finissait de mâchonner un plant de marjolaine près de la porte de son studio et sautait en ronronnant sur l'épaule de son maître qui rentrait plus tôt du travail. Ailleurs, un jeune pianiste chinois répétait le concerto *Empereur*. Le soir même, les notes allaient ensorceler une petite fille assise au rang D du Philharmonic. Un garçon de Staten Island osa effleurer du doigt le dos d'une fille qui, jusque-là, n'était qu'une amie. Dans un grenier mansardé de Hell's Kitchen, une femme faisait un pas en arrière pour étudier le tableau représentant une autoroute chartreuse et un ciel vert forêt qu'elle avait mis deux ans à peindre. Une vendeuse d'une épicerie portoricaine de Brooklyn tapotait du bout de son ongle écarlate une boîte de calmants pour les coliques du nourrisson et rassurait la jeune mère épuisée dont le bébé hurlait. Le sourire reconnaissant de la maman les fit presque pleurer toutes les deux.

La rame arrivait. Les phares balayèrent le quai. Tous les voyageurs de l'autre côté de la voie se mirent à taper des pieds en rythme. Let's go, Mets. Let's go, Mets.

— Allez, New York ! lança un homme au fort accent de Brooklyn tandis que les portes s'ouvraient.

« *New York, New York, a helluva town.* » Une ville du tonnerre.

Pendant que les paroles défilaient dans la tête d'Evelyn, quelqu'un la poussa en arrière. Elle allait être en retard pour la séance. Elle n'aurait pas le temps d'acheter du pop-corn. Cha adorait les Milk Duds avec le pop-corn.

— Excusez-moi, le train est là.

« *The Bronx is up but the Battery's down.* »

— Ça va, vous vous sentez bien ?

« *The people ride in a hole in the ground.* »

Les roues du train grincèrent sur les rails tandis que la chanson changeait de ton et faisait un crescendo :

« New York, New York. »

— Madame, le train est en gare. Madame, voulez-vous que j'appelle un médecin ?

Elle devait être assise. Il faisait si chaud. Pourquoi avait-elle froid alors qu'il faisait si chaud ? Le son était si fort que la chanson couvrait le ventilateur industriel.

« *It's a helluva town !* »

Il lui fallut un moment pour comprendre pourquoi elle entendait si bien les paroles. C'était elle qui les chantait à tue-tête. La femme blonde – clématite, clématite – lui jeta un coup d'œil inquiet. Evelyn lui rendit son regard d'un air égaré et, soudain, lança la main en avant, les doigts recourbés comme des griffes, comme pour attaquer. Elle ne savait pas où elle était. Elle n'avait nulle part où aller. Alors, l'espace d'un instant, le visage ruisselant de sueur, elle se sentit libre.

TROISIÈME PARTIE

28
Everybody rise

Evelyn présenta à la lumière la chips de parmesan qu'elle avait faite au micro-ondes. Elle tenait depuis trois semaines. À la gare, la guichetière avait tenu à appeler « ses proches » malgré les protestations d'Evelyn qui affirmait ne pas en avoir. Elle avait fait attendre le train le temps d'appeler le numéro « Papa et maman » du répertoire de son téléphone et d'arranger l'achat d'un billet de retour et avait chargé le contrôleur de l'aider à s'installer dans le train et de lui donner de l'eau si elle continuait à trembler et à transpirer. À l'arrivée, quelqu'un avait dû la mettre dans un taxi et elle s'était réveillée seule dans son appartement deux jours plus tard, la fièvre passée. Sous sa porte, elle avait trouvé encore une lettre de relance pour le loyer. Il s'agissait cette fois d'un dernier avis avant poursuites et expulsion.

Mais elle n'avait pas de quoi payer les sommes dues. Elle avait résilié ses abonnements à Internet et au câble. Elle avait fait l'inventaire de ses placards et mis dans des sacs les robes, les jupes, les chaussures et la lingerie qui appartenaient à cette période désormais bien lointaine de sa vie. Quand elle les avait achetées, elle rêvait du jour où elle les rangerait dans un grand, un beau dressing, où les articles en soie les plus fragiles seraient soigneusement pliés par une femme de chambre et protégés par des papiers de soie au lieu d'être roulés en boule dans un tiroir trop petit. Elle aurait fait nettoyer ses robes du soir par Mme Paulette avant de les stocker à l'abri pour les donner un jour à sa fille, par exemple, ou à une filleule bien née qui serait peut-être la fille de Camilla ou de Preston, qui adorerait exhiber ces tenues dans les soirées vintage d'ici une trentaine d'années. Elle avait porté ces sacs à une boutique de vêtements d'occasion d'Upper Madison un matin à l'ouverture.

Elle en avait tiré suffisamment de liquide pour tenir ces dernières semaines en se nourrissant de nouilles chinoises instantanées, de lait, de bananes et de muesli – et de Château Diana, qui avait l'apparence du vin, mais était en réalité un « produit vinicole » à quatre dollars, quand cela n'allait vraiment pas. Désormais, elle allait dans les épiceries portoricaines de l'est, jamais de l'ouest Celles plus près du parc vendaient-elles du « produit vinicole » ? Elle n'y avait jamais fait attention.

Elle avait réfléchi à la question de son avenir professionnel, mais elle ne savait pas faire grand-chose. Fallait-il qu'elle propose à d'éventuels employeurs de les présenter à tous les gens qui comptaient – et qui la considéraient comme une clématite ? Elle n'avait rien à apporter. Rien à offrir. Le rythme de New York continuait sans elle. Elle n'entendait même pas bien la mesure. Elle n'aimait pas se trouver dehors à l'heure où les gens partaient au travail ou rentraient chez eux, car, alors, il devenait évident qu'elle n'avait pas sa place parmi les actifs. En fin de matinée, cela n'allait pas non plus. C'était l'heure où les mères oisives empruntaient leurs enfants aux nounous pour les emmener à un cours particulier de musique ou retrouver d'autres mères influentes. Et l'après-midi non plus, quand les nounous partaient vers l'est, pour Brearley et Chapin, ou vers l'ouest, pour Nightingale et Dalton. Et ce n'était pas mieux le soir, quand les gens rentraient du bureau ou couraient à des apéros.

Comme elle n'avait rien à faire, nulle part où aller, elle ne voulait pas être vue. Juste avant d'arrêter de consulter ses e-mails, elle en avait reçu un de Brooke qui exigeait qu'elle rende le bracelet de Camilla, mais elle l'avait effacé. Elle avait bien pensé faire signe à Charlotte, mais elle redoutait le sermon qui forcément l'attendait. Parfois, elle regardait le numéro de Preston en se demandant ce qu'il devenait et s'il se demandait lui aussi ce que devenait sa vieille copine Evelyn. Ses parents l'avaient appelée quelques fois depuis l'incident de la gare de Lake James. Ils s'étaient inquiétés mais, lorsqu'elle leur avait répondu qu'elle avait fait un petit malaise parce qu'elle n'avait pas assez mangé, ils n'avaient plus posé de questions. Elle n'avait aucune envie de leur téléphoner. Son père devait lui en vouloir d'avoir oublié la date de sa comparution ; quant à sa mère, elle ne ferait que se plaindre d'avoir une vie si difficile. Oh, elle avait bien quelques amis fidèles – chez Barneys, AmEx et, maintenant, dans l'agence de recouvrement de Visa – qui l'appelaient quotidiennement, de différents numéros et à toute heure du jour pour la piéger. Elle avait fini par couper son mobile et débrancher son téléphone fixe.

Le problème, c'était que la vie allait continuer. Elle dormait jusqu'à 11 heures le matin et faisait la sieste l'après-midi. Le soir, elle restait assise dans son lit, en proie à des attaques de panique qui l'empêchaient de s'assoupir parce qu'elle savait précisément de quoi serait fait le lendemain : la même chose, exactement. Dans cette vie monotone, chaque jour qui passait la faisait vieillir et l'éloignait un peu plus de ce qu'elle avait voulu devenir. Parfois, elle s'attachait les cheveux et se forçait à descendre au petit restaurant miteux du coin parce qu'il y avait un accès Internet. Là, elle allait sur Appointment Book contempler les photos des soirées auxquelles elle n'avait pas été invitée. Comment avait-elle pu toucher du doigt tout cela – et y renoncer ?

Les gens passaient dans la rue, seuls ou en famille. Les jours s'écoulaient, semblables les uns aux autres. Son corps fonctionnait d'une façon répétitive et vaine. Dans ce monde uniforme, son esprit s'emballait, sa taille épaississait, l'argent de la vente de ses vêtements diminuait. Elle ne dormait plus jamais une nuit complète. Elle s'éveillait à demi et cherchait, pour se rassurer, le bras de Scot, qui n'était plus là. Alors, elle se tournait et se retournait dans des draps emmêlés et moites de sueur qu'elle n'avait pas lavés depuis des semaines parce que le pressing était trop cher pour elle et qu'elle n'avait pas envie d'attendre à la laverie automatique, exposée à la vue de tous.

À 3 heures du matin, elle regardait par la fenêtre. Il y avait dans la nuit cette qualité de silence qu'on ne trouve que dans les rues des villes, troublé simplement par la voix de l'employé coréen de l'épicerie, qui criait par-dessus une pile de mangues, et le bip d'un camion de livraison de viande. Le pire, c'était de songer que le jour allait finir par se lever. Cela signifiait le commencement d'une nouvelle journée. Voilà, l'aube commençait à poindre.

Ce matin-là (ou la veille, c'était la même chose), elle avait encore reçu une lettre de l'agence de location de son appartement. Elle l'avait trouvée sous la porte en descendant la poubelle. Comment savoir depuis combien de temps elle était là ? Evelyn était incapable de se rappeler à quand remontait la dernière fois qu'elle était sortie de son logement. Il s'agissait d'une assignation au tribunal pour loyers impayés. Elle se força à la lire entièrement, bien qu'elle ait du mal à se concentrer assez longtemps pour comprendre. Apparemment, l'agence de location la convoquait au tribunal le vendredi suivant. Mais elle n'avait pas d'argent pour payer un avocat. Elle envisagea d'appeler son père mais, pour cela, il fallait rallumer son téléphone et elle ne voulait pas que les sociétés de recouvrement des cartes de crédit puissent la joindre.

La bouillie qu'elle avait dans le cerveau l'empêchait de réfléchir efficacement. Elle relut la lettre deux fois encore. Vendredi. Si elle était partie d'ici là, ils ne pourraient rien faire. Ils ne pourraient pas la condamner pour défaut de comparution à une audience si elle n'habitait plus là.

C'était le 13 juillet. Le vendredi, Evelyn sortit après s'être douchée, ce qui était déjà quelque chose, même si elle n'avait pas eu la force de se sécher les cheveux ni même de se faire une queue-de-cheval. Elle portait des ballerines Delman aux semelles usées. Croyant qu'il faisait toujours aussi doux que la dernière fois qu'elle était sortie, elle ne s'était pas suffisamment couverte. Or, malgré la date, il faisait un froid presque automnal. Elle baissa la tête pour se protéger du vent tout en descendant d'un pas rapide la Troisième Avenue.

Elle tourna à droite dans la 62ᵉ et poursuivit vers l'ouest, là où l'on commençait à trouver les plus belles maisons de ville. Comme la pluie menaçait, il faisait assez sombre pour voir à l'intérieur – les lumières, les fêtes, les réceptions, les rires, la silhouette d'un homme en costume qui passait d'un pas décidé du cadre d'une fenêtre à celui de la fenêtre d'à côté, la petite tête d'un enfant qui se confiait à une poupée dans une chambre à l'étage. Elle se rendait au Colony Club, à l'angle de Park Avenue. Elle s'arrêta sur le trottoir opposé, sous un échafaudage qui lui fournit une cachette providentielle.

Un vent glacial soufflait. Elle se renfonça en voyant une jambe, puis une seconde, chaussées d'escarpins fauves, un manteau blanc puis une longue chevelure blond cendré rejetée en arrière d'un mouvement de tête. Camilla sortait d'un taxi et disait quelque chose à Nick qui la rejoignait au petit trot. Scot ne tarda pas à les suivre de son pas plus lourd. Evelyn recula encore, mais ils ne regardaient pas dans sa direction. Après leur avoir laissé le temps de passer le hall, elle traversa la rue et entra dans le club.

— Excusez-moi, dit-elle au concierge à son bureau.

Derrière lui, une planchette avec des épingles de différentes couleurs indiquait quel invité était à quel étage – le guide de son monde, le guide de ce monde qu'Evelyn avait un jour espéré arpenter.

— La soirée d'anniversaire de Camilla Rutherford ? demanda-t-elle.

— Oui, êtes-vous sur la liste ? Votre nom, s'il vous plaît ?

— Non. Non, je n'y suis pas.

Et elle n'escomptait pas un accueil très chaleureux. D'ailleurs, elle ne savait pas si c'était ce qu'elle aurait souhaité. Tout ce qu'elle voulait, c'était s'expliquer.

— Mademoiselle, si vous n'êtes pas sur la liste…

— Laissez-moi entrer juste une minute. S'il vous plaît.

— Je suis désolé, mademoiselle, mais c'est une réception privée. Je ne peux pas vous laisser monter, je regrette.

— Mais je connais tous ces gens ; ce sont mes amis. C'étaient mes amis.

— Si vous souhaitez appeler Mlle Rutherford et lui demander de vous ajouter, j'attendrai sa réponse.

Une femme toute voûtée, en tailleur rose, avec un gros collier d'ambre qui semblait la tirer vers le sol, passa à côté d'Evelyn en la bousculant presque.

— Bonjour, où est Mme Hudson ? demanda-t-elle.

Le concierge se retourna pour consulter sa planchette.

— Elle n'est pas encore arrivée, madame Bagley.

— Je ne peux pas l'appeler, dit Evelyn. Enfin, je peux, mais elle ne décrochera pas. Ça s'est vraiment mal passé entre nous. Cela ne vous est jamais arrivé ? Quand les choses déraillent, que vous vous rendez compte de ce qui est en train de se produire, mais que vous ne savez pas comment réagir et que vous vous enfoncez de plus en plus ?

Elle prit conscience que cela faisait des jours qu'elle ne parlait à personne.

Il lui adressa un regard compatissant, mais fit un signe de tête en direction de la porte.

— Mademoiselle, si vous voulez bien… Je suis désolé, mais les visiteurs qui ne sont ni membres ni invités ne sont pas autorisés à rester.

La femme en rose revint.

— Je ne la trouve nulle part, dit-elle en toisant Evelyn avec colère. Je ne comprends pas ce qui se passe. C'est peut-être demain, mais je ne peux pas, demain. C'est samedi, et elle sait que je ne dîne jamais en ville le samedi. Vous l'avez vue ?

Mal à l'aise, Evelyn ne répondit pas.

— S'il vous plaît, dit le concierge comme si de rien n'était en indiquant la sortie.

Evelyn mit la main dans sa poche et commença à dire :

— Pourriez-vous simplement…

Mais le concierge était au téléphone. Evelyn ressortit, gelée par la climatisation, et se rendit compte que le vent avait forci.

Avant de le voir, elle sentit son parfum sombre et fort aux notes de résine avec quelque chose de chimique. Puis Phil Giamatti lança :

— Beegs ! Bien ou bien ?

— Phil, dit-elle d'une voix blanche.

Elle ne l'avait pas revu depuis le match Sheffield-Enfield, longtemps avant tous ces événements.

— Tu entres ? Il fait un froid de gueux, dehors, fit-il en lui tapant sur l'épaule.

— Qu'est-ce qui t'amène par ici ?

— Ils veulent que ma société investisse dans le fonds. Sans parler de mes talents de fêtard.

— Quel fonds ?

— Celui de Nick Geary. Et d'un mec qui a travaillé avec Greenbaum chez Morgan.

— Scot ? Tannauer ? suggéra Evelyn.

— Je crois.

— Tu connais Nick et Scot ?

— J'apporte le blé, poupée, expliqua-t-il en se frottant le pouce et l'index. Mon ancien patron de chez Bear les a rejoints comme investisseur et il m'a conseillé d'y entrer moi aussi dès le début.

— Ils montent un fonds ?

— Tu croyais que c'était quoi ?

— La soirée d'anniversaire de Camilla Rutherford.

— Oui, il y a aussi une fête pour une nana. On mélange la vie mondaine et les affaires, de nos jours, tu n'es pas au courant ? Le fonds va être d'enfer. Ils misent sur le fait que le marché des hypothèques va imploser. Je suppose qu'ils vont essayer de profiter d'être ici pour mettre la main sur des veuves pleines aux as.

Evelyn secoua la tête.

— Il y a… je voudrais… tu peux me faire entrer comme ta cavalière ?

— Ma cavalière ? répéta-t-il en se tapotant le ventre.

— S'il te plaît. Dis au concierge que je suis avec toi. Je ne resterai pas longtemps.

— C'est toujours ce qu'on dit. Mais impossible, Beegs : mon rencard arrive d'une seconde à l'autre.

— Tout ce que je veux… C'étaient mes amis, lâcha-t-elle d'un ton suppliant.

Phil s'esclaffa.

— Ça alors, je n'aurais jamais cru te voir quémander un jour. Tu n'es pas sur la liste ? Mais qu'est-ce que tu as fait ?

Une femme approchait d'un pas décidé. C'était Souse.

— Phil, fit Evelyn en lui saisissant la main et en sortant de sa poche le bracelet de Camilla avec les raquettes. Donne ça à Camilla de ma part. S'il te plaît.

— Qu'est-ce que c'est ?

— Un truc qui était à elle et que j'ai essayé de prendre. C'est une longue histoire. Tu veux bien simplement le lui donner ?

— Et que suis-je censé lui dire ?

— Dis-lui...

Souse avançait sur le trottoir à une vitesse alarmante. Evelyn se retourna vivement vers Phil et fourra le bracelet dans sa grosse patte.

— Dis-lui que je suis désolée. Dis-lui que je...

— Que tu quoi ?

— Que je me suis perdue. Oui, dis-lui que je me suis perdue.

— Tu t'es perdue ? répéta-t-il.

Mais Evelyn était déjà partie en courant. Ses semelles plates claquaient contre ses pieds. Elle courait. Elle courait au mépris des feux, des coups de klaxon, entre les gens. Il allait pleuvoir. Les plus prévoyants ouvraient déjà leur parapluie. Bientôt, il tomberait des cordes. La pluie serait si violente qu'elle ferait mal. Un tourbillon de vent soulevait la poussière et l'enroulait autour des chevilles des passants avec les feuilles mortes et les emballages de chewing-gums, secouait les branches des arbres. Les touristes, qui ne se doutaient de rien, poursuivaient leur circuit, tandis que les New-Yorkais, conscients de ce qui se préparait, se massaient sous les auvents et les stores bâchés des épiceries. Ils regardaient tour à tour le ciel et leurs voisins pour jauger le temps qu'il leur restait. Certains continuaient à marcher en bataillant avec le parapluie qu'ils avaient acheté dans le métro et se dépêchaient de gagner leur destination pour pouvoir, ensuite, se précipiter vers la suivante. Une grosse goutte d'eau froide s'écrasa sur le visage d'Evelyn. Puis une autre sur son genou. Le ciel noircit d'un coup et un déluge s'abattit sur elle, trempa en un instant sa robe qui se mit à lui coller aux jambes, emplit ses ballerines d'eau. Elle courait toujours. Parfois, à un feu rouge, elle tournait. Elle heurta plusieurs personnes qui se hâtaient elles aussi et marmonna un mot d'excuse sans ralentir.

Quand elle s'arrêta, elle avait les poumons saturés d'acide et de grosses gouttes d'eau accrochées aux cils. Elle ne savait pas combien de temps elle avait couru ni dans quel quartier elle se trouvait. Elle se pencha en avant, les mains sur les genoux, pour reprendre son souffle. Il lui fallait des toilettes. Elle devait se sécher. Elle examina la rue sombre autour d'elle : un salon de manucure fermé, un marchand de falafels, une porte rouge surmontée d'un néon. Un bar. Cela ferait l'affaire. Elle poussa la porte.

La chaleur et les accords l'enveloppèrent en même temps. Elle connaissait ces notes. Sondheim. Un homme se mit à chanter. Oui, c'était bien cela : « The Ladies Who Lunch ». À mesure que ses yeux s'habituaient à la lumière, elle découvrit la salle. Elle était petite, avec du parquet et des boiseries, des guirlandes lumineuses de Noël au plafond alors qu'on était en plein été. Il y avait un barman et une poignée de clients perchés sur des tabourets autour du piano entouré d'un bar. Le pianiste était roux, avec des lunettes.

Avec son embonpoint, son visage gonflé, ses petites mains jointes et son pull marron usé, le chanteur n'aurait pas attiré l'attention d'Evelyn si elle l'avait croisé dans la rue. Pourtant, il avait les yeux brillants et un sourire très doux. Il faisait si chaud qu'Evelyn avait l'impression de dégager de la vapeur. Elle resta en haut des marches pour ne pas interrompre le morceau, mais elle n'avait pas envie de repartir.

Elle chantait déjà dans sa tête le début du couplet suivant quand la musique s'arrêta.

— Une cliente ! s'écria le pianiste.

— Une cliente ! répéta le chanteur.

Elle recula.

— Non, non non non non non non ! cria le pianiste. Vous ! Entrez !

Il joua un accord de *ré* septième qui symbolisait l'attente.

— Moi ?

— Ne restez pas là à dégouliner. On n'aime pas les poules mouillées, hein, les gars ?

Il joua un *sol*, la résolution de l'accord, ce qui fit rire le public.

— Venez. Ici, les filles sont belles. Même l'orchestre est beau...

Maintenant, il attaquait les premières notes de « Cabaret ».

Elle fit quelques pas hésitants sur le parquet.

— Il aboie, mais il ne mord pas, assura le chanteur.

Le pianiste se remit à jouer « The Ladies Who Lunch ».

— Vous connaissez les paroles ? demanda un homme au visage assez long, coiffé d'une casquette en tweed de petit vendeur de journaux, qui avait l'air sympathique.

— Si vous les connaissez, vous pouvez venir vous asseoir près du piano, expliqua le pianiste. Sinon, on vous envoie au coin, avec les hétéros et les touristes.

Elle jeta un regard circulaire à la salle. Ce soir, apparemment, il n'y avait ni hétéros ni touristes. Elle respira.

— Oui, je les connais.

— Elle connaît les paroles ! s'écria le chanteur.

— Elle connaît les paroles ! répéta le pianiste. Vous n'avez qu'à rester là, à côté du joli garçon numéro trois.

C'était un brun en chemise à carreaux violets et pantalon bien coupé, qui sirotait un gimlet.

— N'oubliez pas le service. Je jouerai volontiers le morceau de votre choix si vous me le demandez gentiment et que vous dites « s'il vous plaît ». Ne dégoulinez pas sur le piano. On reprend au couplet suivant, les amis.

Elle connaissait effectivement les paroles et, pour une fois, n'eut pas honte de sa voix banale. Elle avait envie de chanter et joignit son soprano léger au chœur improvisé. Elle avait vu *Company* à Baltimore et avait été émue par ces personnages qui ne parvenaient pas à communiquer. « The Ladies Who Lunch » l'avait particulièrement intriguée. Toutes les femmes de la bonne société new-yorkaise y passaient les unes après les autres : celles qui jouaient aux bonnes épouses, celles qui jouaient aux filles intelligentes… Ne faisaient-elles pas toutes de leur mieux, pourtant ? se demanda Evelyn en analysant les paroles et en passant le doigt sur le bois rugueux du bar. Visiter des musées, faire à dîner pour leur mari ou rester en retrait en lançant des commentaires ironiques : dans tous les cas, ne s'agissait-il pas simplement d'essayer de survivre à New York ?

Au troisième couplet, il ne restait plus que le chanteur, l'homme à la casquette en tweed et elle. Le premier lui souriait, le second annonçait la phrase suivante d'un signe de tête et, quand elle se trompait parce qu'elle était en train de penser à Preston, à Scot ou à Camilla, ils haussaient la voix juste ce qu'il fallait pour que cela ne se remarque pas. Le trio attaqua le dernier couplet. À la fin du morceau, qui s'achevait sur les mots « *everybody rise* », elle eut la surprise de voir tous les hommes assis autour du piano se lever et trinquer en chantant à tue-tête : « *Everybody rise ! Rise ! Rise ! Rise ! Riiiiiise !* »

Puis ce fut le silence.

— Vous êtes vraiment trempée, lança le pianiste. Je ne vous recommande pas les torchons du bar. Vous ne voulez pas…

— Les toilettes ? demanda Evelyn.

— En bas.

Malgré les initiales et les dessins pas si mauvais gravés dans le miroir des toilettes, elle se voyait à peu près. Les dernières paroles de « The Ladies Who Lunch » lui résonnaient encore dans la tête. « *Everybody rise.* » Tout le monde s'élève. C'était exactement cela. En haut, dehors, dans toutes les rues et toutes les avenues de Manhattan, tout le monde s'élevait sur une vague d'argent et d'ambition et nageait frénétiquement pour ne pas se noyer. Et elle ? Elle n'avait même plus l'énergie de nager sur place.

Quand elle remonta, les hommes chantaient « Chez nous », un extrait de *La Petite Boutique des horreurs*. Elle prit deux bières d'un coup qu'elle paya avec le billet de vingt dollars détrempé au fond de sa poche. Elle arrivait au bout de l'argent de la vente de ses vêtements. Elle s'autorisa encore quelques morceaux près du piano le temps de boire ses bières. « Try to Remember », et aussi « Being Alive », un autre morceau de Sondheim. Grâce aux paroles et à la musique, elle parvint à rester tranquille un moment et à simplement *être*, dans la lumière rougeâtre des guirlandes de Noël, sur ce tabouret en cuir rouge craquelé. Quand le chanteur laissa monter sa voix, elle entrevit l'appartement tristounet dans lequel il devait vivre, avec un vieux radiateur bruyant sur lequel il faisait sécher ses chaussettes et un parquet qui n'était plus vraiment de niveau. Sans doute pas la vie qu'il avait imaginée en débarquant à New York avec sa belle voix, songea-t-elle. Et sans doute pas non plus la vie qu'elle avait imaginée, songea-t-elle encore en posant le goulot froid de la bouteille contre ses lèvres. Elle avait essayé. Elle s'était battue. Et elle avait perdu.

Soudain, la fatigue l'envahit. Elle réclama une dernière chanson, « Corner of the Sky », mit ses deux derniers dollars dans la sébile du pianiste et n'oublia pas de dire « s'il vous plaît ». Puis elle se glissa vers la porte en chantant, si bas que personne ne l'entendait, « *Don't ask where I'm going ; just listen when I'm gone* ». Ne demandez pas où je vais, tendez seulement l'oreille après mon départ. Et elle sortit sans que personne s'en aperçoive.

29
Marina Air

— Evelyn, dit Barbara sans se détourner de la cafetière électrique devant laquelle elle était postée. Tu te lèves tôt.
— Oui.

L'horloge du micro-ondes indiquait 6 h 05.

Il faisait sombre. Une seule ampoule, assez faible, était allumée dans la cuisine. Elle avait enfilé à l'envers le vieux sweat-shirt de Sheffield qu'elle avait sorti d'un carton marqué VÊTEMENTS – EVELYN ; il sentait le bois. Dehors, un crissement de pneus se fit entendre sur le parking de Marina Air.

La veille, après avoir pris le train, le car et un taxi, elle était arrivée à Sag Neck pour trouver la maison aussi vide et nue que l'appartement du Petit Trianon qu'elle avait quitté, avec les mêmes moutons de poussière et les mêmes fils électriques dénudés. Des rectangles clairs sur le plancher rappelaient la place des tapis ; de la saleté et des cheveux étaient restés accumulés à l'emplacement de l'horloge, de la table basse et de la méridienne. Dans la chambre d'Evelyn traînaient un sac de couchage roulé et une boîte à chaussures pleine de vieux maquillage qui avait dû réapparaître dans un tiroir de la salle de bains. Elle avait regardé dans le jardin. C'est alors qu'elle avait vu le panneau À VENDRE – VENDU.

Son père était apparu peu après, complètement voûté, tassé sur lui-même. Il avait failli hurler de frayeur en la découvrant en haut de l'escalier. Ils étaient mal à l'aise. Il ne lui avait pas demandé ce qu'elle faisait là ; elle ne lui avait pas raconté ce qui lui était arrivé. Il s'était efforcé de retrouver son entrain d'autrefois, avait parlé du beau temps et de sa mère qui se faisait déjà très bien à l'appartement de Marina Air. Il s'était étonné qu'Evelyn ne voie pas à quoi il faisait allusion : l'appartement qu'ils avaient loué à la périphérie de la ville.

Ce soir-là, il l'avait donc conduite en voiture à Marina Air, un bâtiment de deux niveaux avec un escalier et des coursives extérieures, sis à l'endroit où Main Street devenait la Route 33. Sans doute un ancien motel transformé en appartements pour pères divorcés. Barbara était au 2L, un petit quatre-pièces, en train de défaire les cartons.

« Qu'est-ce que tu fais là, Evelyn ? » lui avait-elle demandé.

Elle avait l'air de manquer de sommeil, elle aussi.

« J'ai quitté New York. Je n'ai pas appelé. J'étais… je suis désolée.

— Tu as quitté New York ? Mais pourquoi donc ?

— Je suis partie », avait-elle dit d'une toute petite voix.

Dale lui avait fait signe de s'asseoir sur le canapé, qui encombrait presque tout le séjour.

« C'est à cause du procès ? avait-il demandé. Tu es gentille de venir, mais ce n'est pas la peine de déménager.

— Oui. Non, avait-elle répondu en restant debout. J'ai été expulsée de mon appartement. Ou plutôt, j'aurais été expulsée si j'étais restée. J'ai perdu mon emploi. J'ai perdu mes amis. »

Dale était resté pensif. Barbara s'était laissée tomber dans un fauteuil, dans un coin, leur tournant le dos à tous les deux.

« Bon. Ce n'est pas grave, Evelyn, avait dit Dale, qui s'était posé sur le bras du canapé. Les ennuis, ça arrive.

— J'ai essayé d'arranger les choses. J'ai vraiment essayé
– trop tard. Mais je me suis donné beaucoup de mal. J'ai
vraiment fait de mon mieux. Au moins, comme ça, je serai
là pour le verdict. C'est déjà ça. Je vous assure que je ne
voulais pas aboutir à ça. Mais je n'avais plus d'argent, et
j'ai cru agir au mieux. Je me suis peut-être trompée, mais
j'ai tenté de m'en sortir, c'est tout.

— Ne t'en fais pas, avait dit son père en croisant et
décroisant les doigts. Ça va aller. »

Sa mère n'avait pas bougé. Son père avait fini par l'embrasser sur le front et par lui dire qu'elle serait toujours la bienvenue, avec une gentillesse inattendue. Puis elle était allée dans
la petite chambre que son père avait décrite comme chambre
d'amis-bureau-chambre d'Evelyn. Elle y avait trouvé, au mur,
une affiche de Georgia O'Keeffe qu'elle avait achetée à Sheffield, en première année, avant d'apprendre que toutes les
œuvres de Georgia O'Keeffe figuraient en réalité des organes
génitaux féminins. L'affiche était un peu de travers. Était-ce
son père ou sa mère qui l'avait accrochée ?

La chambre sentait l'essence de térébenthine et le plastique de mauvaise qualité. Evelyn avait dormi d'un sommeil
léger et était restée une heure dans le noir, réveillée, avant
de se lever pour parler à sa mère. Barbara avait l'air abattue
mais, au moins, elle s'exprimait.

— Tu veux un coup de main pour faire marcher la cafetière ? proposa Evelyn.

Barbara ouvrit et ferma le porte-filtre et appuya sur plusieurs boutons.

— C'était toujours ton père qui faisait le café.

— Quand vient-il s'installer ici ?

— Je ne comprends pas très bien ta question.

— Quand il aura tout réglé à Sag Neck ?

— Il est en train de tout régler à Sag Neck ?

Feindre de ne pas saisir était l'une des stratégies favorites
de Barbara.

— J'ai l'impression, maman. Je ne sais pas. Je ne suis pas vraiment d'humeur à m'occuper de tout ça. Il attend le verdict pour emménager ici ?

— Comment cela ?

— Je veux dire, attend-il pour emménager ici que le verdict ait été rendu ? On est vraiment obligées de jouer à ça ?

— À quoi ?

— Maman ?

— Oui ?

Barbara semblait s'intéresser à la conversation à peu près autant que si Evelyn l'interrogeait sur la disponibilité des courts de tennis au country-club.

— Papa n'habite pas ici ?

— Non.

— Et ce n'est pas prévu ?

— Je l'ignore.

— Toi, si, tu y vis ?

— À l'évidence.

— Mais Sag Neck a été vendu.

— Je suis au courant, Evelyn.

— Donc je supposais qu'il viendrait ici jusqu'à son incarcération – s'il est condamné à de la prison. J'imaginais qu'il n'était à Sag Neck que provisoirement. Il y a une chambre pour lui, ici, au moins ?

— Pourrons-nous tous tenir dans ce trou hideux ? Est-ce que l'eau arrive automatiquement dans cette machine ?

Evelyn se passa la main dans les cheveux.

— Tu peux me donner les clés de la voiture ?

— Il est 6 h 15 du matin.

— Oui. Je reviens. Tout à l'heure. Je peux les prendre ?

— À côté de la porte.

Evelyn ne se changea pas, ne se brossa pas les dents. Elle prit les clés et sortit en survêtement et en tongs. À Sag Neck, elle entendit son père qui arpentait le premier étage.

— Bonjour ?

— Papa ?

— Evelyn. Qu'est-ce que tu fais là ?

— J'ai eu envie de t'apporter le petit déjeuner. Il faut que tu manges quelque chose, non ? répondit-elle en soulevant un sac 7-Eleven.

Elle s'était arrêtée à l'épicerie de proximité où, avec un billet de cinq dollars déniché au fond d'un tiroir à Marina Air, elle avait acheté des corn flakes et du lait qui approchait de sa date de péremption.

Depuis combien de temps était-il là, seul, à faire les cent pas dans ces pièces qui avaient contenu ses meubles, ces pièces dans lesquelles sa famille avait vécu ? Elle ne fut pas capable de lui dire grand-chose, mais elle lui posa la main sur l'épaule quand il eut fini de manger.

Pour découper le temps, Evelyn se fixa deux tâches par jour. Lundi : installer la salle de bains de Marina Air, puis faire des pizzas avec des muffins anglais pour son père et elle à Sag Neck pour le dîner. Mardi : aider son père à emballer les livres puis porter les cartons au garde-meubles. Mercredi : laverie automatique puis connexion Internet à la bibliothèque dans Main Street. Elle alla sur People Like Us et vit que le site avait été reconçu et qu'il proposait sur la page d'accueil des billets à tarif réduit pour des événements sportifs. Elle chercha le profil de Camilla ; il avait été désactivé. Dans sa boîte mail, elle trouva des promotions sans intérêt, un message de sa vendeuse chez Céline, qui s'étonnait de ne pas l'avoir vue depuis un petit moment, et un autre d'une ancienne de Sheffield qui espérait l'enrôler pour une opération de bénévolat. Mais rien de personnel. Rien de ses anciens amis demandant où elle était passée ou si elle allait bien. New York City se passait très bien d'elle et n'avait même pas remarqué son départ.

En rentrant, elle trouva sa mère, la bouche à moitié ouverte, rivée devant une émission sur des futures mariées qui choisissaient leur robe. Il n'était que 13 heures ; l'après-midi s'étirait devant elle comme une longue guimauve. À l'écran, un homme disait à une petite femme dans une robe en forme de cupcake qu'elle avait l'air d'une femme-enfant.

— Je ressors un petit moment, annonça-t-elle à sa mère qui ne bougea même pas la tête.

Elle retourna à la bibliothèque et trouva les coordonnées d'une agence d'intérim de Baltimore. Pourquoi pas ? Si jamais un cabinet d'avocats ou une agence bancaire avait besoin d'une intérimaire, elle aurait peut-être droit à un bureau personnel et des blocs-notes gratuits. Sauf que, lors de son entretien, la semaine suivante, on lui apprit que sa candidature n'était pas retenue. On la fit d'abord asseoir à un vieil ordinateur avec le *g* et le *h* effacés sur le clavier pour tester ses compétences. Le programme qui semblait tout droit débarqué des années 1980 émettait autant de bips qu'un jeu d'échecs électronique russe. *Bip* quand elle se trompait. *Bip* quand elle ne cliquait pas sur la bonne cellule du tableur Excel. *Bip – bip – bip* quand elle n'optait pas pour le bon format pour une lettre professionnelle. Bip encore quand elle effaçait. À chaque *bip*, la panique l'envahissait davantage. À la fin, on lui avait laissé entendre assez sèchement qu'elle serait plus compétitive sur le marché de l'emploi si elle suivait un cours de dactylo.

De la poussière brune s'élevait de la route plate ; les panneaux d'affichage, trop nombreux à n'être pas loués, s'écaillaient. Elle frappa du plat de la main sur le volant. Un cours de dactylo ? Elle avait envie de hurler. Elle était allée à Sheffield, bon sang ! Elle avait eu la photo principale sur Appointment Book. Elle était quelqu'un. Quelqu'un !

Trois jours plus tard, cependant, la dépression de Barbara colonisait l'appartement de la même façon que ses énormes lunettes noires lui mangeaient le visage. Evelyn décida qu'il fallait partir ; pour cela, elle devait gagner de l'argent. Il n'y avait pas de cours de secrétariat à Bibville, mais il y avait des magasins. Elle dressa mentalement la liste des boutiques de Main Street. La nouvelle cave à vin ? Elle ne s'y retrouvait toujours pas entre les cabernets : elle n'avait pas tellement plus de chances qu'à l'agence d'intérim. Il y avait bien Bali High, mais elle ne se voyait guère réussir davantage dans la vente de jupes en batik. La Caffeiteria, sur le quai, lui correspondait peut-être mieux. Sa copine Jane y avait travaillé un été et s'y était bien plu. Les pourboires étaient plus que corrects pour un petit café qui ne servait pas beaucoup mieux que des muffins, de la salade au thon et du pain industriel.

Quand elle descendit sur le quai en début d'après-midi, il n'y avait pas beaucoup d'animation à la Caffeiteria. Les fenêtres étaient closes et un panneau « Fermez la porte : il fait chaud dehors ! » était accroché au battant rouge épaissi par les couches de peinture successives. En revanche, il n'y avait pas d'affiche « Recherche serveur/se ». Ce n'était pas bon signe. Elle poussa tout de même la porte. La cloche tinta. Derrière le bar, un homme à la barbe poivre et sel avec des lunettes sans monture leva la tête. Il avait le regard vif et concentré d'un écureuil. Evelyn se souvint de lui. C'était lui qui rappelait que le café glacé n'était pas à volonté, les étés de ses années de lycée.

— Bonjour ? dit-elle, un peu hésitante.

— Bonjour. Qu'est-ce que je vous sers ? demanda-t-il en secouant son journal, le *Bibville Tattle*.

— Je… je voulais savoir s'il y avait du travail. Ici, je veux dire. Si vous embauchiez.

Il referma son journal et marqua soigneusement le pli.

— Je reviens de New York : j'ai l'habitude du monde.

Non, c'était ridicule.

— Ah, reprit-elle, et je suis disponible aux heures qui vous arrangent. J'habite juste à côté, vraiment. Donc même à la dernière minute, s'il manque quelqu'un…

Il se gratta le nez.

— Qui êtes-vous ?

Que voulait-il savoir, au juste ?

— Eh bien, je ne suis pas née dans le district de Columbia, mais j'ai passé mon enfance à Bibville, du côté de Meetinghouse Creek. Mes parents, ou plutôt ma mère vient de déménager dans le centre ; c'est un peu compliqué. Bref, nous sommes maintenant en haut de Main, près du parc. À côté du Sunoco. Jusqu'en juillet, j'habitais à New York, mais je suis revenue ici pour m'occuper de problèmes familiaux. Mon amie Jane a travaillé ici l'été... l'été 1996, je crois, quand ça s'appelait encore l'Early Roost. Elle a bien aimé. Voilà, répondit-elle en vrac.

— Je voulais savoir votre nom.

— Ah ! Euh. Evelyn. Beegan.

— Evelyn. Moi, c'est Rick. Je ne vous serre pas la main, au cas où les services d'hygiène nous surveilleraient. Vous avez de l'expérience ?

— J'ai travaillé dans un café en...

Elle s'arrêta. Si elle prétendait savoir comment fonctionnait une machine à expressos professionnelle, elle n'allait réussir qu'à s'asperger de vapeur et de lait et à perdre sa place.

— Non, fit-elle à voix basse. Mais je ne demande qu'à apprendre.

Rick posa son journal bien parallèle au bord du bar. Puis il croisa les mains sous le menton et considéra Evelyn comme s'il attendait d'être frappé par l'inspiration pour lui dire la bonne aventure. Le message apparemment transmis, il tapa une fois dans ses mains.

— Bien, Evelyn. Il va effectivement nous falloir quelqu'un à l'automne parce que l'une de nos serveuses part à l'université. Mais, je vous préviens, vous allez débuter tout en bas de l'échelle.

— Parfait. Oui, je comprends. Ça me va.

— Vous ne toucherez pas à ce petit bijou tant que je ne vous y aurai pas autorisée, ajouta-t-il en désignant la machine à expressos. Vous pourrez servir les cafés-filtre et les cafés glacés ainsi que les plats simples. Et vous ferez le ménage. À fond. La serpillière et tout.

— Je sais faire le ménage.

— Le salaire est correct. Neuf dollars de l'heure pour commencer, plus les pourboires.

Neuf dollars de l'heure, c'était un salaire correct ?

— Vous démarrez vendredi à 6 heures. Mia vous montrera ce qu'il y a à faire. Si vous ne vous présentez pas à l'heure, vous êtes virée. Si vous vous présentez ivre, vous êtes virée. OK ?

— Il y a des gens qui arrivent ivres à 6 heures du matin ?

— Vous n'avez pas idée.

Rick reprit son journal, se lécha le doigt et fit apparaître comme par magie la page des sports. Evelyn attendit. Allait-il lui donner une lettre lui signifiant son embauche ? Lui faire signer quelque chose ? Mais Rick était plongé dans sa lecture. Il leva tout de même la tête quand elle se racla la gorge.

— Pardon, je… je suis prise ?

Il opina et tourna la page.

Pour ne pas le déranger, de crainte qu'il ne change d'avis, elle ouvrit la porte le plus doucement possible afin de limiter le bruit de la cloche. Une fois dehors, elle se retourna et regarda l'enseigne de la Caffeteria. Le nom était écrit en cursive, avec un point d'exclamation. Neuf dollars de l'heure. À New York, il lui était arrivé de jeter des billets de un dollar mouillés ou trop froissés qui la dégoûtaient. Et voilà qu'elle allait travailler pour neuf dollars de l'heure… Elle rentra à Marina Air en traînant les pieds et monta l'escalier extérieur.

Il faisait sombre et cela sentait le renfermé. La porte de la chambre de sa mère était fermée. Les stores étaient baissés. Evelyn alla ouvrir celui de la fenêtre du salon qui donnait sur la ruelle, puis la fenêtre elle-même, ainsi que celle, toute petite, de la cuisine, pour laisser entrer un peu d'air, de lumière et de bruit du monde extérieur. Ensuite elle entrouvrit la porte pour faire un courant d'air.

Le vendredi matin, alors qu'elle avait mis son réveil à 4 h 45, elle faillit être en retard à force de se changer. Elle n'avait jamais fait attention à la façon dont les serveuses étaient habillées dans les cafés. Cela lui fit du bien de se doucher et de se préparer pour aller au travail. Elle finit par opter par une robe tunique blanche et des sandales à petits talons. Elle n'était pas au bout de la rue qu'elle avait déjà mal aux pieds. À la fin de la matinée, c'était à hurler.

Mia, elle, avait un pantalon noir, des sabots, un piercing dans le nez et une casquette de laine. Qu'Evelyn soit novice au point de ne même pas penser à se couvrir les cheveux sembla l'agacer au plus haut point ; elle lui offrit le choix entre une résille jetable et un torchon. Evelyn opta pour le torchon qui, avec sa tunique blanche, lui donnait l'air d'une infirmière des années 1950 légèrement survoltée. Mia lui demanda de moudre le café. Elle en mit partout sur sa robe blanche et se rendit compte que l'épousseter ne faisait qu'étaler les taches. Elle aurait voulu jeter les grains contre le mur et courir chez elle. Sauf que cela signifiait retrouver Barbara dans le noir. Elle tint donc tout son service et rentra en boitillant à la fin de sa journée de travail. Une fois arrivée, elle s'aperçut que son pied saignait.

Dans sa chambre, elle prit son flacon de Perles de Lalique et promena le pouce sur le verre merveilleusement lisse et le bouchon qui ressemblait à un bijou. Elle s'en vaporisa sur les poignets et la nuque, et retrouva les notes poivrées et le parfum de rose séchée qui se dégageaient en premier. Quelques gouttes de pluie hésitantes frappèrent au carreau. Encore un peu et elle se serait crue à New York, loin de Marina Air et de tout cela. Elle prit son iPod sur la table de chevet et mit Judy Holliday. « *They've burst your pretty balloon and taken the moon away.* » Elle articulait les paroles en même temps que Judy les chantait. Elle ferma les yeux et respira ses poignets.

À la Caffeiteria, ce matin, quelqu'un avait dit que la Bourse montait sans discontinuer et que c'était la fête à New York. Pleuvait-il aussi, à New York ? Elle n'avait aucun mal à se représenter ce que faisaient ses amis. Dans Greenwich Village, Nick descendrait Barrow Street et songerait en jubilant au fonds qu'il avait créé avec Scot. Au passage d'une voiture, il bondirait avec la précision d'un danseur étoile pour éviter la gerbe d'eau qui frapperait de plein fouet la femme qui marchait derrière lui. Trempée, celle-ci abandonnerait son parapluie noir de mauvaise qualité dont les baleines dépassaient comme les bras cassés d'un robot ; l'accessoire n'aurait pas résisté à ne fût-ce qu'une averse new-yorkaise.

Dans son salon, Camilla, qui serait rentrée précipitamment de son rendez-vous de réflexologie dès qu'elle aurait vu qu'il allait pleuvoir, boirait une tasse de thé en regardant le zoo de Central Park, en bas. Les phoques s'ébattraient mollement sous la pluie. La chaîne Style, qui diffusait des défilés, évoquerait peut-être la Bourse. Dans ce cas, Camilla éteindrait la télévision. Qu'avait-elle à faire des cours de la Bourse ?

Scot, c'était encore plus facile. Il serait en train de travailler – mais à quoi ressemblaient les bureaux d'un fonds spéculatif ? Qu'y faisait-on ? Il gagnait de l'argent, il faisait des recherches, sans doute. Il s'agaçait que Nick ne soit jamais là.

Charlotte aussi, c'était facile. Elle serait dans une salle de conférences pleine d'avocats et ne soupçonnerait même pas qu'il avait plu. Elle ne quitterait pas le bureau ce soir-là – elle allait dormir à peine huit heures en tout au cours des trois prochains jours – parce que son patron lui aurait dit que les marchés n'avaient pas d'horaires et que, si l'accord n'était pas conclu d'ici la fin de la semaine, il ne le serait peut-être jamais.

Et Preston ? Où était Preston ? Il s'était efforcé d'être un vrai ami pour elle, de la mettre en garde contre les dangers du milieu dans lequel elle s'évertuait à se faire accepter, des gens avec lesquels elle cherchait à se lier : Bridie Harley, Gemma Lavallee et, oui, Camilla Rutherford. En remerciement, elle lui avait arraché le cœur en lui donnant l'impression qu'il ne pouvait pas même compter sur ses amis de toujours.

Comme elle avait envie d'imaginer Preston heureux, elle se le représenta au Greenwich Country Club, au huitième trou, en train de préparer soigneusement son coup coché ; il voulait finir le neuvième avant la pluie. Un claquement, un arc de cercle et la balle allait retomber parfaitement sur le green. Il allait sans doute profiter de la hausse de la Bourse pour ses affaires – affaires dont elle n'avait toujours aucune idée. Dès qu'il commencerait à pleuvoir vraiment, il rentrerait au club-house, rangerait ses crampons dans son casier, remettrait ses mocassins et siroterait un gin tonic en regardant la pluie assombrir le parcours. Se sentait-il seul ? Était-il heureux ? Saurait-il même la différence ?

Le réveil d'Evelyn sonna encore à 4 h 45 le lendemain matin. Elle se leva et partit au travail avec des courbatures et des ampoules. Cette fois, elle avait mis un chemisier foncé et des chaussures plates. Par chance, le samedi, il y avait tant de monde qu'Evelyn n'eut pas une minute pour penser à New York ou à Marina Air. Elle était trop occupée à faire la navette avec des muffins, rendre la monnaie, apporter des commandes de cafés. Dès le dimanche, son travail devint plus sympa. Comme Mia n'aimait pas parler aux clients, Evelyn s'en chargea. Il y avait un promeneur de chiens dont le protégé, Hootenanny, un terrier à la barbe grise de vieux sage, s'était mis à boiter ; en l'absence des propriétaires partis deux semaines à Hong Kong, fallait-il qu'il l'emmène chez le vétérinaire ? Et un homme qui portait des lunettes tellement roses qu'il semblait les avoir choisies au rayon femmes de chez Goodwill ; son boulot consistait à se tenir à l'arrêt du bus du coin et à inscrire quelque chose sur un bloc à chaque fois qu'un bus passait, puis à traverser la rue pour faire de même avec le bus passant dans l'autre sens ; il prenait son café avec trois sucrettes, et brûlant (Mia avait expliqué à Evelyn qu'il fallait le glisser quinze secondes au micro-ondes sans que le client se rende compte de la supercherie).

À la fin de la première semaine, Rick lui donna une enveloppe avec sa paie et une liasse de billets correspondant à sa part des pourboires. Elle la fourra au fond de son sac et ne manqua pas de vérifier qu'elle y était toujours à chaque fois qu'elle en eut l'occasion au cours de sa journée de travail. Le soir, en rentrant, elle déposa le chèque sur son compte. L'écran du distributeur indiqua : « Solde : 315,19 $ ». C'était la première fois qu'elle s'approchait d'un distributeur depuis Lake James. En voyant comme elle avait réussi à faire remonter le solde en une semaine de travail, elle fit un petit sourire à l'écran.

Elle lisait *La Splendeur des Amberson*, avec ses notes de Sheffield griffonnées dans la marge, quand elle entendit la porte. Sa mère rentrait, avec un sac McDonald's (car Barbara, qui n'avait jamais mis les pieds dans un fast-food du temps où elle vivait à Sag Neck, s'était découvert un faible pour le Filet-O-Fish). Elle était vêtue d'un long kimono noir orné de petites maisons de thé. Pourvu qu'elle soit allée au drive-in…

— Ah, tu es là. Tu peux mettre le couvert.

Même pour manger des hamburgers et des frites emballés dans du carton, il n'était pas question pour Barbara d'utiliser une serviette en papier. Cela fit un peu sourire

Evelyn, mais elle se leva et mit sur la table des assiettes, des couverts et des serviettes en tissu.

— Tu ne te demandes pas ce que j'ai fait toute la semaine ? fit-elle.

— Je ne sais pas. J'ai l'impression qu'il se passe beaucoup de choses dont je ne suis pas au courant.

Mollement, Barbara s'assit et déplia sa serviette sur ses genoux, puis elle poussa un hamburger tiède vers Evelyn.

— J'ai travaillé, figure-toi. J'ai trouvé du travail. À la Caffeiteria. Sur le quai, le petit café sympa. Tu sais, là où il y a de la bonne citronnade ?

Sa mère prit son couteau et sa fourchette et se coupa une tranche nette de hamburger au poisson. Elle la mâcha et l'avala avec une lenteur extrême. Evelyn refit une tentative.

— Du coup, j'économise même de l'argent.

— Ton hamburger va être froid.

La ligne fixe sonna. Plus personne n'appelait, si ce n'était des sociétés de télémarketing.

— Alors ? Si ça se trouve, c'est important, dit Barbara en s'essuyant la bouche.

Evelyn décrocha. Elle n'eut même pas le temps de dire « allô » qu'une voix féminine se lança dans une tirade :

— Bonjour ! Je cherche à joindre Evelyn Beegan. J'espère que j'ai bien le bon numéro.

— C'est un nouveau numéro.

— C'est Evelyn ? Evelyn, Becky Breen – Becky Aquino, de Sheffield. Cela fait une éternité...

Evelyn ne se souvenait pas du visage de Becky, mais elle se rappelait qu'elle avait été présidente de la Demosthenes Society, le groupe de grec ancien, et qu'elle avait prononcé un discours interminable, en grec ancien, devant tous les élèves de dernière année.

— En plus, nous sommes sur liste rouge.

— Ce n'est pas en laissant disparaître les gens que Sheffield a le taux le plus élevé de dons des écoles privées.

Écoute, je voulais justement te parler des dons importants. Comme tu le sais, nous sommes en plein concours de collecte de fonds et nous sommes tout près de battre la promo 1987...

— Sérieusement, personne ne sait que je suis à ce numéro. Vous vous faites aider par la Mafia ?

— Nous sommes bien plus forts qu'elle, voyons ! repartit Becky en riant. Tu te souviens de Panupong Pradchaphet, le Thaïlandais ? Il est arrivé en dernière année et parti à la fin du premier trimestre... Bref, on vient de le retrouver aux Émirats arabes unis.

— Et il vous a fait un gros don ?

— Récurrent.

— Sympa. Alors, qu'est-ce qu'il y a sur moi dans ton livret ?

— Pardon ?

— Le livret. J'ai participé aux opérations de collecte de fonds de Sheffield. Je sais qu'on vous distribue un livret qui détaille le parcours et le potentiel de chacun. Donc, qu'est-ce qui est écrit sur moi ?

— Désolée, je ne peux pas révéler...

— Becky, tu viens de me dire que Panupong Pradchaphet vivait aux Émirats, ce qui est déjà une violation du règlement. Allez. J'ai envie de savoir ce qu'il y a sur moi. Je vais commencer, tiens. Evelyn Topfer Beegan, promotion 1998, dortoir Beardsley, adresse actuelle...

— Euh... Le Petit Trianon.

— Et mon emploi ?

— People Like Us. Responsable des adhésions.

— Quel est ton objectif pour moi cette année ? J'ai donné mille, l'année dernière, non ?

— Bien entendu, nous te serons très reconnaissants de ce que tu décideras de donner, mais si tu envisageais de passer dans la catégorie supérieure, à deux mille cinq cents...

— Evelyn !

Barbara, qui paraissait en permanence à demi assoupie depuis des semaines, était soudain bien alerte. Elle agitait les bras pour faire signe à Evelyn d'arrêter.

Celle-ci étouffa le micro d'une main.

— Quoi ?

— Qui est à l'appareil ?

— Sheffield. Le bureau des anciens.

— Qu'est-ce qu'ils veulent ?

— Un don. Je m'apprête à leur dire qu'ils ne cherchent pas au bon endroit.

— Ne leur dis rien, Evelyn. Inutile de les mettre au courant.

— Pourquoi donc ?

— C'est inconvenant.

— Tu ne crois pas qu'ils vont comprendre, quand je vais leur dire que je ne peux pas faire un don important ?

— Je trouve que tu n'as pas à te rabaisser.

Evelyn lui tira la langue.

— Evelyn ? entendit-elle dans le combiné. Tu es toujours là ?

Elle rapprocha le téléphone de son oreille.

— Écoute, Becky, répondit-elle tout en regardant sa mère dans les yeux, il faudrait mettre à jour ton listing. Il se trouve que, disons, ma situation a changé.

— Ah.

— Donc si tu pouvais remplacer « Responsable des adhésions » par « Barmaid » – et encore, c'est un peu exagéré… employée, plutôt ; employée dans un café –, ce serait mieux. Mon nouvel employeur : Caffeiteria. Et il faudrait supprimer l'adresse au Petit Trianon. J'habite provisoirement – mais c'est du provisoire qui pourrait durer – un appartement de Marina Air, à Bibville.

Barbara secouait la tête de plus en plus vite.

— Très bien, je m'occupe de la mise à jour, dit Becky.

— Je suppose qu'il doit y avoir dans tes notes quelque chose au sujet de mon père mais, comme il risque d'aller en prison, les dons importants vont être suspendus un moment. Peut-être définitivement. Peut-on donner, disons, trois dollars ?

— Ce qui te convient. C'est la participation qui compte, pas le montant. Donc, je... euh... je note tout cela.

— Pour trois dollars, on n'a pas droit au verre à whisky commémoratif, je suppose ?

— Non, malheureusement pas.

— Une jolie carte postale, alors ? J'aimerais bien une carte postale de Sheffield. Je pourrais l'accrocher au café : je suis responsable du panneau d'affichage une semaine sur deux.

— Cela ne doit pas poser de problème. Il me faut juste ton adresse à Marina Air.

Le temps qu'elle raccroche, Barbara avait aplati la boîte de son Filet-O-Fish. Elle secouait toujours la tête. Evelyn prit une énorme bouchée de hamburger froid.

— Autant que les choses soient claires, je trouve, dit-elle. Tu as pris du ketchup ?

30
Échelle des peines

— Maman ? Lève-toi. Il faut que nous soyons en bas dans quarante minutes.

Dans la minuscule salle de bains du Wilmington Friendship Inn, dont le néon poussif grésillait au plafond, Evelyn essayait de s'appliquer du correcteur. Sans lumière naturelle, il était impossible de déterminer si le problème de rougeur provenait de sa peau ou de l'éclairage. Elle retourna dans la chambre, avec sa moquette vert foncé et ses rideaux magenta sombre, et regarda le second lit jumeau et la lourde silhouette écrasée sous les couvertures. Sa mère expira brusquement.

— Je me sens trop mal, dit-elle en roulant sur l'autre flanc, face à la fenêtre.

À leur arrivée la veille au soir, Evelyn avait deviné qu'elle préparait le terrain quand elle avait annoncé d'un ton las qu'elle n'avait pas la force d'avaler quoi que ce soit et l'avait laissée aller seule se chercher une pomme de terre au four chez Wendy. Son père était déjà arrivé à l'hôtel. Il avait pris une chambre à part et devait passer la soirée à discuter de la peine avec Rudy, son avocat. Elle n'avait eu de contact avec lui que quand il avait appelé en vitesse pour leur donner rendez-vous dans le hall à 8 h 30.

— Allez, maman. Il faut que tu prennes une douche. La pression est correcte et j'ai apporté du Kiehl's pour que tu n'aies pas à te servir du savon de l'hôtel.

Sur la pression, elle mentait. Elle savait aussi que sa mère allait se plaindre de la finesse des serviettes de toilette, dont Valeriya – que devenait-elle ? – aurait tout juste accepté de faire des chiffons à poussière.

— Maman, s'il te plaît. Rudy veut qu'on se retrouve dans le hall à 8 h 30. Je te fais couler l'eau, d'accord ? ajouta-t-elle en regagnant la salle de bains. Elle met une minute à chauffer.

Sa mère souleva un bras au-dessus de son corps flasque et le laissa retomber lourdement.

— Je suis dans un état épouvantable. C'est tout juste si je peux bouger. Je crois que je fais une intoxication alimentaire.

— Tu n'as rien mangé depuis le sandwich que tu as pris dans la voiture hier.

— Il dégoulinait de mayonnaise. C'est plein de bactéries, la mayonnaise. Je ne comprends pas pourquoi les gens qui font des sandwichs mettent de la mayonnaise partout. Valeriya n'en mettait jamais.

— Tu lui faisais faire tes sandwichs ?

— Ça l'occupait.

— Elle avait déjà assez à faire avec le ménage de la maison, non ? De toute façon, maman, les intoxications alimentaires se déclenchent environ quatre heures après qu'on a mangé quelque chose. Pas le lendemain. Je suis sûre que tu n'as rien.

Elle allait s'approcher du lit, mais se ravisa. Elle ne voulait pas voir sa mère en chemise de nuit, deviner le contour de son corps vieillissant sous le tissu, sentir son odeur du matin, la découvrir si vulnérable.

— Mayonnaise, marmonna Barbara en calant sous son bras la couverture rugueuse aux motifs cachemire. Evelyn, s'il te plaît, éteins cette lumière atroce.

— Dans la salle de bains ?

— Elle me donne mal à la tête. Je sens venir la migraine et je ne supporte pas la lumière quand j'ai la migraine. Evelyn, je crois que je ne vais vraiment pas pouvoir venir aujourd'hui. Présente mes excuses à ton père.

— Quoi ?

— On ne dit pas « quoi », Evelyn, combien de fois faudra-t-il que je te le répète ? On dit « pardon ».

— Maman, tu n'as pas le choix. Rudy affirme qu'il est essentiel que nous soyons présentes toutes les deux. Cela pourrait réduire la peine.

— Eh bien, il faudra que tu expliques à Rudy que je ne suis pas en état. Ton père s'est débrouillé tout seul jusqu'à maintenant. Je ne vois pas à quoi je vais pouvoir lui être utile avec un mal de crâne pareil.

— Maman, s'il te plaît, lève-toi. Il faut que tu viennes.

Barbara rabattit la couverture sur sa tête.

— Grlmphw.

— Quoi ?

Les racines grises des cheveux blonds de sa mère dépassaient de la couverture orange et rouille. Barbara avait décidé de ne pas y aller, mais toute la responsabilité retombait du coup sur les épaules d'Evelyn. Elle se conduisait comme un bébé au moment où, justement, sa fille aurait eu grand besoin d'une mère. Evelyn sentit les larmes lui monter aux yeux, mais battit vivement des paupières pour les retenir. Il en fallait une qui tienne le coup ; de toute évidence, ce devait être elle.

— Debout, maman. Debout.

Barbara repoussa la couverture juste en dessous de sa bouche.

— Tu n'as pas idée de ce que j'ai vécu, je t'assure. Tous ces gens avec leur fausse sollicitude : « Comment va Dale ? » Que voulais-tu que je réponde à cela ?

— Je ne sais pas, maman. S'il te plaît, lève-toi.

— C'est pour cela que je ne sors plus du tout.

— Aujourd'hui, il le faut.

Evelyn regarda le réveil avec ses chiffres blancs très années 1980. Il passa de 7 h 58 à 7 h 59.

— On n'a plus qu'une demi-heure. Il faut que tu t'habilles. Je me fiche que tu en aies envie ou pas. Cela peut contribuer à réduire la peine de papa : il faut que tu le fasses. S'il te plaît. Allez, lève-toi.

Barbara se mura dans le silence. Le réveil indiqua 8 h 00 puis 8 h 01.

— Je suis incapable de bouger du lit aujourd'hui, finit-elle par lâcher. Dis à ton père que j'ai la nausée, que je me sens atrocement mal. J'ai essayé, Evelyn. Je suis venue jusqu'ici. Je ne peux pas sortir comme cela et affronter tous ces gens. Il faut que je me repose.

Evelyn ferma fort les yeux, les rouvrit et tira d'un coup sec les rideaux. Le frottement des anneaux sur la tringle métallique arracha un gémissement étouffé à sa mère. Puis elle retourna dans la salle de bains, dont elle voulut claquer la porte, mais le battant de bois était si mince qu'il ne produisit qu'un léger souffle. Elle plaqua brutalement sa brosse à cheveux sur le bord du lavabo et jeta son rouge à lèvres contre le miroir, où il laissa une traînée rose, puis elle repassa dans la chambre.

— Encore une chance, articula-t-elle d'un ton calme et froid. Fais ton devoir.

Sa mère ouvrit laborieusement les yeux.

— Tu ne crois pas que tu devrais t'attacher les cheveux ?

Evelyn tendit le bras, en quête de quelque chose d'autre à jeter, mais il n'y avait rien à sa portée. Elle tapa du pied et lâcha un cri d'exaspération. Barbara avait déjà refermé les yeux.

— Dis à ton père…

Evelyn n'attendit pas la fin de la phrase. Elle prit son sac et sortit en refermant la porte le plus bruyamment possible.

L'ascenseur puait le café et le tabac. Dans le hall, un enfant épluchait soigneusement une orange dans les œufs brouillés du buffet. Elle avisa Rudy qui lui faisait signe.

— Ah, très bien. On a encore quelques minutes. Votre père est dans la voiture. Allez-y.

Elle sortit et se hissa sur la banquette arrière du SUV. Dale, qui était assis à l'avant, se retourna. Il ne souriait pas. De nouvelles rides barraient son front.

— Bonjour, dit-il.

— Bonjour, papa.

Rudy passa la tête dans la voiture. Evelyn sentit son chewing-gum à la cannelle.

— Où est Barbara ?

— Ta mère est bientôt prête ? demanda Dale.

Sa tenue à lui était impeccable et subtile. Il portait un costume bleu marine qui bâillait un peu. Il avait les joues creuses. Il tenta de sourire quelques secondes après avoir fini sa phrase, mais n'y parvint pas tout à fait.

— Non. Elle est malade. Je suis désolée.

— Elle est malade, répéta Rudy en mastiquant son chewing-gum à grand bruit. Elle est malade. C'est-à-dire qu'elle est pliée en deux sur la cuvette des toilettes en train de vomir ?

Evelyn garda les yeux braqués sur le fauteuil devant elle. Rudy mastiquait de plus en plus fort.

— Elle a bien compris l'idée ? Si vous apparaissez comme quelqu'un de très bien, un pilier de la société, entouré de son épouse sérieuse et de sa ravissante fille, le juge sera enclin à se montrer un peu plus clément. Alors que si votre femme se fait porter pâle le matin de votre condamnation pour entrave à la justice…

Son père baissa le pare-soleil pour regarder Evelyn dans le miroir de courtoisie.

— Evelyn, tu ne veux pas retourner voir si tu arrives à la faire descendre ? Remonte dans la chambre et…

Rudy rumina.

— Oui, ma belle, remontez donc dire à votre mère qu'elle a intérêt à venir… Il reste cinq minutes. Quand la voiture partira, elle ferait bien d'être dedans.

Evelyn considéra Rudy, qui avait de la salive au coin des lèvres, puis son père. Elle inspira.

— Chauffeur, vous savez où nous allons ?

L'intéressé lui jeta un coup d'œil dans le rétroviseur et lâcha un grognement affirmatif.

— Parfait. Alors allons-y. Papa, tu es prêt ? Rudy, si vous venez avec nous, je vous conseille de monter en voiture.

— Écoutez, ma belle…

— Evelyn. Je m'appelle Evelyn. Pas « ma belle ». Il n'est pas question que je remonte, d'accord ? Vous croyez que je ne lui ai pas déjà dit tout cela ? Si vous avez envie d'aller taper contre la porte, de la supplier, de pleurer et de faire une scène dans le couloir de l'hôtel, ne vous gênez pas. Mais moi, je n'y retourne pas, et je crois que nous devrions partir. C'est déjà mieux qu'il ait sa fille plutôt que personne, non ?

— Merde ! cria l'avocat au ciel.

Une minute plus tard, il ouvrait la portière et s'installait à l'arrière avec Evelyn.

Il faut bien dire que, de l'extérieur, le tribunal n'avait rien de très prometteur. Ce bloc sinistre d'inspiration soviétique ressemblait plus à une prison qu'à autre chose. Rudy précéda Evelyn et Dale au passage des détecteurs de métaux puis dans une salle d'audience, dont les bancs étaient déjà occupés. Certains – des journalistes, à l'évidence – étaient armés de calepins. L'audience commença pile à l'heure. Le procureur et Rudy débattirent du mode de calcul des condamnations et des neuf millions de dollars de restitution – ce qui était nettement supérieur à ce qu'Evelyn avait imaginé que son père devrait payer. Puis le juge demanda à Dale s'il avait quelque chose à ajouter.

C'était le cas. Vu de dos, la nuque étirée, il semblait avoir la tête lourde. Mais il se redressa.

— Monsieur le juge, mes très estimés confrères, j'aimerais simplement vous dire que j'ai longuement réfléchi à mes actes, que j'ai regardé les choses en face et que j'en assume la pleine responsabilité. Je comprends que c'était contraire à la loi, même si j'ai cru bien faire sur le moment et agir dans l'intérêt de mes clients. J'ai toujours travaillé pour mes clients et toujours estimé faire au mieux pour eux. Cependant, quand la loi dit que vous faites mal, il faut l'admettre.

Il se rassit. Le juge passa en revue l'assistance. Dans ce type d'affaire, les peines encourues étaient, à titre indicatif, de quinze à vingt et un mois, rappela-t-il. Il avait pris en compte tous les facteurs, y compris le soutien apporté à Dale Beegan par son entourage et sa famille ainsi que son parcours professionnel qui laissait supposer qu'il s'agissait là d'un instant d'égarement.

Evelyn vit que son père hochait la tête. C'était bon signe. Il se vantait toujours de sentir mieux que personne ce que pensaient les juges. Elle essaya de lui transmettre un message par la pensée. S'il vous plaît. De la liberté surveillée. Pas d'incarcération. S'il vous plaît.

Le juge eut une quinte de toux. Toutefois, enchaîna-t-il, compte tenu de la position actuelle de l'État du Delaware et du gouvernement sur les conduites acceptables ou non chez les avocats et du caractère monumental du procédé mis en évidence par l'accusation, il était important d'envoyer un message clair et de souligner que la poursuite aveugle de l'enrichissement personnel ne saurait être tolérée. En conséquence de quoi, Dale Beegan était condamné à vingt-neuf mois de détention.

Autour de la tête du père d'Evelyn, qui s'était retourné pour la regarder, tout devint flou. Elle n'avait vu cet air de détresse qu'une fois dans sa vie, lorsqu'un aveugle qui traversait la rue s'était fait klaxonner par le chauffeur d'un semi-remorque. L'homme s'était retourné, terrifié, les mains en l'air, tremblant, pensant sa dernière heure arrivée et ne voyant même pas le danger.

L'audience terminée, les gens se levaient. Vingt-neuf mois ? Près du double de la peine plancher suggérée ? Un message clair contre la poursuite aveugle de l'enrichissement personnel ? Son père avait commis une faute, certes, mais pourquoi était-il sanctionné aussi lourdement ? Sans arrêt, des entreprises distribuaient des pots-de-vin pour se développer plus vite à l'international, des investisseurs escroquaient leurs clients, des industriels contournaient les réglementations environnementales, tout cela pour gagner toujours plus d'argent – mais aucun de ces groupes ne se retrouvait traduit en justice. Aucun n'allait en prison.

Son père avança en traînant les pieds et Evelyn songea au petit garçon qui avait simplement voulu montrer à tous ces gosses de riches qu'ils ne dirigeaient pas le monde.

Rudy ouvrit la barrière entre les prévenus et le public pour faire sortir Dale, et Evelyn se leva.

— Je m'en occupe, dit-elle.

— La presse attend dehors. Vous n'allez pas savoir gérer.

— Oh que si, assura-t-elle.

Elle tira son père à l'écart ; il regardait par terre. Elle attendit que la foule se soit dispersée puis descendit avec lui par l'ascenseur. Dehors, quelques photographes s'étaient rassemblés.

— Je ne sais pas..., fit Dale, trop hébété pour terminer sa phrase.

Evelyn lui prit le bras.

— On va tout droit jusqu'à la voiture. D'accord, papa ? Tu n'as pas à parler. Regarde devant toi. Je connais les photographes. Suis-moi. Ça va aller.

411

Elle ouvrit la porte du palais de justice et, les yeux braqués droit devant elle, traversa la horde de photographes pour conduire son père jusqu'au véhicule. Quand elle lui ouvrit la portière, il se tourna vers elle, les yeux encore agrandis par la peur, et murmura :

— Merci.

31
Présentation volontaire

La date d'incarcération de Dale avait été fixée au 19 décembre. Rudy avait essayé de la faire reporter à après les fêtes, mais l'administration pénitentiaire n'avait rien voulu entendre. Avant de partir, Dale assura à Evelyn qu'il s'était arrangé avec la société de location de son appartement ; elle avait oublié qu'il s'était porté caution pour elle. Lorsqu'elle fit valoir qu'elle avait du travail et qu'elle pouvait s'en charger elle-même, il lui décocha ce sourire éblouissant qu'elle ne lui avait pas vu depuis des mois.

— Je n'ai pas pu résister à un dernier accord à conclure.

Le 19 décembre, Barbara entra dans le salon-salle à manger avec une tasse de thé, dans un tailleur St. John qu'elle n'avait pas porté depuis Sag Neck ; Evelyn fut même surprise qu'elle l'ait emporté à Marina Air.

— Ton père arrive à 10 heures ?

— Oui. Je crois qu'il y a trois quarts d'heure de trajet et qu'il voulait partir en avance au cas où nous nous perdrions. J'imagine qu'il ne faut pas arriver en retard pour entrer en prison.

— Que peut-il arriver aux retardataires ? On les met en prison ? repartit Barbara avec un rire étrange et sec qu'Evelyn n'avait pas entendu depuis bien longtemps.

— Maman ! s'exclama-t-elle en gloussant malgré elle.

Il faisait étonnamment doux, pour un mois de décembre à Bibville, quand Dale sonna à la porte ce matin-là. Il était vêtu comme pour aller jouer au golf d'une veste et d'un pantalon kaki, d'un polo rose et d'une paire de tennis. Ne manquait que la ceinture en alligator qu'il arborait d'habitude. Craignait-il que les gardiens de l'établissement pénitentiaire ne la lui confisquent pour la revendre ?

— Bonjour, papa. Tu es très élégant.

Evelyn ne savait pas trop quoi dire, mais son compliment parut le toucher.

— Merci, ma chérie. Merci de me conduire. Avec un si joli chauffeur, je vais faire des envieux, en prison.

Il n'avait plus les joues rebondies quand il souriait. Il se tourna vers la mère d'Evelyn.

— Barbara. Bonjour.

Elle tenait toujours à la main sa tasse de thé dont elle n'avait pas bu une gorgée.

— Dale, répondit-elle d'une voix tremblante.

Evelyn attendit une minute puis agita les clés pour donner un semblant de gaieté à la situation.

— Tu es prêt ? demanda-t-elle à son père.

— J'aimerais juste dire au revoir à ta mère.

Barbara se leva si brusquement qu'elle faillit renverser sa tasse.

— Je crois que je vais vous accompagner, dit-elle. Qu'est-ce que vous avez, à me regarder comme ça, tous les deux ? C'est une belle journée pour faire un tour en voiture.

Sur le parking bondé, une femme entassait des sacs Lowe's dans son coffre d'où dépassaient des étagères en kit. Une mère criait à son enfant que c'était elle qui décidait, et pas lui. Barbara et Dale s'avançaient vers la voiture ; on aurait dit deux poupées à différentes échelles. Elle gonflait à mesure qu'il s'affaissait et maigrissait.

Evelyn mit un CD de Hank Williams que son père adorait. En sortant du parking, elle eut la surprise d'entendre la voix grave de sa mère chanter sur « Jambalaya ».

— Maman ? Tu es une fan cachée de Hank Williams ?

— J'ai toujours détesté ma voix, répondit Barbara. Elle est trop grave.

Maintenant, Hank chantait « Half as Much ». Les couleurs pastel de l'hiver défilaient au bord de la route.

— Je regagnerai tout, déclara soudain Dale. J'ai un plan. Dès que je serai sorti. Je n'ai plus le droit d'être avocat, je sais, mais je peux encore faire un consultant de choc. Vous retournerez à Sag Neck, toutes les deux.

— Papa, tu n'as pas à tout regagner. Si ça se trouve, ce ne sera même pas possible.

— C'est toujours possible.

Ce n'était pas vrai, elle le savait. On ne pouvait pas recréer son ancienne vie à l'identique, avec les mêmes biens et les mêmes êtres. Les gens réagissaient et interagissaient, évoluaient. Les pièces du puzzle changeaient de forme et ne s'assemblaient plus.

— Barbara, fit Dale, ça va aller ?

Evelyn entendit le clic d'une canette de soda qu'on ouvrait et vit dans le rétroviseur que sa mère s'apprêtait à boire un Tab.

— Distributeur, indiqua Barbara. Je n'aurais jamais cru vivre dans un endroit où il y a un distributeur automatique, mais je dois dire que c'est assez pratique de pouvoir se procurer une boisson fraîche à n'importe quelle heure du jour et de la nuit. J'ai même arrêté de faire des glaçons, d'ailleurs.

— Ah oui ? dit Dale.

— Il y a aussi une machine à glaçons au bout du couloir. Je peux avoir toute la glace que je veux sans lever le petit doigt.

Evelyn jeta un coup d'œil à son père. Il allait sourire, lui sembla-t-il, mais il croisa le regard de sa mère dans le rétroviseur et lui fit un signe de tête respectueux.

— Et toi, Evie, ça va aller ? New York ne te manque pas trop ?

Comment répondre à cette question ? se demanda-t-elle sans quitter des yeux le marquage au sol. Elle devait des sommes colossales à ses organismes de crédit. La Caffeiteria, c'était un premier pas et elle gagnait quelque chose, mais ses dettes étaient telles que cela ne suffirait jamais. La situation pesait comme une chape grise sur tout ce qu'elle faisait. Elle aurait beau travailler là des années, elle vivrait toujours avec la menace des factures.

En fait, elle n'avait fait qu'attendre. Toujours attendre. À New York, elle avait attendu une vie plus intéressante. Attendu que le confort financier auquel elle estimait avoir droit lui arrive tout mâché, et toujours grâce à la générosité masculine – son père, Scot, Jaime. Attendu d'être reconnue et acceptée dans le monde, d'avoir sa photo sur Appointment Book. À bien y réfléchir, quand elle s'imaginait plus tard, c'était toujours avec son visage, mais avec le corps, les robes, les fêtes, les poses d'autres filles. Et depuis son retour à Bibville, elle gagnait du temps, elle attendait un signe lui indiquant quel devait être le but de son existence. Mais peut-être que cela ne marchait pas ainsi. Peut-être fallait-il faire changer les choses pas à pas.

Le fait que New York existe encore était un peu troublant. Quant à ce trajet en voiture pour emmener son père en prison, il lui paraissait complètement déconnecté de sa vie actuelle, bien loin de ses pieds qui la brûlaient quand elle avait passé toute la journée debout, de ses cheveux qui sentaient le café même après de multiples shampooings, de la poignée du filtre de la machine à expressos, du lait dans le pot en métal et du jet de vapeur… Elle avait suffisamment changé pour que ses camarades de classe ne la reconnaissent pas. Les anciennes amies de sa mère, qui commandaient des *latte* écrémés, filaient dès qu'elles étaient servies, gênées pour Barbara ou pour elles-mêmes, elle n'aurait su le dire. Elle allait avoir vingt-huit ans dans pas si longtemps, elle habitait chez sa mère, elle travaillait dans un café et, d'ici quelques heures, son père serait derrière les barreaux. Sa mère n'avait pas vraiment le sens des réalités, et elle-même était endettée jusqu'au cou. La situation n'était pas idéale, mais tout cela n'était que des faits, songea-t-elle en appuyant sur l'accélérateur. Ni plus ni moins.

— Oui, répondit-elle. Oui, ça va aller.

En entrant dans le parking de la prison trois heures plus tard, Evelyn chercha des raisons de se dire que ce ne serait pas si dramatique. Il y avait des pelouses et plusieurs bâtiments en brique comme à Sheffield. Au moins, les hommes en survêtement vert olive qui patientaient pour monter dans un camion bavardaient. Evelyn coupa le contact. Ils sortirent de la voiture, et Barbara et elle se rapprochèrent de Dale. Elle regarda autour d'elle pour voir si un gardien venait le chercher.

— On entre avec toi ? demanda-t-elle.

— Je ne vous le conseille pas, ma chérie. La procédure d'enregistrement est interminable. À bientôt, d'accord ?

— Je garde ta veste, déclara Barbara. Je n'ai aucune confiance dans le système et il n'est pas question de perdre une veste en parfait état. Et ton alliance ?

— Je me suis renseigné ; il semble que j'aie le droit de la conserver.

— J'en doute… Les autres détenus vont te la prendre et la faire fondre pour la revendre. Je te la garde.

Dale ôta son alliance et la tendit à Barbara avec un regard interrogateur. Evelyn vit sa mère refermer les doigts sur l'anneau puis serrer fort la main de son mari qui posa la tête sur son épaule. Elle s'éloigna de quelques pas pour leur laisser un peu d'intimité.

Elle entendit un murmure puis, quelques minutes plus tard, son père qui se raclait la gorge.

— Evie ?

Elle revint vers eux.

— Oui.

— C'est l'heure.

Elle l'étreignit de toutes ses forces.

— C'est moi qui aurais dû te poser la question : ça va aller ?

— Comme sur des roulettes.

Il fit un clin d'œil et embrassa Barbara, que son geste fit sursauter de surprise. Puis il partit.

Le soir, une fois de retour à Bibville, Evelyn se rendit à la bibliothèque. Il n'y avait presque personne ; tous les ordinateurs étaient libres. Elle s'installa et tapa sur Google « Médiateur de dettes Maryland Delaware ». Trois jours plus tard, elle sortait d'un bureau de Wilmington avec deux budgets stricts et un plan de remboursement négocié auprès des sociétés de ses cartes de crédit. Le premier budget, à effet immédiat, stipulait qu'elle devait soit faire plus d'heures à la Caffeiteria, soit trouver un second emploi – elle savait que le Hub, qui servait des hamburgers et de la bière, cherchait une serveuse. Le second plan entrerait en vigueur si, par chance, elle quittait l'appartement de sa mère à Bibville, décrochait un plein-temps mieux rémunéré ailleurs et était capable de payer un loyer – loyer dont le montant fixé à sept cents dollars par mois ne lui offrirait guère plus qu'un canapé-lit dans le Queens. Elle commençait aussitôt à rembourser ses dettes, certaines intégralement et tout de suite, et d'autres par mensualités régulières sur plusieurs années. Ou comment remettre lentement de l'ordre dans la pagaille qu'elle avait créée.

32
Sur le quai

Barbara arriva, chargée de sacs du Food Lion d'Easton. Elle avait récemment découvert les survêtements Juicy Couture et portait un sweat à capuche et un pantalon en velours éponge pêche. L'avantage d'être mis au ban de la société, c'était, semblait-il, qu'on pouvait adopter les tailles élastiques.

La sonnerie insistante surprit Evelyn. C'était son jour de congé et, bien que ce soit la fin d'après-midi, elle était encore en pyjama devant une série télévisée. Elle n'avait pas souvenir de la dernière fois où elle avait entendu sonner à la porte de cet appartement.

— Evelyn, tu veux bien aller voir ? demanda sa mère de la cuisine.

Elle entrouvrit la porte, pensant avoir à se débarrasser de Témoins de Jéhovah ou d'un quelconque démarcheur. Une bouffée d'air glacé, une poussée du battant contre elle, des cheveux châtain clair en désordre et...

— Incroyable ! s'exclama Charlotte en entrant. Tu es bien là.

Evelyn sourit.

— Oui.

— Putain, Ev ? C'est le générique des *Craquantes* ?

— C'est la première question que tu as à me poser ?

— Non. Non. Pardon. J'étais à Annapolis pour le boulot et je me suis dit… Impossible de savoir où tu étais passée, Evelyn.

— Ça avait une quelconque importance ?

— Euh… oui. Ta ligne mobile coupée, ton fixe à Bibville aussi, ton appartement vide. À ton avis, qu'est-ce que je me suis dit ? Il peut arriver des emmerdes aux filles, à New York. Je me suis inquiétée.

— Effectivement, il est arrivé des emmerdes à une fille, à New York. Comment as-tu fait pour me retrouver ?

— Le bureau des anciens. Un jour, ils m'ont appelée dans un hôtel à Dallas où j'étais pour le boulot. Alors ça ne m'étonne pas que, à une adresse fixe, ils t'aient dénichée. En attendant, il ne t'est pas venu à l'idée de dire à ta vieille pote que tu faisais tes valises et que tu quittais la ville ?

Evelyn voulut embrasser Charlotte, qui se déroba.

— On ne s'est pas embrassées pour la remise des diplômes, on ne va pas commencer maintenant. Je vais te mordre. Avec mes petites canines pointues. Ma vessie va exploser : apparemment, il n'y a pas de toilettes entre Annapolis et Bibville. Je peux faire pipi ?

— Evelyn ! Qui est-ce ? cria sa mère de sa chambre où elle s'était sans doute retranchée pendant qu'Evelyn allait ouvrir.

Un fracas lui fit supposer que Barbara avait pris un virage trop vite. Elle tourna la tête et vit apparaître sa mère, resplendissante dans un caftan, coiffée d'un turban qui lui donnait des airs d'Elizabeth Taylor sortant d'une cure d'amaigrissement.

— Maman, tu peux nous laisser une minute ?

Manifestement, non. Barbara s'était habillée, ce n'était pas pour rien. Elle s'était parfumée, aussi, avec son parfum d'autrefois.

— Grands dieux, Charlotte ! Quel plaisir. Comme c'est gentil d'avoir fait toute cette route pour voir Evie. J'aime bien votre coiffure ; cela vous va mieux que les couettes.

Elle fit un grand geste théâtral. Curieusement, alors qu'elle s'acquittait désormais de la vaisselle et du ménage, son vernis à ongles était impeccable.

Evelyn ne bougea pas. Elle observait Charlotte qui prenait conscience de la situation. Pour elle, qui était venue à Sag Neck passer de grands week-ends et fêter Thanksgiving, ce devait être un peu comme un jeu de Memory. Associer le gros canapé calé sous la fenêtre à celui qui trônait dans le salon de musique à Sag Neck. Dans la pile de tableaux contre le mur, retrouver la gravure de chasse au renard accrochée dans l'entrée...

Elle restait sur le seuil, indécise, son ardeur de chasseuse de primes de tout à l'heure quelque peu tempérée.

— Maman, dit Evelyn avec insistance, j'ai besoin de parler à Charlotte seule à seule.

— Pas question. Pas après un aussi long voyage, répliqua Barbara un peu trop gaiement. Excusez ma fille, Charlotte. Je crois qu'elle a oublié ses bonnes manières depuis qu'elle a quitté New York. Entrez, entrez. Evelyn, tu veux bien aller chercher du fromage ?

— Du fromage... Bien sûr. Voyons. On doit avoir du fromage au poivre, je pense. Je t'en sers une tranche ?

— Je n'ai pas franchement besoin de fromage, assura Charlotte en resserrant les pans de sa veste.

— Non. Pardon. Il fait froid. Entre. Les toilettes sont au bout du couloir, à gauche.

Barbara s'affairait déjà dans l'appartement, arrangeait les piles de magazines, sortait des choses du réfrigérateur.

— Nous adorons cette vie en centre-ville, déclara-t-elle à Charlotte. C'est tellement plus amusant que notre ancienne maison, qui était devenue bien trop lourde. Vous vous imaginez, seule, le soir, dans cette grande baraque ? C'était effrayant. Je n'osais pas descendre.

Barbara disposa sur un plateau qu'Evelyn n'avait pas revu depuis Sag Neck une petite pile de serviettes cocktail marquées du monogramme BTB et des... des crackers au fromage ?

Lorsque Charlotte revint, Barbara posa le plateau devant elle.

— J'ai trouvé ces délicieux biscuits, annonça-t-elle. Je suis sûre qu'ils sont bourrés de calories, mais nous n'aurons plus qu'à faire pénitence à la salle de sport. Et puis nous sommes entre filles, non ? Alors pourquoi pas ?

Charlotte prit docilement deux crackers et une serviette.

— Mmm...

Barbara lissa son turban.

— Quelle joie de revoir les vieilles amies d'Evie. C'est charmant, vraiment. Charlotte, puis-je vous servir quelque chose à boire ? Nous avons du vin blanc. Ou alors, je peux jeter un coup d'œil dans le bar et voir ce qu'il y a pour préparer des cocktails.

— Je crois... Cha, tu me laisses deux secondes pour me changer ?

— Vous savez quoi ? Je pensais justement à Sheffield, dit Barbara comme Evelyn se précipitait dans sa chambre pour enfiler un jean et un sweat-shirt.

À son retour dans le salon, Charlotte lui coula un regard inquiet. Barbara disait :

— ... et elle ne m'en parle pas, bien entendu, mais j'ai l'impression qu'Evie songe à inviter Camilla...

Evelyn rafla un biscuit et tira Charlotte du canapé.

— On va faire un tour en ville ! annonça-t-elle.

— Merci de votre accueil, madame, dit Charlotte.

Elles marchèrent longtemps en silence, passèrent devant le parc aux arbres dénudés, le thaï qui était fermé pour l'hiver parce qu'il n'avait qu'une terrasse, la petite mairie en brique. Devant la banque, Charlotte prit la parole :

— Alors, tu étais…

— Ici. Oui. Dans ce tout petit appartement. Avec ma mère.

— Coloc avec Babs… La vache. Et ton père ?

— Vingt-neuf mois.

— C'est dingue. Tu crois qu'il est coupable ?

— Je ne crois pas que le gouvernement fédéral porte devant le tribunal des affaires montées de toutes pièces. Mais vingt-neuf mois ? Ce qu'il a fait n'est pas tellement pire que ce que vous faites tous les jours à Wall Street. Dans le grand ordre des choses, je ne crois pas qu'il méritait une peine aussi lourde.

Charlotte donna un coup de pied dans un caillou.

— Il est dans une prison correcte ?

— Petersburg. Son deuxième choix.

— C'est comme pour les universités ? On fait une liste avec des choix plus ou moins ambitieux ?

— Ça ne m'étonnerait pas. Tu savais qu'il y avait carrément un business de consultants, en la matière ? Mon père a fait appel à un ex-taulard pour lui enseigner comment se conduire en cabane.

— Pour commencer, je parie qu'il ne faut pas dire cabane.

— Sérieusement. Apparemment, le plus important, c'est de ne pas griller la queue pour déjeuner. C'est intéressant.

Evelyn regarda la baie toute grise devant elle et se demanda si elle aurait aimé être guidée de la sorte pour se préparer à la vie à New York. Ne pas essayer de souffler la vedette à la femelle alpha. C'était certainement une règle qui valait aussi bien à New York qu'en prison.

Charlotte s'enduisit les lèvres de baume.

— N'empêche, je n'arrive toujours pas à me représenter ton père en… en combinaison orange. C'est bien ce qu'ils portent ? Tu crois qu'ils vont le laisser se pommader les cheveux ?

— Il ne se pommade pas les cheveux.

— Désolée, Evelyn, mais il est grand temps que tu saches la vérité. Des cheveux pareils, cela ne s'obtient pas par l'opération du Saint-Esprit. Il faut de sacrés produits. On peut s'arrêter ? enchaîna-t-elle en passant devant le panneau « CAFÉ CHAUD » d'un glacier. Je suis en manque de caféine.

— Je peux t'en procurer, mais pas ici. J'ai le plaisir de t'apprendre que je bénéficie d'une réduction comme employée dans le meilleur café de la ville.

Ne sachant trop comment Charlotte allait réagir, elle préférait adopter le ton de la plaisanterie.

— Toi ? Tu travailles dans un café ? Pour de vrai ? demanda Charlotte en plissant les yeux.

— Oui, madame. Et, le soir, je suis serveuse au Hub. Si tu veux de la bière et des hamburgers, c'est à moi qu'il faut t'adresser.

— Evelyn Beegan, barmaid et serveuse ?

— Cha, c'est du boulot, d'accord ?

— Bien sûr, dit Charlotte. Je trouve ça super bien.

— Tu mens.

— Pas du tout, je te jure. C'est bien. D'abord, tu travailles. C'est un bon début. Vraiment.

Il commença à bruiner alors qu'elles longeaient le cinéma, qui annonçait la diffusion de *En cloque, mode d'emploi* des mois après sa sortie nationale. La lumière jaune de la Caffeiteria brillait sur le quai. Le ciel était du même gris que l'eau. À l'intérieur, l'employé de l'après-midi essuyait les tables. Il offrit à Evelyn deux croissants aux amandes de la veille pour accompagner les cafés. La pluie continuait à moucheter agréablement le sol. Evelyn et Charlotte s'assirent dehors, sur un banc qui faisait face au port d'hiver.

Evelyn déchira une corne de son croissant. Fallait-il vraiment se donner la peine de prendre un ton détaché pour demander :

— Alors, comment vont les autres ?

Charlotte posa son croissant sur ses genoux.

— C'est une des raisons pour lesquelles je voulais te voir. Pres est en désintox, Ev.

— Non ?!

Evelyn s'était préparée à des potins qui lui auraient donné l'impression d'être sur la touche. Pas à une nouvelle aussi dramatique. Elle qui espérait que son meilleur ami allait bien… Elle enfouit la tête entre ses mains.

— La dernière fois que je l'ai vu, Cha, à Sachem, je lui ai dit que tout le monde savait qu'il était gay, avoua-t-elle en fixant un bout de pop-corn sous le banc.

— Evelyn.

— Je sais. Je sais. J'étais bourrée, ce qui n'est pas une excuse. Il est parti en courant et je ne l'ai pas revu, je ne lui ai pas parlé depuis.

— Merde, Ev. Qu'est-ce qui t'a fait dire ça ?

— Je crois que je lui en voulais de m'avoir accusée d'imposture. J'avais l'impression que lui aussi était un imposteur, et sur un sujet essentiel. J'y ai repensé mille fois. Si je pouvais retirer ce que j'ai dit, réagir différemment, crois-moi, je le ferais. Ça n'a rien dû arranger à ses problèmes avec l'alcool.

— Oh, Ev…

— Disons que j'ai pratiqué la politique de la terre brûlée, en partant. Quand est-ce qu'il est entré en cure ?

— Il y a un mois. Il s'est pris un arbre en voiture en allant à Boston. Il m'a dit qu'il était sorti de la route parce qu'il avait cru voir un chien traverser devant lui. Je ne sais pas si c'était vrai – il était plus de minuit et il ne devait pas y avoir beaucoup de chiens dehors à cette heure-là –, mais il n'arrêtait pas de répéter que l'animal ressemblait à

Hamilton. Il a été condamné pour conduite en état d'ivresse, mais je crois que c'est l'idée qu'il aurait pu écraser un chien alors qu'il roulait bourré qui l'a fait entrer en cure, et y rester.

— Oh, Cha... C'est trop flippant. Il n'a pas été blessé, dans l'accident ?

— Quelques bleus, mais airbag et ceinture de sécurité. Il a dû payer les soins à apporter à l'arbre, un orme d'une certaine valeur, je crois.

— Cha, j'aurais dû faire plus d'efforts. Après la scène à Sachem, j'aurais dû m'excuser, aller frapper à sa porte, faire quelque chose. Je me suis dit qu'il ne devait plus avoir envie de me voir – et je suis sûre qu'il ne voulait plus me voir – et, ensuite, tout a implosé. Pres. Mon Dieu. Il a quelqu'un avec lui, là-bas ? Ses parents ?

— Les visites ne sont pas autorisées les premières semaines, mais je suis certaine qu'ils prennent de ses nouvelles.

— Est-ce que Nick l'a appelé ? Ou Camilla ? Ils étaient en contact avec lui au moment de l'accident et tout ça ?

— Je ne crois pas.

— Ah, les hyènes. Ils n'ont rien à fiche des faibles. Et toi, tu es allée le voir ?

— Non. Il est encore dans la période sans visites. Même après, j'aurai du mal à me libérer plus d'un après-midi. C'est la folie, chez Graystone. Mon boss est convaincu que le marché va bientôt s'effondrer – à la base, l'économie est dans un état effrayant –, donc nous nous dépêchons de boucler un certain nombre d'acquisitions. Si j'ai pu venir à Bibville, c'est parce que j'avais un rendez-vous chez un fabricant de jouets à Annapolis ce matin et que je ne suis pas obligée d'être de retour à New York avant ce soir. Preston a besoin... je ne sais pas... de quelqu'un, de quelque chose d'autre. Que je passe boire un café avec lui en coup de vent ne l'aidera pas beaucoup. Bien sûr, j'irai le voir, mais j'ai l'impression qu'il a besoin d'un ou d'une véritable amie sur ce coup-là. Enfin, tu le connais. Il n'appellera jamais à l'aide. J'ai appris qu'il était en cure parce que, après m'avoir raconté l'accident, il a cessé de répondre à mes mails et mes appels ; j'ai fini par craquer – l'île des amis qui disparaissent – et par appeler Mme Hacking. Elle m'a transmis son numéro au centre. Un truc chic de Marblehead. Je n'avais aucune idée de ce que c'était, sauf que Mme Hacking m'a donné le numéro du standard et que la fille qui a répondu a dit : « Seaview House, spécialiste du traitement des addictions depuis 1987, que puis-je faire pour vous ? »

— Ah oui ? Depuis 1987 ? fit Evelyn en lui lançant un petit coup de pied.

— J'ai la mémoire de ce genre de détails. Et je me souviens de m'être fait la réflexion, sur l'instant, qu'ils avaient dû ouvrir pour accueillir les traders que l'alcool menaçait de tuer, à l'époque. Plus ça change, plus c'est la même chose[1].

— Vraiment[2], approuva Evelyn avec un sourire triste. Il y est pour combien de temps ?

— Il doit y rester encore un mois environ en hospitalisation complète. La suite du traitement se fait en consultations externes. J'aurais préféré que vous ne craquiez pas tous les deux au même moment.

Evelyn releva la tête.

— Je suis désolée.

— Bah, fit Charlotte en haussant les épaules. Au fait, j'ai déménagé à Brooklyn en septembre. Sacré changement, non ?

— Pour fuir mon souvenir qui te hantait ?

Charlotte rit.

---

1. En français dans le texte.
2. *Idem.*

— Un peu, figure-toi. Et puis, Manhattan, ça devient n'importe quoi. Il y a carrément des visites guidées *Sex and the City* en bus qui passent par Bleecker Street ! Pauvre Jane Jacobs. Mais Brooklyn, c'est génial. Plein de créatifs. Tu veux des nouvelles du reste de ta bande ?

Evelyn inspira à fond.

— Prête.

— Le fonds spéculatif de Nick et Scot se porte bien. Nick graisse des pattes pour faire rentrer l'argent et Scot se tape tout le boulot. Ils parient contre les CDO des *subprimes*.

— Nick parie contre Wall Street ?

Charlotte éclata de rire.

— Tant que ça lui rapporte… J'ai vu la brochure. Nick a accès à tous les gosses de riches qui ne savent pas quoi faire de leur pognon, et Scot trime. Je dois dire qu'il a l'air d'être arrivé juste au bon moment. Alan Greenspan a dit le mois dernier qu'il pensait que l'immobilier était vraiment une bulle. Je crois qu'ils vont se goinfrer.

— Ça ne s'arrête donc jamais ?

— À Wall Street ? Non – jusqu'au jour où ça s'arrêtera. En tout cas, s'il y a un krach, Scot et Nick sont en place pour tirer les marrons du feu.

D'une chiquenaude, Evelyn envoya une miette à l'eau.

— Il voit quelqu'un ?

— Scot ? Oui. Nick lui a présenté une fille, une certaine Geordie. Elle est allée à Princeton. Quelques années de moins que nous. Elle est dans l'édition. Je crois que c'est assez sérieux.

— Elle est gentille avec lui ?

Charlotte hocha la tête. Cela fit mal à Evelyn. Elle voulait que Scot soit heureux et elle savait qu'ils n'étaient pas faits l'un pour l'autre, mais il lui manquait encore. Elle avait joué, elle avait perdu, et il allait être le grand gagnant, en fin de compte.

— Et Camilla ? demanda-t-elle doucement.

Il lui arrivait parfois de céder à l'envie de taper le nom de Camilla sur Google. Elle était donc au fait de son actualité mondaine. Elle sortait avec un homme qui était dans la Vanity Fair 100, une liste de gens qui comptaient dans les technologies et les médias, le fondateur d'une start-up de reconnaissance vocale à propos de laquelle on murmurait que Yahoo ! allait l'acquérir pour quelques centaines de millions.

— Je la croise ici et là. Elle s'est vraiment investie dans deux associations artistiques : une qui concerne les souffleurs de verre, ou je ne sais quoi, et l'autre les graffeurs. C'est assez drôle, je dois dire. Maintenant, elle sort tout le temps à Downtown Manhattan. La dernière fois que je l'ai vue, elle disait qu'elle allait déménager dans le Meatpacking District.

Evelyn croqua dans une amande effilée. Ils avaient tous avancé si vite, après tout le mal qu'elle s'était donné pour connaître le premier cercle de l'élite – le cercle suprême, à ses yeux. Charlotte décrivait une fête donnée par Camilla sur la terrasse de Soho House pour le jeune artiste Tayeb Idrissi, qui dressait des cartes de mots à partir de posts pris sur un site qui s'appelait Twitter. Alors que Charlotte détaillait les installations de Tayeb chez Storm King, Evelyn eut soudain la sensation qu'elle ne pouvait pas entendre un mot de plus.

— Tu sais quoi, Cha ? Désolée, je sais ce que c'est moi qui t'ai demandé, mais je n'ai pas envie de savoir. Peu importe. Si ce n'est pas Tayeb Machin, ce sera autre chose, quelqu'un d'autre, et j'aurai toujours un train de retard. J'ai toujours eu un train de retard.

Charlotte pencha la tête en arrière et ferma les yeux un moment. Quand elle les rouvrit, elle demanda :

— Qu'est-ce qui t'est arrivé, Evelyn ?

— À New York ?

— Oui, à New York. Tu es devenue plutôt conne.

— Ne mâche pas tes mots, Cha.

— Pardon, mais ce n'est pas faux.

— Avec Camilla et tout ça, tu veux dire ? Je crois que c'est le milieu dans lequel nous é...

— Moi, pas vraiment, Ev. C'était toi.

— D'accord, comme tu veux, le milieu dans lequel j'évoluais. C'était trop. Le fric qu'il fallait, la concurrence pour les invitations, les soirées...

Evelyn frottait les mains sur le bois du banc en cherchant à se faire comprendre.

— Ça fait ridicule, quand on en parle, parce que ce n'était que des fêtes. Mais, pour moi, ça comptait.

Elle commençait à renifler. Elle s'essuya le nez et vit avec horreur la traînée sur sa manche. Puis elle rit.

— New York m'a rendue folle. J'ai essayé de réussir, c'est tout.

— Tu as essayé de réussir dans le New York d'Edith Wharton, Ev. Un monde qui n'existe pour ainsi dire plus. Regarde les faire-part de mariage dans le *Times*. C'est des trucs du genre : « Elle travaille chez McKinsey et il est professeur d'économie. » Tout se fait au mérite.

— Non, Cha. Je connais les faire-part du *Times*, crois-moi. C'est plutôt : « Il est cadre chez Goldman ; elle étudie le développement de la petite enfance à la Bank Street School of Education et son père a dirigé la gestion d'actifs de blablabla. Ils viennent d'acheter une maison à Cos Cob. »

— D'accord, il y a encore beaucoup de banquiers. Mais le milieu n'est plus aussi fermé.

— Ah oui ? Va à un bal de débutantes et tu m'en diras des nouvelles.

— D'autres gens ouvrent les portes. Les entrepreneurs, les artistes, et ainsi de suite – non, tu ris, mais ils donnent de l'intérêt aux vieilles fortunes. Pourquoi crois-tu que Camilla se soit soudain transformée en protectrice des arts ?

Evelyn secoua la tête imperceptiblement.

— Tu as tout fait pour t'intégrer, alors qu'il aurait fallu tout faire pour partir.

Evelyn jeta sa dernière bouchée de croissant à l'eau ; une bernache du Canada ne tarda pas à venir la gober, puis s'envola.

— Pour aller où ? finit-elle par demander.

— Je ne sais pas précisément. En tout cas, ce petit monde de l'Upper East Side, ce n'est pas la seule version de la vie à New York. À Brooklyn, il y a toutes sortes de gens intéressants. Ceux qu'il y avait à New York autrefois : des écrivains, des graphistes, des brasseurs…

— Des brasseurs ?

Les gouttes de pluie grossissaient.

— Ev, je crois…

Charlotte contempla l'eau, chercha ses mots.

— Ce que tu as cherché à devenir, ce n'était pas à cause de ta mère ?

Evelyn regarda ses pieds et prit le temps de formuler sa réponse :

— C'est vrai que si je n'avais pas eu ma mère à qui raconter ce que je faisais, et ses idées, je ne sais pas si cela m'aurait autant attirée. Mais c'était quand même moi, Cha. Le bal des débutantes, les soirées de bienfaisance, le bracelet volé, ce n'était pas elle.

— Tu as volé un bracelet ?

— Si tu savais…

— Oui, j'imagine.

— On ne va plus chez Cichetti, l'épicier de Main Street, parce que ma mère est convaincue que notre déchéance a entaché l'opinion que nos voisins avaient de nous. Elle ne voit même plus ses amies de toujours.

Evelyn fixait l'eau grise qui commençait à frapper contre le quai.

— Que comptes-tu faire, maintenant, Ev ?

— Quoi, tu ne trouves pas sympa mon plan *Gilmore Girls* avec ma mère ?

— Sérieusement. Tu es jeune, jolie, tu as de l'argent...

— Non. D'abord, vingt-sept ans, ce n'est pas la prime jeunesse. Quant à l'argent, je n'en ai pas. Mes parents ont dû finir de rembourser l'emprunt de la maison et le produit de la vente est bloqué en attendant la résolution du litige avec Leiberg Channing. Plus les neuf millions de dollars que mon père a dû payer à l'État et les frais de justice. Ma mère juge toujours inconvenant de parler d'argent ; j'ai quand même tenté de me faire une idée de la situation et j'ai conclu que les caisses étaient vides, puisque ma mère ne dépensait rien. Bref, à moi de me débrouiller.

— Waouh. Enfin, au moins, tu étais là pour les soutenir au moment du jugement et tout ça.

— J'aurais dû être plus présente. Les aider à déménager, passer du temps avec mon père. Mais j'étais dans une situation tellement catastrophique à New York... Pourtant j'avais l'impression qu'il suffisait que j'y reste un peu plus longtemps pour...

Sa voix se brisa. Elle sentit les larmes monter et se mit à cligner des yeux par réflexe, sans savoir pourquoi. Puis elle les laissa couler sur ses joues, brûlantes, libératrices.

— Là, là..., fit Charlotte en lui passant un bras autour des épaules. Tu es toujours là, ma petite.

— Je suis à Bibville, objecta Evelyn en reniflant bruyamment.

Charlotte resserra son étreinte.

— Pourquoi tu n'as rien dit ? À propos de ton père ? J'ai essayé de t'en parler, mais tu étais complètement... Je ne sais pas, on aurait dit que tout allait pour le mieux.

Evelyn regarda son amie, que la pluie faisait frisotter.

— Qu'aurais-je pu te raconter, Cha ? Je me disais que, avec un peu de chance, personne n'était au courant ou n'avait fait le rapprochement. À quoi cela aurait-il servi d'en parler, franchement ?

— Eh bien... tu te serais peut-être battue un peu plus pour garder ton boulot. Et puis, en parlant, on peut établir des liens plus profonds – c'est ce que dit mon psy.

— Ne le dis surtout pas aux WASP.

Les gouttes s'étaient mises à crépiter sur le quai. Evelyn songea au New York qu'elle avait quitté, à celui que découvraient Charlotte, Camilla et les autres. Elle se leva et tendit la main.

— Viens, Cha, tu es en train de te faire tremper. Tu ne connais pas la pluie de Bibville. Tu vas prendre une douche et te sécher avec une belle serviette au chiffre de Barbara Beegan, puis on va dîner au Hub avant que tu ne partes. Je roule sur l'or, avec tous mes pourboires. Je peux même nous offrir un supplément de pain à l'ail.

— Un supplément de pain à l'ail ? Ça ne se refuse pas, répondit Charlotte en resserrant sa veste. *Vámonos*.

33

Northeast Regional

Un cahot du train réveilla Evelyn après Trenton. Elle guetta par la fenêtre la pancarte passive-agressive « Trenton Makes, the World Takes », mais elle l'avait manquée, cette fois. Elle n'avait pour tout bagage que la petite valise à roulettes que lui avaient offerte ses collègues de la Caffeiteria comme cadeau de départ. Elle devait revenir à Bibville dans quinze jours pour faire un saut à Petersburg avec sa mère. Elle avait promis de chercher l'e-mail d'un gourou des finances personnelles avec lequel Dale voulait organiser des séminaires en prison.

Deux mois environ après la visite de Charlotte, Evelyn avait annoncé à sa mère qu'elle s'en allait. Grâce à l'ordinateur de la bibliothèque, elle avait déniché plusieurs cafés et restaurants réputés de New York susceptibles d'embaucher et, sur Craiglist, des offres de colocation dans ses moyens. Le vieux numéro de portable de Preston ne marchait plus. Elle avait ravalé sa fierté jusqu'à téléphoner à Mme Hacking à plusieurs reprises, mais elle était tombée sur le répondeur à chaque fois et s'était contentée de laisser un message priant Mme Hacking de dire à Preston qu'elle pensait à lui.

Après avoir été de très mauvaise humeur sur le chemin de la gare et lui avoir dit qu'elle avait autre chose à faire que jouer les chauffeurs toute la journée, Barbara avait fini par avoir la larme à l'œil à l'arrivée du train. Elle avait tapoté la tête d'Evelyn et lui avait dit qu'il avait été merveilleux d'avoir sa petite fille à la maison, qu'elle ne savait pas ce qu'elle allait faire sans elle.

« Tu sais quoi ? Combien de femmes, à ton âge, ont la chance de pouvoir repartir de zéro ? Tu es une femme libre – pour quelque temps au moins », avait répondu Evelyn.

Barbara avait fait la moue, puis souri.

« Peut-être, avait-elle concédé en lui tapotant encore la tête.

— Je ne suis qu'à quelques heures de train, si tu as besoin de quelque chose.

— Tes amis vont être contents de te revoir. Camilla... »

Evelyn lui avait pourtant répété, gentiment d'abord, puis avec plus de fermeté, que son amitié avec Camilla appartenait au passé. Mais Barbara semblait déterminée à ne pas vouloir l'entendre.

« Charlotte, avait-elle souligné, plus que Camilla.

— Tu ne devrais pas laisser tomber des amitiés de cette façon, Evelyn. »

Elle avait incliné la tête et observé le soleil qui pointait de l'autre côté du quai.

« Maman, il faut que tu me laisses décider de ce genre de choses, d'accord ?

— Ne sois pas condescendante.

— Pas du tout, maman. Mais c'est à moi de jouer, OK ? »

Barbara avait regardé autour d'elle, comme pour chercher quelque chose susceptible de faire fléchir sa fille. Finalement, elle s'était retournée vers Evelyn.

« Si tu y tiens... »

Le sourire contrit d'Evelyn s'était transformé en rire.

« Oui, j'y tiens, maman. Maintenant, je vais t'embrasser, d'accord ?

— Comme si j'allais refuser que tu m'embrasses.

— Bon. »

Evelyn s'était penchée et avait senti son souffle sur sa joue. Elles avaient reculé aussi vite l'une que l'autre en se tapotant les bras.

« Bon voyage.

— Au revoir, maman.

— Au revoir, ma chérie. »

Elle avait été étonnée de la voir attendre le départ du train sur le quai malgré le froid et lui faire signe de sa main gantée. Elle lui avait rendu son au revoir derrière la vitre sale.

Le train filait vers Manhattan. Evelyn avait prévu de squatter quelques jours à Brooklyn, chez Charlotte, qui était en déplacement dans une usine textile en Géorgie, le temps de visiter les colocations de Craiglist et de prendre son envol. Selon Google, il y avait plusieurs cafés sympas à Brooklyn Heights. Tout en cumulant deux emplois, elle pourrait chercher un poste à plus long terme, dans la presse magazine, peut-être, ou le e-commerce. Avec trente et un mille dollars par an et à condition de ne pas dépenser beaucoup plus que son loyer et sa nourriture, elle pouvait tenir le plan de remboursement établi avec le médiateur des dettes.

Lorsque le train entra à Penn Station, elle s'empressa de descendre, mais resta immobile sur le quai tandis que les autres passagers montaient vers la gare. Brooklyn. Fabricants de fromage et créateurs de bière. C'était à peu près ce que Charlotte avait dit, non ? La même chanson sur un autre ton. Elle allait essayer de se construire une vie que d'autres appréciaient. Elle allait se battre une fois encore pour faire ses preuves.

Les gens étaient pressés. Elle s'attendait à ce que quelqu'un lui demande ce qu'elle faisait là, où elle allait, ce qu'elle avait l'intention de faire. Au lieu de quoi ils la dépassaient à toute vitesse, la bousculaient qui avec son sac à dos, qui avec sa valise. Elle se rendit compte qu'elle était devenue l'étrangère agaçante qui entravait la circulation. Elle se mit en marche et traîna sa valise dans l'escalier. Dans la salle d'attente bondée, elle lut le panneau d'affichage de l'Amtrak. Adirondack, Carolinian, Crescent, Northeast Regional. Départ des quais 7E, 12W, 14W, 9W. Des brochures de voyage étaient disposées sous le panneau. Elle reconnut celle du dessus : « Boston – la ville sur une colline ». La même photo d'une ville tranquille, les mêmes jolies lumières qu'elle avait regardées en attendant Camilla lors de sa dernière visite à Lake James. L'endroit où, autrefois, elle s'était conduite comme une amie avec Charlotte, avec Preston. Qu'avait dit le guichetier de Lake James, déjà ? Que cela faisait parfois du bien de monter dans un train et de partir ?

Elle prit une brochure et, en tirant sur la poignée de sa valise, passa par une porte latérale et se mit à courir dans le couloir. Les semelles de ses Tretorn crissèrent quand elle tourna pour rejoindre le guichet Amtrak. Il n'y avait pas la queue. La préposée, une petite femme aux cheveux gris courts et étrangement verticaux et frisés à la fois, lui demanda :

— Où allez-vous ?

— Boston, répondit Evelyn en montrant la brochure.

— Travail ou détente ?

— Un peu des deux, a priori.

De son autre main, elle ouvrit le zip de sa ceinture-portefeuille qui contenait tout son argent liquide. Elle se sentait un peu ridicule, avec, mais elle ne voulait pas se faire voler tous ses pourboires de la Caffeiteria et du Hub par fierté mal placée.

— Jolie ville, Boston.

— *If you can make it there...*, dit Evelyn.

Mais la guichetière ne comprit pas l'allusion à *New York, New York*.

— Il y a beaucoup d'auditions en périphérie pour des comédies musicales, là-bas. Cela permet aux gens de se lancer, expliqua-t-elle.

437

— Vous êtes comédienne ?

— Non. Non. Je...

Elle prit quelques billets de vingt dollars dans sa ceinture et releva la tête, les yeux brillants.

— Mais je pourrais quand même travailler dans un théâtre. Pas sur scène, mais... je ne sais pas... vendre de la publicité pour le programme, peut-être devenir régisseuse, un jour... Tout en travaillant dans un café. J'y vais surtout pour voir un vieil ami.

La guichetière haussa les épaules.

— Aller simple ou aller-retour ?

— Aller simple. Juste un aller simple.

La femme lui tendit un billet.

— Embarquement immédiat. Dépêchez-vous. Northeast Regional. Quai 9 ouest.

Evelyn retraversa la salle d'attente de l'Amtrak en tirant sa valise. Tout en courant, elle ouvrit le clapet de son téléphone et essaya d'appeler les renseignements. Toutes ses tentatives échouèrent, jusqu'à ce qu'elle arrive au pied de l'escalier qui menait à la Huitième Avenue. Elle était enfin assez près de l'extérieur pour avoir une barre de réseau.

— Bonjour, je cherche le numéro de Marblehead Seaview House. Oui, mettez-moi en relation, s'il vous plaît.

Au bout de deux sonneries, quelqu'un décrocha.

— Allô ? Seaview House, spécialiste du traitement des addictions depuis 1987, que puis-je faire pour vous ?

Evelyn se mit à rire.

— En 1987, c'était à cause des traders ? demanda-t-elle. C'est ce que m'a dit une amie.

— Pardon ?

— Je cherche à joindre Preston Hacking. Il a été hospitalisé chez vous quelque temps. Je crois qu'il est sorti, mais j'aimerais lui faire passer un message.

— Un instant, je vous prie.

Evelyn surveillait le panneau d'affichage et vit qu'il fallait qu'elle embarque. Elle se mit à battre du pied.

— Je ne peux pas vous donner son numéro, dit la réceptionniste, mais vous pouvez laisser un message.

— Merci. Dites-lui que c'est Evelyn et que je suis désolée de ne pas m'être manifestée depuis si longtemps. Que je suis désolée pour tout, mais que je viens à Boston, et que je viens pour le voir. Je ne sais pas encore où je vais habiter ni ce que je vais faire, mais je vais me débrouiller. J'arrive ce soir, si je peux le voir. Si je peux l'aider. Et même si je ne peux pas, j'arrive. Voilà. J'espère le voir bientôt.

De l'autre main elle appuyait sur le fermoir de sa perle, si fort qu'elle sentait le sang battre à son oreille et trouva un certain réconfort dans l'inconfort de ces battements réguliers.

— Evelyn, répéta gentiment la réceptionniste. Très bien, je transmets.

Elle lui donna son numéro et raccrocha.

« Northeast Regional, merci de vous diriger vers le quai pour embarquement immédiat. Northeast Regional », annonça un haut-parleur au-dessus d'elle.

Evelyn jeta un coup d'œil vers le haut de l'escalier et appela le contact qui était désormais en tête de sa liste de favoris.

— Allô ?

— Cha ?

— Ev ? On dirait que tu es dans une caverne.

— Presque : je suis à Penn Station.

— Tu es arrivée à New York ?

— Oui – mais j'ai changé d'avis et je vais à Boston. Le train va partir. Je vais voir Pres, le sortir de sa solitude et tenter de me conduire comme une amie. Toi tu ne peux pas, mais moi j'ai le temps. Évidemment que c'est à moi d'y aller.

« Northeast Regional », appela encore le haut-parleur.

— Charlotte ?

— Je crois que je vais pleurer, et je suis dans une usine textile. Bien sûr que c'est à toi d'y aller.

— Oui ?

— Oui ! Fonce. Bonne chance. Je te téléphone ce soir.

Evelyn piqua un sprint jusqu'à la porte, agita son billet sous le nez du contrôleur et dévala l'escalier mécanique jusqu'au quai, sa valise rebondissant sur les marches et lui frappant les mollets. Elle se jeta dans un wagon, se laissa tomber sur un siège et se rendit compte qu'elle avait reçu un SMS de Charlotte.

« Sympa de te retrouver. »

« Pas encore tout à fait de retour, mais j'y travaille », répondit-elle. Le train démarra. Quand il fut sorti dans la lumière crue de New York, elle appuya sur « Envoyer ». C'était parti.

Remerciements

D'aussi loin que je m'en souvienne, j'ai toujours aimé les livres. En écrire un, c'est un rêve.

Elisabeth Weed, désormais connue sous le nom de reine des transactions, s'est lancée à la charge avec ce livre sous le bras. Éditrice talentueuse, négociatrice de choc, c'est aussi une femme drôle, franche et charmante. J'ai eu de la chance de tomber sur elle. Dana Murphy, chez The Book Group, est une lectrice intelligente et attentive.

Je suis heureuse d'avoir avec moi des gens aussi travailleurs que Jenny Meyer et Howie Sanders.

Tous les gens à qui j'ai eu affaire chez St. Martin's Press ont été chaleureux et merveilleux. Merci à Charlie Spicer pour son esprit, sa vivacité et sa sagesse. Sally Richardson a défendu le livre avec passion et glamour. Olga Grlic, Michael Storrings et tout le service création ont conçu une superbe couverture. Lisa Senz, Jeff Dodes, Laura Clark, Angelique Giammarino et l'équipe marketing ont été novateurs, et les représentants sont des fonceurs dont l'amour pour les livres est évident. Dori Weintraub et Tracey Guest sont de grandes pros des RP. Il me tarde que ce livre sorte en poche car cela me donnera l'occasion de travailler plus étroitement avec Jennifer Enderlin. April Osborn a patiemment répondu à toutes mes questions agaçantes. Elizabeth

Catalano, Dave Cole et l'équipe des corrections m'ont sau-
vée de multiples erreurs.

L'écriture de ce livre a été influencée par des dizaines
d'auteurs et de musiciens. *Chez les heureux du monde* est le
premier livre pour adultes qui m'ait vraiment marquée, et
la vision fine d'Edith Wharton de la société et du rôle des
femmes m'impressionne et me trouble énormément. J'ai lu
pour la première fois *La Splendeur des Amberson*, de Booth
Tarkington, à l'adolescence et je n'ai jamais oublié cette
histoire d'une famille qui se raccroche de toutes ses forces
à son statut. *Une tragédie américaine*, de Theodore Drei-
ser, a montré combien l'ambition sociale pouvait devenir
toxique. Les livres de Louis Auchincloss offrent le regard
acerbe de quelqu'un qui connaît de l'intérieur la société
de Manhattan ; il mériterait d'être lu davantage. C'est à lui
que j'ai emprunté le bracelet du Racquet Club de Camilla ;
j'aime à penser qu'elle pourrait être la descendante d'une
des femmes qu'il dépeint.

À Stephen Sondheim, j'ai emprunté non seulement le
titre de ce livre, mais le point de vue singulier sur la solitude à New York de *Company* et sur l'ambition rêveuse à
New York de *Merrily We Roll Along. Stephen Sondheim :
A Life*, de Meryle Secrest, et *Finishing the Hat*, de Sondheim
lui-même, sont deux ouvrages formidables qui m'ont aidée
à placer ce livre dans son contexte.

Leonard Bernstein a composé des bandes sonores très
émouvantes sur New York, qui ont enrichi ma compréhen-
sion de la ville, et je fais référence tout au long du livre à
West Side Story, de Sondheim et lui, ainsi qu'à *Wonderful
Town* (de lui, Betty Comden et Adolph Green) et *On the
Town*. J'ai également utilisé des paroles d'*Annie, Bells Are
Ringing, Evita, Cabaret* et *Pippin*.

Beaucoup de gens m'ont aidée à comprendre le monde
d'Evelyn – ou, plutôt, de Camilla –, de la saison des débutantes aux mœurs des vieilles familles. Ils n'ont pas été

avares de leur temps et je les remercie haut et fort. Si j'ai commis des erreurs en représentant leur monde, j'en suis seule responsable.

En matière de curiosité, j'ai eu de grands maîtres, notamment Tom Rona, Sue Hovis, Roger Hindman et Ron Kim. J'ai appris à écrire avec de grands rédacteurs en chef, notamment Dean Murphy, Jim Aley, Dan Ferrara et Jane Berentson (je me suis souvent dit que, si j'arrivais à faire mon travail avec un dixième du culot et de l'intelligence de Jane, ce n'était déjà pas mal). Non seulement Wendell Jamieson et les autres rédacteurs en chef ont été formidables, mais ils m'ont soutenue et m'ont permis d'œuvrer sur le roman pendant que je travaillais au *Times*. C'est un privilège de faire partie des équipes du *New York Times,* et d'appartenir à un média qui s'efforce d'observer et d'expliquer le monde.

Mes amis ont été d'un soutien fantastique même quand ce livre me rendait folle d'angoisse. Erin Autry Montgomery et Irene So Hedges sont les amies pour la vie, intelligentes et drôles, que l'on rêve de se faire à la fac. Robin Pringle est un fidèle qui donne une classe folle à tout. Caroline Han m'épate depuis le jour de notre rencontre. Katie McClurg Anderson est la chaleur humaine incarnée. La fidélité de Megan Wyatt remonte à bien avant cette pièce de l'école primaire dans laquelle nous sommes apparues elle vêtue d'un baril de lessive et moi en robe de cocktail. Les chansons d'Andrew Mandel et Scott Resnick ont accompagné certains des meilleurs moments que j'aie vécus à New York. C'est grâce à des amis comme Sarah Goldstein, Kayleen Schaefer et Reyhan Harmanci que j'aime tant vivre dans cette ville. Il y en a beaucoup, beaucoup d'autres que j'admire et que j'adore (oui, vous ! je vous vois !).

Plusieurs amis et connaissances ont contribué directement à ce livre. Cynthia Collins Desai, une amie de longue date, loyale et hilarante, s'est servie de sa mémoire d'une précision presque inquiétante pour m'aider à retrouver les boîtes branchées du New York d'avant la crise financière. On dit qu'il est difficile de se faire des amis pour la vie après trente ans, mais Jessica Silver-Greenberg prouvera que c'est faux, je l'espère : c'est une collègue géniale, une merveilleuse amie, une nana hilarante et ses réactions ont été très précieuses. Julie Bosman a été une super guide dans le monde de l'édition et un modèle d'équilibre travail-vie privée. Olivia Wassenaar a répondu de bonne grâce à mes questions sur la vie de l'Upper East Side. Les commentaires de Jennifer Pooley ont considérablement amélioré ce livre. Susan Bradanini Betz a été une correctrice très méticuleuse. Amor Towles, Nick Bilton, Tina Henry Bou-Saba et Emma Frelinghuysen m'ont donné des conseils particulièrement futés sur le marketing et l'industrie du livre. Courtney Sullivan, Maggie Shipstead et Emma Straub ont gentiment accepté d'être parmi mes premiers lecteurs. La lecture perspicace de Malcolm Gladwell m'a été extrêmement utile. David Carr m'a aidée, comme il a aidé tant d'autres écrivains, à me sentir capable de me débrouiller dans cette affaire. Il me manque vraiment.

Ma famille étendue regorge de gens créatifs et j'ai bien de la chance d'en faire partie. Descendre la 42ᵉ Rue en dansant avec Joanne, parler de la vie et de l'amour avec Denis, regarder Missy peindre : les moments passés avec eux ont égayé mon monde. Ma marraine, Mara Jayne Miller, est chic, intelligente et totalement excentrique.

J'ai énormément d'admiration pour Lee Clifford et Jerry Useem, qui sont des parents imperturbables, des époux d'un grand soutien, avec qui on s'amuse et qui m'ont aidée à me relever les très nombreuses fois où j'étais par terre. Je pardonne à Lee d'avoir dit au père Noël que « Stephanie [avait] été vilaine, très vilaine ».

Mes parents, Steve et Judy Clifford, m'ont encouragée à lire et à poser des questions, m'ont fait découvrir l'art et la musique, et m'ont donné l'impression que je pouvais prendre des risques parce qu'ils me protégeaient. Leur soutien et leur foi en moi, leur enthousiasme pour ce livre sont tout pour moi.

Merci à Mac et Mabel, les meilleurs compagnons d'écriture.

Mon amour et mes remerciements à Steven, dont les sourires le matin me montrent que le bonheur n'est pas forcément si compliqué. Il est joie.

Enfin, lorsque Bruce Headlam m'a encouragée à poursuivre l'écriture de ce roman, il m'a dit que peu importait le résultat, ce qui comptait, c'était que j'essaie. Il croit qu'il faut vivre une vie créative et pleine, et se donne beaucoup de mal afin que ce soit pour nous une réalité. Tout en exerçant un métier extrêmement exigeant, il m'a laissé le temps et la liberté d'écrire, il m'a conseillée, il m'a laissée râler quand ça ne marchait pas, et il m'a aidée à me remettre à écrire. Je l'aime, je le remercie et j'espère qu'il sait combien il compte.

Composition et mise en pages
Nord Compo à Villeneuve-d'Ascq

Cet ouvrage a été achevé d'imprimer en septembre 2017
dans les ateliers de Normandie Roto Impression s.a.s.
61250 Lonrai
N° d'impression : 1703655

Imprimé en France